U0857228

病玫瑰

[英] 艾琳·凯莉（Erin Kelly）著

毛斯祺 译

CNS PUBLISHING & MEDIA 中南出版传媒
湖南文艺出版社
HUNAN LITERATURE AND ART PUBLISHING HOUSE
博集天卷 CS-BOOKY

献给我的父亲，那个教会我读书的人

目录
Contents

逝去的人比破碎的心更沉重。

——雷蒙德 · 钱德勒《长眠不醒》

序幕

2009年9月

醒来的那一刻，路易莎就知道，那夜她一定又会那么做。那种感觉一直萦绕着她，就像是一场酝酿许久的暴风雨，只有她能预知其暴发的时刻。像往常一样，她能感受到明显的迹象：音乐变得不堪忍受，无关的闲聊如同即将引爆的定时炸弹一般在耳边滴答作响，回忆就像半夜床单上的跳蚤一般啃噬着。

那天早上稍晚一些的某个时刻，她看见了他的脸。那是一片云，有着和他的脸一样的轮廓。那片云飘得极低，她觉得可以伸手够着它，然后把它从天空中扯下来。她被恐惧深深攫住，直到风将他的肖像吹散在天边。从那一刻起，她便迷失了自己：在每一处水洼、每一块窗格玻璃上映出的不是她自己的脸而是他的。每个人开口说话发出的都是他的声音。院子里的每一样东西似乎都改变了各自的位置，来尽力拼出他名字中的字母：那把靠墙的梯子摆出字母“A”的形状，那些什么也没种的花坛里被人沿着交错的“之”字形翻过了土，留下的痕迹是一连串的“M”。只有那堆废墟保持着原来的样子，那三个仍然矗立着的烟囱映在不断变幻的天空下，如闪电划开的痕迹。早晨渐近中午，太阳缓缓移过那些没有玻璃的窗户，像一只巨大、古老的钟，在雕琢着时间。路易莎希望那个白天就这样永远地继续下去，因为她知道夜幕降临时将会发生什么；但白天却在一片忙碌和谈话的混沌中，飞快地消逝了。

她是第一个到工地的，也是最后一个离开的。她检查了花房的门有没有关好，然后一一锁上各间小屋的门——她瞥一眼就能辨认出每一把钥匙，尽管上面没有任何标记。她顺着粗电缆一路摸索到那个防雨开关，轻轻地一触，四下便被黑暗笼罩了。月亮发着微光，她拿着手电筒横穿过一片即将变成停车场的碎石地，走过灌木丛，最后沿着围墙，踏上了只有她走过的小道。那种感觉从她心底冒出来，难以遏制。她向自己保证，这是最后一次。真真正正的“最后一次”。之前她已经跟自己发过太多次这样的誓了。

一进屋，路易莎便习惯性地打开了烧水壶的开关，随即又在水沸腾之前关掉了它；今晚她不喝茶。她又出于习惯地忙活着点油灯和蜡烛：一些大蜡烛已经燃烧得只剩下一截残根，她得把手伸到玻璃烛罐里面去点火，烛芯被点着的一刹那，火苗会灼烧她的手指。她又仔细检查了一遍所有的窗户，并拉上了厚重的黄色窗帘，那样就没有人能看见她了。但是，谁又会来窥视她呢？

她在床沿上坐了会儿，等待着暖气机让屋子暖和起来，也好给自己一个改变主意的机会。但下一秒，她却又跪在地上，伸手去够床底下的酒瓶。很快，她就摸索到了那冰冷的玻璃瓶；瓶盖和瓶颈相连的地方有些黏，粘了一圈灰色的细绒毛。路易莎自己也吃了一惊。她上一次这样是什么时候？春天？是的，她意识到自己已经忍耐了整整一个夏天，难怪到现在欲望变得如此强烈。在日子被无数工作填满的那几个月里，她确实可以不去想他，因为白天工作的疲倦使她每晚都睡得很沉，梦中别无他念。但现在是九月，冷暖之交的季节，白天变得越来越短。不论她早上起得多早，或是工作得多卖力，她不能逃避的是，每一天，她都会被迫比前一天早一点回到家里，比前一天多忍受几分钟躁动的寂静。几周之后，这些分钟便积累成了小时，而这种黑暗、沉默的时光，哪怕只是一小时，对她来说也难以承受。她打开瓶盖猛灌了几口，酒精刺痛她的喉咙。这只是她“仪式”的开始。

瓶子里剩的伏特加不多了，但对她来说已经足够：这只是开胃酒，好让她有勇气继续喝那瓶威士忌。她摇摇晃晃，爬上了床，摸索着床头上方的储物柜。柜门很小，但藏在它后面的是一个两到三英尺深的储物空间。她把整条手臂都伸进了柜里，在一堆摆放得井井有条的包和盒子间摸索。最后，她的手指触碰到了那个她想找的包。她一把把它拉了出来，用力过猛以至于自己向后跌倒在床上，那塑料包正好跌落在她的大腿上。一只威士忌酒瓶随即滚了出来。她把包里的所有东西都倒了出来，样子就像是一个小孩在倒空圣诞袜，虽然包里并没有什么能令她惊喜的东西。她把那些东西杂乱地摊放在被子上，犹豫着从哪一件开始。她感到她的喉咙、她的手腕，还有她的胸口有种悸动。她首先拿起了那只绿色的装着香根草油的小瓶子，旋开瓶盖闻了闻。瓶子里仍然有四分之一的余量。这瓶香根草油的味道每一年都会变得更淡、更陈一点，但这是他的油，是他曾用过的，而她绝对不会用其他新的瓶子取代这神圣的一只。她在耳后的皮肤上轻轻抹了一些精油，一边回想着他抹油的样子，当时他的拇指蘸着油按摩着脖子和手腕。香精油涂在每个人的皮肤上发生的反应都不同，所以她总是不能完全复原他的气味，但她不甘心。

那只威士忌酒瓶并不是他的，但那是他喝的牌子，一种不起眼的、老辈人喝的爱尔兰威士忌，他同辈的其他人都没听说过这个牌子，更不用说喝过了。这种酒甚至在当时的伦敦都很难找到，所以现在拥有这样一瓶威士忌算是一种对残存的爱的祭奠。将瓶子紧贴嘴唇就像是他的吻，她闭上眼睛，好像他真的就在那儿。她一直喝到不能再喝了，然后颤颤悠悠地把酒瓶放到一支蜡烛旁，烛光和瓶身组成了一盏琥珀提灯。

路易莎从浴室拿来她唯一的镜子，开始化起妆来，她从那个柜子里拿出橄榄油来滋润她那些干燥了的化妆品。她用的眼影叫“黑潭”，唇膏叫“黑樱桃”，两样都有浓重的色彩，很适合肤色柔和的年轻姑娘。她把头发梳到一边，用一支发夹别住，她的动作相当粗暴，以至于她的右半边脸被整个向上提升了一截。这样一来，她的脸看起来左右不对称了。她又重新散下头发，将它们全拢到左边，像一簇长而凌乱的刘海儿挂在左脸旁。这样看起来好一些。她抖开那条裙子：它总显得比她记忆中的要小。她真的曾经穿着如此短的裙子出过门吗？每次试穿时，总免不了有那么一瞬间的紧张、担心，而每次最后裙子都还算合身，她也总会舒一口气。确切地说，她现在穿这条裙子比当时还松一些。被压皱的蓝色天鹅绒裙子，曾经是正好贴身的，但现在有些松弛地挂在她身上。她的胸部不再像从前那样可以填满它，不过她的腹部也还不太凸出。她扮了个鬼脸；昏暗的镜子中那个几乎是小女孩时的她向她撅了撅嘴。这不公平，她无法克制自己不去想。他将永远保持年轻的容貌。她去抓酒瓶，摇摇晃晃地差点把酒洒在床单上。她醉了，并且将要滑入酩酊大醉的深渊。她又喝了几口。

路易莎在昏暗的光线下环视四周。有一刻，她想不起来电视机怎么不见了。然后她记起来，它被当做花架，上面放着她夏天里晒干的一些中国灯笼花。她移开花瓶，掀起罩子，下面盖着的就是那台附带一套录像机的小电视机。那电视机也比她记得的看起来小。她父母给她买这台电视的时候，显像管和录像带都是当时最先进的。它没有天线，遥控器也早不知道放哪儿了。它还能用吗？她回忆着上一次用它是什么时候，突然有点担心起来。她接通电源，看到屏幕亮起来了才放下心。

那盘录像带上标着“格拉斯雷克”，而就她所知，这也是世界上独一无二的。她紧紧地攥着它，生怕将它摔坏了。把手指插到一盘录像带里搅乱磁带并不是什么难事。她也知道她必须毁掉它。但每过一个月，她的自信就会增长一点，她觉得她永远不会被人发现——但是一旦她暴露了，一旦情况变糟，这盘录像带将会给她带来灾难性的后果。但她完全无法控制那种欲望，于是她又将录像带塞进机器并按下播放键。

她看着熟悉的广告按照意料中的顺序一一呈现：凌晨的电视广告总是为那些在不同品牌的咖啡和雪茄间不停变换的人准备的，还有那些为饥渴而寂寞的人们提供的0898情感热线[①]，接着便是某部早就被遗忘了的第四频道的电视剧——这些便组成了这盘录像带的开头部分。而紧接着，便插入了一段业余拍摄的画面。当摄像机镜头晃动着靠近他时，她感受到了第一次见到他时的那种颤抖。他伸手拨开挡住眼睛的头发；你正好能看见他的黑色套头衫在手腕处散开的线头，露出涂写在手臂内侧的歌词。他们俩认识之后，他告诉路易莎，他紧张的时候甚至会忘记他花几小时写的东西。接下来是一些其他的画面，跟之前的一样，光线昏暗，音效也不好，但它们都是路易莎最珍爱的，因为她曾在那儿，在画面中。起先，她穿着蓝色的裙子坐在轻便马车里；到下一组画面时，她站在摄像机镜头的正前方，整个脑袋占据着屏幕。他也出现在画面中，对着镜头唱歌，尽管路易莎明白，那些都是为她，并且是对着她而唱

① 在英国，以0898开头的电话通常是高收费的热线电话，尤指电话色情服务。（译者注，下同）

的。不论后来他们俩之间发生了什么，在那个时候，她和他彼此热烈地渴望着对方，这些录像是最好的明证。她承认，这是她不舍得毁掉这盘录像带的真正原因。

在录像最后的尖叫声中，亚当·格拉斯雷克出现在画面中，直视着镜头。路易莎经过一阵混乱的摸索终于找到了暂停键，定格住了他的面庞。他正看着她，眼神中充满渴望和谴责。悲伤几乎将她温柔地吞没。她向前倾斜着身体，似乎在等待一个拥抱。她几乎确信她那强烈的渴求能产生足够的力量将他从电视的定格画面中拖出来，重新赋予他生命。但她得到的唯一回应，只是她和电视屏幕间静电的一吻。

Chapter 1 审讯

2009年9月

他们还没有对他提出任何指控。这很关键。只要他们不指控他，他就可以对自己说他只是个目击者，而不是帮凶。保罗环顾着这间囚室。这里没有窗户，从墙顶上的那排方形磨砂玻璃砖外透进来的光也仅够他辨别昼夜，却并不能让屋子更暖和些。外面一定很温暖，或者如果按照前几天的天气状况，甚至会很热。他记得他走下一段不长的楼梯，穿过一扇镶嵌门之后进入了这条一目了然的狭窄通道，他估计这里一定是这栋建筑的地下部分。这儿摸上去到处都是冷冰冰的；他可以透过袜底感觉到那冰冷、坚硬的地板。那条棕色的粗糙毯子没能帮上什么忙；保罗折腾了一整夜，一会儿脖子疼拿它当枕头，一会儿又冻得瑟瑟发抖不得不把它盖在身上。他还算睡着过一小会儿，因为他记得夜里被噩梦惊醒过，但他感觉似乎已经几个星期没有合过眼了。他很想上厕所，憋得腹部绞痛，但是那个小钢盆旁边没有纸，而他又不想叫人来，因为担心丹尼尔在附近会听到他的声音。他有可能就关在隔壁；寂静并不代表什么。当

他这间牢房的门闩被拉出，牢门哐当一声被重重地甩开时，他正仔细研究着他的指尖，琢磨着要多久后那蓝色的墨水印才会从指纹上完全褪去。之前他并不了解监狱里的各种声音。但这些对于丹尼尔来说却并不陌生，早在他第一次被逮捕之前，他就已经继承了一种关于沉重的铁门和装有警报系统的通道的家族记忆，他早就跟他说过劳改、警局和“肮脏之人”[①]。保罗对警察一直保持着一种心不在焉的尊敬，这种态度是那些从没真正相信过自己会招惹上警察的人所不能体会的。

一个穿着制服的警官告诉他该是重新回到审讯室的时候了。他猜测着他们今天又会如何审讯他。昨天他就熬过了一场密集的、长达一小时的拷问，还得多亏了他之前受过的训练。如果他们逮住了你，丹尼尔曾说过，绝不回答，也绝不解释。只要你不说，他们就拿你没办法。当然，他当时说这些是为了作好准备，好让保罗为他所犯下的抢劫，或是销赃，或是侵犯等指控作辩护，但这条原则想必也同样适用于保罗现在遇到的这类状况。他越想越自信，他们没有办法证明当时他在那儿。

他们在走过通道时经过了一间盥洗室：保罗恳求能去一趟，长官可怜他，就站在隔间外等他。那就像是学校里考试的时候，如果学生要去洗手间，监考老师就会护送你到厕所，然后在小便池边徘徊着，就像是你在便池里用隐形墨水写了答案似的。和学校的厕所一样，这间盥洗室里的隔间也会放大里面的声音。保罗

① 在英国，警察常被贬低称为“肮脏之人”。

开始解大号，但溅起的水声令他尴尬不已。在这里，墙和天花板的连接处是更多的磨砂玻璃砖；任何人都不可能从窗户逃出去。他很庆幸水槽的上方没有镜子。他试的第三个皂液器里确实还有点肥皂：那团喷出来的泡沫看上去柔软而蓬松，但当他用它洗完脸之后却发现皮肤变得紧绷、疼痛，就好像他往脸上泼了漂白剂。他试着用小拇指蘸一点来清理牙齿，但是那肥皂的味道太苦了，他只好把它吐到水槽里。

是跟以前一样的同一间屋子，完全没有窗户的深蓝色的墙，让这间屋子在任何时候看起来都像是半夜。只有在门上齐膝高处的通风口，让保罗放心他们不会全被闷死在这里。那张黑色的富美家[①]胶木面板桌子做工粗糙；他们的椅子也是黑色塑料贴面的木头椅，但唯独他坐的那张是橘黄色的塑料椅，并用螺栓固定在地板上。那台双卡式录音机占据了桌子的一半。警官也跟之前一样：探长沃本和一个女人，那女人曾经告诉过他她的头衔，但她旋即又让他叫她克莉丝汀，所以他当时就没记住她姓什么，也不记得她是什么头衔。他们看起来精神都不错，这让保罗意识到，昨晚当他在局子里过夜的同时，他们可是回家去享受了他们自己的床铺、淋浴和马桶。沃本刮过胡子——他面颊上的皮肤看起来是粉红色的，生气勃勃——但他的下巴上已经有青色的胡楂隐约可见。保罗摸了摸自己的下巴，回忆着上一次刮胡子是什么时候。四天前？五天前？再有几天他就能蓄成络腮胡了。

① 富美家是美国商标名称，主营家具塑料贴面等。

他很难想象克莉丝汀真的是名警官。她抹口红，戴耳环，头发也修剪有型。和前天那个将他的皮带、手机、钥匙和鞋子拿走的矮胖、刻薄的女人相比，她简直太不一样了。在保罗看来，只有那个名叫罗布的五十多岁的责任律师看起来还像那么回事。他睡眼惺忪，头发油腻腻的，看起来像是个熬夜的家伙。保罗记得，昨天他刚到警局的时候就是这个样子，从他那卵形图案的领带和破旧的鞋子来看，他大多数时间应该就是这副模样了。

沃本死盯着他，克莉丝汀则微笑着，然后垂下了眼帘。他希望他能知道他们在想什么。丹尼尔喜欢用肢体语言：很自然，他比保罗见过的任何人都更擅长猜透别人的心思。他总是知道你在想什么。而正因如此，对他撒谎并不容易。

录音机咔嗒一声响之后开始工作。“2009年9月1日，9时20分，保罗·西弗斯审讯继续，”沃本说道，“我们正在谈论同年8月30日晚发生的案件。你睡觉的时候，我们和斯加洛克聊了聊。他全都告诉我们了。”

保罗并不相信他，反倒觉得受到了侮辱。沃本拿他当白痴吗？丹尼尔也许什么都做得出，但是他不会向警察告密。卡尔曾经说过那个警察们常耍的心理小游戏：那是他们受训的一部分，他们用心理学家设计好的误导性语言来吓唬你。沃本所说的话要怎么解释全看保罗如何反应，而他一开口就告诉沃本，他的小把戏没能奏效。

“我不信。”

“那好吧。”沃本耸了耸肩。他举起一张照片。保罗还没来得

及多想，那个在他脑海里重演了无数遍的场景又出现在他眼前。沃本用他的钢笔头点点画面中最可怕的部分。保罗眯起眼睛，但那照片还在那儿。他用拳头使劲按住眼窝，那个画面却更加清晰地刻画在他眼前。“别害羞嘛，”沃本说道，“这好像不是你第一次见到它了吧。”

保罗不知道他们为什么不提那个人的名字，他希望他们之后也别提。肯·希亚德。肯·希亚德。肯·希亚德。这个名字一直在他脑子里环绕着，像是打开他内心秘密的口令，他害怕一旦有人突然说出这个名字他会承受不住。他盯着桌子，木条装饰上的清漆早已剥落。他尝试着抚平一处裂隙，但是它已经被之前其他带着罪孽的手指给磨平了。罗布把他的椅子挪到墙边并靠着它，他左边的太阳穴抵在墙上。

“你看起来并不喜欢看到这张照片，”沃本高兴地说道，“也许你会想看看这张。”他取出另一张照片，照片上是一只带着个黑色屏幕的小小的黑色盒子。保罗之前并没有专心在听沃本说了什么，他花了好久才反应过来他正盯着的东西是什么。当他辨认出那台卫星导航仪时，他感觉到他手臂上的汗毛一根接一根地竖起来。另一张照片拍的是一条弯弯曲曲的通往一个村子的乡村公路，而那个村子的名字，将很快成为路人皆知的一宗案子的代名词。

“设备不错啊，”沃本说道，“这可是高级货。它们可以记录你去过的任何地方。而这一个甚至能记录你去那儿的时间。当然，它上面也布满了你的指纹。”那台设备里的第三幅截图显示的

画面是晚上11点20分他们到达了那个村子。案发前两小时。保罗的心跳得厉害，他努力想弄明白这对他来说意味着什么。“瞧。这才是事实。我们知道你们俩当时都在那儿。你们中的一个下的手。我清楚是哪一个。你也清楚是哪一个。她也清楚是哪一个。”他把头往克莉丝汀的方向摆了摆。她保持了那副高深莫测的样子，忧郁的眼神，僵硬的微笑。“亚马孙丛林部落里的野人都知道是谁干的。问题的关键在于是什么时候做的，而不是有没有做。”保罗摇了摇头，感觉脑子里嗡嗡的。他需要好好思考，快速地思考，但是沃本还在不停地说。“如果你不说，我来告诉你会是什么结果。运气好的话，我们就会控告你教唆、协同犯罪。要是运气不好的话，斯加洛克会说是你干的，然后你将面临令人头疼的审判。本来应该是你揭发他的词，会被他用来击败你，然后你将锒铛入狱，而我们都明白那不是你干的。”

克莉丝汀向前倾了一些，就像是凑过来给予他信心的。“我们都知道是丹尼尔干的。我们当然知道。我觉得你替他背黑锅有点勉强了吧，不是吗，嗯？所以我并不怪你不跟我说实话。但你当时确实在那儿，目前这是我们找到的唯一证据，而一旦我们开始真正深入调查此案，我相信我们会发现更多的证据。你看，我知道你怕他。”保罗感觉像是有块石头卡在他的喉咙里，克莉丝汀的脸开始摇晃。如果当时他哪怕只眨了一眨眼，他就可能败下阵来了：克莉丝汀的同情比沃本的蔑视来得更糟。“我知道你担心他会做出些什么。但那正是我想表达的意思：关于丹尼尔干了些什么，你告诉我们的越多，我们对他的控诉就越充分，然后他也会被判得更久。”

“你们明白我那么干会有什么后果吗？”他脱口而出道，“你们不了解他是个怎样的人。”直到看见罗布在椅子上坐直了，他才意识到他事实上已经招供了。

“正相反，我相当地了解丹尼尔·斯加洛克这个人，”沃本说道，“自打我当警察开始，就一直在追捕他爹。那小子的少年犯罪记录垒起来有门槛那么高。我盼他成年都已经盼了好多年啦。”

不再有丹尼尔出现的未来，他们说的真是这个意思吗？他曾经以为这只会是祈祷时的想象，但现在这似乎变成了一件可能的事，尽管他还不太确信。他的确曾经试图逃跑，但是并不是在这种情况下，死亡成了催化剂，自由成了牺牲品。尽管他也曾设想过他自己的人生规划，但是这是第一次，他觉得他不知该如何应对没有丹尼尔的生活。

整个屋子里唯一的声响是录音机发出的轻微、规律的咔嗒声，和罗布每次呼气时发出的轻柔的鼻息声。当保罗开口时，就像是跳下泳池最高的跳台：也许你并没有完全准备好要跳下去，但当你踮着脚站到跳板的边缘，几秒钟之后就发现水突然迎面扑来。

“我需要保护。比如，一个安全密室或者类似的东西。”

“安全密室？”沃本冷笑一声，“你知道那得花多少钱吗？那可是给重大案件准备的。”

“重大案件有多重大？”保罗问道。

“沃本探长的意思是，安全密室需要大量的人力，他们是为那些更易受攻击伤害的，以及那些处境危险的人和家庭准备的，”

克莉丝汀解释道，“恐怕皇家检控署[①]不会将你的案子列为特殊案件，或者认为你特别易受攻击。人们总是要作不利于朋友的证明。但我们可以给你提供一定程度的证人保护并且……”接下来是一阵沉默，她向上翻翻眼，心里思索着什么。当她再次开口，她的声音变得很轻快。“我觉得我们可以都来杯茶。”她说道。

“什么？”沃本道。

“审讯在9时31分中断。”克莉丝汀说道，并按下了暂停键。

沃本注视着她，但他没有反驳。保罗突然明白了她是他的上司。现在很明了了：要是换成丹尼尔一定几秒钟就看出来了。这两位侦探一同起身离开了房间。他们的声音，他的刺耳些，她的轻柔些，随着他们走远逐渐变轻。刚才把他从牢房带到这里的穿制服的那个人回来站在门口等着。

罗布重新放松了点坐着：此刻他的下巴抵在胸口上，摆出一副公园的长凳上那些流浪汉的经典造型。“嗯，现在事情的局面又不一样啦，”他说道，“我觉得该是时候抽根烟歇歇了。”

这样一来，就只剩下保罗一个人和穿制服的警官一起待着，他看着那台被按了暂停键的录音机：它的两个转轴，一个标有橙色标签，另一个是纯白的，不断地小幅度动着，好像它们想要挣扎着逃脱一般。五分钟后沃本和克莉丝汀端着五杯茶回来了，也许他们去了有一小时，保罗已经分不清了。茶水装在双层的塑料杯里，这样就不用担心拿着的时候会烫手了。到昨天为止，他喝茶从来没用

① CPS，Crown Prosecution Service的缩写，英国皇家检控署。

过一次性杯子。就是在丹尼尔那儿，茶水也总是盛在专门的茶杯里的。但是一旦你习惯了用一次性杯子喝茶，其实也就没那么糟糕了。茶水里的糖放得正适量。他以为他们要等罗布回来以后才会继续录音。但是克莉丝汀先开口了。

“我们也许可以采取一种折中的办法。现在，你的双手沾满了鲜血，当然我这是打个比方，但我想，如果我们，呃，如果我们重构这个案子，让你的身份变成起诉的目击者，我们就可以牢牢制住丹尼尔，而你完全不会被牵扯进来。”

“你是什么意思？”保罗问道。卡尔总是告诫他们，天上不会白白掉下免罚出狱卡。

“我会和我的一个老朋友谈谈，她是做社区项目的。她做的社会工作对象主要是年轻人，她曾经帮助过改造青少年罪犯，还有，呃……弱势群体。”尽管保罗的历史并不光彩，但他内心里还是有些抗拒“罪犯”这个词，而对“弱势”这个词倒并不反感。他觉得自己就像一只没有了坚硬外壳的螃蟹。“她会想办法把你弄出去，然后给你安排个住处——不，不会住在安全密室里，但是她目前的项目在沃里克郡。那里离这儿足够远，你可以有个新的开始。我想那是一些类似园艺工作的项目。那会是些艰苦的体力活，但它可以让你远离丹尼尔。”

保罗差点当即就回答说，如果他可以从这堆麻烦事中摆脱出来，并不再受到丹尼尔的困扰，他非常愿意铲一辈子的粪。他的一部分似乎离开了他的身体，在屋子里来回飞旋，好像是让他尝尝那种他可以拥有的自由的滋味。但首先，他必须问清楚他们到底是什

么意思。他受够了晦涩不清，他需要他们明明白白地讲清楚。

“但这是有条件的……”

“你必须告诉我们你看见丹尼尔都做了些什么。”

“但我受牵连的部分怎么办呢？”

“什么牵连？你是个目击证人。”沃本说道。

“但是我……”然后他明白了。克莉丝汀泰然自若地坐着，而沃本则尽力装出一副很有耐心的样子。她把手掌放在他们中间的桌子上，这样她的指尖离保罗的只有很短的距离，保罗突然有种冲动想要握住她的手。“那么，你觉得怎么样呢，保罗？”她问道。

Chapter 2 在肯辛顿市场

1989年4月

路易莎跟父母住在一起，她的卧室在一楼最靠后的部分，一边是车库，另一边是过道。透过庭院门看出去是一片不大的院子，什么也没种，有一种隐秘的感觉。

“我不知道你怎么能忍受睡那个房间。”米兰达说。她住的房间在爸妈房间的楼梯口对面，“你那儿离我们大家太远了。”

“是啊。”路易莎说道。

的确，如果有人闯进来，翻过后门，避开警报器，闯入钢制前门，她会是第一个惨遭毒手的，但这也是她自愿的，因为住在这里，她就可以把音乐开得很响，并独霸一楼的浴室了。底楼的卧室内置有独立的预警系统：从听到大门被打开的声音，到车被停入车库，再到钥匙插进前门之前，总是有足够的时间让她的客人迅速离开。那多褶的眼睑和多彩的眼影让她看起来很热烈，这使得一些男孩子，一些将要跨入成年男性群体的敏感的男孩子难以抗拒。他们中有多少人曾经蹑手蹑脚地，甚至鞋子都没穿，走过那条卵石铺成的狭窄过道？她也可以溜出去参加派对——不管怎么说，那些最有意思的派对总是在家人都上床了之后才开始的——然后在天亮时分再偷偷溜回来。路易莎的父母很为他们这种开明的宽容而自豪，而这可是路易莎精心营造的感觉，她会张扬她那些最轻微的放纵，却将那些她知道会让他们担心的部分给隐藏好。这其中的奥妙在于先设定好自己想要的那个尺度，然后给出一个高于那个尺度的标准，这样一来当他们作出一点让步的时候，你就可以回到你原来想要的那个点了。

她仍然不愿回忆几个月之前她的处境、受到的威胁，那时正好在她十八岁生日前后，她父亲突然提出说要把底楼的卧室改成一个健身房，然后把楼上的那间客房腾出来给路易莎。一想到要搬到房子的正中央就让路易莎痛苦不已，她晚上甚至因此睡不好觉，而这个时候她更应该担心的是她的甲级考试①。在几个月多余的担心之后，她父亲尼克·特里维廉花钱置办了一套B&O②的环绕立体声的影音设备；他和妻子莉娅加入了奥林匹亚附近的一家价格不菲的私人健身房。在那里，他们可以在个人教练的指导下练习举重，在那个带拱顶的盐水游泳池里游泳。他们办的是家庭会员卡，这就意味着他们的女儿也可以经常来。米兰达是个乖乖女，无论在什么事情上都随父母，不管是在伦敦大学念医科，还是在早餐时读《卫报》，她凡事立马就同意父母的意见。她把她的锻炼方案叫做“训

① 在英国，甲级考试是大学入学考试的一种。

② Bang & Olufsen，邦·奥陆芬，丹麦一家HIFI影音制造商，1925年创立，系世界顶级视听品牌。

练”，好像她在为参加巴塞罗那奥运会[①]热身一样。路易莎拒绝和他们一道，尽管她看得出锻炼的效果很显著：米兰达就好像穿了一件紧身胸衣，每过一周，胸衣的绑带就会更抽紧一些。倒不是因为路易莎不喜欢运动本身，只是在一台机器上跑得飞快，却又一直待在原地，总显得有点呆板和奇怪。

他们三个可以坐在早餐桌前，往精心配好的健康什锦麦片早餐里撒麦麸；而她用黄油煎鸡蛋的时候，能感觉到他们盯着她的后脑勺看。他们甚至在穿着上也开始变得相似，他们都穿那件浅灰色的背后印着健身房标志的运动衫。运动衣和整栋房子的色调非常协调，从前门到屋檐下她父亲的书房：墙壁和地毯是白色的，家具是淡色系的。住在这套房子里，就像是住在曝光过度的相片里，而穿着黑色、红色或者紫色的路易莎在其间，就像是突兀的一抹暗黑。

她想把她的卧室粉刷一遍。在波特贝罗路[②]上，她用一张五镑钞换了差不多一满罐黑色油漆、一些金色的叶子和两卷半深紫红色的天鹅绒墙纸，绒面质感很好，绒毛厚得足够将手指陷进去。它们一直被搁在她床底下的抽屉里，里面还有她的蒸馏器和蒸馏用具，她一丝不苟地贴好标签的瓶瓶罐罐、她的书还有她的性用具。如果她在他们全都去工作了或者去健身房的时候粉刷墙壁、并贴上墙纸，要过多久他们才会注意到呢？没有人会注意到，除了每天（当然，是她自己邀请来的）那些踏破门槛的客人们。

最好还是要得到莉娅的同意，但是，在跟他们解释完去肯辛顿

① 1992年奥运会在西班牙城市巴塞罗那举行。

② 伦敦有名的波特贝罗路市场，是周六开放的跳蚤市场。

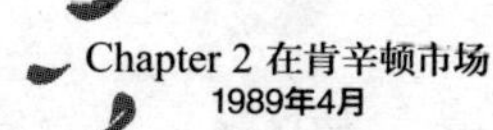

市场[1]工作是个正确的选择之后，她已经没有多余的力气去说服他们其他事情了。她最终没能考上大学，但那之后，她的父母仍然保持着那种“假装理解”的状态。那是一场不怎么愉快的谈话，没有像往常那样谈到锻炼的话题。路易莎曾经一度揣摩着那个不容改变的底线。结果跟她预料的差不多，在两分钟之内，她父母的态度由不理解变为不同意，最后开始嘲笑她。

“你要去市场上看货摊？”莉娅说道。

“是你说的我必须找点事做。”

“我说的是找点有意义的事做。我们希望你可以继续上学，或者至少去旅行。到目前为止，你的大部分零花钱似乎都被你拿来买酒喝掉了。”

“学校我已经去够了。我需要的是生活经历。我不像你和米兰达那么爱学习。我只是想……哦，我不知道。”她环顾四周寻求着支持。米兰达窝在一张碗形的圆椅里，腿上放着一本硕大无比的课本。当她转过头来说话的时候，她身子下的竹椅子吱嘎作响了几声。“妈，我十八岁的时候就做过一份星期六的兼职，在一家日用杂货店里，记得吗？”

“那不一样，”莉娅说道，“那个挺适合的。”

尼克说道：“但肯辛顿并没有什么市场呀。难道他们在其中一个广场上摆了个集市？”

“那是个室内的市场，”米兰达说道，“在巴克集团对面的街

---

① 肯辛顿市场，伦敦一处起源于20世纪20年代的犹太旧货市场。

角的那栋大楼里。”

“我似乎从来没注意过。他们都卖些什么，水果和蔬菜？”

“不是的，爸爸。他们卖些非主流的时髦衣服、音乐用品，还有珠宝。”

“哦，”他重新把注意力集中到路易莎身上，“那你会卖什么呢？”

“卖油。”

“油？像橄榄油那种？”尼克问道，“我记得你刚才说那儿不是个卖食品的市场。”

“各种油——”她故意把尾音拖长。

“可是亲爱的，你不会做菜呀。”她母亲说道。

这让路易莎很不爽，她总是自以为是个学识渊博的人，只是还没有找到发挥聪明才智的途径。“香精油，”她以一种造作出来的耐心的语气说道，“芳香疗法。具有治疗效果的植物精华。就像你知道的，薰衣草能使你放松，鼠尾草能让你亢奋——”

“哦，有治疗效果，”尼克说道，“就像水晶球的心灵感应一样。”他们开始嘲笑她；路易莎有点恼怒。她再次后悔她曾经告诉他们关于水晶球的事。回想起来，她曾经相信的东西似乎是有点傻，但是她当时只有十四岁，而他们这样一遍又一遍地重提四年前的旧事对她不公平。她不止一次宁愿她的家庭是那种直接跟她大吵一架，而不是嘲笑她的类型；这是她所不能忍受的。

“哦，饶了她吧。”米兰达说道，“我觉得挺好的。总比卖空气芳香剂强吧。而且，对臭氧层也没什么污染。”

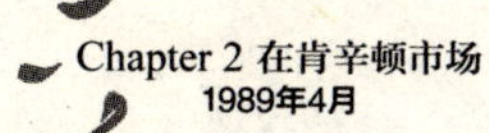

“但那才是重点，”路易莎说道，“它们不光只是闻着好闻。真的有证据——”她突然闭嘴了。她不应该用“证据”这个词的。

“我一定是错过了讲刺血针的那一期，”尼克说道，“还是发表在另一本我没有订的同侪评鉴期刊上了？”路易莎知道，再这么说下去，用不了多久，他们中的一个就会蹦出“实证”这个词，然后她真的要发火了。“路易莎，我们已经就这个问题说过很多很多次了。除非有实证研究来支持这些理论，否则它们就只是些骗人的万灵油而已。”

“你反对得还真快，尽管它们根本就不算是替代——”

“这些东西就属于替代医学[①]，因为它们就是用来替代药品的。如果它们有效果，我发誓我开处方的时候会把它们写上去。我是认真的，路易莎。我见过太多的病人，把他们一辈子存的钱都给了一些骗人的庸医，指望靠他们吹嘘的气味和铃声长生不老。”

“哦，见鬼去吧！”路易莎大声喊着离开了房间，她真希望能有一扇门好让她可以用力地甩上，她因为他们动摇了她的想法而气恼。

“这只是一时风行，就像顺势疗法，或者佛教那样。”她听见母亲说道。

尼克轻蔑地哼了一声道：“这次她有了份新工作，这就足够保证一个月之内她就会自动地乖乖投降。我保证，对她来说，每天早

① 替代医学，也叫替代疗法，是由西方国家划定的常规西医治疗以外的补充疗法。按照西方的习惯，替代医学包括了冥想疗法、催眠疗法、顺势疗法、按摩疗法、香味疗法、维生素疗法等，传统的草药和针灸也归在其中。

上都得早起上班会很快让那份新鲜感消失。”

这次虽然她勉强赢了，但是是以她自尊心的创伤为代价的。她尽可能静悄悄地下了楼，走去市场，然后告诉艾薇拉她明天能来上班了。

路易莎很喜欢她住的地方。那是条格卢斯特路旁的小街，高耸的爱德华风格的大厦所在的街区散布着窄小的排屋。小的时候，她常常把这里的街道想象成是不同颜色的蛋糕做的，上面还撒着旋转小花糖饰；砖结构的建筑和它们投下的影子像是牛奶和白巧克力，那些错综复杂的涡卷形石头装饰就像是糕点的糖霜镶边。豪宅底下的小屋和马厩房被刷成了软糖的颜色。走在她家附近的街道里，总让她有想吃糖的欲望。

肯辛顿市场是一栋五层高的楼，里面由各种逼仄的楼梯、曲折的通道和漆着黑色墙壁的货摊组成了一个迷宫，有点像地牢，又有点像迪斯科舞厅。进入这栋大楼就像是进了地狱，但还算是个富裕的地狱。艾薇拉的摊位在一个夹层上，夹在一家文身店和一家复古服装店的中间。通道的尽头，防火门附近，有一幅黄色的壁画，画的是一群穿着阻特装[①]的黑人正离开牌桌开始跳舞；看着它的时候，似乎真的能听到爵士乐在耳边响起。

艾薇拉像米兰达这么大年龄的时候还在上学，那时她叫艾莉诺，但当时她跟路易莎的关系并不是很好。在她从学校退学的两年后，也就是路易莎上第二年预科班的时候，她们开始在酒吧和夜店

① 20世纪40年代流行于爵士音乐迷等类人中的上衣过膝、宽肩、裤肥大而裤口狭窄的服装。

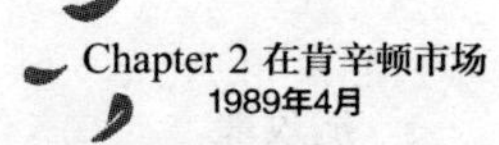

里再度有了交集。即使是在那个怪人成群的市场里，艾薇拉依旧很出众：她那头及腰的长发，她的鼻钉，还有她戴的面纱；每天她都会在眼睛和鼻子前围上一层蛛网纱，每天她也会用眼线液把她那对英国式圆眼画成埃及式的杏仁眼。她在这个市场里有三个摊位，路易莎将要去的那个叫“挥发性精油店”。店铺装修得就像一个欧陆的烟草店，她面前摆着一张小桌子，上面放着几袋指甲花和一些佛香，精油都陈列在她身后两边那些高高的、狭窄的架子上，所以顾客需要什么只能让她去拿。放在手边的几种是卖得最好的，都是些低档的很快挥发的葡萄籽油。真正的好东西都放在架子的最高层，那是些昂贵的、稀有的有机精油，装在像蓝宝石一般闪闪发光的深蓝色小瓶子里。一周之后，她闭着眼睛都能辨别出每一种精油：两周之后，她用薰衣草油、橙花油和广藿香油自己调制出一种复方精油，这种油让她睡得太沉了，以至于她两次上班迟到。她的大多数顾客都是些旅客。路易莎怀疑他们买的那些油最后都会被遗忘在旅行背包中任其变质，或是被扔在小旅馆里，尽管几年后，他们也许会闻到一丝乳香或是迷迭香，然后回忆起他们曾经来伦敦玩过。每当她成功地说服顾客，让那些原本不相信精油要花这么多钱的人，买下纯玫瑰精油或是蒸馏香蜂草膏时，她会感觉到一种近似宗教性的喜悦之情。她喜欢推荐烧腊香熏炉给顾客，并演示给他们看如何把香精油滴在用蜡烛加温的水面上，这样它们就会熏燃却不会发出嘶嘶的响声。

“我可没要求你要这么敬业。”当艾薇拉发现路易莎在读巴特拉姆的《草药百科全书》时这么说。被艾薇拉发现自己真的如此认

真地对待这些，路易莎还有点尴尬。

“只是没有顾客的时候随便翻翻。”路易莎说道。

“我又没说不好。你上个星期天赚了三百镑呢。”

路易莎开始喜欢上了每天的生活节奏，早上顾客还没有来之前有一段安静的时光，收摊后也能跟其他摊主一同在奶品冷饮铺或者亨利·阿富利卡酒吧喝点苹果酒。她尤其享受午餐的时光。在那几小时里，她会一个人去老德里和汤姆百货公司的屋顶花园里待着。不站到这个城市的最高点，透过层层烟雾往下看，你是不会注意到，几乎没有人抬头向上看。天台上有三个独立的花园。奇怪的是找到这里的游人并不多，并且大多数都会被一些惹眼的东西吸引停住脚步：有着粉红墙壁，掌纹路线和摩尔式几何图案的西班牙花园，或者是那个有着池塘和鸟儿的英式树林花园。大多数人仅仅是穿过了筑着围墙的都铎花园，来到露台上，从那儿可以眺望到布朗普顿礼拜堂和履带牵引式列车，它们从海伊街肯辛顿站的环线处缓缓驶向远处巴特西发电站。对路易莎来说，那自是她的目的地。当然，它不可能是真的，像这样坐落于一栋艺术装饰派大楼的顶上；但它那褶皱的墙壁纹路中留存着的薰衣草香气，和铺在她脚下那“人”字形的石子，让这里的时空看起来有别于外面的世界。她牢牢地守卫着她的地盘，像一只猫一般，她每天中午都悄悄地沿着德里街走，不告诉任何人她去哪里。她一直惶恐着哪天会突然遇到某个摊主，或者，老天保佑，某个曾与她发生过一夜情的男人，他们可不会善罢甘休，他们可以在市场周围接连徘徊几天来逼她说实话。遗憾的是只有他们还是陌生人的时候才显得那么有魅力。她总是一开始就这样跟他们说。但他们从来都听不进去。

她以一种人类学家的兴趣观察着那段在替人刺文身的马迪和在市场咖啡厅工作的意大利乡村摇滚乐手洛贝塔之间迅速发展的恋情。他几乎每隔一小时就要跑去咖啡店一趟，其间路易莎会帮他照看他的摊子，而为了回报她帮他找女朋友，他提出以实物来报答。他们以她的右耳作了约定，马迪负责替路易莎穿耳洞、挂银耳环，只要她的耳朵吃得消，她可以想挂几个就挂几个。

她父母对她那好几个耳洞的宽容态度简直令人不能忍受；还有她的紧身胸衣、她那染成蓝色的头发和那条挂着一个极显眼的象征异教生殖崇拜的银质符号的黑色皮项圈，他们也都没有注意。直到事情发生了之后，当她的衣服变得呆板邋遢，她脸上夸张的彩妆都被擦洗干净，她的头发也重新恢复了原本的棕褐色，她的父母才开始担心他们的小女儿。但那也只是在爱的另一边，在死亡的另一边，到那个时候，她的父母或是其他任何人再为她做任何事都已经无济于事了。

Chapter 3 凯斯提斯
2009年9月

保罗乘快速列车到了芬丘奇街车站，从那儿走了一小段路到了塔丘地铁站，他中途路过伦敦塔，穿着工作服的人们都从它旁边匆匆走过好像它只是栋普通的办公楼而已。他换乘了两条线穿过市区，在贝克街那迷宫似的换乘站，他担心自己是否能顺利换乘。当他终于到达梅利本区的时候，已经是他离开家两小时之后了，而他再也不能把那个地方叫做家了。那时是早上十一点钟，那个宽敞、安静的地铁站看起来像是已经被废弃了。他在玛莎百货买了一份农夫三明治，然后坐在一张红色的长凳上大口吃起来，其间还不停地往四周张望。他本来觉得坐在长凳上还挺好的，但是那是位于广场中央的六边形的一圈座位，这样一来，不论你坐在哪儿，都会有一个盲区，所以他只好去靠着墙根待着。他一直十分确定地相信有人——卡尔的某个手下或者就是他本人——正在跟踪他。他用手拨弄着口袋里的手机，犹豫着什么时候他才能鼓起勇气重新开机。无数次他拇指都已经探到开机键了，但又无数次缩了回来。他急切地

渴望能给妈妈打个电话，但是在确信绝对安全之前他下不了这个决心。他们上一次通话是他在警察局给她打的；他告诉她说他只是遇到点小麻烦，他有办法摆脱的，让她一定好好地待在家里。她问他为什么不回家去。他没办法找到一种不会吓到她的解释，所以他只是含糊地向她保证一切都会没事的，然后就挂了电话。

尽管列车上几乎没有什么乘客，但是他还是换了两次车厢。最后他找了个厕所间旁边的位子坐下，因为从这个位置，前后两节车厢都一览无余，而且厕所还算是个藏身地。齐膝高的地方是一个堆满了一次性纸杯的垃圾桶，从里面溢出的污渍在它的侧壁上留下道道污痕。在他前上方的墙壁上贴着一张画着铁路网的地图。没什么名气的小镇和著名的大都市被一些线条和圆点连接起来，表示着向北部和西部延伸的铁道。他想知道丹尼尔现在在哪儿，怎么样了。

沃本开了一辆不起眼的车把他送到格雷斯河段，然后等在外面，让他自己进斯加洛克家的宅子。卡尔的车不在那儿，但他可以听见园子里的狗在叫，他进门之前犹豫了一下，但马上冲到二楼抓起那个他几天前准备好的手提旅行包，当然那时他本来另有计划。出来的时候，他随手抓过卡尔的那本破旧的交通地图，塞进他的夹克衫的里袋。沃本跟他打包票——起码他是那么说的——说丹尼尔已经被指控，并将在审判之前一直被拘留，而那个审判，将会是几个月之后了。保罗满怀愧疚地猜想丹尼尔是否会被迫作供述，如果真是那样，那谁会替他复述口供呢？

右手边的车窗外是一片叶子快掉光的灌木，而左边则是延绵的小山坡，笼罩在褐色、青色和灰色的阴影中。他不知道自己在哪

儿。赫特福德郡？贝德福德郡？肯定不是沃里克郡，还没到那么远。他再次掏出手机，但他并没有开机，而是撬开后盖，把SIM卡给取了出来。他穿过两节车厢的连接处，随后发现在那里，窗子可以被打开一道缝。保罗松开拳头，SIM卡就从打开的窗缝里飞出去了。他觉得肩头一松，舒了一口气。

列车减速了，窗外的乡野景色看起来似乎在缓缓地从一节静止的车厢旁移过。列车检票员跟他说他们将要到达利明顿（地图上标的是利明顿温泉镇，但他并不这么叫它），大概晚点了十分钟。他低声抱怨着有人故意破坏铁路，这引起了保罗心里的条件反射，让他觉得自己很罪恶。他在地图上查看他的目的地。凯斯提斯村太小了，没有自己的车站：它位于考文垂和利明顿的中间，对于那些地方，他除了听说过名字外一无所知。那个村的面积估计只有格雷斯河段住宅区的四分之一。它也许的确远离伦敦，但是它看起来太小，小到藏不住他。

在利明顿车站，别的乘客纷纷下去等接站的汽车，或是干脆大步走向那个陌生的城市。当其他乘客都走完了之后，站台上还剩下一个人。那是个跟他差不多年纪的男孩，穿着牛仔裤，裤脚塞进长筒工作靴里，上身穿着件保罗看着觉得还不赖的皮衣。他们的眼神匆匆扫过对方，然后那个男孩笑了起来。

“你是保罗·西弗斯？”他问道。他的嗓音轻柔，带着苏格兰口音。“我是卢斯。德美特派我来接你。她很抱歉不能亲自来，她女儿病了，她走不开。我这儿有你的钥匙，还有新人手册。”他将一堆宣传册展开成扇形，然后晃荡着一枚穿在一条蓝色塑料链子上

的钥匙，“我们就快到啦。”

他们身后的火车站宽阔雄伟，但停车场对面却是一排广告牌，零散的几栋建筑颜色暗淡，墙面的涂料都开始剥落了。他们沿着和铁道同一个方向的路进了城，铁路在他们头顶的高架铁道上。沿路有一家平价超市，一家持照酒铺，两家卖莎丽服的，和几家破破烂烂的房产代理。桥和一家店铺的后院之间是一家心理健康慈善机构，中间有条仅容肩宽的通道。铁道在他们头顶上四十英尺高的地方，野草像水流一般从那些发黑的拱形支柱上蔓延下来。一列排开的门，通向有些逼仄简陋的后院。

“这儿就是给你准备的。”卢斯说道，语气里有些怀疑。

“我不是要住在凯斯提斯吗？”

“噢，没人能吃得消凯斯提斯的房子。不管怎么说，那里没有像我们这样的人。那儿可是全国百万富翁分布密度最高的地方。你周一到那儿的时候就会看到的。我们大多数人都住在考文垂路上更偏僻的地方。说实话，我不知道为什么德美特要把你安排在这儿。”

“之前没多少时间，所有的事情都是临时通知的。”保罗说道。

“当然。抱歉。”保罗揣测着他知道些什么。“好消息是，在利明顿，繁华的那部分城区在铁道以北。严格地说，你也在它的北面。大约偏北六英尺。但是还算是在北面啊。”

卢斯瞅了瞅钥匙串上的标志，然后在一扇标着45B的门前停了下来。保罗推测他的公寓房下面不是家自助洗衣店就是家印度餐

馆，因为有两股水汽从房子下方的两家店喷出来。当他走进他的公寓时，他看到十多个空的装过印度酥油的缸，有鼓那么大，都沿着小路排列着。前门就是一块红色的厚木板，旁边白色窗格条围着的窗子通向一间昏暗、肮脏的小厨房。两辆自行车挂在墙上的钩子上，双座沙发上散落着一些外卖菜单。

“有别的人住这儿吗？”保罗问道。像这样算不上是个家的房子，他从来没进去过，更不用说住过了。

“显然是几个开货车的波兰小伙子吧，”卢斯回答说，“我估计你不怎么见得到他们。这儿差不多是你一个人的地盘了。”

他们小心翼翼地爬上楼梯，外面的光线照不到那儿，二楼的楼梯平台处也很黑。只有一丝光线从一扇门透出来，保罗猜那一定是第一间卧室了。再往上一截楼梯，那间唯一开着门的房间想必就是他的了。房间挺宽敞的，一个廉价的固定式壁柜占据了整面墙，这么大的储物空间一个人根本用不了，即使是个女孩也绰绰有余。床紧贴着天窗，窗玻璃上笼罩着一层厚厚的灰尘。那床比他在丹尼尔家睡的充气垫要大些，但比他在他母亲家睡的双人床要小点。保罗惊讶地发现，那是由几条床单堆起来的，一条滑溜溜的印有复杂阴影图案的黄褐色床罩僵硬地叠在最上面一层。他得自己去买羽绒垫子。

卢斯把那些小册子展示给保罗看。最上面是一张公交车时刻表。

“K12路会直接把你带到工地去，”他说道，“你的那站就在村子的下一站。稍不留神就过了。”

“那车站？”

“那村子。就这样扔下你我真难受，”卢斯说道，“我真想能留下来跟你喝杯啤酒，聊聊天。但是我必须得回庄园去了。之后我还跟凯斯提斯军火的酒吧女侍有个约。周一怎么样，下工之后？我们一起喝点啤酒？”

“我很乐意。”保罗说道。

他站到床上看着下面的街道。卢斯出现在通道，然后在公交车站等车，车站就在他卧室的窗子底下，卢斯一直在发短信。保罗在想他是否应该跟他要个手机号，但马上想起来他的手机已经不能用了。他的心一沉，因为他突然意识到他已经把艾米丽的号码连同SIM卡一起扔掉了，甚至都不曾试图去记住它。这并不会改变什么，她并不会再联系他，特别是现在。

公寓的其他部分也都很简单。整栋公寓里没有公用客厅，也没有电视，只有一间厨房、一间浴室和三个卧室。浴室和高架铁道的拱形支柱相接。在他简陋的卧室和外面来来往往上下班的人群中间，只隔着一条破破烂烂的网眼窗帘。

保罗开始试探性地去利明顿转转。靠近他这个方向的城区的多数小酒馆，门是开着的，只是窗子上都结了霜。他向右拐到了海伊街的尽头，那儿有一个公园，和几栋看起来不那么严肃冷酷的房子，过了那些房子，这条街就改名叫“帕雷德街”，房子也越来越好看了。帕雷德街由两排长长的、相对着的奶油色的摄政园组成，在一个斜坡上节节上升，所以这整条街看起来像是从一座白垩丘上雕刻出来的。临街一层开的都是商铺和餐馆：保罗在一家威勒斯本酒馆门前停住了脚步。几杯啤酒下肚，他也有了勇气走进他公寓房下面的那家巴尔蒂锅菜[①]馆。自从上回在伦敦吃了那个三明治之后，这盘盛在小银碗里的咖喱鸡是他这么多天来入口的第一样食物，他的喉咙和胸腔像被浇了某种酸性化学试剂一样烧灼着。当他回到公寓后，他的波兰室友们也不见踪影。

他十点左右就上床了，但是在午夜时分突然被惊醒，是酒吧打烊了，外面的喧哗、呕吐和打闹的声音乱作一片。接下来的几个钟头，他都迷迷糊糊，半醒半睡的。五点过一点的时候，他刚觉得夜晚的喧闹应该平静下来了，窗外的火车又开始了，每次经过都似乎要把整栋房子震塌。到了八点钟左右，所有的声音汇成了一片嗡嗡的嘈杂声，而他也就伴着这些声响沉沉睡去。

周六他刚醒来的时候似乎还挺有目标，但是当他买完一张新的SIM卡和一些合适的床单被褥后，这一天又显得无事可做了。保罗开始变得焦虑。他曾经被丹尼尔束缚得太久太久，以前他每时每刻该做什么都是丹尼尔说了算，现在摆脱了丹尼尔，他反而有点茫然无措。周日的时候，他决定去探探他要去做工的路线。那张时刻表上写着，K12路公交车周日每隔一小时一班，他正好赶上了。几分钟之后，他就到了郊区。那里的路都没有路标，零零散散的几栋房子也都是一模一样的浅砖红色。其中有几栋还是茅草屋顶的。道路突然向右急转，前方出现了一座小小的石拱桥，还是那种浅砖红色的。这里看起来就像是明信片上的风景，除了桥两边竖着两块牌

① 源于巴基斯坦和印度的一种菜。

子，上面写着减速慢行：2008年本路段12人伤亡。公交车司机飞速驶过那座拱桥，几乎只有两个轮子着地。直到到了凯斯提斯军火酒吧，看到了一块写着周日午餐的广告牌，保罗才意识到他已经到了目的地。他紧握着扶手努力让自己站稳，然后按了按电铃示意司机停车。谁会知道这是个公交车站？这里看起来就像是个少了围墙的花圃小屋。

他环顾四周，发现自己来到了玩具城。房子已有些年头，但不显得破烂，花园都被修缮得相当完美；少数几辆没有停在车道上的汽车都擦洗得锃亮，整整齐齐地停靠在路边。凯斯提斯军火是间老式的酒吧，在村子中央地势稍高的一个小丘上，外墙刷成象牙白。透过它的窗子看不见里面，但是那些小小的菱形窗格玻璃倒是挺招人喜欢的，它们每一块都以一个不同的角度反射着阳光。除了这些之外，再没有别的建筑了。没有教堂，没有商店，什么都没有。自然也没有人可以给他指路，告诉他怎么去庄园别墅。他爬上那个小土丘想看看能发现什么，但在那连绵起伏的沃里克郡的乡野，只能看到远处成片的田野和树梢渐渐向更远方蔓延，却很难估计近处的环境。

最后他总算找到了它，一条狭窄的路通向那儿。路的尽头立着一根杆子作为标志，就像是某个地产经纪人的布告栏，上面写着一个名为威瑞迪塔的神秘组织负责凯斯提斯花园别墅的修复工作。另一个标志上写着该修复工程将于二〇一二年春完工。那两个标志几乎遮住了一座小房子，同样是淡砖红色的，坍塌的墙体让保罗觉得像是一座小孩子堆的沙堡被人踹了一脚。房子最高处的砖就到他的手肘处。一些杂乱生长的植物攀上了屋顶。一只退色成淡粉色的可乐罐躺在地板上，旁边还有一只破碎的啤酒瓶，酒瓶碎片如同圣诞节用的装饰，香烟盒烂成了纸浆。很明显，这原来是一间门房；也许这正是为什么这间房如此之小的原因：屋子里都躺不下一个人，那门卫也就不能在值班时打瞌睡了。

马路渐渐变成了一条土路，路的尽头是几间形状大小如装运箱的小屋。屋子和屋子之间有电缆相连接，但是屋内并没有光线照射出来，屋子的门也都关着。透过两间小屋之间的夹缝，好像透过壁垒的缝隙，他第一次看见了那栋别墅。

凯斯提斯别墅坐落于一座陡峭的小丘上。它是一堆废墟，一处残骸，好似小丘的婴孩一般。屋顶不在了，窗户也仅存两扇，分崩离析的墙体上摇摇欲坠的石头框架好像破破烂烂的蕾丝花边。三根烟囱依然残存着。是何等优越的构造使它们挺过了那些摧垮其他部分的狂风暴雨、侵袭和岁月？建筑的底部因湿气或苔藓显得颜色暗沉，这使得它看起来像是一个从地里吸取水分的有生命的东西。

保罗跑上小坡来估量它。进入废墟之后，他伸长脖子仰望四面。残留墙体的中间部分石块较厚，他猜测是原先铺设地板的地方，一处拱形的砖结构刻画出一个巨大的壁炉曾经所在的位置。一段螺旋形楼梯的残迹在半空中戛然而止。古老的须状植物从台阶的裂隙间生长出来。他绕着别墅废墟走了一周，俯视着下面的庄园。辨别不出凯斯提斯庄园的尽头和周围农田的分界线。到处可以看出新的秩序将要被建立；矩形的空地已被清理出来，通道已被做上了标记，但绝大部分的土地仍然是正在掉叶子的树林和密不透风的灌木丛。天空在他头顶向远方伸展成淡紫色和煤黑色，大片的云朵预示着比大雨更富戏剧性的东西：如果一朵云分开成两半，露出上面的一只巨大的虎视眈眈的眼睛，他也不会感到一丝惊讶。凯斯提斯别墅的某些东西唤起了他长久以来被深埋的关于童年的记忆，关于虚构的勇士和国王的游戏。保罗双手紧握，一脚蹬在一块突出的石头上，假装做出从岩石深处拔剑的动作。他挥舞着兵器，转身将剑尖指向一名想象出来的敌军，幻想着他能听见剑刃划过空中发出的嗖嗖声。有那么一会儿，他沉浸在自己愚蠢的幻想里，就像当他还是个小男孩时那样自由地徜徉在想象之中。他感觉回到了遇见丹尼尔之前的日子。那个时候，他父亲还活着。

Chapter 4 血迹

2002年6月

在利亚姆·西弗斯死亡的当天早上，他还和妻子性交过。“性交”是个技术性术语，就是上床的意思；保罗刚在前一周一节专门的科学课上学到过。他费了好大劲才将他课本上这个干巴巴的生物学定义和他在杰克老爸的手提电脑上看到的图片联系起来，更不用说从他父母的房间传出来的笑声和吵闹声了。他爸爸刷完了牙后去冲澡，一边还哼着“他们的”歌，唱的是对我做点什么和挂在线上之类的。他妈妈一直待在卧室的卫生间里，门关着。

保罗从八点半开始就一直边看着电视边不停地吃着早餐麦片。当他听到爸爸下楼的声音时心怦怦直跳，但旋即又松了口气，因为他看见爸爸穿着他的蓝色工装裤。这表明他将到他的工作间里工作去了。

“早上好，保布罗！”爸爸说道。他吻了吻保罗的额头，把水壶塞到水龙头底下。保布罗是保罗的西班牙语叫法。妈妈总是说，他们给儿子起名叫保罗的原因是因为这个名字再简单不过了，而爸爸则故意加上一个字来嘲笑妈妈的这一说法。爸爸说他实际上是因保罗·威勒①而得名，但这是他俩的小秘密。

“你在弄那个书架吗？”保罗问道。除了专辑封面上的注释以外什么也不读的利亚姆一直无法理解儿子对书的热爱（“他一定是从你那儿遗传来的。”他这么跟妻子娜塔莉说，好像这是一种家族遗传病似的）。所有人都觉得现在家里的书籍摆放得太糟了，保罗房间里堆满的书就像是一幅多米诺骨牌倾倒之后的场景。利亚姆正在设计做一个可以安置在保罗房间壁龛里的书架。

“是呀，保布罗，”爸爸说道，“准备工作我都做好了。考考你，魔法公式是什么？”

“先量两次再动手，”保罗答道，“我可以帮帮忙吗？”

他以为爸爸会像往常那样回答说：“出于健康和安全的考虑还是算了吧。”这不公平，总是他一个人说了算：上一次他看到父亲所有的工具都整整齐齐地排放在墙上的架子上，看起来像是间五金店。那儿确实有些电动工具，但是保罗又不想自己摆弄电锯。他只是想待在工作间里，也许就是递递东西或者扳扳老虎钳。保罗有时会想，爸爸并不希望任何人陪着工作。

“为什么不呢，”这次利亚姆是这么说的，“你已经快十一岁了。”

“当真？”保罗简直不敢相信自己有这样的好运气。

“当心先别插手。你动手之前我还要给你讲讲理论知识。”

① 20世纪70年代到90年代英国摇滚乐手。

他们端着茶杯出门了。在他们头顶，有两架飞机交叉飞过的痕迹，在无云的蓝天上划出一个“X”形。保罗似乎预感到了什么，心里一惊。直到现在，他“帮过的最大的忙”也就是接通了一条黄色软水管，当水流通过软管时它像条蛇一样扭动着。

爸爸打开了工作间的门。“我得把这些清理清理了。”他说道，边用脚踢着一堆锯齿形的玻璃碴儿，那是他们家的旧花房。他们倚在靠墙的一堆干稻草边，稻草堆得厚了竟显得颜色发绿。他演示给保罗看如何解开拖线板，然后将它从厨房的窗子里连出来，这样就能用屋子里的电源启动他们的工具了。（“不论你要做什么，都别把微波炉的插头给拔了，你妈妈她会疯掉的。”）爸爸指给他看一个红灯，那标示着当电压骤增时电源会自动切断。（“如果电源突然断开，你就马上告诉我。”）保罗不知道电压骤增到底是什么意思，但他喜欢这个说法。这让他联想到肌肉收缩和举重。他解开一卷橙色的电线并把它拖过花园。其间有几处松包电缆让他高估了房子到工作间之间的距离，所以他又将线收回盒子一些，放在工作间的门边。他几乎不敢眨眼，生怕红灯灭了一秒钟而自己没有看见。

“告诉我，黄金法则是什么？”在开始工作前爸爸问道。

“只看，不动。”保罗答道。他盘腿坐在庭院里的一张桌子上，高度正好能看见工作间里的情况。爸爸拿着钢卷尺，测量完得马上锁住，不然尺子就会缩回盒子里去；他用得相当熟练。电锯打开后，声响震耳欲聋，爸爸被一片碎屑包裹住。当锯屑终于落地，爸爸的身影再次出现，他弯着腰伏在工作台上，下排牙齿咬着上嘴

唇。他抬起头，眨了眨眼，故意笨手笨脚地假装要摔倒，逗得保罗忍不住笑起来。接着他真的失去了重心。

在接下来的几秒钟内，保罗脑子一嗡，只能眼睁睁地看着。好像有人把整个世界的音量调小了。爸爸身子向前倾，锯子从手中跌落，两只手疯狂地挥动着想要抓住任何可以支撑的东西。他躲过了工作台，但是却打碎了旧花房最上面的一块玻璃，玻璃碎片缓缓地掉落，同时他也跌了下去。锯齿形的碎玻璃割破了他的喉咙。一开始，血从伤口平缓地流出来，就像蛋液从敲破了的壳中流出，接着血流变得又急又快，瞬间就成了喷射状。血液似乎不愿意待在爸爸的身体里，就好像它们已经被关在血管里太多年了，现在终于有个机会解放出来，于是便要华丽地宣告重获自由。保罗坐在桌子上，觉得像是一个人被放逐到孤岛上般无助，桌下的草就像是一片有大批鲨鱼出没的海；他呆若木鸡地看着利亚姆失控下跌后变成了一连串的痉挛和抽搐。门边那卷卷得整整齐齐的软管变得像涂了番茄酱的意大利面。直到红色的血流向他这边漫延过来他才猛地跃起来，跳下桌子，跑回房子去。他跑过花园时看见滑动门上映出他的模样：牛仔裤，T恤衫，他的脸。他的嘴唇翕动着喊“妈妈”，但是嗓子里发不出一点声音，就像他才是那个被割了喉咙的人。

利亚姆出殡时穿着他最喜欢的那套宾舍曼西服，他就是穿着它结婚的。一面摩登派旗帜盖在他的棺木上。幕布罩上棺材的时候播放着那首该死的保罗·威勒的歌，他的骨灰被撒在泰晤士河口，在那座他参与建造的吊桥的阴影中。葬礼过后两周，保罗才能重新

说出话来。虽然保罗仍然不用去上学，但是自从他的奶奶和外婆都离开了之后，他就迫不及待地想回学校去，那样就可以摆脱他妈妈了。她让电视一直开着已经好几天了——晚上，她就睡在电视机前——她说她无法忍受寂静，而电视开着的时候她就不用想太多。电视机已经严重发烫了，但是保罗还是试着用手指触碰它灼热的表面，害怕它会突然爆炸。要是爸爸在绝不会让电器这样的。他以前每晚都会把电视的插头拔下来。

当他听到尖叫声的时候，她正在浴室里，当时正是《早安电视台》和《今晨》栏目间的广告时间。那是一声尖锐的饱含惊恐的叫声，和她在事故发生后平时那种持续的轻轻啜泣截然不同。他三步并作两步地跑上楼，没敲门就直接冲进了浴室。妈妈正蹲坐在马桶上。她手里是一团被鲜血染红的纸巾。保罗也开始尖叫，乞求妈妈不要死去，叫声甚至比他妈妈的更响更尖。她胡乱摸索着她的牛仔裤和纸巾，大喊着让他出去，但是保罗死死抱住她的腿不放。最后，是一记耳光让他跑回了自己的房间。他紧紧闭上双眼，但是无论怎样努力那鲜红的颜色仍然在眼前出现。

过了一会儿，她走过来坐在他的床尾。她换了衣服。“对不起，亲爱的。我不应该那样大喊大叫的，那样对你不公平。我以为我怀孕了。但即使我真的怀上了，现在也不是了。你懂得这些的，对吧？”他的确懂得：他应该知道的，在上关于性知识的课程之前，他们肯定得先学习关于例假和其他相关的东西。但那摊血，那可怕的猩红色，只能让他想起他的爸爸。“只是……如果我肚子里有个孩子……我们都很想要一个，那也可以用来纪念他……”

保罗很羡慕这个没有出世的弟弟或者妹妹。它不会认识爸爸，但也不会有和他在一起有了很深的感情后又失去他的痛苦。她把他拥入怀里；他一开始还反抗着，后来又顺从地依偎在妈妈的怀里。他还小，也很轻，但他还是用脚趾点着地板来分担自己身体的一部分重量。他希望自己能重新变回一个婴孩。“你还有我呢。”他说道，并思忖着他能做些什么来安慰妈妈。

Chapter 5 修复项目
2009年9月

“来，保罗，这不是审讯。”德美特说道。他们在一间被用做小餐厅的小屋里。这些小屋从外面看起来也许像是装运条板箱，但内部却设备齐全，比一些保罗曾非法偷溜进过的工厂里面还要好。这儿有一间办公室、几间仓库、这间小餐厅、一间装有抽水马桶的小屋，甚至还有一个配有衣物柜、水池、淋浴器的房间。他抿了一口茶，这杯茶不是用水壶里的水泡的，而是用一只她称为大茶缸的巨大银制容器里的水泡的。她喝的是洋甘菊茶。保罗讨厌花草茶。它们让他想起有段时间，他妈妈对中国的泡制草药着了迷，结果他们家的整栋房子连续好几周都充斥着带泥的苦草根和植物叶子的气味。

“我们只是聊聊天，好让彼此熟悉熟悉。我对这个不感兴趣！”她挥舞着一沓文件，保罗猜测那些是他的档案。他专注地试图看明白封面上颠倒的字母和数字。在他的名字之后紧接着的是他妈妈的名字，那几个字母如此熟悉，虽然颠倒着又处在一个奇怪的角度上，他还是一眼便认了出来；在它边上，保罗认出了几个字“紧急联系人”。这页纸上列着所有跟这个案子相关的人，警官和他律师的联系方式用小号字体排在侧边，丹尼尔的名字被列在“被告”一栏；名字旁边没有电话号码，但是紧随其后是卡尔的姓名和地址。这份文件将他和所有那些他试图逃避的人联系在了一起，就像有根细而韧的钢丝可以瞬间将他拽回到埃塞克斯郡——或者将他们带来他这里。德美特发觉他在看文件，便将它收起来放在腿上。

“别担心这个，这只是为了以防万一。而且这都会被放起来锁好的。”她说道。他稍微舒了口气。“我说过了，我不在乎你的档案上写了些什么。我想了解的是那个真实的你。”

真实的我是谁，保罗思索着。这可是个别有用心的问题。不孝的儿子？不忠的男友？背信弃义的朋友？夺走别人性命的人？德美特注意到了他的缄默。

“好吧。我想等我们彼此熟悉之后我们会找到答案的，”她语气轻快，“先跟你说说我们吧，如何？如你所知，这里是凯斯提斯别墅，英格拉姆——那是我丈夫，你以后会见到他——和我几年前买下了这片庄园，我们想将这个花园重新恢复到它在伊丽莎白时期的辉煌。所以，我们创立了慈善机构，威瑞迪塔。去年，我们出色的女园丁路易莎，挖出了一幅织锦画，画面清晰地描述了一五六三年时庄园的模样。我猜你在报纸上读到过，所有的大报都报道过这条新闻，尽管她把这一功绩都让给了我们，愿神保佑她。”保罗第一次遇到这种以为所有的外行人都起码对他们所干的事抱有很大热情的人，以至于他不知道该如何应付。“不管怎样，在这里我们必须共同努力，但按官方的职务，路易莎是园丁长，她负责所有的植物学研究，纳撒尼尔是我们的另外一位园丁，英格拉姆的筹款人，而我是这儿的，这儿的……人类学家，如果你愿意这么说的话。实际上，我们希望这个计划不仅仅只是个普通的修复项目，我们希望能真正复兴这附近的大社区。现在，因为是秋季，在这里和我们一起工作的只有四个年轻人，包括你。你们全部，你们全都克服了挑战，你们每一个都是单独被交付给我的。嗯，还有什么？到目前为止这儿的大部分工作都是由我们自己出资的，但我们正打算申请一份大笔资助，那将会彻底改变我们在这里的工作方式。目前我们的工作都是由召集来的自愿助理和义工完成的。”保罗心想，从根本上来说，她只是想要些廉价劳动力来完成她的卑鄙勾当。“但你不应该觉得我们只是把你当做廉价的劳动力，”德美特补充道，有些窘迫，“那些在这儿坚持到底的年轻人说在凯斯提斯的工作让他们的人生彻底被改变了。我相信——我们相信，”她身体前倾，胳膊肘撑在膝盖上，迫使保罗向后倾，脊背贴近椅子靠背，“在一座花园中工作能给你带来一份非常特别的经历，让你成功地改过自新。单单是辛苦劳作和观察四季更替就能让人得到真正的救赎。”

保罗多么想对着德美特大声宣布他不是那类需要改过自新的人，他所需要的唯一救赎就是远离丹尼尔，一旦案子审判结束，他便会离开这个鬼地方，不过他还是勉强挤出几个字，“真不错。”

“好极了！”德美特说道，“那么你觉得给你安排的地儿怎么样？”

保罗慌了神。还没有人告诉过他任何关于劳动的事。“我还

没拿到任何工具，”他说道，“我只拿到了我现在穿着的衣服，真抱歉。”

“我是说安排你住的地方。你的住宿。还行吧？”

“哦，”保罗才反应过来，感觉自己愚蠢至极，“行。谢谢你。挺好的。”

“我很抱歉不能让你过来这边跟大家一起住，但实在太匆忙了。过段时间考文垂这边的房子总会有空房的。不是所有人都能经受得起挑战的。”她看起来有些垂头丧气，好像是她本人经历了每次失败似的。她那种天真的、殉道者般的品质使他不由得想起了他妈妈，一种奇怪的想要取悦她的欲望油然而生。“不过，保罗，我相信你不会让我失望的。我能感觉到。”她在水龙头底下涮了涮杯子，保罗也照着冲了冲杯子。“关于园艺的知识你懂多少？”

保罗回想起他住在格雷斯河段时自己的后花园，铺有十平方英尺的木头面板。特洛伊，他妈妈的男友，只要有一丝机会，就会将整个庄园——整个埃塞克斯郡——都铺上防水铺板。他曾经帮特洛伊安放过薄膜和护板。

“我曾做过些绿化美化工作。”他壮着胆子说道。

“棒极了！”德美特应道，好像他刚才说的是他曾在克佑区[①]干过一年似的。“但老实说，你得先破旧，我们才能教你立新。目前的工作仅仅是地表清理。这儿有大约二十英亩长满荆棘的土地，

① 位于伦敦西部，为英国皇家植物园所在地。

我们甚至还尚未开发过。所以别跟我提什么日本紫菀之类的。要想开始种点东西起码还得好几个月。等着春天吧，那时候才真的叫有意思呢。”

“好——吧。”保罗说道，思索着什么样的人才会对除掉野草再种上植被那么感兴趣。这将会是个漫长的秋天。

Chapter 6 转角相遇

距离上一次宿醉的时间越久，过后的影响也持续得越久。这一回是周五晚上，但醉酒后的难受让她的整个周六都废了；到了周日也差不多一样糟糕，而现在已经是周一早上了，她仍然觉得很虚弱。虽然身体上的不适在渐渐减弱，但是心理上的难受却比平常持续得更久。她回想起自己咽下第一口伏特加，到后来抱着电视机跪在地上号啕大哭的情景，那种屈辱感几乎让她难以忍受。但这么做确实有点效果，这就够了。走去办公室的路上她觉得自己轻飘飘的，并不仅仅因为她整个周末都没有好好吃饭。通常每次这样宿醉后，她都会有种被净化了的清爽感，但这次却有种终结的感觉，有种不很确定的自信让她觉得心魔终于被驱逐出去了。更重要的是，她觉得自己不再会为那个魔鬼所害，就像是她这些年来积累的层层盔甲，让她逐渐变得刀枪不入了。

她还是准时到了办公室，虽然按她的标准已经算迟了。她到的时候其他所有人都已经到了。天下着毛毛细雨；天空只是一片灰色的阴霾，看来天气暂时是好不起来了。这对她来说没什么问题：今天将会是待在办公桌后面不停打电话的一天。她刚爬上办公室门前的两级台阶，卢斯就从那间被称为衣帽间的小屋里出来了。

“早上好，卢斯。”她打招呼时意识到，在周末前和她说过话的最后一个人是卢斯，而过完周末后她第一个见到的人又是他。

“早上好。哦，天啊，我的头发！”他转头看着外面的雨，然后用手梳理着他厚厚的刘海。路易莎总是弄不明白，她一直觉得卢斯的头发长得有点奇怪。虽然他年纪轻轻，头发也很浓密，但他从一侧的耳朵边就开始分路，就像那些开始秃头的人那样。每一个故意把头发梳成那样的人都让她感到迷惑不解，这种困惑使她很沮丧。也是出于同样的一种本能让她总是忍不住想要去帮迪兰把裤子提好，这样他的内裤就不会露在外面了。她已经变成一个难以接受年轻人时尚的中年小妇人了。这种感觉迟早谁都会经历，她这样想着；但是，才三十九岁就开始了？

看一眼英格拉姆她就乐了，他已经把自己钉牢在办公桌后了。他只比她长两岁，但是他总让她觉得自己只有二十一岁。他留着生硬的刘海，几乎是个中世纪的波波头。方框眼镜上方长着一对挺般配的眉毛，让他看起来像是一栋被施了魔法的乡间别墅，刚从故事书里走出来。他今天穿了一件手工编织的毛衣，胸前用羊毛绣着一排树的图案，他看起来可不怎么自在。路易莎挺希望这时有只会说话的兔子或者一只独角兽从他的夹肢窝里跳出来，再绕着他的领子跑上一圈。

“周末的报纸上有关于你的一篇报道。”他对路易莎说道。压抑已久的那份恐惧又冒出来取代了刚由镇静剂带来的轻松感。她感觉呼吸急促，好似有个隐形人突然给了她肚子上一拳，让她忍不住弯下了腰。

“你怎么了？”英格拉姆问道。

“消化不良。”她答道，感觉空空的胃里泛着胃酸。如今真正的恐惧已不是那么经常来袭了，但当它真的再次出现时，她还是惊讶它来得如此迅速，让她丝毫无法掩饰。然后她突然明白了，原来她自以为的平静仅仅是完全依赖于她那套迷信仪式的假象，而她本以为自己已经——也应该脱离那个盲目迷信的年龄了。他点了点头示意放在她办公桌上的一张报纸。她费力地拖着灌了铅般的双腿走过去，才发现他已经为她剪下一篇题为“新勒德分子”的报道，并用别针别好了。报道写的是一群反对技术进步，支持更传统、更亲近自然的生产生活方式的人。她打着哆嗦，还是舒了一口气。

“哈，真见鬼啊，”她说道，“我就知道。我是在浪费自己的生命，一个只知道在花园里劳动，而不是整天盯着电脑屏幕的园丁。太扯淡了，不是吗？任何人都觉得我挺享受这份工作的。”

“我可不负责打印你的电子邮件。”如果不拦住他，英格拉姆可以每天都跟她争论这一话题。

“那就别印了，”她说道，“让他们打电话来找我。让他们写

信给我。让我去找他们得了。”

他的电脑发出滴的一声，路易莎知道那是他的屏幕上又跳出了条新信息。他读着那条信息，面部表情很不好看。

“我们今天又多了一个从德美特那儿来的没治了的小鬼。这事你知道吧？”他带着一种指责的口气。她才想起来：上周快结束的时候德美特曾告诉过她这事，但当时她正被亚当搅得心神不宁，旋即就把这事抛在脑后了。

“是青年，英格拉姆。”他们曾绞尽脑汁地设法想出一个听上去更顺耳，又不会犯政治错误的词来概括这些孩子来到凯斯提斯的复杂原因。“曾犯罪者”、“弱势人群”、“瘾君子”、“劳改犯”、“年轻人”……最后，他们还是回到“青年”这个词。

英格拉姆冷笑了一声：“你猜这一个又干了些什么？”

“我们的原则难道不是从不过问他们曾经做过些什么吗？”路易莎说道，“我们难道不是要给他们一次从头来过的机会吗？”她很爱用“从头来过”、“重获新生”、“浪子回头”之类的词，“他们又不是强盗，又不是强奸犯。你看看卢斯呀。我们在他身上创造了奇迹。他明年就要去上大学了。”

“哦，我明白这些。我只是要替他给一所号称大学的技工专科学校写介绍信。呃，叫威廉莎士比亚大学。他要攻读的是一个叫遗迹管理的专业。那东西读出来能有什么用？在我们那会儿，你本科读了个历史学，毕业后你就得仔细琢磨能找个什么工作……”

路易莎没有理睬他，转向自己的办公桌。为弥补上周的疏忽，

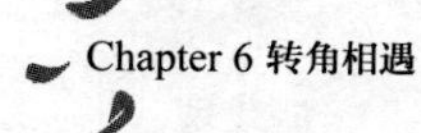

她得牺牲掉这周每天的午休，还得加晚班。打印出来的邮件叠得高高的，还有好多植物她也得去照看，更不要说那些订单了。她的记事本上有一串胡乱涂写的人名，那都是她要想方设法去讨好的，每打一个电话，名字前都有一个勾选框来打上钩。而现在勾选框还全都空着。那份关系重大的资助申请在两周内就要截止了；要填的表格还原封不动地装在信封里。这样的玩忽职守是不可原谅的。她翻着记事本，发现某一页上有幅草草描画的亚当的肖像，她自己根本就不知道什么时候画的。她抓起笔在那画像上画叉，直到看不出来画了什么，然后扯下那一页丢进了垃圾桶。

她坐在转椅上来回转着，一边盯着那幅织锦画看，每当她需要灵感的时候她就会这样。那自然不是真的古董——在这里，就是部电话没人看守都不行，更不用说那些有着几个世纪历史的无价的纺织品了——但这幅复制品和实物同样大小，而且是最高分辨率的。画面上是一对伊丽莎白时期的夫妇，女人穿着鲸骨撑裙，男人穿着那个年代的紧身衣裤，两人站在一个很大但精心打理过的花园前，园子里满是各种植物，树篱和小径将整个花园分隔有致。中央是一座石头喷泉；果园和田野蔓延向画面的远方。绣工采用的都铎式平面透视法将背景描画成二维的，正好可以方便她研究和设计。她专注研究着错综复杂的边框，和上面精细的回旋式花叶装饰。有了这幅画，她就可以尽可能准确地复原整个花园了。她盯着一朵粉白色的小花仔细琢磨着，这朵花已经让她伤脑筋好几个星期了。它究竟是野玫瑰还是犬玫瑰呢？换作其他任何一个人都会认定这是野玫瑰，然后就不再多想了。但没有百分百的把握她是不会下定论的，她也不会同意用相似的品种代替，正是她的这点让英格拉姆很满意。她可以盯着一片花瓣看上几小时。工作时间是她唯一可以逃避其他一切的时候。不论是她又找到了一种或是培育一种新的植物，她总是可以捕捉到这样的瞬间，那一刻她的过去和她这个人都变得无关紧要了，她只是单纯的作为一个技术的载体而已。她翻回写着姓名和电话的那一页，每个名字都有可能使得花园的复原工作离成功更近一步，那样她也可以有所宽慰，她感到以前那股热情和能量在胸中涌动。拨出的第一个电话几乎还没有响铃就接通了。

“蒂姆！”她说道，“我是路易莎，路易莎·特里维廉。我实在是不好意思问你要，但是如果我不要，我也就不会得到。我现在为一个很棒的社区项目工作，我们打算复原一个在沃里克郡的都铎时期的花园，而我正在寻求一些赞助。”

“这话怎么这么不中听呢？”蒂姆说道，“你是在跟我讨钱吗？”

“亲爱的，你可以说我是在向你讨东西，我也不能反驳什么。但如果你能借一台或两台挖掘机，免费借给我们，大概六周时间，贵公司的标志就可以出现在整个项目的各个地方了，公文纸上将有你们的徽章，诸如此类的东西。你看怎么样？”

蒂姆假装又犹豫了一会儿，路易莎也假装继续劝说了一阵，然后他们说好明天再谈，这样他就能有时间处理一下数据看看情况了。她在他名字前面的勾选框里打上了一个钩。

她在办公桌上吃完了午餐——一盒做得很糟的速食面——然

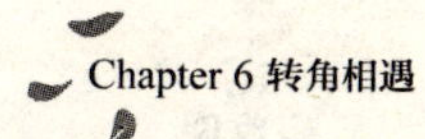

后她去花园里散了会儿步。像往常一样，当她从日光灯伪造的日光中走到真正的阳光下时，她觉得自己的灵魂都飞起来了，尽管今天的阳光弱得发白。毛毛雨已经不下了。它让地面足够湿润，适于挖掘，而走在泥地上又不至于太湿鞋。她两三步登上了那个小圆丘，走到别墅废墟的外墙边，三百六十度环顾着整个凯斯提斯。现在看着这片庄园，你无法想象两年后这里将被恢复到织工的针线所描绘的那幅盛况。

只有一英亩地被正儿八经地清理出来并开始动工了；纳撒尼尔的果园已经从一头到另一头来回翻了两次土，并由木桩和绳索标示出每棵树的位置，这一切都带着一种纳氏的严谨作风。（纳撒尼尔像极了那些托马斯·哈代笔下的英雄人物——他们都有着红润的双颊、黄褐色的鬈发，还有那当初被路易莎误认为是故作神秘的沉默——并且她开始一发不可收拾地迷恋上了他。当她得知他在埃文河畔的斯特拉特福[①]和一位名叫伊恩的古董商过着挺幸福的日子时，她有点失望但又稍稍放松了些。）那些不在纳撒尼尔管辖范围内的园区简直是一团糟。温室仍有一半是空着的，那里是紫菀疯狂生长的天堂。在别墅的右侧，那个古旧的池塘旁的野生灌木丛还是跟她第一次见到的时候一个样。挖掘机越早弄到越好：在这之前，孩子们就得拼命地用手挖土翻土，而机器可以不费吹灰之力地做这些工作。英格拉姆不支持用机器，表面上是出于花费的考虑，但路易莎私下里怀疑，是因为他觉得只有让劳

① 英国大文豪莎士比亚故里。

动力拼死命干脏活才能让他们没有多余的力气起来反抗。照他的意思，整个工程都得用长柄镰刀和手铲来完成。最后，她眯着眼睛眺望了一下最远的围墙。现在树叶开始变得稀疏，暴露出后边一小片发白的铝板，但除非你专注地盯着看，不然一般是看不到它的，况且在那个位置，任何人即使看见了它也会以为只是一辆农用运输车或者一个禽舍而已。

路易莎将注意力转移回别墅的废墟。无论看多少遍，她总是无法完全记住它那残垣断壁的轮廓。她的手抚过潮湿的墙壁，手指在已经被岁月磨得无法辨认的神秘符号上来回摸索着，像往常一样想象着谁曾经也站在过这个地方，他们又看到过什么，接着又琢磨着自己究竟能把这里的风景恢复到几分像。假如这些墙壁长着嘴和耳朵，那些古老的石头能引导她进行修复，那她的工作量该减轻多少啊。

她没想到这个小圆丘上还会有别人，在转过一个看不见另一边的拐角后，一头撞进对面来的人的怀里，她的眼睛只有对方的齐胸高。她向后踉跄了一下，对方也是，他先开口说的“抱歉”。路易莎抬起了头。她的抱歉还没说出口，却发现对面的那张脸是亚当·格拉斯雷克。

她倒吸一口凉气，就像她在寒冬腊月天里跑了步一般。她的第一反应是她那极度渴望的力量终于让他出现了，是她召唤了他的灵魂。那一定是他的鬼魂：亚当一点儿也没有衰老的痕迹，她的手下意识地抚住自己的面颊，悲哀地意识到自己看起来和他有多大的差异，有多老。但他的呼吸让空气变得湿润，她的也是，当她的额头撞击到他的胸脯时感觉到了那儿的温暖。这不是张云朵组成的脸，也不是什么鬼魅幻象。怀着迷惑和惊恐，她将后背紧紧贴住凹凸不平的墙，五指张开抵住石头。亚当看起来似乎比她更吃惊。

“你还好吧？”他问道，“我弄疼你了吗？真是抱歉啊。”

“不，是我该说抱歉，”她低声说着，“哦，上帝啊，我实在太，太抱歉了。”她一心想要逃跑，差点从斜坡上滑下去，她跑过荒芜的果园，踢掉了标记，踏乱了犁沟。为了能逃离他，她会砸碎温室的玻璃墙。她甚至想挖开地面逃走。

Chapter 7 第一眼

1989年4月

“我无法相信你居然把我大老远地忽悠到伦敦西区的这么个鬼地方来。”她对艾薇拉说道。她们所在的那个地下室地板黏糊糊的，位于牛津街相对偏僻的一端的一条小巷里。这一带是一家主题酒吧和一家工业俱乐部之间的混杂交接处：酒吧的舞台两面由圆木搭建，但天花板上裸露着杂乱缠绕的管道。她们去那儿只是因为艾薇拉是崔娜的朋友，那女孩儿是那家酒吧的女招待，所以她们只需要付入场费就可以免费喝东西了。

“我晓得啦，抱歉，”艾薇拉说道，“我们就待一会儿，听几首歌，然后就立马闪人。”

等了足足半小时，乐队才开始演奏。一共有三个人，两男一女，一直在整理谱架、调试琴弦、试音。尽管他们不断地变换着乐器的位置，路易莎还是数出一共有两把吉他和至少四个电子合成器，他们不停地连接各种线，组装各种接口，直到整个舞台就像一团乱糟糟的翻绳游戏。低音鼓的鼓面上文着“格拉斯雷克”的字样。

环视着寥寥无几的听众，她看到了一个束着马尾，戴着约翰·列侬式眼镜，穿着绣花马甲的男人，觉得还有几分兴趣。当彼此目光相交之后，她故意垂下了眼帘，在心里默数两秒钟，然后再次望向他。他仍然在看着她。她笑了，又在心里默数两秒钟，然后转向艾薇拉，她知道他肯定会过来。她如此轻而易举地就得手，但并不代表这不够刺激。

突然一声尖叫，整个酒吧的灯都黑了。只有绿色的安全通道指示灯和吧台后面的闪灯亮着。在黑暗中，路易莎可以敏锐地感觉到她身旁的人：艾薇拉在她的左边，高大健壮，她前方是一个瘦削的女孩，一头倒梳过的蓬松头发弄得她鼻子发痒，她右边和后边是形形色色的男男女女，都有着柔软、火辣的身材。她感到有人在她的后颈呼吸，甚至还能听到它：现场有人打着口哨示意大家安静下来，对下一个将出场的乐队充满期待。当灯光再度亮起时，竟然还是同一支乐队在舞台上。乐器和乐手们都在昏暗的灯光中静静待着。聚光灯像一束月光般照在麦克风架上，麦克风周围环绕着一些枯死的红玫瑰，还有些带倒钩的金属丝。麦克风后站着的人在腰后挂了把低音吉他，他是乐队的第四个成员，一个男孩——或者说是个男人——长得相当英俊有型，甚至让路易莎觉得喘不过气来，就好像乐队已经开始演奏无比动听的和弦似的。

一支看不见的管弦乐队开始演奏，每一小节音调往上抬一点，直到人们都无法再忍受这段前奏。最后他终于开唱了，他的声音一会儿像唱歌剧咏叹调的，一会儿又很摇滚，高高低低回旋起伏就像捕食的猛禽。路易莎被彻底迷住了。那个扎马尾的男人走过来，她

一挥手把他像只苍蝇似的赶走了，她的戒指正打在他的眼镜片上。她甚至没听见他低声骂了句“臭娘们”，更不用说向他道歉了。

这个歌手长得非常出众，他有着所有斯拉夫族人美妙的面部轮廓、饱满的嘴唇，和微微涨红了的橄榄色皮肤。一会儿之后，他就成了她眼中最耀眼的明星，她的目光紧紧追随着他的每一个动作。另外一个年龄稍大的男孩子，是个黑白混血儿，长得挺好看的，只是他那哈布斯堡式的下巴看起来不怎么搭调，他一个人同时操作着两个合成器，一边一个。吉他手是个描着眼线戴着大礼帽的瘦瘦的男孩，坐在架子鼓后面的是个女孩儿，头顶悬着一支麦克风。她待在那儿正合适，路易莎心想：就她那看不出曲线的身板和又粗又硬的头发，这副长相几乎算得上极品了。

“我不知道他们这玩意儿到底算是太复古还是太前卫。”艾薇拉嚷嚷着，嗓门很大又紧贴着她的耳朵，让路易莎觉得自己的脖子都要被震断了。

“你是什么意思？”

“这是些什么玩意儿？既不是摇滚，也不是锐舞，又想弄出点古典的感觉，完全是他妈的一堆狗屎。”

艾薇拉的定论倒不一定会有很多人同意：他们下场时台下一片欢呼，让人惊讶这么少的听众居然能发出如此响的高呼，那四个人消失在黑色幕布后面深不可测的后台。现场的演奏完了之后又开始放碟片里的音乐，屋子中间又变回了舞池。路易莎四处寻找着那个歌手，她瞪大眼睛以便在这个烟雾弥漫的屋子里分辨出不同的人，她如此专注以至于眼部肌肉都疼了。当她终于发现他时，心里有些

激动，同时却也有些失望。他正和一个女孩在一起，那女孩有着一头瀑布般倾泻在后背的红色长发。那是他的女朋友，还是仅仅是他的歌迷而已？他们交谈的时候额头贴在一起。他们的谈话似乎不像是一般的闲聊，两个人看起来也不像是陌生人。最后他俩和她擦身而过，出了酒吧。当时离得很近，路易莎几乎可以数清他手腕上的毛发，她看到那女孩睫毛根部长得很浓密，那是她用睫毛膏也刷不到的地方。当她注视着他们消失在通向楼梯的拱形门廊时，她感到一种不同寻常的失落感。

路易莎倒并不是完全不会抢别人的男朋友，但她在这方面确实没什么经验。

“去问问下场演出是什么时候。”她对艾薇拉说道。

“你开什么玩笑？听一遍还不够啊？”

“拜托了——”

艾薇拉和崔娜以及那个女鼓手说着话，路易莎在一旁玩折纸，她尽可能地多折几次，然后在那些红黑相间的纸上撕出一个个小口子，这样展开来便成了一朵雪花。那部影片叫什么来着，无论去哪儿他都会留下一些折纸手工的小动物，就像他的名片一样？也许她会成为一个到处留折纸雪花的女孩。那样她也能有点什么被别人记得了。防火安全门打开了，一股冷风灌进了酒吧，伴奏乐队开始往一辆等在外面的面包车上装几个沉重的箱子。乐队的三个人在传递设备时都不用交谈，装载得既熟练又迅捷。门砰的一声关上了，魔咒也瞬间解除了。那个舞台只不过是些磨损的木块搭起来的，刷上黑色，再用一些电工胶带粘牢。

在大街上，路易莎的听力变得有些失真。就像是刚看完一本书或者大白天刚从电影院里走出来一样，这个真实的世界总是比方才那个虚构的世界显得更不真实。

“下周四他们要去一百俱乐部[1]演出。”艾薇拉说道，“我们在宾客名单上。除非我到时候有更好的安排。”她们转过查林十字路口，淹没在从阿斯托里亚剧院里拥出的人流中。

① 位于伦敦牛津街100号，是一个现场音乐表演场地。

Chapter 8 命运

总有些神奇的力量是人类无法理解也无法控制的。命运，道家所说的“气”，佛教里的因果报应，星象，天命——这些说的都是同样的东西，就是那种冥冥之中主宰万事万物的力量。否则怎么解释他现在出现在商场里，就站在她面前这一事实呢？是某种东西鬼使神差般地把他带到她面前来的。他打扮得好像要登台演出似的，尽管那时是工作日上午的十一点。他层层叠叠地穿着深色牛仔和皮革，牛仔裤边塞到有小腿一半高的靴子里。全身层叠的黑影是她以前从来没看见过的。

“你是艾薇拉吗？”他问道。艾薇拉正在楼下的银饰品摊上，她今天穿的那条裙子看起来像是块规律分布着三个眼状图形的丝结花边。路易莎才不会让亚当去靠近她呢。

“不好意思，她不在。需要帮忙吗？”

“她告诉我的吉他手说我们可以把这个送到这儿。”他拿着一沓宣传单，和那天晚上她用来折纸的那种差不多，上面很糟糕地印着“格拉斯雷克”的图标，黑红相间，他的手指沾到了印刷的墨汁，显得很脏。他说话的声音听上去很单调，带着中产阶级的含糊，完全听不出有唱歌的潜质。

“那晚你很棒。”她说道。

“哦，抱歉，我不太明白你说的是哪晚。”他扬了扬眉毛。她顿时面颊发烫，真是糗大了，她感觉到一抹红晕正从她的胸口慢慢地爬上了双颊。

“我是说那晚的演出。我在临界酒吧看了你的演出。”

“是吗？我都不太记得了，似乎没有多少人响应啊。”

“不，真的很不错。”路易莎说道，“真的，真的。”真见鬼，她甚至连一句调情的话都不会说。

“我那天怯场得厉害。你不会相信我当时有多紧张。我还没上台就紧张得想尿尿。”他笑了，露出两个小小酒窝，像两弯新月在嘴的两边，“我得走了，趁现在我对你来说还有几分神秘感。”

他拣出一只绿色的小瓶子在手指间滚动着。

“那是香根草。精油用在不同人的皮肤上作用是不一样的，所以我的本事就在于给合适的人选对合适的味道。”

他拔开瓶塞放在鼻子下闻了闻。“我喜欢它，”他说道，“那你看它喜欢我吗？”他在脖子的动脉上涂了一道。

就像所有那些没有用过基础精油的人一样，他涂得太多了，以至于精油都淌到了他的衣领上。他立马趴在路易莎的货摊上，伸出脖子，就像是心甘情愿将自己献给吸血鬼的人一般。他哑银制的耳钉触碰到了路易莎的脸颊，是温热的。

“你用正合适，”她说道，“拿着吧。”

“好极了，”他说道，“我得走了。”

她等着他问那个问题。但让她惊讶甚至有点害怕的是，他并没有邀请她出去喝一杯或者去夜店。他撂下一摞宣传单在她的柜台上，也没有想要再次见到她的意思就转身走了。她咬咬牙，她本来是如此地有把握。她把宣传单在柜台前面摆好。

她下班时，他在外面等她。他戴着随身听但并没有在听，海军蓝的泡沫软垫耳机挂在脖子上。她很得意自己之前的猜测没错，但一想到他耍了自己又有点小小的恼怒。

“我发现我还不知道你叫什么，”他说道，“我叫亚当·格拉斯雷克。”

“路易莎·特里维廉。”

“路易莎·特里维廉……这名字念起来真顺口。路易莎·特里维廉，路易莎·特里维廉。真令人难以置信，它就像一首短诗，或是祈祷文。太美妙了。和你很般配。一起走走好吗？”

这可不只是一起走走而已。他们一直走到肯辛顿宫花园[①]那儿，旁边的使馆区出于尊重，和人行道隔得很远。穿着制服的仆役蹲伏在宾利和劳斯莱斯旁，检查着汽车底盘上是否被人安了汽车炸弹。在伦敦的那个片区仍然不时地出现炸弹恐吓。

“你是在哪儿学的唱歌？”她问道。

“我小的时候是唱诗班里的，”他回答说，“我父亲是个教区

① 戴安娜王妃亡故前在伦敦的住所。

牧师。”

“是吗？”路易莎说道。她的父母尼克和莉娅，分别出身犹太教和天主教，所以他们理所当然地以为他们的女儿是个无神论者。结果却是，路易莎觉得教堂性感无比。

他们穿过海德公园，当天色渐渐暗下来，公园也关门了，他们便沿着肯辛顿角，走在皇家阿尔伯特音乐厅和阿尔伯特纪念馆这一对象征着无限博爱的古建筑之间。樱桃花从树上翩翩地落下来，真是浪漫得过头了。路易莎突然冒出了个怪念头，觉得从维多利亚女王时期开始，每一个参与建造肯辛顿周围建筑的人，都想方设法把这里打造成初吻的绝佳场所。

但亚当并没有亲吻她，他一直不停地说话。他告诉她乐队一开始叫“空空白白”，他说他为音乐界作出的第一个意义重大的贡献就是他重新命名了乐队，让音乐史上名字最烂的乐队从地球上消失了。他还告诉她他是家里的独子，他父母结婚二十年后才生下的他。“他们觉得我是一个奇迹，”他说道，“妈妈到现在还这么认为。但这也会带来麻烦。她总以为我只有七岁。如果不是我强烈反对，她每天晚上仍然会哄我上床。我不得不离开家来摆脱她。”

“那他呢？”

“他巴不得我滚得远远的。自打我开始发育，他就一直很讨厌我，后来我就离开了唱诗班。他到现在也想不通为什么他没能生个跟自己一模一样的儿子，像他一样当个神学家，但我讨厌规矩很多的宗教。他有些以上帝的名义发誓说的东西真是让人讨厌。”

“比如说？”

“我们能说点别的吗？”

“哦，好吧……”她说道，虽然她很不情愿就这样放弃这个话题，所以决定下次一有机会就把话题引回到这个方面，“那么，你的随身听里是什么音乐？”

影响他的音乐人包括通常能猜到的像史密斯乐队、治疗乐队[①]，但也有瓦格纳[②]、布里顿[③]和塔利斯[④]。她了解到他不会开车，并希望有一天能住到德国去。了解到他觉得占星术就是胡说八道，而大多数天蝎座的人都不信这个。了解到他自己给自己理发。了解到他和乐队的其他人一起住在牧人丛，而他多么希望自己不是。了解到只有在舞台上他才觉得自己真正活着。（我们很快就会看到的，路易莎心想。）了解到他十五岁的那一年里转过七个学校。了解到他智商一百七十二却没有任何的文凭，因为如果给自己留了这些后路就等于承认他的音乐生涯尚未开始就已宣告失败。那也正是为什么他不找工作的原因。最后这两条也是为什么他四年都没有回去见父母的一部分原因。

“你想他们吗？”

“我挺想她的，我猜是吧。”他说道，“或者我想我确实挺想她的，但当我和她聊几句天，她就会当面把我骂得狗血淋头，我就会变得迫不及待地要逃离她。他则明确表明除非我痛改前非，不然他不欢迎我回家，她又最听他的话，所以……”

---

① 都是英国的摇滚乐队。

② 19世纪德国歌剧家，作曲家。

③ 20世纪英国作曲家。

④ 16世纪英国作曲家，管风琴家。

路易莎猜测着他说的痛改前非是什么意思，并迫切地想尽快知道。

“四年都没见你母亲确实算是很久了。我每天都见得到我妈妈，我还跟她住在一起。”

“那就是说我不能带你回我家了？”他说道。这是她唯一想要的话题转换；她真想跳起来欢呼一声。

“不会呀，他们还是蛮开通的。”她拨开手腕上的镯子，露出手表盘。已经十一点半了，“如果我们现在去我那儿，他们都不会知道的。”

街上空无一人。晚上十点钟后这些街道看起来就跟附近郊区的一样空荡荡的了。尽管她才是那个认得路的人，但她有种感觉是他在领着她走。当她打开庭院门时，他有点吃惊地吹了声口哨。

“我想我已经习惯了。”她说道。

钟点工来打扫过了，她床上是一张干净的白色床单，像是一张空白的油画布。灯亮着。他们脱去了衣服，彼此没有亲吻但也不怎么拘谨。她注意到他左手大拇指戴着一枚银戒指，是一个四片的三维拼图。他发觉她正盯着它看。

“我只在和别人上床时才把它脱下来。”他说道。它清脆地落在了她的床头柜上。看到他没有戴戒指的大拇指仿佛比看到他身体的其他部分更有一种亲密的感觉。突然，无端端地，她紧张起来。

“我见过这个戒指，艾薇拉卖过它。这是个土耳其婚戒。如果你把它脱下来，它就会破碎，但有一种秘密的方法可以将它重新拼起来，这样男人们就可以知道他们的妻子在他们不在的时候是否不忠，因为若有不忠行为，她们就会把戒指取下来。”她絮絮叨叨地说着，如果她继续这样说下去他就要开始笑话她了。“好吧，我也怯场。”她承认道。她拧着双手，希望自己的手指上也有个戒指可以转转。亚当后退了几步坐到她的床上。

“路易莎，我完全不知道，”他说道，“上帝啊，我太抱歉了，我以为你以前做过。”

她笑出声来。“哦，做过一两次吧。”她一面说一面挨近他。

他俩就像干柴遇到了烈火。在前十几秒内，他们就已经把床单蹬下了床，飞出两英尺远，碰翻了一只水壶。当他终于从她身上滚下来躺到她旁边，乞求她饶了他让他睡一小会儿时，太阳都已经出来了。她并没有就此罢休。

“嘿，那天……在临界酒吧。你和一个女孩儿在一起。”

他半闭着眼睛：“嗯。”

“她是谁？叫什么名字？”

“她谁也不是啊。”

“因为我只是想让你知道……我不想成为别人的……”她努力想找到一个词，让自己听上去不会显得太一本正经。“情妇”太正式了，像维多利亚女王时代的说法，“小三”又太像伊灵喜剧[①]里的说法了。“我可不是那种做别人第三者的女孩。”话刚说出口她就后悔了。她本来是想讽刺他的，结果反而显得自己急不可耐似的。

① 指20世纪40—50年代在英国伦敦伊灵电影厂制作的喜剧影片。

“她已经是过去的历史了。”亚当说道。他的意思到底是他此刻刚把上一段恋情给结束掉了，还是他本来就没打算再见那个女孩了？不管是哪种情况，她都赢了。胜利的喜悦超过了她对一个可以如此冷酷地甩掉任何女人的男人的疑虑。

亚当睡着的时候，她深深地闻着他两肩胛骨之间宽厚的油油的皮肤，那儿的味道是最纯的他的味道。如果可以将人体的香氛蒸馏装瓶，如果可以像碾压花瓣那样碾压人的皮肤，那她必定会对亚当·格拉斯雷克这么做。香根草油的味道现在已经很淡了，但之前他在自己的脖子上涂抹精油的痕迹仍依稀可见。那是淡淡的一道深绿色。在这道痕迹的下方，锁骨的位置，她在他身上留下了自己的印记，一个鲜艳的红色圆形，半吻半咬后留下的吻痕。她觉得自己充满了女性的力量，像一个女巫一般。

Chapter 9 搬家

2002年7月

他们没法继续待在自己的房子里。父亲的人寿保险已经失效了，因为母亲在他去世前六周就私下将保险的银行直接付款给取消了，连同家里的天空电视台、圣诞节购物储蓄[①]、瘦身卡和她以前订阅的所有杂志都取消了。她本来正攒钱为受孕治疗作准备。没有人告诉过保罗这些事：他是有次在门外偷听母亲打电话才发现的，那时母亲以为他已经睡着了。“我根本不可能支付得起抵押款，”她告诉一个朋友说，“靠我的那点工资？你是在跟我开玩笑吗？如果我把这儿的房子卖了，去租个破点的房子，我就能靠抵押资产生活下去，直到保罗完成学业。看来我没有别的选择了，不是吗？”保罗原本还想上网查查“抵押资产”是什么意思，但后来连这项也被取消了。

“你确定你不介意从这儿搬走吗？”他们在收拾保罗的房间

① 一种无息储蓄。

时，她问道。他的书始终还是没有机会被摆到书架上去。

“我向你保证没问题。”因为他知道她别无选择，所以他无论心里怎样想都只能这么回答，但这次他说的也是实话。事实上，他已迫不及待地想要离开这里了。从他卧室的窗户往外能看见花园，他经常做噩梦，梦到被血浸染的电线抽打着玻璃窗，就像某种可怕的外星章鱼的触角。

妈妈一直以来都不怎么看得上格雷斯河段的房产，尽管爸爸小时候就是在那里长大的，她自己也不是出生于什么豪门大家。他们俩吵架时，他曾经叫过她势利鬼或者说她自视甚高。格雷斯河段一带是些没落了的地产，那些灰色的建筑就像是旧采石场底部的残渣般散布着，那一带的河口由地下通道和吊桥连接着埃塞克斯郡和肯特郡，再往下游，河水就开始变得有股海腥味了。二十世纪中叶筹划这片地产的城市规划者们对二十一世纪的毒品贩子们的需求有着一种异乎寻常的先见之明和同情。那里没有像别处一般的街道，几乎全部要靠步行，鳞次栉比的房屋后面连着由小路和巷道连通的小庭院。A13号公路的一条支路将格雷斯河段与其旁边的格雷斯镇以及蒂尔伯里镇分隔开来，在往返于伦敦和绍森德的铁路线下方还有一条地下通道，通往那儿的中学和商业区。那个商业区里有整片住宅区的唯一一家酒吧，准尉酒吧，夹在两栋被烧毁的商铺之间。保罗的新家就在这个小区的中央，在交错排列的排屋的最里间，面朝着另一栋房子，后面是一个水泥地面的四方庭院。他们搬进新家的那天，娜塔莉从正对着一面砖墙的窗子望出去，自言自语道：“这日子真是大不如前啊。”她

觉得自己就像住进了贫民窟。

搬家后的第一个夏天，保罗相当喜欢格雷斯河段。这里离主干道有几公里远，这意味着母亲会非常乐意让他骑着自行车度过一整天。他就这样靠着两个轮子自己摸清了附近的地区。这儿有的是广阔的土地供他去探索，很多是荒地和郊野。不像大部分河口区的村落被吸纳进周边的城镇，格雷斯河段的庄园依旧被茂盛的绿化带环绕着，犹如学校里那个被人说长跳蚤的孩子，从来没人敢跟他靠得太近。虽然新家离旧家仅五公里，却属于两个不同的社区，这意味着他不能去圣·尼奥特的学校，只能去格雷斯高中了。他妈妈担心他在那里没有一个认识的伙伴。保罗觉得这样挺好。他已经受够了自己是那个死了爸爸的小男孩的身份；受够了别人老是盯着他看；受够了同学们在老师面前装做对他很好，但是一到课间就不和他玩了，因为他总是毫无征兆地就突然停下来，看着某个地方发呆，任足球从他脚边滚过也毫无反应，一个人暗自流泪。

上学的第一天，他穿了一件肘部像干燥的皮肤那般开裂的运动夹克。他瘦小的身体躲在大号的外套里时，觉得像是穿了一件盔甲。在格雷斯中学的校门口，有一个金属探测器，社区治安员在巡逻，他十分认真地考虑了一下自己是否有可能也需要一名治安员来保护。他从没有在同一个地方看到过如此多的人。有一刻他迷迷糊糊地觉得这里的工作人员也穿着校服，但随即他看到一个“老师”吹爆了嘴里的口香糖，肩上挂着个书包，他方才醒悟过来，这些六英尺高的“男人”，其实都是跟他一样的学生。

七年级学生的另一个担心就是要开始适应课程表这个概念，并

要不断地从一个教室挪到另一个教室，但保罗心里却有一种更严重的忧虑。从第一周起他就发现，在格雷斯高中，到处都潜藏着能弄伤人的东西。在他的初中校园里，就没有什么比圆头塑料剪刀和偶尔的膝盖擦伤更大的危险了；而这里整栋楼似乎都随时有可能被打扁。学校也知道学生们带刀进了校园，他们也很擅长突击检查，但仅仅没收刀片并不能保证他的安全。学校开有设计课和劳技课，课上会用到车床和工艺刀，还有食品工艺课，会用到巨大的钢制刀，科学实验室里摆满了玻璃罐和试管，任何一个打破了都会成为致命的碎片。他们全新的几何文具套装里的圆规有着尖得足以刺穿皮肤的尖头，如果你不小心折断了量角器，断面就会有像碎玻璃一样的锯齿。

保罗明白他的成绩只是一般般而已——他要学得挺费劲才能得个B——但在格雷斯高中，他被认为是班上最聪明的。尽管这样，他还是逐渐跟一群同年级的男孩子混到了一起。他们中没有一个人像他一样爱读奇幻小说，但总不能十全十美吧。这样他放学后就有伴一起走回家，中午也有人一起吃饭，在他找到一个跟他志同道合的人（书里总是写要过很长时间、费尽周折才会遇到与你志同道合的人）之前，有他们已经很不错了。他曾经去参加过一个象棋俱乐部的午餐见面会，希望能碰到个志趣相投的人——他不会下象棋，但他喜欢象棋的古老韵味和神秘感——但结果只有他和布雷德利先生，他的历史老师，两个人。没有第三个人加入进来，他的老师毫不掩饰自己的失望感，但还是教会了保罗一些基本的象棋走法。三周之后，布雷德利先生沮丧得忍无可忍了，尽管保罗对下棋还挺感

兴趣的，他觉得还是不要让老师勉为其难的好。

整个第一学年他没有受什么大伤，然后夏季学期到来了，他们开始学习生物学中的遗传学。所有人都吐出舌头，看看自己能不能将舌头卷成一个卷。总是像医生那样穿着白色外套的格雷沃小姐就不能卷起她的舌头。保罗可以做到。坐在他旁边的男孩是个双卷舌，他可以把舌头卷成像字母W那样的波浪形。他们那桌上的其他人都办不到。格雷沃小姐讲解说卷舌的能力是从父母那里遗传来的。如果你的父母都不能卷舌，那么不管你多么努力地去尝试也永远做不到，相反如果你的父母都能卷舌，那你自然就会。如果父母双方只有其中一方能卷舌，那么你有一半的概率能得到会卷舌的遗传基因。他们的家庭作业就是统计家里有多少人能够卷舌，然后在家族谱系图中标出来，看看有没有规律。

“老师，这是一种歧视。”一个热衷于人权的叫柯蒂斯·戈达德的男孩叫道，“并不是每个人都知道自己父亲会不会。”

保罗暗自心想，自己永远也无法知道父亲到底能不能卷舌了，尽管他尝试着想象出父亲的脸，努力回忆着是否曾见过他做过这种表情，但他想不出来。事实上，父亲的脸在保罗的脑海中已经变得模模糊糊了。唯一仍然历历在目的是父亲被割断脖子、鲜血涌出的画面。眼泪不知怎的就涌上来了，他甚至还没反应过来发生了什么事，就已经泪眼模糊地跑出了教室。

格雷沃小姐在走廊里找到了他，他抽抽搭搭地解释了几句。老师本是不应触碰学生的，但是她给了保罗一个轻轻的拥抱。当她领着他回到教室时，后排的一些男生吹起了口哨，格雷沃小姐立即让他们放学后留下来，随后他们看保罗的眼神就好像这一切都是他的错似的。

“那有点像同性恋，西弗斯。”柯蒂斯说道。那天午饭时，他所有的朋友都离他稍稍远了点，不过要不是几天后阿比盖尔·巴登发生的事情，他可能很快就恢复过来了。他们的法语老师发给他们一套全新的教科书，书缘像剃须刀片般锋利。阿比盖尔的手指被划了道又深又宽的口子，皮肉像小嘴般张着。小小的伤口里流出一大摊鲜红色的血。保罗觉得胸口像被夹着两块铁片般难以呼吸。后来发生的事他记不太清了，只记得自己躺在地板上，耳边是各种忙乱的嘈杂声。后来别的孩子告诉他，他当时一直喊着要爸爸。从那之后，他就只能自己一个人玩了。

如果没有一群朋友做后盾，格雷斯河段区是非常危险的。学校的走廊还好，你可以随便找一群男生紧挨着他们走，但是从家里到学校之间的路却是一个到处埋伏着恶霸的野战训练场。无论他早上多早出发或者下午多晚回去，他们总能逮到他。他们要么在地下通道里找到他，要么在某条小路上找到他。碰上走运的日子，他们就辱骂他、威胁他、口无遮拦地侮辱着他妈妈，在他们嘴里，他妈妈特别喜欢年轻小伙子。碰上不走运的日子，那就得忍受皮肉之痛了。在他身上，他们已经没什么东西可偷了。他自己做三明治，那样就可以不用带午饭钱了，但那也阻止不了他们扯下他肩上的背包，将东西都倒进阴沟里。翻完背包，他们就开始对他下手了。他很惊讶地发现，如果是他自己流血他倒不是那么在意了；当他自己皮肉开裂时，他反而感到一种奇特的和恐惧相反的镇静。他开始在

半夜起来洗掉校服上的污点。在等着滚筒式烘干机完工的时间里，他就会在一边看书，一点点沉浸到书里的奇幻世界中去，在那里友谊比其他东西更加重要，正义也是不可战胜的。

他十分渴望一个朋友，他祈祷能有那么一个。然后，在他十三岁的时候，丹尼尔出现了。

Chapter 10 告别过去

2009年9月

当然那不会真的是他；她本该马上醒悟过来，而不是继续沉沦于想象出来的灵异世界。她再次见到他是在小餐厅里，她已经作好了心理准备，能足够平静地接受他只是（只是！）他的转世化身，只是长得跟他非常像而已。犹如一幅被调整过焦距，或是呈现在不同的光线条件下的画，两人的区别开始显露出来。他比亚当高大，他的颧骨更柔和，他的眼睛是绿色的，而不是蓝色。但头发很像，丝缕分明，嘴也和亚当的一模一样，只是笑起来的时候带着点羞涩和不确定，而不像亚当的那种不对称的自负的假笑。她贪婪的双眼目不转睛地盯着他的身影。有时她几乎要吃不消再看他，但她仍忍不住继续看着他。

路易莎再次丢下研究工作，开始在整个工作地试着偷偷靠近他，她常推着一辆空的手推车，到他可能经过的地方去。她透过他的T恤和牛仔裤看到他身体的线条，上半身是完美的倒三角形，紧致的大腿，腹部和背部同样平坦。她看到他正一个人，用指尖在一

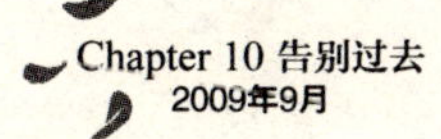

片新近清理出来并刚翻过土的花园里搜寻着，挑拣出散落在庄园里的悬铃木籽。那是份辛苦又无聊的工作，毫无疑问，肯定是卢斯派给他的，经典的起步工作。有一两次，她看到他将捡起来的悬铃木籽旋转着落到地上，就像架微型的直升机。他看起来还很年轻。

他只有十八岁，那是她在小餐厅里偷听他们谈话收集到的一点点信息。她曾一度相信转世轮回一说，算算日期也正好：她最后一次见亚当是二十年前，正好留足了时间够他流浪的灵魂找到新的肉体。直到一两个星期之后，她才由这个时间上的巧合想到了一种更可能的假设。她当时正在花房里，用有机杀真菌剂擦洗着盆栽架，突然她想到了这会不会是亚当和另一个女人生下的孩子。那种被背叛的痛苦，尽管是想象出来的，又时隔多年，却仍然像回到当时一般强烈。要是找到保罗准确的出生年月就可以解释得清了。但她怎么才能知道呢？即使是她编个像样的理由，德美特也不会答应给她看保罗的材料的。她对受她托管的人的隐私保护得很好。

她被保罗的长相和这背后隐藏的意味深深折磨。没有什么宗教巫术可以将这个活生生的幽灵赶走，没有什么酒可以将这个鬼魂制伏。如果保罗是亚当的儿子，那么他来这里做什么？如果他不是，那他又来这里做什么？她那些过往的人还有谁要来闯入她现在的生活？会是那“第三个人”吗，下一个会是那个目击证人或那个已宣告死亡的人吗？他同乐队的人会不会来找她？他们是不是都在一直密谋着，等她终于觉得自己安全了再回来找她？所有这些有的没有的都在她脑海中盘旋，真实存在的威胁或者灵异的预兆。她不知道哪一个更可怕。

她的周围一天到晚都有人陪伴着，但一旦下班人都走完了之后，孤独感会立刻像冰冷的冬雾一般将她包裹。傍晚时分，她会坐在办公室里，望向天空，多么渴望能有一个可以信赖的人让她依靠，听她倾诉。现在，可以算得上跟她比较亲近的人也只有米兰达了，而她们每年也就见上个三四次。有一阵子，是事情发生了六七年之后，米兰达生了第一个儿子，她过来告诉路易莎。在喧闹的满月酒宴之后，她们的父母打车回了肯辛顿，妹夫戴文因为酒宴的事忙里忙外累坏了，倒头就睡着了。姐妹俩待在巨大的厨房里，表面上是留下来清理垃圾的，结果她俩开了一瓶酒，喝完了又开了一瓶。米兰达一直在晃晃悠悠地擦拭着台板，把碗碟装进洗碗机里，却始终杯不离手。

“你能过几天清闲日子吗？”路易莎问她，“你看起来总是做得那么辛苦。”

“啊，但还是值得的，”米兰达说道，“等你找到了你的真命天子，你就会明白的。”路易莎伸手去够酒瓶子，她妹妹继续说道，“你难道真的从没遇到过任何一个让你想安定下来的人吗？”她问这个问题时半带着醉意，但路易莎心中油然晃过一个答案，清晰又带着罪恶。她深吸了一口气，那个名字已经到了嘴边，但就在这关键时刻，婴儿床上的孩子哭着喊妈妈。米兰达跳起来去哄孩子，跑出厨房时还打碎了一只酒杯，也把路易莎本来想分享一下心事的念头给打消了。等米兰达再次下楼时，厨房已经打扫得干干净净了，路易莎正在煮咖啡，想想刚才自己险些就敞开心扉了还有点后怕。

直到在米兰达家厨房里差点失口之后的第四年，她遇见了劳伦斯，他是继亚当之后唯一一个她还记得长什么样的交往对象。这些年来，她都已经记不清曾和多少人有过一段，大多数是一夜情，还有几段刚刚有点眉目就被她早早掐断的交往。劳伦斯则不同，他是除了亚当之外，唯一她愿意向其倾诉的人。他在汉普郡的一座小城里卖酒，她做兼职时曾去那儿为一座阔气的私家豪宅当园艺设计师。他带她去餐馆吃了顿饭，然后把她带回到他的公寓里；他没有像亚当那样挑逗她引得她心神荡漾，对于这点她心怀感激，他很体贴，很温柔，她感到自己心里有什么东西正在随之变得柔软。跟他出去了两三回之后，她开始把他看做自己的戴文，一个稳重、体面的男人，也能够把她变成一个稳重、体面的女人。她犯的错误是她有一回喝高了（喝醉了，又一次），然后把他邀回她当时那间逼仄的什么家具也没有的起居室兼卧室去了。等劳伦斯睡着了之后，路易莎才意识到她犯了多大的错误，然后她就一直醒着，看着自己家徒四壁，晾衣架叮当作响，还有那只显眼的装满了她的回忆的纸板箱。凌晨一两点钟，她把所有东西都藏进了这间房里唯一的嵌入式储物柜，那是简易厨房里的碗柜，里面只摆着一个人的餐具。她强撑着不让自己睡着，但最终还是抵不过强大的睡意，她睡得太沉了，以至于劳伦斯醒来之后自己去找茶和杯子她也没感觉。她醒来后发现他坐在床尾，翻看着她的剪贴簿，她尖叫着让他停下，不准乱翻她的东西，并让他快点滚蛋，她甚至连推带搡地把他撵到楼梯口。他第二天来过，往信箱里放了封一头雾水的道歉信，但她一直待在床上，手里捧着那本剪贴簿，悲伤地将它反锁。令她感到悲哀的不仅仅是失去了亚当，还因为她原本可以在一个地方立足，找到真爱，建立起家庭，过上美好的生活，而现在都不可能了。

路易莎再没有回那栋豪宅工作过。那之后接下来的几周时间是她记得的最黑暗的日子；没有了工作，她只能自己陪自己，而有几个夜晚，即使是这样的陪伴也让她觉得不堪忍受，于是她开始考虑——虽然只是在脑中飞快地闪过这个念头，并且自己也非常害怕，但她还是考虑过——不如一了百了算了。

凯斯提斯的这份工作，在一份行业杂志上登了广告，是它把她从自己手里救了回来。他们要求的工作经验和提供的工资毫不相配，她猜测这也许能解释为什么只有她一个人去应聘。看到工作场地现场的状况和那群业余的工作人员，她觉得她终于找到了一个可以逃离自己过去的地方。刚开始工作的头几个月，她和一个上了年纪的老太太住在利明顿路，到现在别人还是以为她住在那儿，尽管自打她买了活动房屋后，就把自己的邮寄地址转到一个邮政专用信箱了。搬进她在四个轮子上的家以后，她总是担心别人会注意到她的车一连好几天都停在同一个地方，或是她总是最早一个来又最晚一个走，但她似乎高估了那些人的好奇心。德美特尽管管教那帮年轻人有一手，但她骨子里还是那种别人说什么就信什么的人。为什么会有人要撒那样一个谎呢？那群年轻人都住在和考文垂相反的方向，他们对她的个人生活更没有兴趣。他们只是每天都会碰面而已，而她会想着自己年轻的时候是不是也是这个样子。为了掩饰得更像些（也因为她不再敢在公共场合喝酒），她成了他们那儿的指定司机，当英格拉姆、德美特，甚

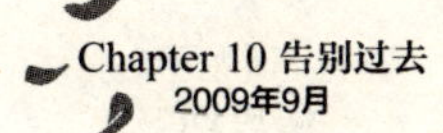

至纳撒尼尔需要的时候载他们一程，送他们到各自家门口，然后再在乡村公路上绕个大圈子回到凯斯提斯，回到它那间非官方的门卫室，它的秘密岗哨所里。每天晚上她都会锁上办公室的门，然后站在月光下别墅的阴影里。如果那晚天气不错，她就会走回家，而她也知道家里并没有人在等着她。

Chapter 11 偷电的人
2009年10月

保罗发现在凯斯提斯和外界有种语言差异，这里的一些词汇仿佛是几个世纪前的。他们使用的很多术语都和马有关：穿过新林的路叫做驰道，绕着屋子的那条辙痕累累的通道叫做骑径，而不是车道。在别墅后面有一潭被称为池塘的死水。恶臭的气体就和恐怖片里的怪物一样从那里边冒出来，而如果你不幸处在它的下风处，那你就只能用嘴来呼吸了。他们的任务是把这个湖清理出来，使其恢复成一个观赏型的小湖，但实际上他一点儿也不想插手这项工作。池塘的一边紧挨着纳撒尼尔的刚刚发芽的果园，另一边靠近围墙，那儿真的种上了一些树——而不是荆棘、藤蔓或者野草——那一片就叫做新林，虽然它们看上去和别墅的废墟一样古旧。

似乎没什么事要他做的，他也觉得自己可以整天在园子里闲逛，但他并不想惹麻烦，以免被他们赶走，所以一旦他发现自己空下来了——或者下雨的时候——就回到小棚屋里待命。

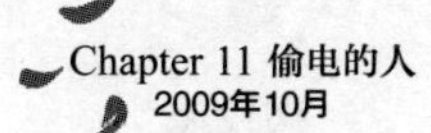

一个无事可做的雨天的下午，他踏上了去往办公室的阶梯。路易莎正和英格拉姆激烈地争论着英格拉姆订购的一些长凳，路易莎明显对这件事很不高兴。他们背对着门；加上屋顶上如雷般的雨点声，他进来的时候他们都没有听见。他站在门口等了好几分钟，冰冷的雨水从他的夹克背后滑落，于是他决定先坐在空桌子旁，等着他们结束争执。

桌上摊满了书，没有一本是新的，有几本的书脊都干裂了，一打开就会碎裂成两半，随时有可能在他指尖分崩离析。一份城堡花园的报告曾经是图书馆的书；书背面的印章表明它仅在一九七二年被借出过一次。书页里夹着一份十九世纪五十年代的凯斯提斯地图摹本，上面画着排列有序的一块块土地和早已经消失了的星罗棋布的附属建筑群。突然，路易莎的声音变得清晰而尖锐起来。

“英格拉姆，如果你想要一个土里土气的后花园，我可以给你，但是你雇我来是为了重建一个完全都铎式的花园，你不能像这样破坏我的设计。”

“来访者应该有个地方坐着休息休息。”英格拉姆说道。

“没错，但是你让他们坐在这些东西上？它们会让这里看上去像一个该死的埃塞克斯庭院！”保罗替他的家乡感到一丝愤愤不平。“我们会被人笑话的。”

“但我已经下订单了。”英格拉姆反驳道，递给她一本贴满便利贴的目录。

“多少钱？”当路易莎翻到相关的页时大叫起来，“这是我

最后一次让你教育我关于预算的事。我不会把生命浪费在把温室里那些东西从种子小心伺候长大，然后任你把钱都挥霍在买家具上的！”英格拉姆大步走回他的桌子，躲在电脑后边，头发被屏幕的光照得光亮亮的。

“我是不会把它们放在我的花园里的。”路易莎冲着他大喊道，然后转回身。当她看见保罗在空桌子前坐着时，倒吸了一口凉气，将手按在胸口后退了几步，就好像遭到他的伏击被惊吓了一般。

“对不起。”他说道，不是因为他做错了什么，而是回想起他们初次见面时他就把她吓着了。“我没事可做。”他继续解释着他为什么会出现在这里。她一屁股跌坐进了椅子，脸红红的，闭口不言。

“你或许可以试着整理下那张桌子。”英格拉姆叫道，“真丢脸。那些书有的已经绝版了，有的很少见，但她可不像你想的那样好好爱惜这些东西。”

办公室里笼罩着一种不太友好的气氛，英格拉姆在电脑屏幕后面不时地发出些愤愤的动静，而路易莎则怒目，一会儿瞪着他，一会儿又盯着保罗，看他在桌边整理着桌上的书，他宁可被困在雨中什么事也不干。他小心翼翼地试图打破僵局。

“为什么他们称它为新林？”他问道。

“呃，因为它曾经是新的。”路易莎回答道，她的脸色已经恢复了正常，“战争一结束，就种了这片林子。”

“太不可思议了，仅仅过了将近……”他心算着继续说道，

“将近七十年时间[1]，它就已经长得这般茂盛了？”

“是内战后。”路易莎说道。她垂下了她蒙娜丽莎式的眼睑，暗自微笑，那一刻她身上有股女学生般的傲慢气质唤起了保罗对于某个人的回忆，想了很久他才想起来那个人是艾米丽。

十月的第一周，猛烈的狂风将季节一下子刮到了冬季，就好像吹翻了一页日历。周五的晚上，保罗还穿着一件长袖T恤从凯斯提斯回家，但是到了周一的早晨，他就需要在夹克里加件毛衫了，是海军蓝的胸口绣有威瑞迪塔标志的那件，那可以算是他们的制服了。还眷恋着树枝的最后几片叶子也飘落了，这样一来，走去上工的那条路就在短短一个周末的时间里由金黄色变成了银白色。唯一一种还能顽强留住叶子的植物就是那种几乎覆盖了整个庄园、猖狂蔓延的、一种路易莎和纳撒尼尔称做何首乌的野草，以及一种被公认为是巨型三裂植物和放射性废物结合产生的叫做日本紫菀的草。它们长得高过了保罗的头顶，但在保罗眼里，它们在那种野生的丛林般的状态下很美，扁平而鲜嫩的叶片衬着一串串枝型花序的小白花朵。但显然它们属于杂草，它们含有如此强的毒性以至于被列为有毒垃圾。不能用它们做肥料；这种植物的每一个部分，从叶到根，都得在庄园中间几个巨大的火盆里焚烧，以至于有时候，别墅废墟中那些摇摇欲坠的烟囱似乎重新成了导烟管一般。要把它砍下

① 保罗这里指的是第二次世界大战。而后路易莎说的内战应指美国内战（1861—1865年），故距2009年应已有一百四十余年。

来并连根铲除就像是和一头熊在摔跤似的。他不再把遍体鳞伤的痛楚视做一种惩罚，而开始将之视做一种回报。干了一天辛苦的体力活之后所带来的自豪和满足，让他感觉自己和父亲有种冥冥的共鸣，更妙的是，晚上他也会因为白天劳作后的筋疲力尽而睡得死死的。在那些他不得不去办公室上班的日子里，他坐在旋转椅上，接听电话，并试图理清英格拉姆和德美特那些杂乱无章的文档，他的大脑就会一刻不停地运转，来弥补这一天体力付出上的不足。那样的日子里他常常在夜晚难以入睡，脑袋里一直想着关于丹尼尔的种种。他会把头探出卧室窗户，往下看那些深夜里走在海伊街上的流浪汉，满怀愧疚地想象着丹尼尔肯定会不惜一切代价来换取即便是像这样可怜巴巴的一点点自由。

他们进度稳定，但也相当缓慢。当树都变得光秃秃了之后，你会看得更清楚：浓密的荆棘扎着脚踝，像是吓人的陷阱；更远处还没有开始清理。发现电缆的那天，他正一个人工作着，收拾着小屋周围的空地。整个工作场地的电都只有同一个来源；所有的小屋都由粗粗的绿色电缆线和那个电源相接。一共有七间小屋，但总共只有六条电缆线，还有一条突然在地下消失了。保罗被这激起了兴趣，沿着电线一路寻找过来。好几次他差一点儿就找到了——那个埋电缆的人实在埋得太好了。它沿着依旧是一片碎石瓦砾的停车场的边缘，然后到围墙处露出地表，顺着分隔凯斯提斯和附近农田的砖墙一直向前，那些农田看上去好似一块块拼图。保罗不知道这些围墙是不是也和别墅一样年代久远，但看

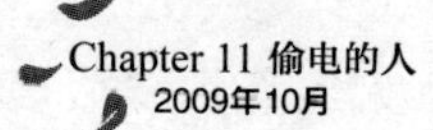

起来它们保存得更好些，几乎都还是完整无缺的。在少数几处破裂的缺口处，附近的农人就会竖起一些齐腰高带刺的铁丝网。保罗透过一条裂缝看出去，却猛地发现自己正和一头嘴里不停咀嚼着的奶牛大眼瞪小眼，那奶牛的皮就跟那儿的石头一样是赤陶色的。他顺着围墙走得越久，就越怀疑自己是不是在绕一个大圈子，最后绕回到出发的地方去。

当他看见电缆在一扇门底下消失入土时，他知道自己没有在绕圈子。即使没有电缆作为标记，他也记得这扇奇怪的门，以及它摇摇欲坠的砖结构门框以及腐败的绿色木门扇。就连它的铁门栓和铰链看起来都那么脆弱不堪。他轻轻推了推门。门似乎很容易就能开，但他担心门的另一端会有缠绕的铁丝网或是其他什么更糟糕的东西，所以决定还是不强行破门而入了。他使劲踹了墙壁一脚。墙似乎挺结实的，蹬着磨损了的砖头，他手脚并用地爬上了墙头。他看到的是一辆装着发动机的活动房屋的黯淡的银色顶部。车头看起来像是一张皱着眉头的脸。车身被漆成了灰白色，灰土色的苔藓长在门边，而铝制的窗框好似剪绒饰边一般。它显然是从别的地方开到这儿来的，但并不是最近刚到的；没有车辙印，一个轮胎是瘪的，宽大的轮辐间长满了草。舷窗窗口都被书堵上了，书页一直叠到窗框最上面。车厢外面，有一小块四方形的耕地，中间竖着一些木桩，还有到处发起来的幼苗，就像是墙那边他们正在修缮的那个大花园的一个微缩版。储气罐像士兵一般排列在一旁，沾着泥巴的木条篮筐里整齐地摆着一束薰衣草，散发出甜得发腻的香味。

保罗跳下围墙，像丹尼尔曾经教过他的那样尽可能弯曲膝盖来减轻跳下时身体的重量，但他被自然的屏障给拦住了；他的牛仔裤被刺破了，他的手臂也被像热辣辣的针一般的东西给划破了。他发现自己躺在一团缠绕的枝丫里，硕大的白色花朵围绕着他，贴着墙壁生长的植物被整个扯了下来，在差不多接近根的地方折断了。他卷起袖子，发现自己的皮肤看起来就像沾满了红宝石一般。他把那株杂乱蔓生的玫瑰靠墙扶好。以他那不专业的眼光看来，它看起来没什么问题。突然间他急迫地想要逃离。他甚至不确信这里还在不在凯斯提斯的范围内，但他对自己这样擅自闯入别人的家感到惭愧极了，觉得自己像个窥淫狂一样羞耻。这个偷电的人明显不想让别人发现这儿，而他比别的人更应该尊重这些。他很容易地从大门里出来，顺便看到了门仅由几把简单的弹簧锁固定，他顺着来时的脚印回到停车场去了。回来的路显得短多了，也许是回程总是显得较短吧。

没什么别的可清理的了。当工作涉及植被时，他仍然迟迟不敢动手，生怕自己除了一块“野草”之后发现除掉的是什么名贵品种。小屋里空无一人。他在园子里走来走去想找个人问问他能做点什么，却找不到一个人。他便利用这个间隙给他妈妈打了个电话。电话那头传来蜂鸣，表示拨打的手机号是空号，他觉得有点奇怪。当他给特洛伊打了电话也是同样的情况后，保罗立即觉得事情不好了。几年前，丹尼尔曾告诫过他，如果保罗胆敢耍他，他就会去找他妈妈娜塔莉的麻烦。他拨通了座机的号码，心里很害怕他会听到什么不好的结果。直到电话里传来她的声音，他才长舒了一口气。

“喂，宝贝！”娜塔莉应道，“你什么时候回来看我呀？”

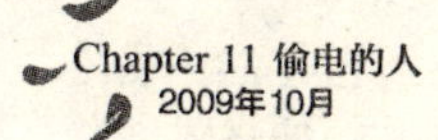

“很快就回，等我先把自己安顿下来。”

“我真心疼你，那么多事情都得自己一个人承受着，又住在前不见村、后不着店的鬼地方。我真不应该把你一个人丢给那些人的，我真怪我自己……”

“别傻了，”保罗说道，“我在这儿很好，我在这边也交了朋友。你的手机怎么回事？”

“我回格雷斯河段的时候在车上让人给偷去了。”

“妈妈！你干吗要回那儿去！为了什么该死的东西要去那儿啊？”

“我没办法，我要回到那儿的牙医那里把我的牙给补补。我在这边没有医保牙医，尽管如果我怀孕了，那他们就得给我全免费的治疗。”

“你疯了吗？卡尔有可能会看见你，或者别的什么！”

“没事的，特洛伊陪着我呢。”保罗强忍住没有轻蔑地哼出声来。“那帮可恶的小混混抢走了我的手袋、我的钱包，我花一百镑买的催孕药，还有……”她的声音开始有些颤抖，“他们拿走了你出生那天我们一家人的合照。就只有那么一张。”

保罗知道她说的那张照片，那是他们一家在医院病房里照的一张快照，有些曝光过度，她把照片放在一个小皮相框里。他并不知道她还带着它；这点让他感到一阵温暖，就像一个亲热的拥抱，直到听到他妈妈在电话那头啜泣他才回过神来。特洛伊接过了听筒。

“抱歉，保罗，”他说道，“她为了那张照片真的心都碎了。她很想念你而且……她觉得丢了那张照片就像是再次失去你父亲一样。”他的语气里没有一丝怨念或嫉妒，“我现在要去好好照看她了，我们很快会给你打电话的。”保罗把自己的新号码给了特洛伊，特洛伊反复念了两遍来确认，也没再问什么。

“好啦，我得赶紧去看看你妈妈了。多保重。”他说道。保罗越是想着特洛伊的种种，越是觉得他像个圣人似的。要是他，绝不可能甘愿一辈子仅仅做某个人的真爱的代替者。

Chapter 12 恋爱游戏

1989年4月

二十三个晚上他们一起度过了十九晚。那是第一次，他们不满足于仅仅躺着，很唯美并享受着快感。亚当提议他们之间要相互爱慕对方。

“我第一次见到你就一眼认出了你。”他说道，双手握住她的手把她按到床上，“我们俩是天生一对，你和我。你知道这有多难能可贵吗？有时候我自己都会感到吃惊。”

“我也有同感。”她凑在他嘴边说道。

“我喜欢这种感觉。”他说道，紧紧地握着她的手腕，直到她叫出了声，“刺激的感觉真棒，它让我知道自己还活着。”

他那些最荒谬可笑的事令她兴奋起来。他的那枚戒指落到她床头柜的玻璃上发出的响声。他的盆骨似乎生来就是为了与她的相契合。有时她看着自己的胸脯，期待着看到一颗跳动着的卡通爱心，这样她就可以抓住它然后把它塞回到自己的胸口了。

亚当喜欢他们之间的那种状态，他的朋友圈子里没有人知道

她，同样她的朋友圈子里也没有人认识他。

“当我和你在一起的时候，世界上就没有别的人存在。”他说道。

“真遗憾这种感觉不可能一直持续下去。”她说道。

“不可以吗？”

“到一定的时候，现实生活就会来捣乱。你将去见我的父母，我也将去同你乐队的其他人会会面。”

“我不会去见你的父母，”他语气的强烈让她吃了一惊，“我不会和家庭扯上什么关系。”

“好吧，但我希望，至少我能去见见乐队的人吧。”

“我只是讨厌被现实捅破梦幻的感觉。仅此而已。假如你我是整个地球上唯一的男人和女人。嘿，你知道那意味着什么吗？如果我是亚当的话，那你就是夏娃了。”

“上帝啊，那听起来太土了。你可以弄个更有创意的。”

“为什么？我就喜欢这个。我就打算把这个当做给你取的新名字啦：夏娃。”

“我敢打赌你和所有的女孩都这么说过。”

“那你就是所有的女孩了。”

他每周有三个下午和两个晚上要排演。有排练的夜晚他就不能来她这儿了。有时候很晚了，他还会打电话来和她说晚安。他的卧室里没有装电话，甚至连投币电话也没有。不过他有一只传呼机。她的父母也用传呼机，但只有他们把这叫做BP机。当他们正收发着信息，就会随时随地带着它，甚至上床了也带着，一旦有哔哔声响起，他们便会立马丢下手中的事情。当然没有人指望亚当·格拉斯雷克会因传呼机而扮演及时雨或救世超人的角色，路易莎不久后也发现了，在给他留言和等到他回复之间，往往会相隔几小时之久。他说，在他的住地牧人丛的街上，大多数的电话亭都被人弄坏了，有时他得走上好几英里路才找得到一个能用的，除此之外，乐队有规矩，排练中间不能停下来。在接到他打来的电话前她是不会出门的，她把电话分机拖到床边，这样，当电话铃终于响起的时候，她可以假装让他等上几秒钟。那些渴望已久的谈话总是充满了不安，不是她满腹怀疑就是他充满疑虑；即使他不断地跟她甜言蜜语，她也会忍不住想象在电话的背景里唧唧喳喳女人的笑声。她觉得自己被囚禁起来了，就像是被关在塔中的公主，或者是被锁在备用寓所里的有妇之夫的情妇。

他生活中的其他人——尤其是乐队的成员们——对她来说都是神秘的人物。保持陌生人身份的时间越久，他们就越是充满魅力。要想让他开口谈论他们，简直比撬开死掉的贝壳还难。她好不容易收集到的信息，只有他和乐队里的两个男孩——本和夏伦——在一起的时间不多，但他承认自己和安吉走得比较近。

“你很走运，她长得那么丑。”他说道。

在她等他的时间里，她依然有他的陪伴，那是他的十二首歌，翻录在两盒录音带里。她拿来尼克的那台废置的录音机装在自己房间里，这样音乐就可以循环不停地播放了。她有种直觉，他肯定不知道她有多经常这么放他的歌；他的粉丝才会这么做，而不是女朋友。

有天，米兰达回家看见路易莎盘腿坐在床上，目不转睛地盯着沉默无声的电话看着。“某人在自己跟自己做游戏？”

米兰达仅是出于关爱，漫不经心地这么一说，却是第一次一针见血地点破了他们之间这段恋情的诱人之处同时也是危险之处。“不是。”她说道。她很愿意跟她妹妹说说心里话，但是米兰达又怎么会懂得什么是热情呢？她和戴文·德拉自打他们十五六岁还在上中学时就在一起了，并且就路易莎看来，他俩之间的热情都已迅速地冷却下来，已经进入细水长流式的亲情阶段了。她见过的他们之间最亲密的动作就是戴文隔着袜子捏了捏她妹妹的脚指头，而米兰达则吃惊得把咖啡洒在了大腿上。

她背得出他的传呼机号码，那列数字是她心里的一行韵律诗。她希望能在他的机子上装个什么装置，或者装在亚当身上也行，这样就可以在任何时间看到他在伦敦的什么地方了。除了亚当以外，她从没有对其他任何人动过这个念头，如果她的哪个前男友曾跟她说过类似的想法，她肯定早对他反感得要命了。最近一段时间，她都无法认出自己了。她能越早进入他的生活，越早让现实来填满她幻想的空白越好。

Chapter 13 协议

2004年9月

丹尼尔·斯加洛克比他们都大一岁，这一直是个从未公开解释过的谜，他穿着校服就像是穿着套萨维尔街[①]的定制西服一样。他比那个福克斯夫人要高许多，就是她把他介绍给大家，说他是头一次到这里来，言下之意就是他“被整个郡的其他所有学校都开除了”。每个人都猜测如果丹尼尔被格雷斯高中开除之后下一步会去哪儿。那天她让保罗负责带着丹尼尔，因为在注册名册上他俩的名字正好挨在一块儿。保罗当时惶恐极了。他只希望丹尼尔看出他在这儿什么也不是，并且只要示之以他应得的藐视就够了。被别人视而不见已经是他最大的奢望了。

英语课上，本来他们是要一起看《安妮日记》[②]的，但丹尼尔根本看也没看书本一眼，老师在讲解时，他也不打开笔记本，

① 萨维尔街是伦敦的一条街，是世界顶级的手工缝制西服的圣地。

② 又称《安妮·弗兰克日记》，是犹太少女安妮·弗兰克在“二战”中的一本个人日记，它真实地记述了她与家人以及另两个犹太家庭为逃避纳粹迫害躲在密室里而度过的长达两年的隐蔽生活。

而是自顾自地乱涂乱画着。法语课上，他在练习本的封面上写自己的名字，一笔一画写得很费力，像个小学生似的，但写完之后他似乎又失去了兴趣。历史课上进行了一次课堂小测。所有人都大声反对着，而丹尼尔，作为最有理由反对的人——他从来没学过这些，根本不可能完成考试——却什么也没说，仅仅调整了一下姿势，把腿往前伸着。他的腿好长，可以用脚钩住坐在他前排的男孩的椅子，那是个十分惹人厌的叫哈什的男生，他长着红色的头发和苍白的脸，而如果你敢喊他的真名哈米什，他就会跟你急。哈什转过头来瞪了丹尼尔一眼，但马上看出自己不是他的对手，就又转回身去了。丹尼尔根本不准备答任何一道考题。当老师开始在讲台上读题目后，保罗很快就投入考试中去了，他对所有问题的答案都很自信，除了第一题，问的是纽伦堡审判为什么放在纽伦堡而不是在柏林。

“纽伦堡是德国唯一一座在战争中没有被炸毁的监狱。”丹尼尔轻声地说道，“柏林那时候已经是一片废墟了。听我的，快，把它写下来。”保罗耸耸肩，写下了答案，然后看着丹尼尔等他也写下来。但他没有，只是对着他前面的那张白纸皱着眉头。保罗想起了丹尼尔在他法语书上费劲写字的样子，才突然明白了他还不能顺畅地阅读和写字。在丹尼尔还没反应过来保罗在做什么之前，保罗已经靠向丹尼尔的桌子，开始匆匆地在他同桌的试卷上写下了正确答案。但丹尼尔给他的眼色让他顿时后悔都来不及。丹尼尔没有上数学课，那是那天的最后一节课，而课上保罗也无奈地意识到，在他放学回家的路上揍他的人的名单后面又多了一个名字。

如果不走连接学校和家的那条地下通道，他就不得不从铁轨上跳过去。（有时他真的会忍不住往那上面走。）满是尿骚味的隧道再一次证明了格雷斯河段的建设者们建造起这里的建筑时，一定是毫不动摇地以恐惧和暴力为信念的。其中最危险的一段是一个布满市政绿化的混凝土岛。那上面每次都至少有一个人埋伏着要揍他。今晚，又是西米恩和路易斯，他们俩是他的“老朋友”了。他不止一次奇怪为什么不同的两伙欺负他的人总是不会出现在同一地点。难道他们有一张轮班表吗？难道每天放学后，他们都会聚在地下通道口商量好，如果今天你晚打了他，那明天我们就口头意思意思得了？他们甚至都懒得再先挑衅一阵子了，上来直接动手。保罗明白，他的肌肉绷得越紧，挨打后就会越疼，但是他没办法放松。西米恩朝着他脑袋的一侧就是一拳，他手上戴的戒指一直从耳朵划到保罗的下颌。这一拳的威力让他几乎失去听力。他摇摇晃晃地想要向前走，但突然路易斯向前一步拉住了他，顿时保罗觉得身子被猛地向后一拽，一屁股跌坐在臭气熏天的水泥地上。他们俩弯下腰来。保罗眼泪几乎要涌出来了，他时刻准备着在胸口挨上几脚。

突然在他们身后出现了第三个身影，来得如此迅速又如此悄无声息，像一阵风。丹尼尔的一系列动作干净利落：他一把掐住那两人的脖子，让他们的头相互撞在一起，第一下撞的是额头，第二下路易斯的鼻子重重地撞上了西米恩的嘴。保罗辨认出一声嘴唇开裂的声音，比他自己的嘴撕裂的时候要轻些，他闭上了眼睛。

“快滚，你们两个浑球。你们要是再敢找他麻烦我就杀了你们，听明白了吗？”那是一个男人的声音，不是一个男孩的，西米恩和路易斯像小屁孩一样逃走了。丹尼尔在保罗旁边蹲下了身。他的声音随着保罗耳朵的阵阵作痛而忽强忽弱，嗡嗡作响。“哥们儿，这算是什么？”丹尼尔说道。对于刚才那两人的那点小动作，他居然发那么大火，何况保罗跟他也还根本不熟啊。“……两个傻瓜……你是个胆小鬼。”

接着，保罗耳朵里的什么东西啪的一声破裂了，然后他就可以清楚地听到对方在说什么了：“我说，你想不想去买点鸡吃？”

这儿周围只有两家卖炸鸡的，一家是清真的，一家是普通的。保罗曾无数次经过它们的店门口，但从来没有进去过：如果你个子矮小又是一个人，那儿可不是你去的地儿。他有点担心：刚才的暴力行为虽然被制止了，但是有可能丹尼尔想先把他带到一个人多的地方再开始羞辱他。如果丹尼尔确实打算这么干的话，那他首先肯定要吃点东西。他看都没看菜单一眼，就点了薯条、两罐可乐，还有两盒鸡翅。他们坐在窗口吃着点的东西。柯蒂斯·戈达德路过窗边，惊奇地又回头看了一眼。保罗想装做一副满不在乎的样子，但又觉得很不自在。

“你在课堂上做的事，”丹尼尔说道，“我很感激。兄弟，够意思。”他说话的方式让那些话听起来像是威胁，“但我不想别人知道这事。”

保罗比了个把嘴巴封上的手势。“不过，我可以问你个问题吗？”他问道，“我不太明白。如果你不能识字，那你怎么对‘二战’知道得这么多？”

“历史频道[1]，”丹尼尔说道，“我爸最爱看了。他成天就开着那个台。如果不是，那就是探索频道或是……那个总是放汽车测试报告[2]的台叫什么来着？”

“我妈妈整天都开着电视，但她从来不看那些有趣的栏目。”保罗说道。他们舔了舔手指。那上面的油脂和盐让保罗口渴难耐，喝可乐似乎也难以平复。

“我来跟你定个协议吧，”丹尼尔说道，“我一满十六周岁就不会再在学校待下去，我爸也不用再为我的义务教育伤脑筋了，但到那时，你替我打掩护，怎么样？我会罩着你的。”

协议自然当即就算生效了。他们一起走出了那家炸鸡店，从那一刻起，他们开始变得步调一致，而保罗也感觉到自己被人保护着了。丹尼尔是阿拉贡[3]，而他则是丹尼尔的佛罗多，尽管他在人前宁死也不愿承认这一点。

他住在一套跟保罗家一模一样的房子里，只是他们家在排屋的中间。一面英国国旗软塌塌地挂在厨房的窗子上，一沓被压扁的纸板箱堆在垃圾箱边腐烂。

“我家就住在那儿。”保罗指着园子另一头他家房子的背面。

“看那儿，”丹尼尔说道，“你每天都从门口那儿走过我旁边。”

不识字是种什么感觉？保罗觉得，想象自己是个盲人，或者

---

① 英国一电视频道。

② 一档英国电视节目，为BBC电视台播放。

③ 和佛罗多一样是英国作家J.R.R.托尔金的《魔戒》小说和同名电影中的人物。

是个聋子，或者是个残疾人，也要比想象自己不识字来得容易。那不仅仅关乎你不能陶醉于一本书，尽管那已经够糟的了。你怎么知道自己没走错路呢？甚至要怎么知道自己正在看哪个电视频道呢？或者要怎么看来电显示的名字呢？如果每天你收到一堆信，但是除了自己的名字之外什么也看不懂，将是一种什么样的感觉？保罗翻出一张印度清真餐厅的菜单，试着读懂那些阿拉伯字母。他越是试着寻找些有规律的字符，就越是觉得它们看起来全都是些点点和弯弯，他最多只能找到三个，或是四个独立的，重复出现的字形。也许英文在阿拉伯人看来也是这个样子吧，或者对于像丹尼尔这样的人也是。为什么没有人曾教他认字呢？也许他的父母都不怎么识字，但怎么可能他都已经十四岁了，还没有人来教教呢？没有任何人帮他吗？丹尼尔是怎么过来的？难怪他当时那么生气。

Chapter 13 协议

2004年9月

Chapter 14 当老师

2004年10月

在接下来的日子里，保罗身边那个通常没人坐的座位现在不再空着了。很快，他就发现丹尼尔抄作业时，会摆出一个低着头不说话的姿势，看起来就像是一个在勤奋苦读的学生。格雷斯河段的老师们个个都是穿便衣的防暴警察。只要作业交了就算是奇迹了：他们根本没有注意到丹尼尔的作业中的笔迹和内容跟他同桌的是多么相似。保罗怀疑他们有没有真的看过那些作业。从学校放学到他妈妈从出版社下班之间有两小时，每天这个时候，保罗就会跟丹尼尔待在一起。那些曾经充斥着各种威胁的被废弃的地方现在成了他们的活动场地。他们沿着白垩矿和建筑工地一路颠颠簸簸地骑着车，在河堤上做前轮离地后轮着地的平衡特技，毫不畏惧河滩上退潮时突出来的锯齿状黑色岩石。他们会骑到湖畔购物中心，一直骑上那儿的多层停车场，接着从螺旋形的出口坡道逆着车流飞快地冲下来。丹尼尔每次都闭着眼睛，保罗也装做自己闭着眼。他们的目的是要看看他们要滑下几层楼，那儿的保安才会过来；通常，他们会一路冲到底，然后看到两个或更多的保安，穿着醒目的工作夹克，抱着胳膊站在那儿。遇到这种情况，他们就会毛着腰从栅栏底下钻过去，然后猛踩踏板逃走，也不顾旁边的路上有没有车，直踩到他们腿都要抽筋了。他们会继续骑一会儿，直到找到一个可以拐到河堤的缺口，只有到了那儿，他们才算是真正安全了，可以开怀大笑了，接着他们顺着沿河的小道，任车子自己滑行向前，带着河水腥咸的味道充满了他们的鼻腔，灌进了他们嘴里，甚至让他们想流下眼泪来。

如果天气不好，他们放学后就会去丹尼尔家。斯加洛克家的客厅里最显眼的就是一台超大的宽屏电视，一旁整齐叠放着一台机顶盒、一台无线路由器、一个DVD播放机、一套旧的家庭影院设备、一只笨重的扩音器，以及至少三种不同的游戏操纵杆。冲电视屏幕放着的还有两张游戏椅，就像两个从汽车里拔下来的坐椅。他们还有一台玻璃门的电冰箱，里面塞满了可乐和啤酒罐，看起来跟街角的便利店一样。保罗立刻明白了，这是个没有妈妈的家；这里简直跟他自己的家截然相反，他的家里到处充满了带褶边或荷叶边的布艺家具，几乎嗅不到一丝男人的气息。就连丹尼尔家里养的狗——迪塞尔——一只身形巨大实则温驯的阿尔萨斯牧羊犬，也浑身充满了男人的阳刚味儿。

如果丹尼尔的爸爸回家了，他们也总能提前知道，因为整个客厅会立即变得黑暗阴冷。卡尔·斯加洛克每次都会把车——一辆陆地巡洋舰——停到客厅的窗子外面。他是怎么进来的？按规定，这个小区里所有居民的车子都要停在周围的停车场或锁进车库里去。

丹尼尔的家就像保罗的一样摇摇欲坠，仅有一条弯弯曲曲的人行小径通入，如果要开进一辆车来的话，车的大部分挡板都会被剐坏，甚至还会把一部分墙也给撞塌。要想把车从那儿开进来，必须是慢慢地、小心翼翼地一点点移进来，但如果有一个人能有这样的本事，这个人只能是卡尔。他曾经在军队里开车，但到现在，他每次开车仍然像是有敌人追在屁股后面似的，他总是不计后果地开得飞快，还坚持称他有百分百的把握，并且必须要这样才能让他保持不“手生”。的确，卡尔看起来仍像是那种随时准备冲出去执行任务的人。他还接些零零碎碎的工地上的活儿，这就意味着他经常好几天不在家，偶尔他也会接手些安保的活儿。你只要看见他人就立刻能明白为什么他们会雇他做这些；不像那些靠健身健美练就肌肉的家伙，他的整个身子壮硕浑圆，而不是到了下半身就虚弱无力了。他的小腿和大腿跟他的臂膀以及胸膛一样结实有力，他的脖子几乎和他的脑袋一样粗壮。

“你又来了？”有天下午他问道，尽管他们上一次碰面已经是几周前的事了。“你是无家可归还是咋的？别担心伙计，我只是开开玩笑。你们俩可真是亲密无间啊。我在你们那个年纪也有个这样的好伙计。弗兰克·杰克逊。你还记得他吗，丹尼尔？”

“当然记得。”丹尼尔答道，他翻翻眼珠，显然那个故事他已经听过好几次了。

“他在波斯尼亚被人杀了，到现在已经，肯定有十二年了，”卡尔说道，“我仍然很想他。失去他比失去孩子他妈还痛苦。”丹尼尔的下巴抵着胸口，待在一旁。“我们一起报名参的军，我和弗兰克。我们可是拜把子兄弟。当我们还跟你们现在这么大的时候，我们割破拇指，让我们的血融在了一起。当时很流行那样的。”卡尔·斯加洛克从口袋里拿出一把刀。刀光一闪，他把刀刃按到他那厚实的大拇指上。保罗感到一阵眩晕。“当然，现在可不能再那么做了，我们当时不懂还有艾滋啊之类的……他怎么了？”

脑子里闪现着自己割自己大拇指的画面，保罗感觉就像是整个肺里充满了血液。他慢慢地像个婴儿一般蜷缩起来，他的自我控制力渐渐地像液体一样从手指间流走。

丹尼尔蹲下来，样子很着急。“保罗！保罗！发生什么了？你怎么啦？”

“我不能呼吸。”保罗回答道。

“啊。”卡尔·斯加洛克惊叹道。

“别让他割伤自己。”保罗一边说一边喘着粗气。

“放心，伙计，”丹尼尔应道，“没有人会割伤自己。”

“我想想就……我光是想着它。我光是想到——我甚至没法开口说出那个词。拜托了，让他停下。”

“什么，就像是某种恐惧症吗？”丹尼尔问道。保罗点点头。“我看到过讲这种病症的东西。他没事，老爸。”

“上帝啊，丹尼尔，”卡尔的语气里带着一丝厌恶，“刚才我还以为他真的出了什么状况呢。”他去了厨房，用刀子清理着他的指甲。

“他不怎么会说话，”等卡尔走远了，丹尼尔说道，“你应该看看电视上出现鲨鱼画面时他的反应。”

Chapter 14 当老师

2004年10月

保罗勉强挤出一丝微笑："别到处乱说这事，好吗？"

"你替我保守秘密，而我现在也知道了你的。那咱们算扯平了。"

保罗是在那天踢完球之后才了解了关于名字的事的。他们当时正在男生更衣室里，那儿排满了像监狱里的那种衣物柜，还散发着强烈的青春期气息。

"传得漂亮，丹尼仔。"马科斯·格兰特说道，他可是他们学校的足球传奇，按照格雷斯河段的标准，他还算得上是个像模像样的家伙。他曾经有一次在地下通道警告西米恩别再惹麻烦。事实上，在丹尼尔出现之前，马科斯可以算是跟保罗最亲近的同学了。

"你叫我什么？我的名字是丹尼尔。不是什么丹尼仔。不是丹尼。也不是丹。是丹尼尔。"

马科斯抬起手，示意和解："好吧，老弟。"

"我不是你老弟，"丹尼尔吼道，"叫我丹尼尔。"

马科斯照做了："丹尼尔。"

丹尼尔在马科斯脸颊上轻轻扇了一巴掌，但那可比揍他一拳更羞辱。可笑的是，虽然他总是以武力威胁别人，但他很少——除了第一周他给西米恩和路易斯的那两下——动手。他身上从不带刀，但就是那些带着刀的男孩也都对他避而远之。甚至有一些恶少帮曾经试图招他进去，但几次尝试均是徒劳，加上他也没有对吸食或贩卖毒品表示有任何兴趣，他们也就把他忽略了。但他总是不怒而威，好似一盏强劲的螺旋桨，旋起的气流让所有人稍一靠近便会感

到一阵战栗、一种恐惧。

多亏了保罗，丹尼尔总算还交些作业，这样他一般就不会有太大的麻烦。保罗有时会希望丹尼尔能多惹些麻烦，这样他就有可能被“规章体制”拯救了——这类事每隔一阵就会发生，那些孩子被叫出去接受课外辅导，但总是那些比较吵闹的几个，保罗心里暗想，这些额外的关注是否真的是为了学生们好呢，还是只是杀鸡儆猴，让学校能更容易地管教其他学生。

保罗担心丹尼尔要怎么通过任何一门考试。到目前为止，都还只有写作业，这些他是能帮到他的，但是他总不能替他的朋友去考试吧（不管怎样，他不可能同时答两份卷子啊）。他爸爸曾经很喜欢说一句至理名言，“授人以鱼，不如授人以渔”。这给了保罗很大的启发。他可以教丹尼尔认字啊。他相信自己能成为一名好老师，因为他自己学的时候也不容易。有些老师，比如泰勒先生，你可以看得出他们以前上的都是名牌学校，并且他们在学校的时候总是班上的优等生。如果你没能在一首诗被读完的瞬间明白这首诗在说什么，那他就会摘下眼镜，像看一条鼻涕虫一般看着你。保罗可不会像那样：他会鼓励他的学生们慢慢来，告诉他们如果一下子记不住没有关系，可以出去走走，再琢磨琢磨这首诗的意思。实际上，这样教会有更好的效果。否则，就是囫囵吞枣了。

丹尼尔十五岁生日的晚上，他把书送给了他。他们在丹尼尔家的客厅里玩着侠盗猎车III的游戏。保罗讨厌丹尼尔喜欢的那些游戏。他更喜欢像他所读的书中提到的那些（他比以前读书读得少多了：丹尼尔不喜欢他看书，即便看闲书也不行），更喜欢带一点儿

历史背景或者奇幻色彩的游戏，里面的女性角色也很美，但她们把这般美貌藏在长长的飘逸的裙裾中，而不是穿着露脐装从机车上弯下腰来。要是想看那些，只要望望窗外，或者去商业街，就能看个够。丹尼尔站起来去冰箱拿一罐可乐，保罗抓住了这个时机。

“我有点东西要给你。”他说道。他本想把这个礼物包装一下，但觉得那样看起来有点“同志”倾向，于是便决定还是把购物袋封了封，就这样递给了他。丹尼尔打开了包装，脸色变得很阴沉。

“你在开玩笑吗？”丹尼尔说道。

“没有，听我说完。我想教你识字。我一直希望能教教你，我可以帮助你。我想做一名老师。”

“你这个蠢人。”丹尼尔说得咬牙切齿，唾星四溅。保罗完全没想到他会是这样的反应。他曾想到了尴尬、羞怯，但不是这般的勃然大怒。等他现在才意识到这是个不能触碰的禁区，已经为时已晚，除了第一次在炸鸡店之外，他们从来没有公开谈论过丹尼尔不识字这件事，他们只是默认了这个事实。丹尼尔一把揪住他的颈背。保罗已经渐渐地不习惯被人施暴了，他的手脚也忘了该如何自我防御；他想不起来应该护住头还是蜷起身子。

“我以为你了解了！我以为你是我的朋友！”

“对不起！丹尼尔，对不起！我们再也不谈这事了。”

“赶紧从我家里滚出去，”丹尼尔说道，“趁我还没对你动手。”

几小时之后，门上传来了敲门声。保罗在门厅里的镜子中照了照自己。脖子后的抓伤还很明显，他刚才在丹尼尔家门外痛哭了一场，所幸现在眼睛周围的水肿已经差不多消退了。丹尼尔坐进沙发里，正好坐在一本打开后反趴着的《歌门鬼城》[1]上面，啪一声将它厚厚的书脊坐断了。保罗真希望他当时是在看电视，要么在听音乐，或者在玩任天堂也好，或是其他任何事，只要别在看书就行。

“我不应该打你的。只是……只是我又想起了我的小时候。我以前就不喜欢认字，我现在也不会喜欢。而且我们的办法还挺管用，不是吗？我喜欢顺其自然，该怎样就怎样，你明白吗？”

权衡一下丹尼尔的需求，保罗觉得心里稍稍舒了口气。

“但考试怎么办？”

“哦，我的上帝，你真是个死脑筋。我不需要考试。我将替我爸工作。他就从来没考过试，也没见得有什么坏处。”他顿了一下，按着手指节，发出咯啦咯啦的声响。“你说想当老师，是认真的吗？”

他问这话的语气很决断，让他的问题只有一种可能的答复。“那只是一个想法而已。”

有趣的是，想要教丹尼尔识字的失败反而坚定了他要当一名老师的信念。丹尼尔也许就这样了，但那也是因为没有足够早地有个老师来教他。保罗想成为一名老师，来帮助所有其他像丹尼尔这样的孩子，在他们长大之前帮他们一把。当然，他很清楚他的这个梦想，和丹尼尔认为他们之间的友情的概念绝不能共存，但那也没有

① 为英国诗人、剧作家兼小说家马文·匹克（Mervyn Peake，1911—1968）作于“二战”期间，是他最著名的小说系列，一共三部曲。

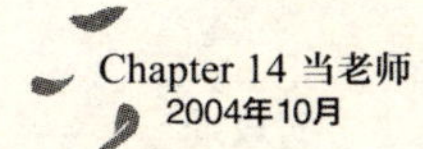

太大关系。等到丹尼尔一离开学校——显然，肯定比他要早——他们的友谊就自然会有所改变。与此同时，丹尼尔是对的：他们目前的合作方式对他俩都很合适。他们在一起很开心，不是吗？而且他们又不是要永远像这样被绑在一起。

Chapter 15 沃里克花园的邀请
2009年10月

经过一番粗略的调查，她终于弄到了他的生日信息。她不得不去问卢斯，尽管那也许是以她的尊严作为代价的；那个男孩最擅长看穿别人私通的事，尽管有些是子虚乌有的。但她还是得到了她想要的信息，并且答案也正如她所愿。日期并不符合。保罗才刚刚满十九岁。即使是像亚当这样滥交又随意的人，也不可能死后还让女人怀上孩子。她终于弄清这些之后感到的宽慰简直醉人，像酒一般。实际上，那天傍晚她的确喝了点酒庆祝，但是却没控制住，一杯接着一杯，结果那整个晚上，她精心打扮了一番，然后抱着一盒录像带哭泣着不停地道歉。她想要惩戒自己不能再迷信鬼神了——根本就没有鬼，没有转世，我命由我不由天——但她的双手还是紧紧地攥着酒瓶子。上一周里有三天，她是和衣而眠的，早晨醒来时头也昏沉沉地疼。每一次，卸完妆，从那个不为人所知的她重新变回平日里的她，然后用工作来使自己忘掉所有烦恼，她都会舒一口气。

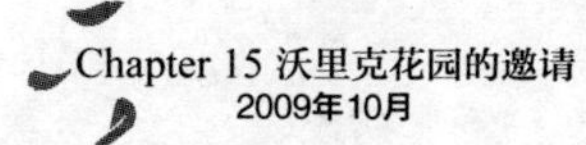

因为要申请那笔资助，她不得不把注意力转移到这上面来，但所幸这样也让她一直保持着神志清醒。如果说需求是发明之母，那么恐慌就是它推波助澜的父亲了。被截止日期紧紧逼住，她已经手写了一篇她能够想出的最具说服力的千字文了。其中最棒的几个句子是在其他所有人都走了之后在办公室里想出来的。她喜欢开着小屋的门工作，这样外边的原野和别墅的废墟就可以时刻监督着她了。英格拉姆把那份文件校读了一遍，直夸她是个天才，然后他们俩就一起去了邮局，信寄出之前，他还在信封的背面吻了一下以求好运。一周之后他们收到了一份来自园林遗产信托的只有一页的回复，邀请他们去伦敦办公室做一次正式的展示。英格拉姆看后狂喜，坚信这份邀请函就是成功的先兆。遗产管理协会那边有些传闻说，只有百分之二十的申请者被批准可以出席旁听，而那个展示只不过是走走形式而已。

“听着，”他说道，手里挥舞着那封信，坐在他的椅子里欢呼雀跃，那可是把符合人体工学的椅子，“他们想让我们提出一项更大规模的商业计划，大规模的。我们也许可以描绘并实现我们自己的蓝图。你觉得这个数字该有多少？”

“我可不敢想象。”

最后他们算了算，至少要两百万镑，他们就可以把这个园子从一个社区项目变成一个兴旺的旅游胜地，有展览，有咖啡屋，还有她本人的宝贝，一个栽培并出售植物的苗圃。他们可以在别墅里面建一条通道，这样游客就能从那儿俯视远望整个庄园，就像这栋别墅里原先的主人一样，而那也曾是庄园原先的设计者们的意图。她在英格拉姆面前，表面上装得很冷淡，但她的内心其实很兴奋。

“这上面写了，他们想在这片地区资助一个项目已经有一段日子了，而他们又对我们与年轻人一起做的工作很感兴趣。你想自己看看吗？”

为了迁就他，她把这份他已经大声诵读了三遍的信扫描了出来。在签名下方有一行小号字体的附言。由于我们设于皮米里科区的办公室正在进行修缮工作，敬请前往我们的临时办公地点，伦敦W8沃里克花园72号。

这行字从纸上突然一跃而起，重重地直向她扑来。

“我去不了。”路易莎说道。

“你可以去的。”英格拉姆飞快地翻着日历，“二十五号我们没有什么事。”

“我不能……你得自己一个人去了。”

“你在说些什么啊？”

她怎么可能告诉英格拉姆事情的真相呢？对她来说，伦敦城的街道不是用金子铺就的，而是由一幅幅过去的照片铺起来的。它们现在在她眼前一一闪现，像是恐怖片里的画面，而其中最高潮的部分，就是背景音乐里的小提琴发出警报似的尖声，而观众也都只敢从指缝间偷偷地看几眼，那一张照片就是沃里克花园。她现在看见了乐队所有成员的脸，当然有亚当的，还有其他的男人和女人。她拼命甩了甩头，好像这样她就可以把那些记忆从头脑中甩出去一样。

“我不能告诉你为什么，英格拉姆。但我就是不能去。”

没有给出个好理由就反对他的意见，这样的举动不像她平

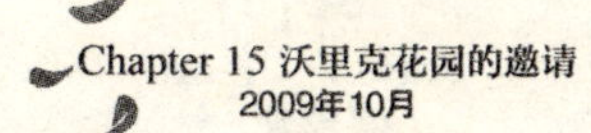

常的一贯作风，英格拉姆也开始失去耐心了。“如果你连理由也不肯给我一个的话……你明明知道这笔资助对我们来说意味着什么。夸张点说，过去的这五年都是在为这一刻作准备。你要去，就这么定了。”

她试着让自己恢复理智，她告诉自己她在那儿跟在别的地方一样不会被人认出来的，已经过去二十年了，时过境迁，那里的居民都早已忘了……不行。她不能回去。她自己会把自己暴露的，她知道她肯定会的，一旦看到发生那件事的那条街，她假装出来的自控必定会立马消失。她一定会崩溃的，就像那摊血迹还留在那儿的地上一样毫无疑问。

“为什么我们不请他们来这儿做一次实地考察呢？”她壮着胆子问道，“那样我们就能更好地说服他们了。”

“听着，亲爱的，”英格拉姆说道，“如果园林遗产信托让你跳，你就得说，‘跳多高？’而不是，‘我想怎么跳就怎么跳。’”

“我觉得那是个好主意。”她说道，但如果不告诉他真相，她就不能改变他的主意。三点钟的时候她假装头疼，离开办公室去了小餐厅，而她的真正目的地则需要绕一个大圈子，到门房那儿，走到围墙外面，然后还要冒着犯法的危险小心穿过一片农田。

保罗正好挡在她的路上，他好像经常会那样。这次他正在门房周边清理垃圾，戴着手套，屁股后面绑着个袋子。似乎是那只看不见的把他送来凯斯提斯的手，又将他特地从园子的其他地方拎出来，然后在她必经的路上放下。这次要她去沃里克花园难道真的是个巧合吗，他刚到这儿没多久就发生了这样的事？她在心里责怪自己又被迷信冲昏了头脑。他卸下袋子，吹开盖在眼睛上的一缕头发，跟亚当以前的动作一样。

“真是累死我了。”他说道。

“那是个好迹象。一切都还顺利吗？”

“顺利，都挺好的，”他说道，“我现在越来越熟练了。”他投给她的微笑看起来像是那种专门适合他妈妈的朋友以及他朋友的妈妈的，这更让她觉得自己下部被激发的一小股电流不成体统。

“哎，我最好还是走了。”

“过会儿见。”

如此陈腔滥调的问候怎么可能让她产生如此强烈的欲望呢，而更令她不可思议的是他竟然没有一丝回应？

回到家后，她锁上了门。她在一堆叮当作响的空酒瓶中间发现还有一瓶开过了的，于是拔掉瓶塞，倒了一杯，希望能借酒浇愁。

Chapter 15 沃里克花园的邀请

2009年10月

Chapter 16 改变

1989年5月

艾薇拉最近迷上了酸屋[①]，突然就改变口味和风格了。她的新行头是白色的自行车短裤和白色的连帽T恤衫，脖子上还挂着个足有一只小碟子大小的核裁军运动标志。环形的耳圈大得几乎要扫到她的肩膀，而她那双运动鞋的鞋舌也让她给拔了出来，她一路走一路拍打着她的胫骨。她已经不再光顾伦敦的乐队公演或是夜店，而开始热衷于去埃塞克斯的锐舞聚会。埃塞克斯！艾薇拉过去可是一过托定咸阁道再往东就要连连抱怨的人啊。她俩的友谊建立在她们共同的爱好上；要想坚持像原来那样似乎很难，因为艾薇拉对她们以前的那种生活方式已经不屑一顾了。她甚至重新起用自己的旧绰号：艾莉；路易莎拒绝这么叫。她盯着台板上杂乱散布着的各种幻彩荧光徽标一脸沮丧，那些荧光标就像黑砂堆中的放射性石块一般。两打发着荧光的笑脸徽标也回应似的冲着她笑。她努力想让自

① 通常是一种由吸毒者演奏的、单调的合成打击乐。

己想开些，但她真的不知道她们该拿那些基础精油怎么办。

“难道你不觉得这些有悖于我们诚信经营的原则吗？”

“这里是市场的货摊，又不是教堂里的祭坛，”艾薇拉说道，“我只关心怎么把它们卖出去。哎，我说，你怎么样啦？小两口闹别扭了？”

她很难控制住自己不去谈论亚当。“不是别扭，没那么严重；只是我俩有点太过火了，弄得我挺吃力的。我感觉像是他渐渐地占据了我整个生活。”

“对了，崔娜以前也是这么说的。”艾薇拉漫不经心地说道。

“崔娜？”路易莎尽量让自己的语气听起来轻松些。

“她是在圣诞节的时候跟他好上的。我以为你知道的，那晚在临界酒吧我没和你说吗？”

路易莎摇了摇头。

“我居然没有告诉过你。上帝啊，她和他在一起的时候简直就是一场噩梦。就像是她被植入了一种新的人格，变成了一只小老鼠乖乖地跟在他后面满伦敦到处跑。今天她会因为他给她打了个电话就高兴得不得了，到第二天他没打电话或者没在她身边，她就觉得自己万般可怜。我好不容易给她讲讲道理，她也刚听进去几句，他就又跑回来装可怜讨好她，而我又前功尽弃了。”艾薇拉津津有味地说着这件事，好像在讲一部肥皂剧的情节一样。“嗯，很显然，他只是在到处勾搭女人上床罢了。”她看着路易莎的脸，摆出一副成熟老练的架势，好像她比路易莎大二十岁而不是大两岁似的。“什么？如果换成是我，我肯定要弄清楚。不管怎样，我希望你还

是做了保护措施的。你都不知道他去过哪儿，会不会有艾滋病或者其他什么的。”

他们一直用的是口服避孕药。但她还是不由自主地替他说话，“他已经改变了。”她说道。他不是跟她说过吗？他们不是都对彼此倾诉过衷情，说这段感情对他们两个人来说都是前所未有的吗？

艾薇拉把那些徽标全都一个个用别针别到软布做的背景幕布上。“让我来跟你说说男人吧。他们天生就不会改变。所有的男人都一样。哎，你可不能说我没有警告过你。别到时候只会跑到我这儿来哭。”她从腰带上解下一条银白色的印度扎染印花大手帕，把它紧紧地系在路易莎的发际线处。“知道吗，你这样看起来美极了。你是不是自己也厌烦了整天没事到处晃来晃去，像个野蛮人？现在可是在他妈的一九八九年。夏天就要来了，你看你自己无精打采的像是要融化了一样。来吧，让我来帮你改头换面。”

亚当喜欢她穿衣服的风格，喜欢她保守的女人味，他总笑她像穿着丧服的寡妇。

“他也许不喜欢这样子。”她不假思索地脱口而出道。艾薇拉夸张地扬了扬眉毛。

“从什么时候开始你让一个男人来左右你的穿衣打扮了？”

“我想让他喜欢我的打扮有什么错？”

艾薇拉交叉两臂往后站了站，上下打量着路易莎。

“以前那个要多少男人就有多少男人的路易莎怎么了？从前的她可是从来不屑于听那些屁话的。千万别因为他变成这个样子。”

“变成什么样子，变得更开心吗？”

“如果你这样也算是开心的话，那我可不想见到你难过的样子。”

人行道上湿热而拥挤不堪，但路易莎和亚当在离开地面六层高的地方，那儿的中午清新凉爽。他们两人今天都有空——夏伦取消了今天的排练，这样他就能去伦敦港码头，表达他对罢工的码头工人的支持了——于是他们便在屋顶花园酒吧的装饰派艺术回廊里一起喝着香槟。亚当说，经常去那儿却从不喝醉实在太遗憾了。那儿其他的客人都是些穿着西装的男人和用午餐的女人；路易莎和亚当享受着他们投来的异样目光。她知道他们在外人看来是怎样的一对：她穿着黑色蕾丝，头上是蓝色的头发，他则是一贯的摇滚歌星打扮，即使是在室内也戴着墨镜。他出手也像是摇滚歌星，他按杯点酒，用现金埋单。他们没有要吃的。

然后他们来到花园里闲逛。她摘下薰衣草紫色的花，在指间碾碎，她给他看那些碾碎的花瓣如何释放出气味浓郁的精油。他学着她碾着花朵。

“有一种理论解释了为什么气味能激起人如此强烈的欲望。他们说，现在我们已经不需要像我们的祖先一样，靠识别气味才能生存了。于是气味就变成了一种奢侈品，变得和情感有关，而不是生命和死亡之类的事。这就是为什么，没有任何其他东西可以比气味更能唤起人们的回忆。”

假如她在家里谈论这些，那她一定会被问及这里所谓的权威“他们”的名字，并引来一顿嘲笑。而亚当总是乐于讨论这一类事

情；他会仔细听她说，还会跟她一起议论。

“什么，甚至连音乐也不如它？”他开玩笑似的说道，然后变得严肃起来，“我认为音乐带给我们的影响甚至我们自己都还无法理解。D.H.劳伦斯把它叫做‘音乐诡诈的艺术’①。你知道那首诗吗？那首诗写，一个男人听着一个女人在弹钢琴，听着听着，他穿越时空又回到了孩提时代，听他的母亲在弹奏钢琴。写得太美妙了，让我感动得想要流泪。我想要为这首诗谱曲，但夏伦不同意。我讨厌一定要让他来写歌。”

路易莎用心记下了那首诗，找到它，诵读它，并把它背了下来。

“那你妈妈弹钢琴吗？”

“我相信在我出生之前，她是会弹的，”他答道，“但我只知道她弹过教堂里的风琴。”

旁边的一只火烈鸟看着他们，对他们的对话显得毫不在乎。从阳台上望出去，路易莎看到伦敦在初夏的点点热气中微微闪光。天空无垠。

“这才是人类的眼睛应该看到的景色啊，”她说道，“一条完整的地平线，而不是我房间窗外那该死的庭院。”

“好吧，那我最好能出名，赚大钱，这样我就能为我们俩买套又大又棒的顶楼豪华公寓了。”他说道，“我们在乡下也要有栋房子；我可以在那儿弄个录音室，而你可以弄个花园，想种多少薰衣草就种多少。”这是第一次，除了约定他俩下次的见面之外，他谈

① 源自英国文学家D. H. 劳伦斯（1885—1930）的一首诗《钢琴》。

起关于未来的事。她的心一下子飞上了天。艾薇拉爱说什么就让她说去吧，这次是动真格的了。

两个日本少女，穿着绉胶底的鞋子和红色橡胶的紧身连衣裤，在一台宝丽来相机前搔首弄姿摆造型，假装彼此要把对方推到护栏外去。护栏很高，任何人都不可能会从上面翻下去，而且上面还有很多尖尖的钉子。一番手势交流之后，亚当替她们拍了照片，那两个女孩朝着他咯咯地笑。路易莎和亚当也摆好姿势拍了张快照；他设置了自拍功能，对着相机撅着嘴。她仰着头充满爱意地看着他。她用指尖捏着宝丽来相纸，摆动着让它变干。

亚当捧起她的脸，吻了她。这是个绝佳的时机，于是她问出了堵在喉咙口好久的那个问题。

“我不知道你以前还跟崔娜有过一段。”他就像挨了一巴掌似的一把将她推开。

“为什么问这个？”

“我只是好奇你为什么没有和我说过，仅此而已。”

“我没有和你说是因为我从来没有想到过她。你的过去和我没有关系，别这样看着我，你又不是没有过去。那才是我们在一起的意思，不是吗？那才是为什么我们都工作，因为我们是平等的。我们现在在一起了，那又有什么问题呢？”

“是的，但是——”

“路易莎，我希望你不要总是黏着我或者占有欲太强。那些全部都会让爱情死掉。那会让爱情窒息。”

他的情绪稍稍平缓了些。他的目光仍然望向天际。她向他靠

近了一步，他并不理睬她。她觉得自己像被护栏上的尖钉给刺穿了一般。

“好了，我要走了。”他说道，“你留在这儿把东西喝完吧。”

“但是我以为我们——”

“我要去见个人。”

“在哪儿？”

她的问题和他的回答之间那些微的停顿是她自己臆想出来的吗？“这不关你的事，我得去排练了。”

她回到那个都铎式花园中，一直等到她确信他是不会回来找她了。他离开得如此突然，以至于她过了好一会儿才反应过来他说的话自相矛盾。如果夏伦不在，他们就不能排练，不是吗？仅仅凭着记忆里一缕红色的头发，她马上明白了，他还跟那个女人在一起。难怪他要和路易莎保持一定的距离呢。对她来说，他是她的一切，而她却要和别的女人分享他。花园的墙似乎在不断拉近而变得倾斜。有一种冰冷的东西在她的胃里冒出来。她还没有完全确定发出来的那株小绿芽就是所谓的妒忌，但卷曲的藤蔓已经长出来了，并不断地长大，长大，直到它把她的心死死地给勒住了。

Chapter 17 第一笔交易

2007年5月

“我真搞不懂你干吗喜欢把自己的头发弄成那个样子，”他妈妈一边把他的刘海拨开一边说道，“像个拖把一样乱糟糟的，我都看不到你可爱的脸了。你看起来像是二十世纪七十年代来的。我年轻的时候，所有男孩子的头发都修剪得整整齐齐、干干净净的。你爸的头发可是每隔六个星期去上西区理一回的，一次都没有落下过。”保罗拿来一只细铁丝绞成的波浪形发箍，那可是他专门买了用来防止头发扫进眼睛里的。妈妈扬了扬眉毛：“我看这个女孩子用的发带也不怎么样。”

“那用女孩子用的头梳和女孩子的吹风机吹头发就没问题？”他是故意这么说的。特洛伊每天早上起来第一件事就是站在镜子面前侍弄自己的头发，把他那一头坚硬如铁的波浪卷在离后颈还有三英尺的地方猛地聚成厚厚的楔状的一撮。十八个月前，特洛伊和他妈妈开始交往，那时保罗刚十四岁，而到现在，他们已经一起住了九个多月的时间了。他做清理烤炉的行当（家用的或者工业用的，这份差事不算大也不算小），他穿着松松垮垮的衬衫，塞进紧绷绷的牛仔裤腰里，而这套行头只会让他瘦弱的四肢和柔软的肚子更为显眼。他跟希腊神话里那个被木马攻破的衰落之城同名，而他本人似乎可以算是此类事迹中的极品典范。

“你别说了。”他妈妈说道，面带微笑。她坐在厨房桌子的一头，那儿被反复擦拭了太多次了，以至于那块胡桃木镶面板都已经发白了。她全套的受孕治疗装备都在她面前一一摆开：一排带橡胶垫密封的安瓿，好几支装在无菌塑料袋里的针头，一支针管和两团蘸了杀菌溶剂的棉球。她挽起家居服的裤腿，捏着肉，好确定大腿前侧肌肉的位置。保罗转开头去：他知道他不能忍受看到针头扎进去，他也知道不会出血，只是有时候会留下个小红点，但那也已经让他够受的了。他永远，永远都不会习惯妈妈自己往自己的肉里扎针这个想法。他听见她给自己注射入一针希望的时候嘴里吸着气的声音。

“你这个周末有什么安排？”她问道，“你去找丹尼尔吗？”

“我们还没什么打算。”保罗答道。自打认识丹尼尔以来的两年里，他们俩从来都没有订过什么计划要见对方，但他们还是几乎每天都见面。他十六岁生日的时候履行了他离校的承诺，或许他当时还差一点点才满十六岁，但老师们都很乐意对此睁一只眼闭一只眼。他们之间的友谊自然是有所改变，但并不像保罗想象的那样；他本以为丹尼尔会全身心地投入到成人世界中去，卡尔的世界，由工作、喝酒和女人组成的世界，以为他会干点别的什么更有意思的事，而不是继续跟一个学校里的小男孩混在一起。丹尼尔现在已经十七岁了，但他可以装得很老成，成熟到可以进索森德的任何一家酒吧都没问题，而政策规定要年满二十一岁才允许进酒吧喝酒。他经常会有些零活干干——卡尔总是认识一些人能要到些体力活——但他的社交生活还仅限于偶尔跟他爸到准尉酒吧喝上一杯。保罗很痛苦地知道这样并不正常，当其他同龄的男孩子都在外面玩得很疯染上花柳病的时候，他和丹尼尔却还沉浸在电脑游戏和骑自行车的小儿科玩意儿中。

虽然他傍晚的时间仍要归丹尼尔，但白天的时间他还是可以自己掌握的，并且跟他同辈们的情况恰恰相反，他为自己的日子而活。每天的午饭时间他都会泡在图书馆里温书，这让他自然地和所有的暴力事件没有任何瓜葛，他现在已经算是学校里最老资格的高年级同学了，也是个子最高的几个之一。以前欺负过他的现在大多数早已消失得无影踪了，不管怎样，大家仍然记得当年丹尼尔出手保护他的那段传奇。他仍然走在丹尼尔旁边，作为一个隐形的存在。大家都猜他的普通中等教育证书看起来会是相当体面的——他大多数科目都拿了B，还有一门英语模考，他拿了A^+——这样，在蒂尔伯里镇的高级中学就会有个为他留出的位置。再往后，他还可以上大学，接受教师培训。他不在乎要付出多少。教育是他逃离格雷斯河段区的车票。他以为，到那时候，他跟丹尼尔之间的友情自然会变淡。还有几年时间，他才会变得迫不及待地想离开他，愿意付出任何代价只求能离开他。

丹尼尔到的时候正好特洛伊也刚到家。

“有人把一辆该死的大吉普车停在了我的车位上。”特洛伊咕哝着。在格雷斯河段，停车位并没有标准划分，但如果特洛伊不能把他的面包车停在从卧室窗口看出去可以望见的那个车位里，他就会不爽，然后每隔一小时就跑去看看那辆占了他车位的车主有没有把车开走。“这要求又不算过分，不是吗？我都工作了一天了，只是想把车停在我喜欢的车位里而已呀。”

丹尼尔站在他身后，吐着舌头，扮着斗鸡眼的鬼脸。保罗强憋住没有笑出来，吻了吻妈妈跟她道别。

“但你还没喝完茶呢！”他妈妈说道，“你吃过了吗，丹？”

保罗的妈妈是唯一一个可以把丹尼尔叫成丹的人。每当她这么叫他，他脸上的表情就会很难看，很想发作但又不断让自己冷静，就好像他自己安慰自己是件痛苦得难以承受的事似的。

“别担心，我们会买点鸡之类的东西吃的。”保罗说道。

刚才说到的那辆吉普车正是卡尔的陆地巡洋舰，不仅占了特洛伊的车位，还把旁边的一个车位也给挡住了。保罗朝四周望了望，看有没有卡尔的影子，心里很奇怪为什么两栋房子之间说话都能彼此听到却还要开车。当他看见丹尼尔挥舞着钥匙圈爬上驾驶座的时候，他惊呆了。

“这是搞什么啊？”丹尼尔一个星期前刚过了他的十七岁生日。他现在就要开始驾车了吗？

“上来吧。”丹尼尔说道。

保罗几乎从来没有坐过这类轿车；他妈妈自己不开车，所以每次他们都是坐着特洛伊那辆招摇过市的艳橘红色的面包车出去的，而保罗不得不坐在没有窗子的车后部，那儿总散发着烹饪油和化学药品的臭味。但如果坐在那辆车的座位上，他就会想起他以前跟爸爸一起开车出去的情景。安全带卡进卡槽里咔嚓一声，还有汽车的仪表盘，都让那次去肯维岛钓鱼的记忆复苏过来；他们在那儿搭了一个双人帐篷过夜，第二天早上，晨曦的微光透过帐篷的帆布照进来把他们弄醒了，他爸爸告诉他，他已经长成一个真正的男子汉了。而他那时最多只有五岁。

“你怎么通过的驾照考试？”

丹尼尔看了他一眼，眼神里一半觉得轻蔑，一半觉得好笑。

“我还没驾照呢，你这个傻子。”他说道。保罗早该知道的，丹尼尔对他如此愚蠢的问题反应还算温和，使他都忘了自己的惭愧。但是，车子发动起来后，刚起步提速车子就发出刺耳的响声，暴露了丹尼尔驾车技术的不到家；他把车子倒出去的时候仅仅往后瞄了几眼。后备厢里发出沉闷的哐当一声响，像是那里面装满了没有铃舌的铃铛。

“你爸爸教过你开车吗？”他这么问的时候一边回想起卡尔那自负、违规的速度带给人的不舒服的感觉。

“我十五岁的时候就教过了。你之前都不知道，对吧？我什么车都能开。手动挡、自动挡、左座驾驶，什么都行。如果需要的话，我还可以开载重车。”他伸手去座位下面摸索出一份厚厚的AA公路地图集，上面露出一张夹在里面的手写的说明指南。“读一读它，好吧？”

卡尔·斯加洛克只有“读写算”里的两项[①]还算比他的儿子稍

① 原文中所说的3Rs在英国教育里指的是read, write, arithmetic，也就是读写算，而卡尔会的两项指的是读和写。

稍强一些，尽管如此，保罗还是花了几分钟时间才看明白他写的“屁气”实际上应该指的是“皮齐镇”。保罗翻到地图集上相对应的那一页，然后开始给丹尼尔做向导，让他开上A13号公路，接着一路开，他们就能顺着路标找到A127号公路。

“我们要去哪儿？我的意思是，我知道我们去的是哪个地方，但是为什么要去那儿？”

“我爸现在正在伦敦做一个返修的活儿，”他说道，“他已经从一幢古老的维多利亚式的房子底下弄出来三吨多重的管道了。那房子的女主人说要他确保所有管道都要回收处理。她根本就不知道那些能卖钱，真是个蠢女人。”

“右边，”保罗说道，“就是下一个高速路入口。”

如果没有他，丹尼尔不可能自己一个人做到。保罗从来没想过开车还需要读那么多东西。如果你连路标都看不懂，那你怎么能知道自己会开到哪里去呢？那儿没有地标性建筑；每一处不起眼的边界线，每一个高速路入口，每一个旋转圆盘，都跟前一个看起来一模一样。

废品回收站在离皮齐市场半英里远的地方。最后的几码路由卡尔亲自担任绘图师，画出了那些他们要穿过的小路。他们在废弃了的加油站那儿向左拐，加油站里油泵都被挖走了，前院里长满了醉鱼草，四周是一片开阔的、静得吓人的工业园区。

“什么路标都没有，”丹尼尔说道，“连个名字都没有。我们要找的是一道上面挂着车轮的绿色篱笆门。我们都不能告诉那男人是谁让我们来的。如果他不知道，他就没法区分。”

保罗突然看见左手边有一只轮胎悬挂在一道大梁上，他们觉得那倾斜着的歪歪扭扭的铁皮就是他们要找的篱笆了，丹尼尔松开方向盘，兴奋得往仪表盘上砸了一拳。敞开的入口足够车子通过，丹尼尔歪歪斜斜地把车开了进去。他们发现在他们面前的是一个巨大的飞机库。门两侧放着两只堆满阀门的破旧的白色浴缸，像两头镇门用的石狮子。丹尼尔摁了摁喇叭，一个穿着海军工作服、脸上抹着黑色伪装油脂的男人出现了。

“加文？”

丹尼尔跳下驾驶座，发动机还开着，然后和加文握了握手，看起来他俩像是朋友，也是平辈。他没有说自己的名字。保罗觉得他又重新认识了丹尼尔一次。他之前都忘了他可以有多令人敬畏，有多自信。

“那么，咱们就看看货吧。”加文说道，一边打开了后边的门。

等他们把管道都装上车之后，加文用一只层层叠叠盖满了油腻腻的手指印的白色水壶给他们沏了点茶，那茶太甜了，甜得保罗牙齿发疼。他们谈价钱的时候保罗离得远，听不见。他们离开之前，加文从一卷票据里撕下几张，递给丹尼尔，而丹尼尔数都没数就塞进口袋里了。

那是他跟丹尼尔在一起这么多年里最有意思的一次经历。

家里还有些家庭作业没有完成，他很庆幸还有它们；不然，加文给的茶带来的那股兴奋劲儿要怎么发泄呢，肯定还要好几个钟头才会有睡意。丹尼尔坚持把保罗送到离他家门口最近的地方。特洛伊的面包车终于停在了他满意的位置。保罗暗自思忖自己是不是跟

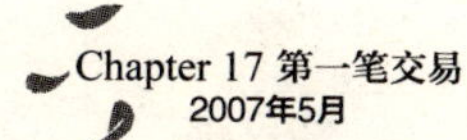

那个疯子想法一致。如果是那样的话，那以后还会没完没了呢。

丹尼尔给了他九十英镑。保罗手里以前从来没有拿过那么多钱。

“这是干什么？”

“这是你赚来的。要是没有你，我做不成那笔交易的，不是吗？以后那儿还会有更多这样的活儿，我爸他太忙了，没时间每件事都自己去做。那我们就得帮忙装货还有卸货，在整个埃塞克斯地区。有时候甚至会去伦敦。我需要你的眼睛。”

保罗把这九十英镑能做的事前前后后想了个遍。每周像这样的钱只需赚一笔，他就能弄个大学基金了。那当然比玩电脑游戏要好得多，他也很喜欢丹尼尔在这里面的表现：冷静，掌握着大局但又不死死管着他，他终于又找到一个他可以崇拜的人了。

Chapter 18 第一次行动

2008年8月

要是他们第一次就跟他说清楚，他是绝不会被搅进盗窃那摊浑水的。但是通向犯罪深渊的那条路走得如此平缓又循序渐进，到现在回头看来，他甚至都不能分清迈出第一步是什么时候。卡尔时不时地会拿些东西给他们，那都是些正常人不会扔掉的好东西——一整卷的铜丝，外面没有包层的，当他把它丢进车子后备厢的时候，它旋转着，闪耀着光芒，就像个轮转烟火，还有一块块崭新的铅板，就像水面那么平滑——但到了那个时候，去加文的院子已经成了一种习惯，就跟早上起来要去上学一样。当介于合法和非法之间原本的灰色地带已经毫无疑问地变成了黑色，对于保罗来说，之前的是是非非都已经颠倒混乱了。

到了一定阶段，丹尼尔和保罗还是不可避免地得想办法弄清这个问题。甚至是所有事情都结束了之后，他还是不能百分百确定他们的第一次偷盗行为只是出于一时冲动呢，还是根本就是个宏大密谋的高潮，而他当初太天真，根本就不会有一丝怀疑。如果那真的

一直是个骗局，那丹尼尔的演技真的不错。

丹尼尔现在有自己的车了，尽管当然还是以卡尔的名字注册的。那车没什么特别的，也就是一辆二手的沃尔沃。车身锈迹斑驳，但如果把后排座位收起来，前排座位向前折起来，并且不介意脑袋后面偶尔会有些管子戳到你，那这车里的空间还是足够和一辆小型面包车相当的。

他们第一次行动是在埃塞克斯挺远的一个地方，开车四处兜兜转转很是开心。只有在离开海岸半小时以上车程的地方，才能见到真正的乡村风景，那像是一大片蜂巢，每一个格子里是绿色或黄色的田野，甚至是主导着这个国家河口沿岸的浓重的工业化气息都未尝污染这片田园风景。那儿没有行人，也很少有车，所以丹尼尔认为这是个让他的沃尔沃跑跑一百六十几码的大好时机。当油门加到一百二十码的时候车子已经反抗性地抖动不停，但保罗很了解这个时候不能直接劝他减速：如果你这么做了，他只会大笑着把油门踩到底。保罗的手指一直沿着地图上标出的乡村公路向前滑动，试图跟上他的速度，然后他以一种既不非常直接又不全然听凭丹尼尔乱开的方式开口了。

"悠着点开，伙计。很有可能看不到什么路标。我在地图上都跟不上了。"

他们驶过一个错综复杂的分五条岔路的交叉路口，它不规则地连通着许多令人晕头转向的岔路，还有一排排指向不同村镇和道路的路标，大多数地名对他们来说最多只有个模糊的印象。他们不知道该听谁的好，但所幸的是周围没有听见或看见任何其他车辆。

“在未来的五十年之内，没有人会再继续使用路标了。”保罗一边这么说着，他们就一边向前开出了一英里路，“以后将全靠卫星导航仪了。”

“真是绝妙的主意啊。”丹尼尔说道。他一脚猛踩下刹车，然后又飞速地把车倒了回去，由于惯性，保罗的肚子差点被甩出去。突然间一个急刹车，不是在原来那个交叉路口，而是在一个停车位上，那儿矗立着另外一个路标，那是一个巧克力棕色底白色字的标牌，指向附近的一个古玩市场。丹尼尔跳下车子审度着那个路标，用手敲了敲它的表面，又瞥了瞥路牌的背面。保罗待在汽车副驾座位上，努力回忆着他刚才似乎说起过一个什么主意，好像还是个绝妙的主意或者相反。

“听到有第一辆车过来的声音，你就叫我，然后我们就马上逃走，行吗？”丹尼尔走到副驾这边的车窗边，脸上带着一丝微笑，手里拿着把螺栓割刀。

“小心点别割到自己了。”

“哦，我他妈不会的，”丹尼尔说道，“眼观六路耳听八方，明白了吗？”他朝上翻了翻眼睛，保罗明白了他是要他爬到车顶上去。他一步就蹬上了汽车引擎盖，再蹬一步就上了车顶。由于他的重量，车顶的金属板稍微下凹了一些，发出空洞的砰的一声。从这个临时的瞭望台上放眼望去，他看到的是延绵好几英里的乡野。如果他背对着丹尼尔，甚至还能看到英女王伊丽莎白二世大桥在远处朦朦胧胧的轮廓。

“你看得清楚吗？”丹尼尔问道。

“方圆好几英里都看得到，”保罗答道，“但是我要找什么呢？”

丹尼尔专心致志地弄着他手中的工作，无暇回答保罗的问题。他拆下那块路标就像打开一只易拉罐一样容易。等他都拆完之后，灰色的路标杆子就光秃秃地矗立在那儿了。那让保罗想起以前他们一家去集市玩儿，在投椰子游戏中，他爸爸打落了每一个椰子，留下一排光秃秃立着的杆子。丹尼尔把拆下来的那些铁板丢到了车子后面，发出巨大的撞击声，才把保罗猛地从回忆中拉回来。

“这些玩意儿可是纯不锈钢的，”他说道，“你也听到加文说了，他急于出手。”

“丹尼尔，我不太确信我们……”保罗说道。

“这就是最优的回收循环。”丹尼尔说这话时的声音是每次任务结束时他惯用的那种声音，“重复，重复，再重复。我很乐意为环保事业作点贡献。”

他们回到车里，保罗还是有点不相信刚刚所发生的事情。他们在路上又开了五分钟，大约朝内陆方向又深入了几英里之后，丹尼尔突然在一条仅能容纳两辆车交会的乡村小道上来了个“U”形的一百八十度大回转。保罗明白了他当时在看什么；那是一个黑白两色的“V”形路标，表示前方急转弯。他差点都忘了丹尼尔根本就没有考过驾照，他根本看不懂路标。

“不行。”保罗喊道，自己都被自己的勇气震惊了。

“不行？”

“听着，如果我们非要这么做的话，我们也得做得……负责任。”丹尼尔转了转眼睛，“不行，听我说，我是认真的，丹尼尔。那些箭头预先告诉人们前方有个急转弯。如果你把这个路标拿走了，有人就会笔直开过去，一头栽进田埂里撞死。要我帮你没问题，但是我不想有人因为我的原因而白白送死。”

丹尼尔听着保罗的这番论调，但他一脸的不乐意。当他们回到格雷斯河段区后，他等着保罗刚一下车就猛地把副驾的门给关上了，差点把他的手指给夹断了。保罗本能地跳开了，双臂环抱在胸前，像是个发生爆炸时保护自己的姿势。他一边打着哆嗦后退着，一边感觉到他俩之间所谓的友谊的虚伪表面已经被撕开，露出了背后真正的实力较量。那种感觉就像是揭开狗皮膏药，看到了里面盖着的烂疮疤。

“别他妈躲了！”丹尼尔嘲笑他道，“你真以为我会打你？”

“不是。”保罗说谎了。

“无论如何，即使你他妈坏了我的好事，我也不会伤害你的。”丹尼尔说道。保罗觉得自己终于松了一口气，脸上微微露出一丝笑意。但丹尼尔的笑容已经消失了。“我不会找你麻烦。我会去找你妈麻烦。”

Chapter 19 惊心来电

2009年10月

发现那辆旅行拖车之后的几天，保罗又去了那儿一趟。他一个人把骑径左边的荆棘砍倒，然后把盘根错节扎在泥土里的那些被弄死的植物根茎给清理掉。他很难集中注意力；他时不时就会抬头盯着那座别墅看。那别墅的残骸每天看上去都不一样，会随着你看它的角度、当时的时间和天气状况而改变。今天的位置正好，落日映出了它的轮廓，看起来就像是一只半埋在土里的野兽的尖下巴。当他挖到泥土深处时，他感觉表面的土壤下面有个坚硬的东西。他把铲子的另一端先当做凿子凿开土，然后又用它当做杠杆撬起了那个东西，发现是一层用沙砾石结结实实地铺起来的路基，被埋在六英尺的地下。他叫来了卢斯，他俩一块儿，像掀起地板上的地毯一样把上面的泥土给翻开了。一条从门房到别墅的路隐隐约约地显现出来，和他们现在走的那条土路正好平行。当英格拉姆和路易莎看到这一切时，他们激动地手舞足蹈。那情景好像他发现的不是砾石车道，而是一幅罗马式的镶嵌细工似的。

两周后，一条崭新的骑径大功告成了，这回它延伸到门房的左侧而不是右侧了。这条路改变了整个庄园给人的感觉，让它有了一个总体的框架。也许庄园还是以前那堆让人理不清头绪的废墟，池塘也还是那个臭烘烘的泥潭，但这儿至少有了条几个世纪以前人们走去别墅的路。保罗帮路易莎在路的两边种上了橡树苗。它们现在看上去是那么嫩弱，但是路易莎说过，园艺栽培的美好在于它能让你由一个完全不同的角度来看待岁月和人生。“橡树长大需要三百年，树立需要三百年，死亡也需要三百年。”她说道，“听上去很卑微，不是吗？”她解释东西的时候总能说到点子上。

保罗慢慢地爱上了他在别墅的生活。有时候，他会一连几小时都不会想起将他带到这里来的那些事。他忘记了丹尼尔和那悬而未决的审判，他忘记了肯·希亚德和他们对他所做过的一切，因为他太沉浸于工作之中了，完全抛却了过去和未来，一心活在真真正正的当下。他从没想过要把这些告诉其他人，包括那些毫不在乎的人，比如迪兰，或者那些心底里其实是关心、在乎而一直用讽刺或冷酷来掩盖真实的想法，且不愿承认的人，比如朱蒂和卢斯。

迪兰让保罗想起丹尼尔。他也同样带着那种能混世的自信，但其实内心涌动着暴力的暗流。“兄弟，我讨厌乡下。土得要命的衣服，还没有信号。”他说着，目光从脚上的高筒靴一直移到他的手机上，他不停地像甩响葫芦那样甩着手机，想要以此来捕捉到一丝信号。“你知道吗，我女朋友都不相信我在这儿居然连个酒吧都找不到。她觉得我老是躲着她。”

“那是因为你确实经常如此。”朱蒂说道。

“换作她是你女朋友，你也会这样的。”

“你要是不喜欢她，干吗还跟她在一起？”保罗问道。

“你总得有个女人，对不对？至少，还没有其他哪个人能把我的头发弄成我喜欢的样子。”他那头短短的黑发被修剪出像都铎式花园一般复杂精致的图案。图案中间的间隙里填着短而硬的黑发。“你在跟什么人交往吗？”

他想起了艾米丽，然后又想到了姬玛。“暂时还没有。”

“搞定女人我可是很有一手的，”迪兰说道，一边在头顶上方扬了扬手，示意自己上过的女人数量不小，“需要给你介绍几个吗？”

“不用费事。”卢斯说道，“路易莎对他可着迷呢。”保罗有点尴尬。卢斯这么一说，倒真让他觉得路易莎一直对他有几分迷恋的感觉。那可太可笑了；他们只不过是一起种种树之类的罢了——

“她太老了！”朱蒂插嘴道。

“哎呀，她还只是妈妈的岁数，还没有老到奶奶那样的年纪呢，完全没问题呀，”卢斯说道，“如果是我，我肯定不会介意。”他看了看时间，“我不知道你们几个要怎么样，反正现在到了我的啤酒时间。”

实际上，那时还没到五点，但他们还是挨个儿进了衣帽间，洗漱了一番，换好了衣服，迪兰脱下那双惹人厌的高筒靴，换上了双崭新的白色运动鞋。剩下的几个都套上了和制服看上去没什么区别的衣服。

“我今儿个非去喝一杯不可，”卢斯说道，“今天可是发薪水的日子。一定得喝个痛快，不醉不归。你们肯定猜不到，辣妈路易莎可能也会出现哦。”

“去你的。”保罗说道。卢斯向他使了个眼色。

保罗总也弄不明白那些在凯斯提斯军火喝酒的人都是从哪儿来的。那个村庄简直像是鬼城一样：你要是看见有人，那只能是人们从汽车中走出来或者正走向他们的汽车。也许，他们是从附近的村子，甚至从利明顿或者考文垂开车来的，到这边只喝点软饮，或者喝醉了再开车回家。这家酒吧跟准尉酒吧一点儿都不像，就好像庄园跟周边的地区都不一样。它有一定的年头了，但是它装潢的色调很符合那些赶时髦、附庸风雅之士的喜好，耳边悠悠地传来让人迷醉的蓝调。墙上的画是挂在钩子上的，每个人都可以在上面涂涂画画甚至随手拿走。他最喜欢的是一幅水彩画，是某位画家画的凯斯提斯全盛时期的辉煌景象。保罗看着那六根高耸的烟囱，孤傲的房子，布局精致的花园，以及两侧对称种着的树木。但这幅水彩画看上去总给人一种不对劲的感觉，就像是看到了某个年轻时容貌娇美而今韶华逝去的人的照片。他很疑惑，这幅不怎么合适的收藏品现在被挂在这家酒吧的雅间里，它是否能恢复到昔日的模样呢。

那帮人正在激烈地讨论着一个问题，问如果你必须被锁在一个房间里，哪个房间是最佳选择？卢斯像往常那样，饶有兴致地主持着这场争辩。保罗对卢斯有几分敬畏；不论他说什么，他总能让别人听他的。保罗想象着他当年决定干贩毒这勾当的时候在想些什么，又想着如果把丹尼尔的角色换成他，那他自己的人生又会是什么样的境遇。

当那仍被他看成是“成年人”的四个人——德美特、英格拉姆、纳撒尼尔和路易莎——出现的时候，他已经四品脱酒下肚，差一点点就要醉了。卢斯让他们一起把桌子拼起来坐下，这样谁也逃不掉了。桌子是那种老式的缝纫机，光滑的木板桌面和锻铁桌脚，镶嵌着“胜家”[①]字样的纹路。因为酒吧的地面是石板铺成的，凹凸不平，桌子摆得很不稳。保罗跪坐下来，蹲在桌旁，把那些摇摇晃晃的桌腿都一一用折叠起来的酒杯垫垫平了。突然，他的视线水平方向出现了路易莎的双腿，她穿着牛仔裤。不知道为什么，他突然有种难以抗拒的冲动，想要紧紧抱住她的腿，把脸埋在她的双膝间。他恨不得杀了卢斯；自从他含沙射影地说了那些话之后，保罗一接近她就会条件反射地勃起。他继续蹲在那儿，假装在摆弄着桌脚，直到蹲得膝盖抽筋了，才将他周身的注意力从他那挺起的玩意儿上转移开来。当他抬头看时，发现路易莎正直勾勾地盯着他，摇晃着手里的一杯混合果汁。即使她真的已经注意到了那些推推搡搡和谩骂嘈杂，她也装做什么都不知道。他多么渴望也拥有一张像她那样让人难以揣摩的脸。

保罗给每人又买了一杯酒，这回是凯莉给他们上的酒，她几乎把那些杯子扔在了他脸上。

“她这是怎么了？”他把托盘里的杯子一一分给每个人，自己也开始喝起了他的第五品脱。

“卢斯被捉奸在床。”朱蒂答道。

① 1851年，一位名叫列察克·梅里瑟·胜家（Isaac Merritt Singer）的美国人发明了缝纫机，并以自己的姓作为品牌名。

“被怎么了？”迪兰问道。你必须得一字一句跟他说他才能明白；他从来都不怕自己看起来像个白痴。至少在这个方面，他跟丹尼尔还是有所不同的。

英格拉姆叹了口气。“被当场逮了个正着，迪兰。是个拉丁词汇。”[①]他的声音因为所解释的问题而显得很沉重。保罗不喜欢英格拉姆总是把没有接受过良好的教育当成是一种性格缺陷，而不是偶尔境遇所致，好像随便什么人只要想进，就都能轻轻松松地进伊顿公学[②]似的。正是因为有这种想法，所以像丹尼尔这样的人才会由于整个教育体系的漏洞而没有读书。“就在众目睽睽之下。众目睽睽是个略带夸张的比喻，说明他干的勾当太引人注目啦。”

“说英语，老兄？”迪兰说道。

“你光着屁股的时候被人抓到啦。”朱蒂解释道，“凯莉看见卢斯想把一个古迹保护义工钓上床。”

迪兰顿时瞪大了眼，左手在右手背上猛地一拍，“噢，我的天啊！”他惊呼道。

“凯莉以为她抓到我想把一个古迹保护义工钓上床。”卢斯纠正了一下说法，“实际上，她只是看见我跟一个学生在很单纯地聊天而已。”

“很单纯地聊天，同时你的手放在她的屁股上。”朱蒂说道。

“这种事情很容易被误解的，”保罗含糊地说了一句，“事情并不总是像看上去的那样。”

① 原文为“in flagrante delicto”，是拉丁语“在作案现场”的意思。

② 坐落在伦敦以西约20英里处的温莎小镇，是英国最著名的贵族中学。

“嘿，看来你是深谙此道了。”迪兰说道。

“我是认真的。我也遇到过这种事。很麻烦的。”他现在把大家的注意力都吸引过来了。他们不会晓得，他的全部性生活经历只需几分钟就能说完。

“谁抓到你了，你妈？”朱蒂问道。

“不是，是他上的根本就是他妈。”迪兰说完大笑起来。

“是我女朋友。”保罗说道。他说出那个词的时候还是感觉怪怪的，“现在是前女友了，那是显然的。”

“那事情就有点严肃了，伙计。”迪兰的语气带着几分敬意。

隔着桌子，保罗察觉到路易莎的脸色有点改变；她的嘴唇紧抿着，嘴角抽动，那通常是人们哭泣之前的迹象。他恍然明白了，她也经历过类似的事。

在吧台那边，凯莉摇着铃，问还有没有人要最后来点什么。铃响的同时，他感觉到自己裤袋里也有什么东西在震动。他在口袋里摸索了一阵才找到手机，抽出来一看，屏幕上显示着一串陌生的号码。是艾米丽终于查到了他的号码，现在不计前嫌地打电话来给他吗？他心里突然一阵激动。他迅速越过朋友们身边，按下了通话键，以免电话被转到语音信箱里去。到了门口，他努力挤开一个哆哆嗦嗦地正拿着火机试图点燃烟屁股的烟鬼，好不容易钻了出来。他还没有把手机完全贴到耳朵上，就听出对方是个男人的声音，尽管听筒会让人的声音有所变化。刹那间惊恐取代了他原来那愚蠢的幻想。

“抱歉，请问你是？”他一边说一边走进了停车场。

“是我。”那个声音犹如一个拳头正砸中他的脸。

“卡尔……”他原地转了一圈，向四下里的黑暗处张望着，像是期待那个声音的主人会从哪里冒出来一般。见鬼，他是怎么弄到这个号码的？

“你死到哪里去了？你把我儿子一个人撂下就走人啦？”

“对不起。”保罗的声音突然变得沙哑低沉。

“我不知道你现在玩的是哪招。听着，没有人希望把这个案子弄大，但是你必须改变你的供述，不然丹尼尔就完了。听着，你明天就回到格雷斯河段来，我会开车送你去警局，然后你告诉他们之前是你弄错了，明白了吗？”

“我不会回埃塞克斯去的。”保罗说道。

“别逼我来找你，到时候你自讨苦吃。”他是在吓唬人。他一定是在吓唬人。但如果他都弄到了电话号码，那他也有可能弄到了地址……

“我只是说了事情的真相。”

“去你妈的真相，保罗。我花了一整天就为了安排见我儿子一面。他整个人都快垮了。他被跟个搅基的关在一起。我知道是他搞砸了，但他绝对不应该受这么多罪的。你根本不配做他的朋友……”

是啊，保罗心想，的确不配。他掐掉了卡尔的电话。他独自一人站在停车场中间，由于恐惧和震惊而浑身发烫。一阵风吹来，赶着落叶簌簌地翻滚到马路的另一边。手机又响了，是同一个号码打来的。他关了机，但是似乎仍然有未接来电和充满威胁性的信息进来发出的蜂鸣声和振动。他认真考虑了一会儿，觉得这些威胁对他来说还是能够应付的；他所难以承受的，是听到关于丹尼尔的消息。唯一让他稍微心安一点的，是卡尔似乎并不知道他在哪里；因为如果他知道的话，他会直接冲过来出现在他面前，而不会先打电话。拖拖拉拉可不是他的风格。

但如果他的手机号码并不是卡尔找到的，而是有人给他的呢？他自己的档案材料上也有卡尔的联系方式，就在他妈妈的联系方式上方。如果有人能看到他的档案，那他很容易就能看出来他们几个之间的关系，然后故意跟他玩一出猫捉老鼠的游戏。但会是谁呢，又为什么要这样做呢？他回到酒吧去拿衣服，里面已经没多少人了。卢斯正在吧台那儿跟凯莉聊着天，凯莉手里拿着块湿抹布。她本来是打算擦桌子的，但是显然有什么东西让她暂时放下了手里的活儿：卢斯正用他的指尖描画着她的掌纹，他说能替她算命，看到她的未来，她也就任由他摆弄了。迪兰正在桌子底下卷着大麻烟，朱蒂在一边一个劲儿地发着短信。他们几个都有他的手机号，包括英格拉姆、德美特、路易莎，还有任何一个可以看到庄园工程档案的人。我这是在想什么呢？他突然有点对自己的想法感到奇怪。凯斯提斯就像个与外界隔绝的小小世界，在这里很容易忘了，来这儿的人里有一半是因为在家惹了麻烦，或者是在这儿接受劳改的。他看了看迪兰（飞车抢劫），又看了看朱蒂（入店抢劫），再看看卢斯（贩卖毒品）。是他之前太天真了，他现在发现，没有把每个人都往最坏处想。事到如今，他也该学会这点了。他不得不在两个月内第二次换号码了。他想不通，那些人是怎么弄到卡尔·斯加洛克的号码的，也想不通他们为什么要这样对他。

保罗去了洗手间，打开手机后盖，取下SIM卡，折得变了形，他还想把它给扯断。但要想毁掉指甲盖大小的金属加塑料材质的小方块，甚至比连根挖起一丛紫菀还要困难。他费了好大的劲儿，弄得满头大汗。终于，那块小东西被掰成两半了，他本想把它们顺着下水道冲下去，但是它们不断地浮上来，在池子里打着圈圈，像两条小金鱼。

当他再次回到酒吧里，椅子都已经被翻上桌子了，凯莉也正要去把前门闩上。这场景意味着所有人都已经乘末班公交车回考文垂去了，那也就意味着去利明顿的公交车也马上就要……糟了，糟了，糟了。

他站在小小的车站篷下面，一边要想方设法让司机可以看见他，一边又要避免被晚上从这条路急速驶过的车子撞上。通常公交车来时老远就可以看见的黄色光亮迟迟没有出现。他把他记得的公交车时刻表和车站站牌上的表仔细核对了两遍，并想重新打开手机看看时间，但是他的手指头都冻僵了，电池怎么也放不回去。没有SIM卡，即使有钱他也没办法叫出租车。一辆车开过来了。他定睛看着车的头灯，开车的人把灯换到远光灯挡，但他的眼睛还是被晃得有一小阵子看不见任何东西。等那些白色的斑斑点点从他眼前逐渐消失后，那辆车已经在他跟前停下了，路易莎正把车窗玻璃摇下来。在黑暗里，她看起来跟他岁数差不多。

“你错过末班车了吗？”她问道。

“没关系，我可以走路回去。”保罗耸了耸肩说道。

“走路？走回利明顿去？你走过几次啊？上来吧，我带你一

程。我刚开车把英格拉姆和德美特送回家，不麻烦的。”

车里有一种浓重的、类似鸡蛋的气味，夹杂着某种浓烈的草药和祭祀用的燃烧物的味道，让他觉得有点晕车的感觉。车里被寂静紧紧包裹着，像是随时要冲破玻璃窗一般可怕。他不知道该把手放在哪里才好，只能不停地摆弄着他的羊毛衫，拨着衣服的褶缝，扯着胸前一块绣花的线头，直到把绣着的单词拆得只剩下“as”两个字母。

“如果我刚才说了什么让你想起伤心事的话，我很抱歉。”他说道，“就是，我刚才说起我和我女友的事的时候。我以为那没什么。我不是故意要惹得你伤心的。”

她笑了笑，笑声透露着难过：“你用不着为了你对你女友做过的事情向我道歉。”

“我没有，我不是那个意思。我是说，我很抱歉有人曾经也那样对待过你。”他并没有打算跟她谈他对这些事的看法，但那句话就这样脱口而出了。他们快要到利明顿了，她停下来等红灯。

“你改口得还真快哈，不是吗？”她说话的语气表示着这个话题结束了，“你住在哪儿？”

他替她引路到了他的公寓。当她把车停在他的公寓门前，他不知道该怎么跟她道别。他该不该给她一个面颊吻呢？但如果卢斯之前说的没错，而她又把这当做一种暗示呢？那该多尴尬啊？最后他含含糊糊地说了声谢谢，本想马上跳下车去，但安全带拉住了他，让他不得不转过整个身子来解开安全带。在车里的后座上竖直放着三个橙色的煤气罐，都被牢牢地绑好，像三个非常听话的小孩。他

顿时知道那辆秘密的旅行拖车里住的人是谁了，但他忍住没有说；他今晚已经冒冒失失地点破了她的一个秘密了。

门口的通道被一大摊呕吐物包围着，保罗一个飞步从上面跳了过去，要是等他酒醒了他肯定跳不过第二次。他那个行踪神秘的室友又刚走不久：厨房的玻璃上还有一道道蒸汽水珠在往下滑，空气里仍弥漫着一股好闻的卷心菜的味道。他揭开放在炉盘上的锅的锅盖：里面是一锅看不出什么原料但是看上去挺诱人的炖菜。他吃了好多，站起来，手里拿着只木勺，然后突然觉得过意不去，就把口袋里的钱都掏了出来，放了四英镑硬币在那个脏兮兮的锅底旁边。他回到房间，衣服也懒得脱，只是踢掉了靴子和裤子。他袜子也没脱，甚至还穿着羊毛衫。那股煤气味一直笼罩在他的衣服和皮肤上。在他睡着之前，他的脑袋里浮现出两个念头。第一个是路易莎捎他回家这件事把他的注意力暂时从卡尔的问题上转移开了。第二个就是真可惜她年龄太大了。那天晚上，他有了这么多年来的第一次梦遗，凌晨四点就惊醒了，发现自己在那张冰冷又空空如也的床上弄出了一摊湿湿的痕迹。

Chapter 19 惊心来电

2009年10月

Chapter 20 艾米丽

2009年5月

“你跟那个女孩儿怎么样？”丹尼尔假装一副漫不经心地问道。

“艾米丽？挺好的。”保罗真后悔提起艾米丽，但当她充斥着他的整个脑海，已经变成思维默认的那一个时，要想不说起她确实很难。她比他低一级，她读十二年级上预科第一年的时候，他读十三年级，正为高等水平考试冲刺。她长着一张略带婴儿肥的圆脸，一头柔软纤细的头发，她的气息纯净而温和，像个孩子一般，但她脖子以下的部分却又是个成熟的女人；当她允许他抚摸她的时候，他的手就会疯狂地在她身体各处游走。她本可以像那些住政府补助房的女孩儿一样穿很紧身的衣服，但她总喜欢穿些宽松的飘逸的衣服；它们就跟保罗一样，总是处在一种半糖主义的状态，不会把她勒得太紧。

艾米丽总是读一些保罗只有为了学校课程才会去读的书。她把她的那本《远大前程》借给了他，那是一本二手的简装本，橘黄色的书脊都起皱了。读了几章之后，他真的开始为那个故事着了迷，但同时又发现，享受读一本书的乐趣和能够对一本书发表有见地的评论完全是两码事。他读狄更斯的时候，会同时拿一本约克评注导读本来帮助他理解一些看不懂的地方。到目前为止，她很惊讶于他对这本书理解得如此透彻；他一直惴惴不安，生怕有一天会被她抓到他在看导读本。

在成为男女朋友之前，保罗花了足足三个月时间才鼓起勇气跟她说话，又继续花了三个月时间才有了他们的——他的——初吻。那是第一次，她被允许开她妈妈的车去学校，于是她开车把他带到了采石场。她那天穿着条花裙子，牛仔外套，外加一双棒球鞋。她那天刚洗了头发，发丝显得比平常更加柔软飘逸。她不时地伸手将头发抚平，然后突然在某个时刻，保罗帮她把一缕头发别到耳朵后面。她顿时脸变得绯红，双颊和胸口上泛起鲜艳的珊瑚红，但她并没有把他的手移开，那时候他明白了她是想要他吻她。但他们也只是接了吻而已。他甚至都没有看到她的文胸肩带以下的部分。那之后，他们交往的模式也没有发生任何的改变或者加速进展——每周他们会在一起说说话，慢慢地发展到牵牵手，或者小小地嬉闹一番，最后最多就是相拥着接吻，当然衣服都裹得严严实实的。他如饥似渴地想要得到她。他多么希望可以跳过目前这个阶段，然后有种神奇的魔力可以把他们俩带到一个干净的卧室里，已经脱光了衣服，得到了许可，最好艾米丽已经做完了女孩儿们干那事之前要做的那些个什么热身准备。他会尽量对她温柔些的。他的欲望难以遏制，但这反而让他能够不慌不

忙地慢慢来。

艾米丽才是为什么保罗迟迟不肯申请上大学的原因，尽管他没有告诉任何人，甚至连——应该说尤其是——艾米丽本人也不知道。

他跟他妈妈说，他想先工作一年左右，攒点钱，这样他就不用下半辈子都用来还债了。她觉得很欣慰；她总是很期望儿子能一直攻读到硕士学位，但是每次一想到钱的问题就让她有些犯难。如果保罗在当地找份工作，同时住在家里，那两年后，他赚到的钱就足够用来付房租和其他生活费用了。他因为没有把他的真实意图告诉她而感到心里有点愧疚；艾米丽明年一毕业，他就会跟随她而去。

他告诉他所在的预科书院的老师说，他想以后投身于教育事业，所以想先经历一段校园外面的生活。他们倒是对他的这个提议不怎么感冒，也不仅仅因为他这个借口里暗含着的对教师职业的贬低之意。为什么不今年就申请呢？他们是这样跟他说的，确保有学校录取你，然后再延期入学就行了。他们假惺惺地装做是为了他好，但是他知道，学校每年培养出来的继续接受高等教育的学生越多，学校就会得到越高的评级。他坚持了自己的意见。从现在开始算起的一年后，他很有自信到那时他肯定已经跟艾米丽关系稳固，睡同一张床了。要是他被录取到，比方说，布里斯托尔[1]或者埃克塞特[2]的某个教育学院，然

① 英国西南部的港口城市。
② 英格兰西南部城市。

后一年后，当艾米丽开始申请的时候发现她对口专业的学校都在爱丁堡[①]或者格拉斯哥[②]，那怎么办？她比他聪明，他并不期望能跟她被同一所大学录取，但他晓得，每一座有一定规模的大学城都会有一些稍微次一等的大学，类似旧时的高职院校。他们甚至还可能一起住。

到目前为止，他还能够让她和丹尼尔保持一定距离，但他不可能一直维持这样的局面。艾米丽永远也不会理解他们之间的这种友谊的本质是什么，而且他知道她不会喜欢他们晚上去的那些场所；连他自己也不喜欢去。再说，丹尼尔也永远不会懂得他对艾米丽的那份感情。女孩儿对丹尼尔趋之若鹜，引用卡尔的说法，简直就像是群“苍蝇扑向粪堆里”。当然，那是因为他长得帅气，天生丽质再打扮打扮就真不得了了。对保罗来说，他们赚来的钱里属于他的那份他一分一厘都会存起来，而丹尼尔则把一大半花在名牌行头上。除了做事情的时候，他从来不穿运动衣和运动鞋，而是弄一套女孩儿们百看不厌的高级时装扮出一副成熟派头。作为一个十五岁就跟学校说拜拜的学生，丹尼尔在预科书院知名度相当高，尤其是在女生当中。有一回，他在校门口跟保罗碰头，一个女生走上来邀请他去参加她的一个派对，而完全忽略了保罗。没有什么人能像他这样一直那么受欢迎。离开学校不久之后，丹尼尔就跟一个叫妮古拉的女生有过一段，持续了足足两个月时间。保罗曾期望他能让她怀上孕，然后娶她并移民到澳

① 英国苏格兰首府城市。

② 英国苏格兰第一大城市和商港。

大利亚去。但结果妮古拉因为嫌他老爱发脾气又对她总是爱理不理的，跟他分了。保罗推测，是因为他们越是接触得多了，他的文盲事实也就越难以掩盖。保罗比任何人都更了解丹尼尔，他猜想他是用粗暴和冷漠在掩饰内心的恐慌和羞愧。妮古拉离开他的那天晚上，丹尼尔拔起了一根电线杆，用它敲碎了他们那儿一家立博博彩的窗户，最后在拘留所待了一夜。那是丹尼尔第一次被捕，而保罗却因为法律的这丝威慑力而害怕得不得了，好像那个在监狱里被关了一晚上的人是他似的。而即使是那样的恐惧，也远远比不上他看到丹尼尔回家后流泪时的心情。他从来没有看到过他父亲哭泣，但是他想象着也许会是差不多的情景，一个铁血男儿也有如此脆弱的时刻，那是怎样的一种恐惧和一种不曾有过的背叛的感觉？

在刚跟妮古拉分手后不久，丹尼尔看了一个关于男人间友谊的历史的栏目，随之发现了在古希腊，男人和男人之间柏拉图式的友情，而不是男人和女人之间的性爱关系，才是较高层次的情感关系，才是所有伟大的艺术作品里所描绘的主题。他当时看到半道就把接下来的部分录了下来，让保罗也看看。看着蹩脚的演员演着阿喀琉斯和普特洛克勒斯[①]，保罗明白了丹尼尔是想告诉他：他们之间的友谊才是他生命的基础，他们之间没有女人可以插足的余地。那让保罗有点患幽闭恐惧症的感觉，同时又有点过早地异常激愤，好像丹尼尔已经介入他和艾米丽之间了一般。

① 希腊神话中的两大英雄人物。

“特洛伊没在家吗？”保罗问道，一边把书包扔在厨房的地板上。

“他在准尉酒吧呢，”他妈妈应道，“他觉得他应该留出更多时间让我们俩在一起。”整栋房子都弥漫着一股中草药的味道，那是跟她的针灸治疗配套的。那一袋袋卷曲的叶片和风干的根茎在干的时候闻上去很苦，又呛鼻；必须得把它们熬上半小时她才可以把汤喝下去，煎药的锅放在炉盘上面时，那气味简直令人作呕。他妈妈要就着些蜂蜜才喝得下去那药汤；她会从罐子里舀出半罐药汤来，盛在杯子里，一口吞下去，苦得直打哆嗦，然后看一眼碗里，却很苦恼地发现还剩那么多。

“坐下，孩子，我想跟你说说话。”她从那苦药汤里恢复过来后说道，“你知道，我上一次试管受精没有成功，因为特洛伊当时还在继续做着他的那份工作？”保罗点了点头。娜塔莉已经让可怜的特洛伊辞职了，因为她觉得烤箱清洁剂里的化学物质会破坏他的精子。之前有几个晚上他们就这个问题在争吵时被他听见过；他妈妈威胁说如果他不换工作，她就离开他，最后特洛伊不得不答应了。要是在以前，保罗是不会明白的，但是自从他遇见了艾米丽之后，他就逐渐开始明白，为什么男人们总会因为女人的要求而做出一些愚蠢至极的事来。“唉，那是我们最后的一点钱了。我只能用医保的钱做一次，而特洛伊不工作，我们根本就付不起更多。”她是要向他要钱吗？他突然意识到他牛仔裤的口袋里还有一卷钱，他觉得就像是在裤子里勃起了一般显眼而窘迫。“每个地区的规定都不一样。在有些郡，到四十岁前可以有三次机会。那是邮编式医疗

保健制。”

“所以？”

“你知道特洛伊是在南方的海边长大的，于是我就打了几个电话咨询了一下，如果我们搬去跟他妈妈一起住，我们就可以凭医保再做两次。长话短说吧，我们准备搬家。”

保罗坐在那儿没有动，但是他的脑袋里各种思绪在飞快地涌现。老实说，他甚至都不知道苏塞克斯郡在哪儿，但他猜想要坐车往返蒂尔伯里堡预科书院不是件容易的事，如果她想要就这样，在他和艾米丽还没有上过床之前就把他从她身边带走，他可不干。他双手交叉抱在胸前。

“那准备什么时候搬呢？”

“是这样。我和特洛伊打算下个月就搬去。”

不是“我们”而是“我和特洛伊”。

“那我怎么办？”保罗问道。

“我昨天见到卡尔·斯加洛克了。他和丹尼尔很乐意让你过去住上几个月。”听到这句话，保罗顿时目瞪口呆。跟丹尼尔做朋友，一起工作是一件事，而跟他住在一起？如果他们住在一起，他就不可能避免他靠近艾米丽。他把头埋进手里。

“我以为你会很愿意，”她说道，“再说，你现在不也跟住在他们家差不多吗。”

“为什么你就不能等到这个学期结束呢？我还有几个月就毕业了。”

“亲爱的，我等不了几个月了。”妈妈说道，好似是个癌

症晚期的病人，“我下一个生日就四十一岁了。过了那个年龄就不行了。我们不会在特洛伊妈妈家待太久的，一旦我怀上孩子了，理事会就会尽快给我们重新安置住处，而你在那儿也会有更多的空间。保罗，拜托了。你知道这一切对我来说有多么重要。”

他当然知道，但他永远也理解不了。作为家里的独子，他已经非常厌倦这些将会夹在他和妈妈之间的小弟弟、小妹妹了。要是这尚未出世的几个都已经具有如此大的侵略性的话，那真的生下来的那个又会怎么样呢？她伸手握住他的手。她依然戴着结婚戒指。保罗心里有点什么东西融化了。“你知道，要是你不愿意，你只要开口就行了。”但他怎么可以就这样剥夺了她如此渴望的东西？松开她的手之前，他就知道他会照她的意愿去做。

“你有没有告诉卡尔你会去哪儿？”保罗问道。自从丹尼尔暗示过对他妈妈的威胁之后，他就下决心要保护她。

“我想应该没有，”她说道，“我记得我只是说我们要去南海岸。”

“我要是你，我就不会说，”保罗说道，“别告诉别人。”

“为什么？”妈妈问道。

“你知道这一带的人都是些什么人，”保罗说道，“要是有人举报了你呢？像对待福利诈骗犯那样？也许他们就不会给你那些福利了。”

“卡尔·斯加洛克才不会举报什么福利欺诈呢。”

“不止是卡尔一个人，”保罗继续跟她说道，“是大家。如果谁也不知道，那谁也不会去乱说了。”

她顿时喜笑颜开。“那么，你是说你答应留下来了？我会想你的，等你有了小弟弟或者小妹妹，这一切都会变得非常值得。”

她看起来那么确信这一次必定能成功。他都不忍心假设万一没有成功，又会是怎样糟糕的后果。

Chapter 21 左右为难

斯加洛克家房子的结构跟保罗家的一样，两间大卧室，一个储物间，底层还有一间浴室。他以前从来没去过他们家的二层，但以为他们也许会把那间小一点的客房收拾收拾，腾出来给他住——他妈妈就把他们家的那间小屋空出来备用做婴儿房。结果他沮丧地发现，那个房间里堆满了坏掉的家具、被大卸八块的自行车，一摞叠放得整整齐齐的一模一样的微波炉，还原封不动地装在箱子里。那个房间连门都关不上，更别提在那儿放一张床了。原来他们打算让他睡在丹尼尔的房间里。他们给他的床垫是全新的——他搬进来的那天，床垫上还包着塑料套——但那是张双人床垫，房间里的地板根本放不下，所以它朝一边倾斜着，以至于每天晚上，他都有三四回会从床垫上滚到丹尼尔床底下去。唯一值得欣慰的是，有几晚迪塞尔会爬上床和他一起睡。保罗很喜欢身边躺着条壮实又温暖的狗。

他们俩比以往在一起的时间更多了。卡尔白天要去建筑工地，晚上还要在夜店负责安保工作，昼夜连轴转，经常好几天不在家。

他不在家时，保罗会奇怪丹尼尔为什么不睡到他父亲的床上去，但丹尼尔说他懒得换床单。如果丹尼尔带了妹子回来，他们会在楼下的沙发上，而保罗就会像个十岁的小孩一样被命令待在楼上的房间里。他们从来没讨论过，如果保罗要把艾米丽带回家来要怎么办；他不再提及她，而丹尼尔似乎也假定这种情况永远不会发生。

他每周抽两个晚上的时间约她出来，谎称那个时间段他在驾校上课。（他的的确确在学开车，但那都是大清早的课程，他的教练会在天刚亮的时候来接他，那时丹尼尔还在睡梦里，他们会一直练到学校开始上课。）

“如果你要开车，没必要考什么驾照，那纯粹是浪费钱。”丹尼尔是这么说的，“我可以免费教你。你简直是考试上了瘾。这太不正常了。”

终于有一天放学后，他的这个幌子被揭穿了。那天他忘了告诉丹尼尔他“有课”。艾米丽把她的车停在校门外的街边，正从包里掏钥匙，这时旁边的 辆车响了声喇叭，声音那么响，以至于每个经过的学生都回头看他们。丹尼尔正从卡尔的陆地巡洋舰的车窗探出身子来。保罗站在他最要好的朋友和艾米丽中间，感觉自己像是拔河比赛中的那条绳子。

“一会儿见啦。”保罗对丹尼尔说道，心想着艾米丽肯定不知道他要鼓起多大的勇气才说得出这句话，要是她能了解，那她又该如何回报他，“我搭艾米丽的车去。”

艾米丽微笑着跟丹尼尔挥挥手，但他踩下油门歪歪斜斜飞快地开走了，害得有个男生不得不做了个杂技般的弹跳才躲开了他的车。

“那人是谁？”艾米丽问道。她看上去好奇大过了惊讶。

“我朋友，丹尼尔。他这人有点容易激动。”他一眼瞥到了她裙子纽扣之间露出的蓝色胸罩，觉得那无法逃避的失落感又要开始了。她说她很紧张，她说这是个严肃的问题，但有时保罗会想她是不是在耍他。他所能做的就是让她享受女生尚未被弄到手之前所能享受的。“我们先别直接回家，先去走走或者干点其他什么的吧。”

他们去了那个采石场，那儿现在已经变成了个自然保护区。从那上边你可以看见高速公路和白垩矿场，如果你踮着脚还能看见那座吊桥。

“那座桥有我父亲的一份功劳。”保罗对她说道。他说这个并不是为了博取同情或是想炫耀什么，但她在他的脸颊上轻轻地吻了一记，犹如只是抹了抹泪痕，继而又吻在了他的双唇上，这一次坚定而热烈。保罗脑中掠过一丝考虑，心想借着他父亲的死来勾引艾米丽是否道德，但很快他得出了结论，那或许正是父亲想要的。很快他们就躺倒在了草地上。他身体下面的她轻飘飘的，很柔弱。一秒钟后，他惊讶地发现那会是多么的容易，他都不需要得到她的允许。他用膝盖把她的双腿分开，然后把手放在中间的那个欲火燃烧的部位。几个月以来的挫败感随时都准备从他身体里迸发出来，但他也提醒自己，他只是想试试看她能允许的程度，一旦她说出——

“保罗，不要！”她声音中的恐惧没有半点矫揉造作。他从她身上跳开，感到羞愧得脸红。

“当我准备好的时候，都会是你的。”她说道，“我不是说不，我只是说还不是时候。”

保罗让她把他送到离丹尼尔家一个街区远的地方停下。她临别的吻总是最富有激情的。他的下面比手刹柄还要硬，他极度渴望能给他两分钟私人时间好让他的右手帮他舒缓一下，但是卡尔占着浴室，而丹尼尔也在渐渐暗下来的客厅里一边等他，一边玩着“刺客信条”。屏幕上，一个虚构的叫做圣地的地方，一名穿着绣有圣乔治十字装饰锁子甲的十字军战士在两栋建筑之间跳跃着。即使不是等他，丹尼尔也会在那儿，但保罗看得出，他是满心焦急地在等他，虽然他是不会呆呆地干坐在那儿的。

“那个就是艾米丽了？”他说道，拇指疯狂地按着各种操作钮，眼睛也没离开过游戏屏幕一秒钟，“她看起来就是个地地道道的势利鬼。还是个骚娘们儿。”

“别损她了。”保罗说道，感觉自己的双手已经握成了拳头，尽管那并帮不上什么忙。

“她让你上她了吗？”追逐丹尼尔控制的十字军战士的那个摩尔人，从一座塔上摔下去死了。丹尼尔得意地笑了笑。

“我们在等她准备好了。”保罗刚一说出口，就立马后悔刚才应该直接说个谎得了。

丹尼尔的笑声又拉远了他们两人在这方面经验上的差距：“那就祝你好运了。”

他仅仅稍稍松懈了一会儿防御，就有另一个摩尔人追上来，从

背后刺了他的十字军战士一刀。丹尼尔叫道："妈的！"然后把操纵杆朝墙上砸了过去，撞得粉碎。他使劲地给了空着的那张椅子几拳，直砸到它翻倒在地上。那条狗冲进房间开始狂吠起来。

"没事，小子，"保罗说道，手放在迪塞尔的颈圈上，"只是我们而已。"

丹尼尔平静地捡起另一个传感器，接到游戏盒上。保罗转过身去不看屏幕，这样他就不用看见十字军战士流血然后在虚拟空间里战死了，当他的锁子甲上的白色渐渐被染成血红色时，上面的十字也渐渐消失了。

Chapter 22 乐队

1989年5月

路易莎穿着条鸭蛋青的高腰礼服裙，亚当说那条裙子让她看起来像简·奥斯汀笔下的女主角，虽然伊丽莎白·贝内特或者爱玛·伍德豪斯[1]绝对不会把那条裙子搭配上一双军用靴和一件带流苏的皮夹克，后背还印着长着红金色头发的耶稣喷漆像。屋外是雷暴雨之前那种黏糊糊的高温天气：室内则像热带地区一般闷热而潮湿。卡姆登镇的地下城酒吧比临界酒吧要大些，但仍然是个地下室。离格拉斯雷克登台还有好久之前，冷凝水就已经开始在天花板上聚积起来了，等到他们真正准备上台的时候，大滴大滴的鬼才知道是什么的不明液体开始随机地滴溅到舞池中央。

路易莎满心不情愿地去衣帽存放处寄存了她的夹克，她觉得她本来可以把它放在那个，化妆间？后台？乐队的面包车上？乐队预热的那些惯例和区域对她来说都还是完全陌生的。她本来超级想

① 两人都是简·奥斯汀故事中的著名女主角。

来看他们校音，但亚当不准她来，她也害怕给他压力。在屋顶花园的那天之后，他已经让她领教了一点他被逼急了的时候会有什么后果；他一连三天不理会她的信息。于是她的心情就陷入了一种过山车的状态，一会儿因为害怕他遭受了什么不幸而焦虑，一会儿又疑心他是在玩弄她而气愤。到了第四天，她已经不管他是死是活了，对她来说都一样，于是她不再想方设法跟他联系。那天下午晚些时候，他给她来了电话，然后她发现自己终于长舒了一口气，激动得说话都变得结结巴巴，一边又急于想向他道歉。

本是第一个上场的；他穿了件女式的豹纹皮大衣，描了眼线，感觉在表演结束之前就有可能因中暑而被抬走。安吉和夏伦是普通的黑色衣着。亚当只穿了条黑色皮裤，戴了一个长长的古埃及十字架吊坠。旁边有人冷笑道："上帝啊，又是一个长大想成为吉姆·莫里森[1]的。"她很惊讶，有一种强烈的暴力冲动，一种跃跃欲试的力量在她心里涌动。但他一开口唱，他们就安静了。对于这个小场子来说，他的声音太有震撼力了：对于这个小乐队来说，他也太出色了。野心从他不安分的身体里蒸腾出来。

安吉敲鼓的时候，她赤裸的手臂上的肌肉像个举重运动员那般伸缩着。就连路易莎这样对现场演奏技术一窍不通的人也能感受到夏伦的高超技艺。他神情自若地操控着一排和声器，轻松的样子就好像他只是在操作一台微波炉。在两首曲子的间隙，她沉浸于某种自虐行为，她在观众中搜寻一缕赤褐色的头发，但也不知道如果真

① 20世纪60年代著名美国摇滚乐手，曾组乐队"大门"，是当时重要的摇滚乐队之一。

的找到了她又要做什么。

演出结束之后，亚当又不见了，乐队的其他人都在整理设备，一个个都是他们主子的奴才。当他再次出现时，他还是穿着演出服，肩上搭着一件夹克。她几乎要因为得意，骄傲得忘乎所以。

“我们走吧。”她甚至还没来得及开口称赞他，他就抢先一步说道。

“什么，现在？”

“演出之后有两种方法可以庆祝。一种是喝酒、抽烟然后酩酊大醉到说不出话来，另一种就是和漂亮妞上床。”

“今晚我不能和其他人见见吗？”

“下了台以后我都不想看到他们。这完全不合逻辑但是又完全无法控制：你知道，就像你刚做完爱然后就会有一种无法抵抗的想逃走的冲动。”她的脸色一定很难看，因为他马上又补充了句，“当然，和你就不一样了。”他握起她的手，十指相扣。他的手感觉上去和以往有点不同，更小了些，又更柔软了些。

“你的戒指呢？”她问道。

他看了看自己的拇指。“噢，那个。我不知丢哪儿去了。”他说道。

“但是你说过……”

她话还没说完，就差点被夏伦给撞到一边去了，他肩上背着一台和声器，就像扛着架巴斯特·基顿[1]滑稽短片里的梯子。他

① 20世纪和卓别林齐名的喜剧大师。

的翻领上别满了徽章，活像个伦敦街头穿着缀满珠母纽服装的小贩，每一个徽章上都有一句难认的愤青标语。“保守党滚蛋”，“新芬党①”和“红楔②”，“社会主义劳工党”，“自由工人”，以及“拒绝南非贸易”挤在一块儿。离得很近的时候，她发现他比她原先想的要年纪更大些；也许，甚至超过了三十岁。他看她的眼神饥渴又有点让人厌恶，路易莎马上就注意到了。她曾经无数次被这样的目光注视过，总是像夏伦这样的男人，不是缺乏魅力，但也许经验不足，通常脑子挺灵光，但又有点愤世嫉俗，光是这一点就让他们很难把自己心仪的女人搞到手。从这一新近发现的角度看来，路易莎觉得自己充满了优越感，于是忍不住使劲地捅捅亚当，特地跟他强调他有可能会错过什么，并提醒他他有可能会输给什么人。

“我叫路易莎，”她说道，“终于能跟你正式见面真是太高兴了。”但她的话却只撞上了他匆匆离去的背影。后面紧跟着安吉，背着有她身体一半大的低音鼓。她瞪着亚当。

“如果按一分到十分算，你算十分，他算十一分。还是你是十一，他是十？”

“嗯？”亚当没听明白。

“我是想要搞清楚谁才是那个最极品的浑蛋，他是个喜怒无常爱乱发脾气的杂种，而你是个懒得要命的淫妇。你们就想这样站在一边看我一个人把这堆东西拖上楼去吗？”

---

① 爱尔兰资产阶级民族主义政党，反对与英国妥协，主张依靠自己的力量，谋求独立。
② 泛指20世纪80年代借音乐和政治联系的一群音乐人，尤其与英国工党联系紧密。

“是啊。”亚当温柔地应道。

“蠢货，”她也以同样的口吻说道，“面包车在门口等着了，你弄好就可以走了。”她看着路易莎，满怀期待地笑了笑。

“这是路易莎。”亚当叹了口气说道，就好像这话是被审讯员逼着说出口似的，“我现在打算走路送她回去。”

“祝你们好运，外面正在下大雨。”她轻松地说道，“你住哪儿？”

“格卢斯特路那块儿，南肯辛顿。”路易莎说道。

“那我们正好顺路啊。干吗不一起走呢？”

她觉得旁边的亚当更加坚持原来的主意。“我喜欢在雨里走。”他咕哝了一句。

“随你便。”安吉说道。

外面雨声大得都能盖过车辆的声音。雨水倾斜着落下来，把街面上的垃圾和脏东西都冲到路旁的排水沟里。从酒吧出来的人们都湿透了，只好躲在路边小吃店的屋檐底下，以及根本遮不了雨的公交站台里。唯一经过这儿的公交车是开往北边那神秘的高巴尼特腹地的。路易莎的裙脚已经湿透了，重重地垂着。要走回肯辛顿在前五分钟内可能还挺浪漫的，但之后就会变得很痛苦了。她鼓起勇气埋怨起他来。

“你知道，我其实很愿意搭那趟顺风车的。即使不下雨，要走回去也够远的。何况我一整天都站着没歇过。”

他应了一声，但那语气好像天下雨是她的错似的。

终于她坐上了那辆面包车，她发现那实际上是一辆改装过的小面包，车后排的座位都被扯掉了。残留下来的金属管从上面堆着的乐器设备之间戳出来，多余的安全带从车厢壁上毫无生气地垂下来，像派对散场后的条幅饰带。安吉在开车，本坐在副驾位子上，两只脚高高架起搁在仪表盘上。从后视镜里，路易莎可以看到他的脸。他长得带点法国佬的味道，还挺帅的。要是没有亚当，那他就应该算是乐队里的帅哥了。他正在点着他们这次演出赚来的钱，因为他们终于赢利了显得很兴奋，哪怕从每个人头上只赚了一英镑。他把点好的钱分给同伴，有整张的纸币也有零碎的硬币，零零散散一堆。夏伦接过钱来，含糊地说了声谢；她仍然没有跟他有过眼神的交集。亚当把他的那份交给路易莎保管。她被他这种类似老夫妻之间相互信任的举动感动了，于是故意动作夸张地把钱塞进了自己的钱包里，好让大家能看见。她突然感到有点缺乏自信，当他们谈话的时候她很乐意在一边静静听着。

雨滴敲击在车顶上的声音很响，他们不得不喊着说话才能让彼此听见。本联系到了一次在卢顿[①]技工学校的义演，然后大家对要不要去产生了分歧。安吉和本觉得只要有机会上台露面总是好的，而亚当则觉得叫他们免费去演出简直就是对他的侮辱，轮到夏伦说话的时候，他简直要哭了，他说他干这行已经十年了，还从没有听说过有人在卢顿演出被哪家唱片公司的星探看中了。十年，路易莎心里想着，那他该有几岁了呀？夏伦就像是个前车之鉴。到了三十岁，你的事业就应该已经步入正轨了，而不是寄希望于某一天才会

① 英国英格兰中南部城市。

刚起步。她很奇怪为什么他的音乐生涯还没有什么建树，而他如何能忍受整天和这么一帮小年轻混在一起?

“我想我们都应该去好好喝场酒发泄一下。”本提议道。

“哪里都关门了，”安吉说道，“除非你是想付钱给人家放你进去，我才不想浪费那十镑钞票呢。”

路易莎的父母跟米兰达和戴文一起住在德文郡。路易莎权衡了一下是和乐队的其他人待在一起，还是跟亚当上床，最后决定来玩点刺激的。

“你们可以全去我那儿。”

“但是你爸妈！”亚当叫道，好像那是个圈套。

“他们去乡下了，我妹妹也去了。”路易莎说道。

他们全都进了庭院门。他们的面包车可以说是在这条卵石路上驶过的最低档的车了。

“真不赖啊！”本说道。

夏伦抬头看了看庭院门，然后又看着亚当。

“对不起，我突然觉得不渴了。”他在门关上之前从门缝走了出去，长长的黑色防雨外套在他身后飘动着，像一名斗牛士，踏着水花渐渐融入了黑夜。

“好吧，谁才是最极品的浑蛋这个问题有答案了，”安吉说道，“至少今晚是这样的。”

一进家门，路易莎就开始翻她父母的藏酒柜，它在杂物间的最里面，酒柜最前面放着瓶莱茵白葡萄酒，那是他父亲的一个病人作为谢礼送来的，而她知道她父母永远也不会碰这瓶酒。她注意到，如果是免费的酒，那亚当不会坚持只喝威士忌，而更偏向他宣称很看不起的白葡萄酒。当她从酒窖回来，发现其余三个人都正蹲在她父亲的B&O邦·奥陆芬音响旁边。

“装备不错呀。”本说道，“这套东西肯定要一千来镑吧。你们都有些什么唱片？”

“恐怕没什么可听的。”路易莎说道，她自己听的都是磁带。她打开父亲收藏CD用的塔架的玻璃门。“只有古典的。”

“只有古典的？”亚当说道，“我亲爱的，看来我还得多教教你啊。”他抽出了一张布里顿[①]的《战争安魂曲》，音量开得很响，所有人都吓了一跳。安吉甚至把杯子里的酒都洒了。

“该死，杯子里本来就没剩多少了。”她抱怨道。

“那里还有不少呢。”路易莎说道。

“我去拿，”亚当说道，“正好我要去趟厕所。”

本突然靠了过来，贴得那么近，有一个混乱的瞬间路易莎甚至觉得他要亲到她了。“我真为夏伦感到抱歉。那是种典型的又爱又恨的感情。夏伦讨厌亚当因为他是乐队领唱，总是出风头，得到所有的荣耀和赞美，更不用提他有多受女孩子们的欢迎了，那个小杂种。”本似乎没有注意到路易莎听到这句话时的脸色有多难看。“亚当不喜欢夏伦，我想是因为他其实非常清楚，在乐队里夏伦才是真正的写歌天才。”

“如果夏伦这么讨厌亚当，那他为什么不自己去组一个乐队

① 20世纪英国作曲家，其作品包括歌剧、协奏曲、重奏曲、独奏曲、独唱曲等。

呢？”路易莎问道。

“因为亚当长得帅，而且歌儿唱得好。”安吉说得一针见血，“这就是魔力所在。而且夏伦已经三十四了。亚当还年轻。我们也都还年轻。我们可以再重新来过。而夏伦觉得这已经是他的最后一搏了。”

“他的想法没错。”本说道。

“关键是，他俩都拥有那种不是靠教就能学会的天赋，都很有才华。我和本，我们需要更勤奋——确实是这样的，本——我们需要很努力，而他俩根本不用。随之而来的就是所谓那种艺术家的气质，喜怒无常，所以事实上，他俩都不是什么省油的灯。”

“他又开始谈论德国的汉堡了。”本说道。安吉转过来听着。“每次乐队一有分歧——嗯，是每次事情没有按照亚当的意思发展时，其实都是一回事——他就会大发雷霆，然后威胁着要离开这儿，去汉堡。”

“现在变成柏林了，你没有听到吗？夏伦已经让他相信柏林墙会被拆除。亚当觉得他可以去录张碟见证革命。”

“说得跟真的似的！”

“Mein Gott[①]！”

他们哈哈大笑起来，好像就算亚当真的去了德国也没什么大不了的，好像那也不算是什么顶糟糕的事。也许对他们来说不是。“别担心，我相信你有本事让他乖乖在这儿待着。”他说话的语气

① 德语，“我的老天爷”的意思。

让路易莎觉得那个玩笑是开在她头上的。

亚当捧了一箱葡萄酒回来。又一杯下肚之后，安吉在沙发上睡着了。她脱掉了湿答答的鞋子和袜子，露出像砾石片一样的脚指甲。路易莎突然感到一阵同情和沮丧。她完全可以至少弄一弄头发：其实只要染点红褐色就能让头发看起来更有层次感。

“睡美人哪。”本不怀好意地说道。亚当也一起笑了起来，路易莎心里有点不舒服。

“我去找点东西给她盖上，”路易莎说道，“你俩要是愿意也可以睡这儿。”

她去楼上的烘衣柜里拿了几条毯子。本越早睡着，她就可以越早带亚当去楼下。

她下楼梯时CD放完了。她赤脚走在地毯上没有一点声音，于是她在半道上停住了脚步，这样更方便听到他们在说些什么。亚当和本整个晚上说话声音都越来越大，也许是出于习惯或是有点喝高了，他俩现在也没有想要压低嗓门的意思。

“她挺不错的。”本说道。亚当没有出声，她想知道他做了个什么手势回应那句话：她想象着也许是自负地耸耸肩膀，意思是像他这样条件的男生找的女孩儿自然不会赖。“她知道那……”

她几乎能听到他摇了摇头。

“不知道，”本说道，“她们从来都不知道，对吧？”

Chapter 23 生日派对

2009年5月

保罗在2009年5月29日下午2点53分通过了他的驾驶考试，那是他第一次考，并且只出现了三处小问题。当他看着考官填写表格的时候，他就知道这一天注定要成为一生难忘的几个日子之一，就像生日或者忌日一样。他的感觉没错，但并不是因为他当时所想的那个原因。

那天晚上，跟他们在同一个英语班上的米歇拉·约翰逊为自己的十八岁生日办了个生日派对。艾米丽虽然知道有这个派对，但她却想去看电影。她不喜欢米歇拉·约翰逊；她觉得她“不检点”，刻意把每个字都强调了一遍。（用丹尼尔的话说，“她就是个地地道道的荡妇”，这话虽然没那么文雅，但也许他更有资格这么说；米歇拉曾是他那些沙发炮友里的一个。）但保罗并不是经常有机会被邀请去参加派对的，要说有什么真正值得庆祝的机会就更少了。而艾米丽的矜持，虽然一般说来，这也正是她的魅力所在，使得保罗很恼火。之前的那一周已经让他忙得够戗了，他妈妈不时打电话来向他哭诉（这次还是没能怀上孩子），这边又要周旋于艾米丽和丹尼尔之间，还要完成他的甲级考试，以及驾照考试的添加课程；他很想通过一种他这个年龄的孩子该用的方式来发泄、放松一下。他实在吃不消又看一晚上严肃的电影，然后又像往常那样没法得到性方面的满足。于是他试图说服艾米丽去派对——有些平日里一等一的乖乖女，在派对上也放得很开——可是艾米丽还是不听他的。

米歇拉有个还是婴儿的小弟弟，有人就往给他用的塑料澡盆里倒了些果汁和烈酒调成潘趣酒来喝。大伙儿把各种瓶瓶罐罐都往里面倒。保罗用纸杯舀了些尝尝。味道像极了特洛伊用的喷雾发胶。几秒钟之后，他就觉得不再那么紧张而且也有点high（兴奋）起来了。几乎整个学院的人都在那儿了，还混着几个格雷斯河段高中的留级生，包括西米恩和路易斯——他俩后来终于不再欺负十二岁的小孩了，而是改行卖毒品了——还有哈什，这家伙醉醺醺地过来跟丹尼尔打招呼，样子像是看见了个久违的兄弟一般。看着丹尼尔使劲儿想从那家伙的拥抱中挣脱出来，保罗好不容易没笑出声来；当年哈什开始变成个校园恶霸的时候，保罗已经在丹尼尔的护翼下了，所以他没被哈什欺负过。他多想一直像当时那样。

派对上人太多了；身体跟身体挨在一起推挤着其实也感觉挺好的——在一条拥挤的过道里经过米歇拉·约翰逊身边时，他和她裸露的肚皮挨得无比近，甚至他和艾米丽都从来没有那么靠近过。这群孩子蜂拥走出房子，在外面长满青草的河堤上嬉闹。米歇拉家房子两边的邻家都没有人住：其中一家的前门在晚上八点前就已经被这帮家伙砸开了，空房间里塞满了米歇拉家装不下的人。警察接到

了两次报警，但每次他们都只是派了几个骑自行车的社区服务协警来，让他们把音量调低一些，但结果是等那几个协警一走，他们就会把音乐开得比原来更响更带劲儿些。

“那帮社区警察十点半就会打卡下班，”丹尼尔说道，“过了那个时间，他们就不会再吃力不讨好地来理会我们这帮人的聚会了。除非有什么真的很严重的情况。”

通常丹尼尔并不希望保罗喝酒，以防自己有什么紧急情况或不时之需，但今晚他却鼓励他喝酒。他不知道从哪儿弄来了好几罐特酿酒，并跟保罗说他真为他通过了驾照考试而骄傲。他俩在客厅里霸占了一张沙发。穿着性感的女孩儿们在他们前面晃来晃去，但现在，除了那些已经烂醉的男孩，跳舞对其他人来说还为时尚早。虽然所有女孩子都很自然地向丹尼尔这边投来目光，但保罗还是会时不时地想是不是有人也曾把目光专门投向过他。他今天穿着一套丹尔尼给他选的衣服：一件灰色的V领T恤，配上一条炭灰色的亚麻裤子，他看起来比任何时候都像样。

“姬玛对你有意思。”丹尼尔指着舞池中央的一个女孩子说道。

“姬玛·柯林斯？”保罗觉得不可思议又好笑。

大家都知道姬玛是全格雷斯河段、全埃塞克斯地区最漂亮的女孩儿。他不明白她看上他哪点，说实话，他也不知道自己为什么就一定会看上她。不可否认，她长着一张可爱的脸，每天都打扮得很美，但她的那种美艳总有点不易亲近的感觉。她看起来像个模特——但属于骨感、时尚的那种类型，而不是他喜欢的温柔又迷人

的那类。

“你小子不赖啊。”

“不行。那艾米丽怎么办？”

丹尼尔替他愤愤地咬着牙说：“你想想看，你是不是打算一辈子做个老处男？你的经验越丰富，你跟你的艾米丽一起的时候就能有更好的表现。这可是姬玛·柯林斯。”

“我还不太确定。”

“我不管你的什么确定不确定。我已经享受过性爱了，而你没有。”

“上帝啊，丹尼尔，你要说得再大声一点吗？”保罗借着潘趣酒和啤酒的劲头，从沙发上起身，跌跌撞撞地走去洗手间。姬玛·柯林斯正好在楼梯上。她打理了头发；看起来比平时长一倍，而且烫了大波浪卷。

“你的头发看上去很不错。”他说道。

“谢谢。”姬玛回应的语气就好像这样的恭维无聊透顶了。但五分钟后，他发现自己跟着她上了楼。唯一还没有被至少一对人占着的房间只剩下储物间了。显然这是一个小妹妹的房间；小号的床上面堆满了迪士尼玩具，墙上一张小美人鱼爱丽儿的海报的一角已经翘起来了。

姬玛在身后关上了门；一件小小的粉色睡袍在门背后的挂钩上晃荡。门的背面曾被人用贴纸全贴满了，然后又想把它们撕下来，使得门后的油漆看起来斑斑驳驳有种苔藓的效果。她坐在床沿，用手拍了拍身旁的位子。保罗过去在她身边坐下，感觉惊讶大过欲望。姬玛的吻敷衍了事，但相当专业；大概十秒钟之后，她突然停止了亲吻，让保罗觉得之前她一直在倒数到十。然后她解开自己牛仔裤的纽扣，另外一只手扯着他的皮带扣。保罗几乎来不及看清楚她赤身裸体的模样，只知道她全身瘦骨嶙峋，身体的曲线还不及衣服上的褶子丰满。

跟艾米丽在一起的时候，他曾一度幻想着能有个投怀送抱的赤裸女人躺在自己的臂弯里，但他从来没想过，当这一切真的变成了现实的时候，他又不知道该如何是好了。所幸的是，姬玛很主动。她看都不用看就把避孕套——她自带的避孕套——给他套上了，然后伸手果断地将他引入她的身体。她的头抵着他的腋窝，而他的脸则埋在一只粉红的枕头里。当破处的快感和新奇感逐渐消退了之后，他慢慢开始找到了一点节奏。那种感觉类似冥想的感觉；他觉得自己在床的上方盘旋着，向下看着他自己，想到自己这么做艾米丽会多么受害和愤怒就很窘迫。除了肉体的快感之外，他觉得很不舒服；姬玛很僵硬，而且跟他并不互动，尽管就他所知这很正常。保罗突然冒出个念头，就是如果他把床垫抽掉，然后跟垫在底下的床板做爱，估计也就跟他和姬玛做爱时享受到的柔软和温存差不多吧。尽管如此，他们还是很快就感觉要结束了。突然，姬玛从他身子下面一跃而起，臀部翘着停在半空中。就像坐着摩天轮到了最高点的时候突然毫无征兆地停下了。

“你要不要最后在后面完事？”她问道。

“我……什么？不！”

“随你便。”姬玛耸了耸肩。似有一股电流从他的脊椎通过，

他要射了。他叫出了声，而她并没有什么反应。随后的几秒钟里，她从他身子底下扭动着爬起来，让他不得不让了让。保罗翻了个身侧躺着，在想要怎么处理那个避孕套。姬玛抽了张纸巾折了折，垫在内裤里，再套上牛仔裤；她又抽了张递给保罗，他自己擦了擦下身，然后把套套包在里面，一边又要遮着他那软塌塌的阳具免得被小美人鱼看见。这儿到底不是个适合干这事的地方。

“我们并不算开始交往了。”她说道。

“你说什么？”保罗问道。

“我们仅仅是上过床，但这并不代表我们要继续交往。”

“哦，当然。”保罗寻思着该说点什么，“我，呃，我希望之后我们还是朋友。”

“好呀。”她把T恤从头上套下去，发出刺啦一声，随即她因为疼痛倒吸了一口气；她的一大片头发被扯散了，保罗原来以为那丛太妃糖色的大波浪卷发肯定是被连根拔起了，直到他看到发根部的尼龙线接头，才知道那头发原来是假的，是接上去的。她皱了皱眉，然后又随意地往自己的头发上别了别。现在她又穿上了衣服，她的身体终于像个模样了；紧身的牛仔裤衬出她修长的腿形，现在她又恢复成那个精心装扮出来的“第一美女”了。这件事过去一段时间之后，保罗回想起来，我刚刚和姬玛·柯林斯上了床。他到现在还觉得这件事难以置信，没有真的发生过。但又想想她身上的那把骨头，保罗就觉得没那么罪恶了。

“你会告诉丹尼尔我们做过了吧？”她说道，“一定要告诉他我很不赖。”

Chapter 23 生日派对

2009年5月

难道她是希望通过自己把她引荐给丹尼尔？保罗强忍住不去那么想。他现在只想着艾米丽，想着如果他终于能把她弄上床该会有什么不一样，想着他们会如何找个安全的地方，从从容容地好好缠绵，之后一起相拥入眠。姬玛检查了自己的包，好像保罗在他们做爱的时候会偷了她的钱包似的。她往嘴唇上抹了好多唇彩，然后在保罗下半身还没有穿衣服的情况下，站了起来并打开了门。

“咱们再待会儿吧。”保罗喊道，但已经太迟了。楼梯口挤满了人，他们都转过来看他有多丢脸，吹着口哨拍着手笑话他。只有一个人的脸是他熟悉的。在一瞬间，艾米丽脸上的表情从认出是他，到难以相信，变成了心碎的伤心。

保罗胡乱地扯过衣服披上，抓着鞋子和袜子，也顾不上再找裤子，就飞奔下了楼。他的余光扫到丹尼尔和姬玛正在聊天。门外面，哈什点着了一个废弃的床垫，呛人的烟熏得保罗睁不开眼。当他追上艾米丽时，她正打开车门。她原本漂亮的、孩童般的容貌现在已经因为狂怒变得冷酷。

“我以为你喜欢我，”她说道，“我以为你足够喜欢我，愿意等我。”

“我不仅是喜欢你！我爱你！”他曾经跟自己默默练习了很多遍这句话了，但从没有像今天这样脱口而出过。

“但你跟她上床？”艾米丽质问道。

“你不是说你不来吗！”

“我不来就可以这样，是吧？”艾米丽说着哭了起来。她眼角的黑色眼影被泪水弄花了，沿着鼻梁滑下来，留下黑黑的印迹。

“上帝啊，艾米丽，不要，你不要那样想……哦，我不知道要怎么跟你说才好，我当时喝醉了。这事情，你知道，她是姬玛·柯林斯……丹尼尔说……”

“我早就应该想到这是那个该死的丹尼尔捣的鬼。”艾米丽说道。这是保罗第一次听到她爆粗口，“我都不知道自己为什么要听他的话来这里。”

“丹尼尔叫你来的？”

“是啊，今天放学后他在学院门口。他跟我说如果我今天来，对你来说意义重大……”艾米丽的声音都嘶哑了。

“确实意义重大啊，你不知道看到你来我有多高兴。求你了，艾米丽，对我来说，没有什么比你更重要。”

“那你就是那样向我表示你的感情的？”

“但我爱你！”他要说多少遍这句话她才肯原谅他之前犯下的错？

“得了吧。我们结束了。”

“我们不是还要一起申请大学的吗？”

艾米丽哭得更厉害了。保罗张开双臂去安慰她，尽管他自己也明白现在他已经没有资格再这样安慰她了。她用力地一脚踢在他小腿骨上，他知道肯定会留下块淤青。唯一能阻止她坐上驾驶座的办法就是张开双臂抱住她。而他却躺在车子的引擎盖上。艾米丽试了两次才把车子发动起来，然后慢慢地开动了。

“艾米丽，求你了。”他隔着玻璃喊道。她缓缓地刹了车，他从车盖上滑了下来，像真的醉了酒一般滚落到柏油路面上。艾米丽探出车窗看了看，见他没事就直接开走了，他都不敢相信她对他居然能如此冷漠绝情。当他跌跌撞撞地爬起来，她已经把车倒出停车场，头也不回地消失在夜色里。保罗好想哭。他人生中最完美的一天就这样沦为一场闹剧，又以悲剧收场，中间间隔还不到一小时。他确实醉了——尽管他还不至于糊涂到看不出主要错误在他——但也怪不了其他人。为什么姬玛·柯林斯要等到他有了女朋友才跟他说对他有意思呢？为什么艾米丽会出现在一个她讨厌的女孩儿办的派对上呢？又为什么丹尼尔今天要去学校呢？他知道今天保罗不在学校，因为他知道今天有驾驶考试。

一个可怕的念头让保罗激动得浑身一抽。他拖着那条被踢肿的腿走回了派对，从喝得东倒西歪的人群中挤出条路。在隔壁那栋被他们硬闯进去的房子里，他搜遍了每个房间，找遍了花园的每个角落，都找不到丹尼尔和姬玛的踪影。他感到一阵晕眩和恶心。他步履蹒跚地回到了斯加洛克家的宅子。家里空荡荡的。

大约凌晨三点来钟，保罗醒来，听到丹尼尔和某个女生在沙发上的声音。他猜想着那个人会是谁。尽管，不可能是姬玛；他听到一些动静，呻吟声，随后隐约听到笑声。他醒着在床上躺了几小时，计划着该如何报复丹尼尔。他没有像他的艾米丽那样的角色可以给他带来那样的伤害；丹尼尔唯一比较重视的就是他俩之间的友情了。但就是因为破坏他和艾米丽的关系，丹尼尔也因此破坏了这份友谊。发生了这样的事，他们怎么可能还能像从前那样呢？

第二天早上，保罗想读点东西却静不下心来，心里总想着丹尼尔一会儿下楼来他们将如何面对彼此。当头顶传来脚步声时，他不由自主地把书往沙发靠垫下面藏。掀起垫子的时候，他看到一小簇蜜色的发丝，在顶部被固定成一束。

一想到自己跟姬玛做爱时她毫无反应，而丹尼尔居然能激起她那么强烈的反应，他本来就不多的一点自信现在也没有了。丹尼尔下楼后，他只是如实跟他说了事情的经过。他等着丹尼尔否认或者解释或者道歉。现在还不算太迟，他心想，现在你还是可以说点合情合理的话，那我们还可以做朋友，虽然他都不知道什么才算是合情合理的。

“性冷淡啊，”听保罗终于说完他的故事，丹尼尔只用了这么个词总结，“没有她你会过得更好。”丹尼尔显得很开心，几个月来保罗都没见他这么开心过。

Chapter 23 生日派对

2009年5月

Chapter 24 风波

2009年10月

路易莎在办公室里，只有身后挂着的那幅织锦复制品中的夫妻看着她。园林遗产信托的来信就装在一个文件夹里，摆在她面前，而她总觉得墙上织锦画里的那两个人正越过她的肩膀盯着信看。路易莎给钢笔换了根笔芯，又拿了张新的印有凯斯提斯庄园抬头的纸，尽量不去想已经被扔进垃圾桶的那九张。她写好了日期和地址，正想着该怎么写个完美的开场白，她突然发现这张纸的角落已经被她无意识地画成了精致的小花园。她随即又把这张揉成一团，开始第十一份草稿。她已经数不清废掉几张纸了，却又开始重新考虑该用什么方式联系。也许，这种事情还是在电话里说为好。如果她的计划落空了，那不仅对她的职业前景不利，还会影响整个庄园修复项目。如果她的建议被误解了——英格拉姆一直坚信这个项目资金的裁决人希望申请人能遵守一些古怪又经常改变的规矩，他们很难保持不违反这些规矩——重要的是她要能立即控制带来破坏的程度。得罪园林遗产信托意味着他们将会失去资助，这又意味着他们将继续靠义工和借来的工具奋斗好几年。他们确实能够建好庄园，可以，但他们没有钱弄那些能吸引游客的基础设施。

但她别无选择。她绝对不可能踏进沃里克花园半步，哪怕人们用布蒙住她的眼睛把她带到那里（她确实曾在半夜里某个疯狂的时刻脑中突然闪过这个念头，当时她仰面躺在那儿，绞尽脑汁想找个可信些的借口）。就是在那个地方，她曾经一度失控，而她也知道即使是现在，那里也同样会激起她的强烈反应。她做了次深呼吸，然后拨通了园林遗产信托的信纸下方的号码。单单是想到将要接电话的那个人很可能就在沃里克花园里，她就很紧张。

“我是乔安娜·鲍娃。”一个尖得刺耳的声音应道。每一位路易莎曾接触过的高级女园丁——路易莎确实认识不少——都有着同样的刺耳又一本正经的嗓音。这使得人们很难猜测她们说话的真实意味，尽管通常情况下，否定是她们的默认态度。

“乔安娜，我叫路易莎·特里维廉，我是沃里克郡的凯斯提斯庄园的。我知道您负责——”

“都铎庄园！”乔安娜·鲍娃说道，“是的，非常不错的项目，你们的申请书现在就在我面前。你们圣诞节后会来我们这儿，对吧？”

“嗯，我正想说这事呢。我，我们在想，如果信托的人能过来我们这里也许会更合适，这样你们可以更好地了解我们的工作，还可以实地考察一下——”

“打住！”乔安娜·鲍娃打断了她。路易莎揣摩着接下来的一

段沉默，觉得自己说错话了。

“对不起，如果——”

“这个想法很不错，”她说道，“我们来定个日子吧。”

“哦！那太好了。”

“我们会带摄像机去。”

“你说什么？”

“我们这边现在有个电影制作人，他想给网站做些小短片，他说甚至可以拍个纪录片。把你们的竞标拍下来，这样大家就会对资助申请有个大概的了解，肯定很有意思。”

路易莎觉得自己都要说不出话来了。

“我得跟英格拉姆确认下这件事，”她说道，“这类事他说了算。”

“有什么好问的，”乔安娜·鲍娃的口气是要让她明白这里谁才是真正能拍板的人，“他肯定会喜欢的。每个人都想上电视，难道不是吗？即使我们最后没能合作，但这也能提高你们庄园的知名度啊。”

路易莎挂了电话，心事重重，这事被弄得更麻烦了。一波还未平息，一波又来侵袭，而这次完全是她自己一手造成的。她本以为没有比回到沃里克花园更糟糕的事了，但至少那样的话，唯一的威胁只是自己的内心。但如果她被拍摄下来，如果上了电视……那一定会有人在电视上看到她。那“第三个人”见过她的脸，但不知道她的名字。其他人知道她的名字，只是不知道到哪里去找她。

她的指甲深深地掐进了自己的小臂，算是对自己的愚蠢行为的一个小小惩罚。大多数时候，她都会以为这些年来自己已经变得坚强，有点偏执妄想，谨小慎微，又精明。但也会出现像现在这样的时刻，让她觉得自己就像个不懂事的十几岁的小孩，从没有吸取过教训。

Chapter 25 刑事司法局的来信

保罗从小就没过过万圣节。上小学的时候，他还曾玩过用嘴咬住悬挂着的苹果，和用牙叼出蛋糕里藏着的硬币的游戏。他还曾经在沃尔沃斯[①]买过一件紧身连体衣，上面有些骷髅装饰，那件衣服他连续穿了三个万圣节。但在他父亲去世之后，即使是万圣节再常见不过的假血也能把他吓个半死。在他们格雷斯河段的家里，保罗和他妈妈通常会一直待在屋里，拉上窗帘，关掉电视，来防止那帮野孩子来敲门吓唬他们让他们给钱。丹尼尔和卡尔·斯加洛克会看一部某个不知名的卫视频道放的恐怖片，那也就算是他们过了万圣节了。

但在利明顿，很难避免恶作剧的发生。他家旁边公共汽车站对面的那家恶作剧玩具店，已经撤下了平时摆在橱窗里的小丑服和羽毛围巾，换上了一幅画着令人毛骨悚然的绿脸女巫和跳舞的骷髅的

① 英国一家老牌零售商店。

画片。店中央摆着一具戴着假发、穿着白色睡袍的人体模型；跟恐怖电影《魔女嘉莉》里面的女主角一样，那模特全身都沾满了血。但那血不像正常的血那样会渐渐变成暗红色，每一天它都像前一天一样鲜红。保罗知道那只不过是些食用色素或是织物染料，但那还是让他觉得恶心，让他忍不住打哆嗦。于是几天之后，他不得不沿着海伊街步行三百码到下个车站去搭车，因为之前他为了避免看到马路对面的那些可怕的东西，闭着眼睛等车，两次错过了公交车。

凯斯提斯的那帮年轻人都去考文垂参加一个万圣节派对了，就在他们自己住的房子附近的一个学生宿舍里。保罗还没想出有什么好理由可以不去。他很想告诉他们，当你自己家里有人去世后，拿死去的人开玩笑并不是什么好玩的事。承认自己晕血也许会让他们放过他，但这可能会让他跟他们讲起他的父亲。一旦话匣子打开，他们就会刨根问底，什么都想知道，而他担心自己的秘密一旦喷涌而出，会很难收住。他提醒自己，这些人当中，肯定有一个把他的号码告诉了卡尔·斯加洛克。尽管他还没想明白为什么他们要这样做，但他还是很肯定。在没有弄清楚这件事之前，他不会相信这里的任何一个人，跟他的父亲无关，自然跟肯·希亚德更无关。如果非要认定一个人的话，他会把注押在迪兰身上。迪兰并没有动机——就保罗看来，他们一直相处得不错——但他是凯斯提斯唯一一个有严重犯罪记录的人。保罗曾一度怀疑他是不是曾通过某个全国性的暴力罪犯纽带认识斯加洛克家的人。他也曾想过是不是就是警察自己干的；事实证明他们完全有手段能控制他，让他在法庭上指控别人，而沃本本人就是个看到保罗就讨厌他的冷酷无情的杂种。即使知道沃本以折磨他为乐，他也不会感到太意外。问题是，即使他查出来是谁干的，他也想不明白那个人为什么要这么干。最近，只有他的妈妈、警察、卢斯，还有德美特知道他的号码。卡尔没有再打过电话，尽管保罗一直觉得只能说到目前为止还没打而已。

周四下午，保罗比平常回来得要早，他在海伊街的小餐馆里点了份外带的咖喱菜，然后背朝着那家玩具店等着。菜做好了，他拎着打包袋，绕着背街的小巷转了一大圈又回到原来的地方。从那家巴尔蒂锅菜馆的厨房里透出一束昏暗的光，正好映在他家房门前。他不想让自己的卧室里有一股咖喱味，所以就直接在厨房的条形灯光下就着外卖的锡箔纸吃了起来。他从沙发上给自己腾出点地儿来坐下，上面摊满了几周前的地方日报，上面除了广告就没什么其他的了。像平常一样，家里只有他一个人。原来挂在墙上的那辆红色自行车已经不在了，不过银色的那辆还挂在那儿。车胎留下的痕迹让它看起来像是直接被骑到墙上去的。保罗很后悔没有把自己的车一起带来。他在埃塞克斯河口湾的环线和一级公路上骑都相当老练，凯斯提斯这些弯弯曲曲的乡村公路就更没问题了。他回想起自己最后一次骑车的场景——那车不是他自己的——保罗努力不让自己去想这些。那天，他的某个波兰室友肯定在家待过一段时间，因为有人往他房间的门缝底下塞进了一封信。白色信封尖尖的角正对着他，让他不由得紧张起来。他在这儿几乎不可能收到别人寄来的信。他的官方住址应该是在戈林；他妈妈花了钱把他们全家的邮寄地址转到那儿的。只有警方知道他现在的真实地址。当然，还有

德美特和卢斯，也许还有英格拉姆也知道。现在路易莎也知道他住在哪儿，但他们天天都会见面，为什么还要写信呢？他看着那个盖有“邮资已付”字样的信封：乳白色的厚厚的高级纸张。正面印着CJS的标志，这组首字母他很熟悉，但一时又想不起来到底是什么。他把信封拿在手里迟疑了很久，希望里面是好消息；但这肯定是官方寄来的，而来自官方的总没什么好事。

是刑事司法局的来信，信里称呼他为西弗斯先生，这让他想到了他的父亲。这封信确认了——就好像他之前就知道这件事，就好像他一直在等着核实结果似的——他将作为起诉方的目击证人出庭丹尼尔一案的审判。信里还说，虽然确切的日期还没有定下来，但应该会在年后。信上说过段时间他还会收到他们的来信，这样他就可以提前两周开始准备出庭了。信的第二页是一张亮闪闪的传单，上面的标题是“作为目击证人你该做什么”。保罗把信读了两次。这显然是弄错了，并且需要尽快更正。出于本能，他关上了卧室的门并上了锁，好像有人要跟踪他进来一般。他害怕极了，就好像是丹尼尔或者卡尔本人亲自把这封信送到他手上的。

他知道自己应该去找谁。他依稀记得把那人的名片当做书签了。他曾经以为他再也不会用到它了。他的书架现在满满的都是书；那名片可能夹在其中的任何一本里。他先翻出了一些简装书，捏着书的封面，书脊朝上抖动着，看看有没有什么东西夹在书页里。什么也没有。每翻过一本书，他就变得更焦躁一些，他发疯似的使劲摇晃着它们，好像它们哪里得罪了他一般。过了一会儿，他放弃了有规律地一本一本找，开始随机地捡起一本就翻，到后来他都分不清楚哪些书已经找过，哪些没有找过了。他抓狂又惶恐地把一本旧货义卖店买的泰瑞·普莱契[①]的书扔到房间的另一头，突然从里面掉出来一样东西。它掉落在地毯上，是张小小的白色长方形卡片，右上角印着埃塞克斯警局的标志。

“你好？”对方是个女人的声音，但并不是他期望的那一个。

“可以帮我找下克莉丝汀吗？”

“肖总督察正在休年假。”那个女人回答道。他猜想电话那头是那个又矮又胖的短发女人，他刚进警局那天就是她给他作的登记。

“你是哪位？”

“我是保罗·西弗斯，是关于丹尼尔·斯加洛克的案子的。”

“谁？哦，稍等，我知道了。我帮你把电话接给她组里的另一个人。”

他就知道那个人应该是沃本。

“西弗斯先生。”探长的声音充满了讽刺的意味，“菜园子里的生活怎么样？你现在可以开大型割草机了吧？”

“现在不是割草的季节。”保罗脱口而出。沃本笑了起来：“听着，我觉得你们弄错了。我今天早上收到一封信，说我要出庭丹尼尔的审判。但我已经作了陈述了。”

“是的，那些很有帮助。”

“所以我以为我不需要再出庭了。”

---

① 英国知名作家，他擅长的文学作品为奇幻文学。

“谁告诉你的？”

“你说的。你说——”

“我说针对这个案子我们不会指控你，而我们的确没有。这是起谋杀案。你是我们的王牌目击证人。你的证词可以将他制伏。你在证人席上的表现可以将他定罪。”

保罗简直难以置信他之前是多么的天真。即使在最坏的情况下，他也想要再见丹尼尔一面。他把电话的话筒贴到自己的脖子上。他得冷静一会儿才能继续说话。其间，沃本开始大声地嚼着什么东西，口香糖或是太妃糖，保罗甚至可以听到他的手指在键盘上敲击的声音。

“我觉得是你把我诱骗到这个局里面来的。”

“哦，老兄，瞎说什么呢？”沃本说道。

“那克莉丝汀什么时候回来？”保罗问道。

“下周一，但她告诉你的肯定跟我告诉你的一模一样。”沃本说道，他暂时放下了键盘，嘴里也不嚼了，“听好，我去帮你找个证人保护的电话。他们会告诉你该准备什么，该怎么应付那些辩护状和律师。你会没事的。”

那头传来听筒被搁下的声音，然后电话就断了。保罗飞奔下楼梯，冲进卫生间里，把那份价值4.95英镑的羊肉巴尔蒂锅菜全吐了出来。

Chapter 26 万圣节之夜

第二天是万圣节，天似乎比平时亮得早些。保罗早上五点就惊醒了，那个时候，夜晚的鸽子叫和时不时的马达轰鸣声正渐渐退去，取而代之的是从五点开始海伊街上来来往往的运货车发出的嘈杂声。五点，是一个人们心理上的时间分割点：要是时钟上显示的是四点五十九，那他也许还会去睡个回笼觉，但如果已经到了五点，那就是可以开始新的一天的时候了。他自我安慰地想，疲劳会让他接下来的那晚不再失眠，所以他就利用这段时间把散落一地的书重新放回到书架上去，顺便借此机会将它们按照作者重新分类摆放。七点还没到，书就已经全部整理好了。那封信他都已经能背下来了。信里的一字一句，还有昨天和沃本的谈话，都在他脑海里一遍又一遍地回放，直到最后他实在受不了了，大喊出来。他不能再待在这屋子里了。

他搭上了一班比平时早很多的公车；车上全是赶去上班的，没几个学生，车厢里静得像太平间。其中有几个人脖子上挂着大学

工作人员证件。他很好奇这些人在学生还没来学校前的两三个钟头里都干些什么。保罗尽力不去想，要是自己跟这些人一样，那他的生活又会是怎样，艾米丽去大学里看他，丹尼尔仍然留在格雷斯高中，想着他去了哪里。

路易莎是唯一已经到了的。她离那儿的路程最短，所以她总是第一个到。她从洗漱间出来，穿着跟平时一样的牛仔裤和夹克，但头上包着条白色的毛巾。这总算让他明白了她是在哪儿洗的澡。在那儿的淋浴间洗头发可不是件什么舒服的事；水可能很烫，喷水的压力龙头就像个橡胶软管，而且屋里也没有暖气。

“你可真早啊。”她瞪着他，让他不敢对她头上那条不合时宜的毛巾作什么评价。

“睡不着。”保罗应道。

“我了解那种感觉。”她朝他淡淡一笑，带着一分伤感。

这天，英格拉姆安排保罗在开工的头一个钟头里跟着路易莎做事。在办公室里，他负责把电子邮件打印出来，并在网站上发布一些征集园艺发烧友的帖子，他们互相交换种子和植物根茎就如同小孩子交换足球明星卡片一样。完工后，她惊讶地感叹了句：“你动作也太快了点吧！你做这些看起来像超容易似的！”一开始保罗还以为她是在嘲弄他。他之前从没有遇到过对技术如此一窍不通的人。虽然她在其他方面的聪明才智显而易见，但就跟丹尼尔一样，她也需要某些方面的帮助。

午饭前，保罗签收了一批运来的幼苗。那些长在混合肥料堆里的小幼枝看起来就像是将死的野草，但从他签收的那张单据上来，看这几根小苗要二百英镑。他把那张收据揉成一团，塞进自己的羊毛衫袋里，然后把这些幼苗直接送去给路易莎。她在花房里，正跪在一些奇奇怪怪的设备上。当她看到保罗给她送来的东西时，她兴奋得直拍手。当他转身离开时，他听到她用儿语在跟那些小幼苗说话。她真是疯到家了。他本想在酒吧吃午餐时告诉卢斯和其他人他今天的所见所闻，但仔细想想，他发现在背后跟别人说些她的小秘密，他也得不到什么好处。

那顿午饭他们吃了两小时，回到庄园不到半小时，德美特就来接英格拉姆，带着他们的双胞胎玩“不给糖就捣蛋”[1]去了。这样一来，路易莎就成了在场的人中资历最老的一个了；四点钟的时候，路易莎把钥匙给了卢斯，拜托他今天替她锁门。到处都弥漫着狂欢节的气息。有人从花房里弄来几个干瘪的小南瓜，朱蒂正用刀在瓜瓤上粗糙地雕刻出眼睛和嘴巴，保罗不怎么喜欢那把刀的样子。迪兰从餐厅的橱柜里翻出来一箱健力士[2]啤酒，给每人分了一瓶。

“为什么是黑啤？”保罗问道，他更偏好贮藏淡啤或者苹果酒。

“这是传统，不是吗？”

“那是圣帕特里克节喝的，你这个笨蛋。”卢斯一边说一边打开了瓶盖。他们把那个装酒的板条箱搬到了别墅里。保罗绞尽脑汁想找个回利明顿的理由，他甚至考虑过在他们开始找他之前就溜走，但他不自觉地就会出神想到那个更令他头疼的问题，于是脑子里一团糨糊。下午五点钟的时候，他发现自己正和其他人一起在公

① 指万圣节孩子们挨家逐户要糖果等礼物，如不遂愿便恶作剧一番的风俗。

② 英国一著名烈性黑啤酒品牌。

交车站等车，站在站台的棚下面喝着酒。卢斯不停地用他围巾的一端轻轻抽打着朱蒂，直到她尖叫着跑到马路中间去了。一辆车沿着路边缓缓地开来，以此表示对他们这样在路上打闹的不满，直到迪兰一把抓起自己的裤裆，朝司机的方向比了个谁都看得很明白的手指，那辆车才又加速开走了。他们的嬉闹让保罗感到难以忍受的压抑。要是他再多喝点儿，他的戒备心就会松懈，他就会屈服于心里那股越来越难以抗拒的冲动，以至于逐字逐句地把那封CJS寄来的信给背出来。要是他不继续喝酒的话，整个晚上的派对他都没办法真正融入进去，会过度敏感，时刻警惕着假的血、真的血，纠缠在他脑海里的死去的人，还有外面那些想来抓他的人。无论他怎么做，都糟糕透顶。在公车到来前的五分钟，他突然一拍自己牛仔裤上的口袋，说道：

“糟了！我手机忘记带来了。你们先走，我就来，好吗？”

“那你赶不上车了。”卢斯说道。

“我不搭车去，我会走过去的。”说着保罗就开始往回跑，但一跑出他们的视野，他就立即放慢了脚步。他在那条新浇筑的骑径头上停下了脚步，等待着公车的刹车声和关门声，那将意味着他们的公车已经开走。只剩下他一个人了。一阵微风吹过，那些幼苗的顶梢随风摇摆着。在渐渐变暗的暮光中，那条骑径看起来似乎比平时长了一倍。别墅占据着最高处，它的那些尖顶看起来更加阴沉了，别墅后方在空中疾行的云朵让他有一种错觉，似乎那幢别墅正轰鸣着向他这边压过来。突然间，像个孩子一般，保罗猛然意识到今天是万圣节。他是喝得有点多了，但还没醉到让他什么都不记得的地步。最简单的办法就是继续喝酒，他知道迪兰在别墅一角的防水布下面还留了几罐酒。他看了看手机；在下一班去利明顿的车发车之前还有一个钟头。他给卢斯发了条信息，跟他说他一会儿会赶上他们，然后自己爬上了那个圆丘。还剩四罐健力士。拉开酒瓶拉环发出的脆响好似枪声在四周回荡。

喝酒对他来说有时管用，有时又不管用。今天就没有效果。喝下去的酒不但没有消除他的忧虑反而更加剧了他的担心。他想象着法院大楼的里面会是什么模样，他以前只在电视剧里看到过一些场景，里面全是戴着银白假发的老男人。那将会是他平生第一次这样直面丹尼尔跟他对着干，而刑事法庭正好是个非常合适的公共场所。第四罐，也是最后一罐酒已经见底了，但他还是无法让自己放松下来。他开始变得躁动不安。一想到自己的命运已经完完全全地掌握在律师和警察手里，他就觉得即便再克制自己似乎也无济于事。他在别墅的墙角下撒了泡尿，接着爬上了一处摇摇欲坠的壁架。夜幕四垂，只有零星的几簇亮光打破这份黑暗，那是邻近的村庄，而那从远处低矮的小山丘后面透过来的橙黄色的昏暗光亮，一定是利明顿了。他转过身子，看到了另一处光，银白色的灯光从歪歪扭扭的砖墙上面透出来，那是路易莎在家。他踮起脚，想看得更清楚些。突然脚下有什么东西一松，那个壁架整个垮掉了。保罗站在小丘陡峭的边缘上，失去了重心，还好他急中生智靠手臂像风车般在空中划了几圈，才没有摔下去，而向后跌坐在别墅这侧的地上。跌倒时尾骨着地，钻心地疼。他是被吓着了，伤倒不是很严重，但那份疼痛让他顿时清醒了许多，孤单和害怕攫住了他的心。

那一刻，他突然很渴望能有个人来安抚他；他好想有个人能抱抱他，或者温柔地跟他说说贴心话，但他妈妈跟他隔得那么远，艾米丽更不可能再靠近他，即便是克莉丝汀，那曾用温柔的嗓音答应保护他的人，现在也背叛他了。他只需要有个温和的人能告诉他一切都会好起来的。这样的安慰不需要是真的——也不可能是真的，他早已经走了太远，不可能再回到一切都会好起来的那一步了——但他仍需要有人跟他这样说。

他深一脚浅一脚地走过纠结交织的灌木丛，风带来的水潭的臭味钻进他的鼻孔。他始终保持一手扶着围墙走。要是走错了一两步，就有可能会陷进池塘周围的泥潭，或者迷失进灌木丛里，在那儿过夜了。路易莎也许蒙着眼睛也能从这儿走出去，但他只在白天走过这条路，一路上还到处磕磕绊绊的。四周的树枝像骷髅一般发出咯啦啦的声响；有几次他甚至怕得不知所措了，但那寻求安慰的本能的渴望驱使着他继续向前。他沿着围墙笨手笨脚地往前走，转了个小弯，前面的灯光变得稍微亮些了。他摸索着门闩，弄了好一会儿才把门打开，灯光透过拱门映出来，好似是从房间里照出来的一般。

“是谁在那儿？”一个发抖的声音从屋里传出。已经迟了，他刚意识到，他刚才一路折断树枝的咔吧声和他爆粗口的咒骂声。她一定吓坏了。他站在原地不动了。

“路易莎，是我，是保罗。”屋里有个人影闪过，然后是门闩打开的声音。路易莎开了门；屋里的热气扑面而来，像是打开了烤箱的门。那份温暖简直让他窒息，同时之前想说的那些话也全都失去了意义。路易莎看起来跟平常不太一样，她的头发在脸的一侧被束起来了，脸上化了深色的妆，这样她看起来比平时更年轻，同时也更成熟了些。她裹着条海军蓝的毯子，上面绣着星星和月亮的花纹。只有脚和脖子露在外面，但都是光光的。她伸开双臂，把保罗拥入那柔软的毯子里。毯子下面，她一丝不挂，她的身体柔软又炽热，而他的冰冷又僵硬。但当他抚摸她的时候她并没有避开。说不上是谁先主动的，但那个吻发生得如此自然而不可避免。她的唇尝起来是威士忌的味道。他用脚把身后的门关上了，陷入她那无须言语的温存。不论是谁，都会认为她已经为他守候了很多年。

Chapter 27 丹尼尔的西服

2009年6月

丹尼尔那套崭新的西服是保罗·史密斯[①]的，是他们父子俩难得有次去伦敦西区的时候买的。他穿着它在保罗面前滑稽地走起了猫步，在那个狭小的客厅里，摆出各种搞笑的造型，学平面广告模特那样指着远处某个地方，还假装冲着相机撅嘴。在和艾米丽发生那件事后，保罗觉得自己很难再面对丹尼尔，但他也只好勉强地笑了笑。也许他是在嘲笑自己，他心里很明白，但他那身行头看起来确实不赖。买那件衣服是出于什么考虑他不得而知。那套西服要六百五十英镑呢；用这笔钱，丹尼尔可以买整整一衣橱他更有可能会穿的衣服。

“有什么人要结婚了？”他去问卡尔。眼下，跟卡尔说话要比跟丹尼尔说话轻松多了。他希望不是个葬礼。所有的葬礼都会使他想起他的父亲。

① 保罗·史密斯是世界知名的英国时尚品牌。

“不是。”卡尔说道。

“洗礼仪式？”保罗又问道，虽然他明知这种可能性很小。

“也不对。”卡尔说着，似乎很享受这种猜谜的过程。

“那到底是什么状况？”保罗说道，“他的那身行头？”

“是为了上法院用的，你这兔崽子。”卡尔深情地说道。丹尼尔顿时绷起了脸，关于他那套西服的神话突然破灭了。保罗原先只是对丹尼尔很生气，现在他也替丹尼尔难过起来。那个时候，丹尼尔已经被警察警告过了，但也仅仅是警告而已。社会上大多数人都看不起你，把你当做劣等公民来对待已经是件很糟糕的事了，而如果你自己的父亲也觉得你需要一套当被告人的时候专门穿的衣服，你差不多彻底没希望了。但他知道卡尔是不会那样想的；他会把这身衣服看做某件人生大事的庆祝仪式，而他提前帮儿子买好了这套衣服，就像是对他未来投资的一种方式，好像其他父母送自己的孩子去驾校一样。

在那次之后，保罗只看见过一回丹尼尔穿那套西服。他那天已经到学校了，却发现忘记带存了历史课作业的记忆棒了。那是一份很长的报告，要在当天中午上交。他前一天晚上反反复复地修改着那篇论文，一直弄到凌晨两三点才睡。早上醒来后（已经迟了），他觉得很累，就忘了把那该死的东西带来了。回到丹尼尔家里，才刚十点钟。他以为丹尼尔和卡尔都还睡着，所以就轻悄悄地进了门。迪塞尔在楼梯底下打着呼噜，睁开一只眼睛，看到是保罗，草草地舔了舔他的手，就又接着打盹去了。保罗脱了鞋子，踮着脚上了楼梯，希望拿记忆棒的时候不会吵醒丹尼尔。

丹尼尔已经起来了。从卧室的门缝里保罗看见了他，头发打理好了，西服穿好了，正站在一面全身镜前。保罗心里奇怪，是什么样的约会能让丹尼尔一大早就西装革履准备出门啊。接着他注意到了丹尼尔手里捧着的东西。那是本历史教科书，厚厚的一本，讲的全是些关于内战时期的事情，课本乏味至极，即便是保罗这样对那段历史相当感兴趣的人都觉得读起来很吃力。书在中间被翻开了。丹尼尔迅速地翻动着那些薄薄的纸张，并时不时看看镜中的自己。他总是偷偷地、飞快地瞥一眼镜子，似乎只要他动作够快，他就可以捕捉到自己读书时的样子。保罗觉得很尴尬。即便是撞到他在上厕所，甚至是打飞机，也要比在他可怜地幻想一下的时候打搅他来得好接受。丹尼尔换了个位置，坐在床沿上，那儿通常是保罗学习的时候坐的位置。他又翻了一遍那些他完全看不明白的书页。有时，他会抬起头看看镜子里，点点头，似乎在思考或是对刚刚读到的东西表示赞同。那一幕深深触动了保罗的心，让他暂时忘记了最近发生的不愉快，并重新把他带回到他们最初在一起的美好日子。

保罗希望自己不要再为过去感到自责，希望自己可以假装漠不关心，当他为了更伟大更美好的事情抛弃丹尼尔的时候，他一个人就会生活在这样的状况中。他屏住呼吸，一路下了楼梯。他去门厅故意把前门大声地关上，又去逗了迪塞尔一番，然后进了厨房叮叮当当地烤起了面包。当他再次去卧室拿记忆棒的时

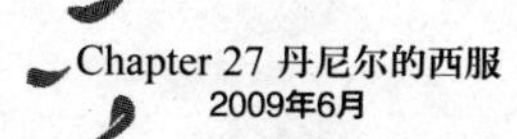

候，丹尼尔已经换上了拳击短裤，站在乱糟糟的床前，就好像他是刚起来似的。只是他的头发露了破绽，带着发胶，光鲜亮丽。那本讲内战的历史书堆在那摞书的第二本，正是保罗原来放着的位置。

Chapter 28 跟踪

1989年5月

路易莎穿着米兰达的运动衫，拉起上面灰色的帽子罩在头上，然后借着一辆锃亮的黑色汽车的车身照了照自己的形象。无论从外形上或心理上说，她都认不出那还是她自己，但是是亚当逼得她别无选择的。要想真正了解他，这是她能想到的唯一办法。她不知道他从他们一起相拥入眠的床上起来之后都去了哪里，这对她来说是种折磨。最直截了当的方式就是当面问他，但是即便只是想去他家里看看这样小小的请求都能引得他勃然大怒。每天，她都有那么多想问他的问题，但是话到嘴边她都忍住把它们咽回去了，于是那些话就像是一只只小手在她的喉咙眼使劲推搡着。她总会设想一些最糟糕的情景，然后等他一回来，她就会趁他不注意偷偷地检查他衣服上有没有红色的长发遗落。人们就是因为像这样每天提心吊胆疑神疑鬼才会得癌症的；她甚至能感觉到自己身体里的细胞每天都在发生变化。除了食物之外，她更多的是依靠巴哈急救花疗精油过活，但那一小瓶精油已经不再强劲，它的魔力也不再奏效了。只有

了解真相才是真正的解药。她已经差不多接受了他还有别的女人。现在问题的关键在于细节。

后院的门正要关上的时候她从门缝钻了出来。他就走在她前面一百码左右。他本应在那儿向右转到克伦威尔路，然后搭公车回牧人丛的住处的，但他却拐向了左边。她跟踪他还不到半分钟，就已经被她抓住他对她撒谎了。他在一个公交车站前停下来，经过那个站的所有公车都是去往哈姆斯密方向的。她斜靠着一堵墙，观察着他等车。他从背包里掏出随身听，塞上耳机，闭上双眼。路易莎离得太远了，没办法听到他耳机里漏出来的音乐，但是根据他的口型，她明白他是在听他自己的歌。她不敢冒险把风帽摘下来，尽管她已经开始觉得自己头上戴的是顶熊皮毛的帽子。一个时髦的女孩儿牵着条狮子狗走过来，在他旁边停下脚步痴痴地欣赏了一会儿。路易莎脑海中闪过一个画面：她将那女孩儿一把推到了正在进站的公车轮子底下去。

跟在他后面跳上一辆红色双层巴士是这世界上再简单不过的事情。他两步并一步地爬上台阶，她紧贴着站牌柱子躲着，等到车子马上就要开动了才跳上车。她小心翼翼地穿过楼梯扶手张望着，动作很慢，像是一只刚来到陌生地域的动物。他坐在最前排，谢天谢地，她于是挑了个后排的位子坐下。当售票员问她要去哪儿时，她才意识到她并不知道目的地，于是她小声地应了句“终点站”，票价七十便士。亚当有公交卡，就是放在钱夹里带照片的那种卡。她之前从来没有看见过。她想知道他的口袋里还有些什么别的东西，又心想是不是时候该弄弄清楚了。但那要取

决于今天的战果如何。车子在哈姆斯密路上缓慢地开着，经过奥林匹亚街[①]的时候简直还不如她走得快，她突然感到浑身一阵倒胃的激动。那儿正在举办个什么婚纱秀；年轻的情侣，还有跟妈妈一起来的女孩儿们都提着各种名牌的大大小小的购物袋拥挤在人行道上。亚当把腿跷起来搁在风挡玻璃下面的隔板上，靴子底贴着玻璃，一边不停地看表。

她把有可能的不可能的都想了一遍。他之前一直是个花花公子。他总是很神秘，又不愿安分于一段稳定的感情。而且她又抓到他对她说谎。他同时在跟别的什么人约会已经是个不争的事实了，但这其中的细节和详情却多得有如伦敦的女人般数也数不清。他是要去见那个红发女郎吗，还是趁哪个女人的丈夫不在的时候去她家，还是在学校的午休时间去找小女生?

车窗只开了一条缝，双层巴士的上层车厢又闷又热。她罩在风帽下面快要晕过去了，但又不敢摘下它，心里思忖着自己什么时候变成躲在公车后面跟踪自己男友的那种女人了。全是亚当的错，都是因为他的神秘和谎言，才把她逼到这一步的。忽然间，跟前男友的一段对话浮现在脑海；他说了什么来着？“要是我的占有欲太过强烈，那是因为我太爱你。”她曾对他那么冷淡，当然最后还甩了他，但她现在原谅了他，因为她终于明白了。她明白了猜忌并不是你能控制的，而是一种受罪，没有人会愿意受这种苦。

公车摇摇晃晃地开到哈姆斯密天桥下面时他站了起来。他绕着

---

① 奥林匹亚街在肯辛顿附近，就是路易莎工作的地方。

旋转楼梯下去的时候几乎要碰到她，她蜷缩成一团，他也没有再多看她一眼。下车时路易莎一脚踩空了，还好一把抓住正好路过的行人才没直接摔到臭水沟里去。她花了半分钟时间才让那个中年妇女相信她没有要抢劫她的意思，而就在那段时间里，城市的喧嚣已经将他吞没了。哈姆斯密已经不像从前那样是她所熟悉的了；那个环形交叉路口变成了一片建筑工地，一栋建了一半的写字楼在地铁站的正上方。一台气压钻机轰轰地响着，扰乱了她的思绪。人行道上挤满了人——逛街的、上班的白领，还有靠补助金生活的人——朝各种方向推搡着。他可能朝任何一个方向去了。她几乎想在人群里大喊出他的名字。

终于，她在交通安全岛上看见了他，正在等红绿灯上那个红色的小人变色，就在奥帝安影院的对面。尽管那地方叫哈姆斯密奥帝安影院，但它其实不只是个电影院，它已经变成了一个大剧院，举办各种乐队的演出，当然是那些和格拉斯哥相比比较成功的乐队。离这样一个在业内名气颇高的地方如此之近，对亚当来说，是鼓舞了他，让他气馁了呢，还是引得他心生嫉妒？要是能有种通行证，能允许访问他大脑里的所有区域，哪怕只有一小时，她也愿意拿任何东西来交换。影院的前门都关着。亚当走过了那排门，钻进了夹在奥帝安和一家破破烂烂的小酒吧后门之间的一个侧院里，酒吧外面的墙上画着只巨嘴鸟，斑斑驳驳的。等到她终于穿过隔在他们中间的三条人行横道后，他已经消失在一堆银色的啤酒桶后面了。路易莎满头大汗，但仍然戴着风帽，在那个院子里来回走了两趟。唯一有可能的就是他通过一扇奥帝安的边门进去了，门上标着“员工专用”。门旁有个门禁数字键盘。

那意味着什么？是乐队最近取得了什么突破性的进展而他没有告诉她吗？是她低估他了？她还没来得及就这个新发现的问题多想，那扇侧门就又打开了，里面走出来的人正是他。她蹲在那堆啤酒桶后面躲着。亚当穿着件水蓝色的短袖外衣，是那种在办公室里给人端茶的小姐们穿的款式，只见他一手提着一个装得满满的垃圾袋，然后把它们扔进了靠墙的垃圾箱里。路易莎很想弄明白到底是什么状况。过了几分钟他又出来了，这次是拎着一个拖把和一只水桶。她所看见的这一切让她顿时心碎了，但同时又安慰了她那焦灼的心。难怪他要那么偷偷摸摸，又难以启齿了；他负责清扫这家剧院的舞台，而那片舞台本应该是供他展示他的才华的。他向她隐瞒这些一定是出于骄傲的自尊心而不是不信任她。她屏住了呼吸；因为要是现在被他发现她跟踪他，那会是个大麻烦。看着他穿着脏兮兮的工作服的样子，她对他的爱比往常的任何时候都愈加浓烈了一些。她会挑个合适的时候再跟他说，她其实知道他干的这份秘密的工作。也许她永远也不会告诉他。这是个多么单纯的秘密啊。

她一直等走回到哈姆斯密路上才摘下了风帽。暮春的暖风抚过她的脸颊，她从来没有感觉如此惬意过。唯一的遗憾是他还没法亲口告诉她这些事，但他会的，那份信任和亲密都会慢慢建立起来的，只要她能忍住不要逼他太紧。

还没开门，她就知道一定是戴文在后院里；香料、咖喱和洋葱的香味从排风扇里一直飘出来。戴文最拿手的就是做菜了。昨

天他做的美食她已经吃到实在吃不下了，而今天，她吃完两份他做的咖喱素食后又添了一碗。他本人正好性子地和尼克讨论着，适当加一点点印度酥油大家都会挺喜欢的。而尼克则坚持觉得葵花子油才最好，他一再强调着不饱和脂肪对健康的好处。不管这道菜是用哪种油做的，路易莎都觉得好吃：她又往自己的盘子里添了第三份咖喱菜。

“看见你乖乖吃饭真好，”尼克说道，“知道吗，如果你想要减肥，那最好的办法就是要均衡饮食，加上运动。饥饿疗法只会让你的身体丧失水分和肌肉，而脂肪还是不会消耗掉的。那个健身房的会员卡，你什么时候想要都可以。”

“我有个更好的主意。你为什么不直接把钱给我，这样我就能去俱乐部了？跳跳舞也是种锻炼。”

“听上去不错，但如果是喝了六杯苹果酒之后跟着仁慈姐妹[1]的歌扭扭腰什么的可不算，”莉娅补充道，“你今天心情不错哦。他叫什么名字？”

“见鬼哈。”路易莎大叫道。她朝米兰达警告性地瞪了一眼，但她妹妹似乎并不想跟她争论孰对孰错：相反的，她正用一种带着家长般的忧虑的眼神看着她。米兰达的问题在于，她永远也不能理解任何跟她自己的恋爱经历不一样的感情。

她已经不再期待他打电话来了，而果不出所料，他偏在这个时候打来了电话。这一回，他那轻松愉快的语气绝不是装出

① 20世纪80年代源于英国利兹的哥特式摇滚乐队。

来的。

“你还好不？”亚当问道，“我觉得你有些疏远我哦。”

如果他说疏远的意思是她不再求着要多见他几面的话，他说对了。之前她假装出来的冷静从来都没有奏效过，而这次不一样了，因为他邀请她第二天去他们在牧人丛的排练室看他们彩排。好奇心终于能得到满足，加上刚吃了好多调料浓重的主食，她感觉像是服了鸦片剂似的发困。没过几分钟她就睡着了。

Chapter 28 跟踪

1989年5月

Chapter 29 宏大计划

2009年11月

保罗突然惊醒过来，脑子里还记得昨晚发生的事，完全不敢相信那是真的，但当他转向自己的左手边，他再不相信也得相信了。路易莎现在安安静静地躺着，但就在几小时之前，她是那么地充满活力。让他难以忘怀的是他俩翻云覆雨时的动作。难道本来就应该是那样的吗？跟姬玛的那回僵硬的感觉截然相反。但那并不意味着这次就很棒。他现在明白了，糟糕的性爱的反义词，仅仅是另一种形式的糟糕而已。尽管他还是很享受的，至少其间有十秒钟确实如此，但他知道他没有表现得很好，或者说，他甚至都不太明白到底发生了什么。他去她那儿是为了找个人倾诉关于丹尼尔的事的；他本来寻求的只是一只耳朵，却得到了整个身体。

他口干舌燥；朝屋子四周看了看，想找些水喝。屋子里只零星地点了几盏老式的既不健康也不安全的油灯，散落在桌子和架子上。他很确定在她让他进屋之前这些灯就已经点着了。他可以闻到淡淡的油味儿，还有那令人恶心的鸡蛋味的气体。而这些味道都被一种奇怪的草药味给掩盖了，路易莎走到哪里，那种味道似乎就会跟到哪里。他没看到有水瓶或者水壶，只看见到处都是书。他脑袋旁边就有个整整齐齐地码着一堆书的架子。都不是他喜欢看的正常的书；那些书的形状、大小，还有封面都奇奇怪怪的，书名都是些像“自己动手种草药”或者“女性园丁简史”之类的。

他掀开至少两床羽绒被还有一条滑溜溜的床单之后，终于下了床，但立马冻得起了一身的鸡皮疙瘩。他走到一张折叠桌前摸索着有没有杯子或者瓶子。桌上有一张装在相框里的照片，在她旁边的那个女孩儿肯定是她妹妹，她俩都穿着莎丽服，另外还有十来张用蓝色贴墙胶贴在斑斑驳驳的镶面墙板上的快照，照片上都是两个长着深色眼睛、卷曲头发的孩子。还是没找到水。架子上摆着许多瓶子，但都是不能用来喝水的玻璃药剂瓶，大大小小的瓶身上贴满了被油浸透的标签。之前闻到的那股奇怪的味道就是从这儿发出的，离得近的时候闻起来相当馥郁。

最后，在旅行拖车黑蒙蒙的车厢后部，他找到了一个带水龙头的小水槽。他把嘴凑到龙头下面想接点水喝，但没料到水噼噼啪啪地溅到水槽里，弄出很大的声响。保罗马上关了龙头，转过身看看路易莎。她看起来并没有被打扰到。他被一条粗大的像虫子一样的管子绊了一跤，那管道连接着煤气取暖炉，炉子几乎把车的这半边都占满了。炉面上有一丝温热，但它并没有散发出什么热量。

突然他感觉又冷又疲倦，于是又钻回到被窝里去了。路易莎的身体既有海绵般柔软的部分，又有紧实的肌肉，她的肌肤是他所触摸过的最柔软的东西。他心里想着她醒来后会不会想要再做

一次。他被自己的这个念头给吓到了。尽管他很口渴，但他仍然感到膀胱胀胀的，如果他想再做一次，得先尿个尿。他就这么纠结着又睡着了。

路易莎其实听到了水溅到水槽里的声音，也感觉到保罗之后又回到了床上，但她一直装着睡着，直到保罗的呼吸变得缓慢而平静了。她到底在想什么？她回忆着离开伦敦之后在一起过的男人们：直到现在她挑的几个都还不错，虽然年龄越来越大，她挑男人身体的眼光也越来越好了。很棒的床上功夫是那些男人的唯一共同点，她见识过棕色皮肤的、白皮肤的，中年的和年轻的，尽管从来没有像这次这么年轻的。她会闭上眼睛，假想是亚当压在她身体上面，在她下面、旁边，进入她的身体，但没有一次，没有一个人曾怀疑过她会有那样的想法。就像那为了纪念他的仪式一样，她知道那是一种荒唐，甚至危险的冲动，但她无法控制自己想要再次靠近他的欲望。话说回来，也只有那样才能让她达到高潮。

大概是她已经在心里幻想了太久保罗这个替身，以至于当一切真的发生时并没有那么完美。她其实一直在期待奇迹的出现，而她现在才终于醒悟；她幻想死者能够复活。第一个吻还不错，但之后他的笨拙就逐渐显露出来了。当她拥着一个长相酷似亚当的男人在怀里，也许能勉强骗过她的眼睛，但绝对骗不了她的其他感官。事后屋子被一阵尴尬的沉默充斥着，一个个事实像是指控罪状一般列在她面前：他那么年轻，他那么脆弱，他没有多少性经验，也许还是个处子，而她老得足够当他妈妈，并且尽管她不是他的雇主，但

她也有责任照顾他，要照顾也不是通过这种形式。他也是经她允许进入她的活动房屋的第一个男人——第一个人——也是继亚当和劳伦斯之后，第一个到她家里来的男人，而她这么做让自己处在一个不利的位置。她本可以躲起来，绝不给他开门，但她听到了他的声音，心里想——什么？难道是什么显灵了吗？难道是宿命？她在心里默默地责骂自己被悲伤、愚蠢的浪漫的念头（还有酒）冲昏了头脑。这种事决不能再发生了。她现在所能做的只有想办法尽量弥补错误，但是什么也没想出来。

保罗翻了个身平躺着，她忽然情不自禁地心里有一丝悸动。他长得很俊，又无可救药的那么年轻——她多久没有跟像这么年轻的男孩子一起睡过了，平坦的腹部，皮肤紧实得如同一面鼓。她看他越久，就越觉得他不像亚当。要是把他那头黑色的头发剪短了，她也许永远不会看出两个人长得有哪里相似。

不了解他过去的故事就没办法了解真实的他。他知道她住这儿有多久了？他以前也来过她的旅行拖车吗？如果是的话，那他要么就是真诚得令人感动，要么就是精明得令人害怕。她跟自己说，在凯斯提斯没有一个人的过去是完全清白的，尽管不是每个人的罪状都被一一列在德美特的文件里。他替她保守秘密有几天，或者几周了？（当然，是她比较次要的秘密，因为除了那“第三个人”，没有人知道她最大的秘密，而那“第三个人”也有他自己的理由保持沉默。）

当她再次醒来的时候，闹钟的指针正指向六点。还要一个多小时才会天亮，但她已经睡不着了；要是在工作日，她现在也该起

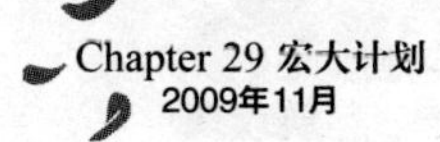

床了。她把自己用星星月亮毯裹起来，踮着脚去了盥洗室，在身后尽可能轻悄悄地带上了门。之前她已经习惯了冲厕所的声响。但现在，她换作自己是第一次来的客人听了听。他肯定被吵醒了。

他确实醒了。她进卧室的时候他已经坐起来了，睡了一觉，他的头发蓬蓬乱乱的。

“麻烦，我可以去趟厕所吗？”他问道，像个五岁的小孩子。

“当然可以。”

他用双手遮住下身，侧身钻进了盥洗室，一路都没有正视她的眼睛。她听到他弄肥皂和水溅起来的声音，猜想他有没有用她的牙刷。回来时，他羞羞答答地一路小跑回床上，又钻进被窝把自己盖起来。这回他看着她，好像在等待她告诉他该做什么似的。很显然，她现在必须站出来掌控局面，但她完全不知道该从何入手。为了帮自己拖延时间，她采取了英国人经典的缓和谈话尴尬的策略。

“嗯。想要来杯茶吗？”她问道。

“好呀。”

她于是转身去忙活着烧水沏茶，很庆幸四处弥漫的水蒸气和开水沸腾的声音将她笼罩。

“茶里要加点儿什么？”

“加两勺糖和奶吧，谢谢。”

“哦。我这儿连糖都没有，太囧了。”

他突然大笑起来，她猜想连他自己都被吓到了。“有什么好笑的？”

“呃。你醒来发现自己跟一个员工睡了一晚。让你觉得囧的并

不是因为你没有糖。”

她也跟着他笑了起来，然后将目光移到了那张床上。“你介意我？……”

“那是你的床啊。”他答道，但他掀开被子的动作明明就像是那是他的床。她钻进被窝，但并没有取下盖在身上的毯子，他俩就这样忸怩地坐着喝茶，谁也没碰谁。

“对不起。”他俩异口同声地蹦出这句话。她感觉又回到了他俩第一次在小丘顶上遇见时的场景；当时就跟现在一样，他俩相互说着对不起，气氛尴尬。

“为什么说对不起？”他问道。

“因为是我太冲动了，”她说道，“是我让你几乎没有办法逃避。”

“没有，”他红着脸应道，“是我该说抱歉，不应该乘虚而入的。”

“那么，你知道我这个活动房屋有多久了？”她要如何才能让他明白这是她的秘密，同时又要给自己留条后路呢？保罗看上去并不知道他此刻占据着多么大的优势。换作一个年龄稍长的男人会立马觉察到这一点。而某一种男人更是会好好利用这一机会。

“几周吧，也许有一个月了。直到那天晚上你开车送我回去，我才知道是你住在这里面。我看见了你车上放着的罐子。那味道不会让你头疼吗？”

“不会啊。你会？”

“不知道。可能是那天酒喝多了吧。住这儿不会得幽闭恐惧

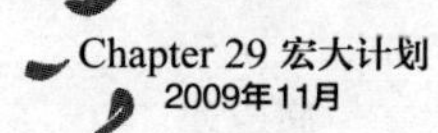

症吗？”

“要是我在哪个办公室或者商店里上班才会得那毛病呢，”路易莎说道，“或者要是我住在城市里。只是，在外面待了一整天之后，我会想……到屋里静一静。”她觉得自己还是说实话比较好，“我可没做什么犯法的事。”

“那你也向英格拉姆交电费了吧，不是吗？”他说道，但是边笑边说的。

“我更愿意把那些钱跟他本该付我的加班费抵消了。”她答道，神情又严肃起来，“我几乎没用过他的电。这儿甚至都不算是凯斯提斯的范围内。我花了点小钱从农民那儿租下这儿的。我一次性交了三年的租金。我几乎不用跟他打照面。听着，保罗。我从没有带过任何和这片庄园有关的人来过这儿，并且我也很高兴——”

“但别人肯定问过你住哪儿？”

“不是每个人都像你好奇心那么强。听着，我会非常——”

“行，好吧，你不想让我告诉其他人。可以，我懂你的意思。”他注视着她的眼睛，完全没有什么防备。她惊讶地发现自己竟那么信任眼前的这个人。她已经多久没有信任任何人了，以至于她花了好几秒的时间才反应过来。

“我不是说笑的。”他说道，过了一会儿又接着说，“但我想问的是，你也算是在某个社区项目服务吗？”这个问题居然问得如此接近事实，不然路易莎会笑出声来的。于是她反问了一句先搪塞过去。

“你为什么这么问呢？”在庄园工作的年轻人之前没有任何一

个问过她这个问题。那帮十几岁的孩子心里只顾着自己，从来没有人想过她也会有一段可怕的过去。

“只是，我觉得我拿到的钱，算是，最少的了吧，但即便是我也能在一栋房子里有自己的一间屋子呀。”

听完这句话，她确实笑出声来。“我待在这儿不是因为我必须这样做。”她说道，“是我自己选择在这儿的。没有人会因为传说中的那笔财富而进入遗产管理这一行，但我觉得没问题。我再告诉你一个秘密——反正多知道一个也没什么坏处——我正在攒钱，已经攒了好多年了。我想要有个自己的花园，不是仅仅做些修复工作然后又继续别的项目的那种，而是可以永远住在里面的那种。比如村舍花园啊或者那一类的。我会自己设计整个花园，绝对要有创造力，而不仅仅是重现历史上的某个场景。哪天哪里有这样的一处地卖，我就能一次性付清买下它了。”她没有提到那个更乏味的理由，那就是她的积蓄几乎不见增值，都存在一个利率很低的活期账户里——以防她临时需要保险费、逃走的路费，或者被人恐吓等不时之需。“每个人都应该有一个宏大的计划。你呢，想做什么，等你——”本来她想说的是“长大后”……“等你结束了这里的工作之后？”她说话的声音越来越小，但那几个没有被说出口的字眼一直在空中盘旋着，就像她把它们清清楚楚地写在了黑板上似的。

“我的算不上是什么宏大的计划。”他说道，“但我知道我想做什么。我想当一名老师。”

“你要去读大学吗？”

“我本来要读的。”他说道，“之后，我也会去的，等

到……”他耸了耸肩。“所有的事现在都被暂时搁置了。”他显然是在暗示之前让他来到凯斯提斯的那件事。她猜不到他过去究竟发生了什么事，就像他也不会了解她的。这个看起来那么羞怯又天真的年轻人能做出什么事来呢？他们送他来这儿是为了让他避开谁？他打了个哈欠，又往被窝里钻了钻；一只冰冷的脚丫蹭着她的大腿。她大叫一声，他立马把脚缩了回去。

“哦上帝啊，抱歉。”他因为这一小小的冒犯而难堪不已，还挺让人感动的，“我还是走好了。”

“留下。”她不假思索就脱口而出了，而令她惊讶的是那也正是她想说的。再继续沉浸于对亚当的幻想一小段时间有什么不好的呢？现在在她床上的这个男孩子虽然没什么经验又很害羞，但他至少身体温热，又是心甘情愿的，而且至少，从他的身上她可以得到些许安慰。“留下来。”她又说了一遍。

他的手跟他的脚一样冰冷，但当他的手指滑过她的腰间，她并没有避开。他试探性地看了她一眼，然后她也用行动来回应他的疑问，她翻身骑上了他的身体。这一次，她并没有闭上眼睛。

Chapter 30 重担
2009年6月

一个阴沉沉的、飘着蒙蒙细雨的下午，卡尔开车回家时动作那么猛烈，速度又很快，甚至有一刻，保罗担心他是不是直接冲进了自己家的前门。他一侧的脸上有块青紫色的肿块，就像保罗有时撞上了硬物之后的那种样子。他还能勉强睁开的那只眼睛瞪得大大的，充满了惊恐。

“丹尼尔在哪儿？”他边说话边呼哧呼哧地喘气。

“他带迪塞尔出去散步了。”保罗应道，注意到卡尔的夹克衫下面露出赤裸的胸口。

“听着，帮我把这个处理掉，快。”他递给保罗一个超市的购物袋，里面看上去像是装了衣服，但是拿在手里感觉稍微沉一些，像是放了块石头。

“是什么？”保罗问道，一边打开袋子想看个究竟。卡尔一把把袋子夺了回去，卷紧了袋口，塞到保罗怀里。

“照做就好了，行不？现在就去！”

Chapter 30 重担
2009年6月

保罗拿了袋子，跑出前门。匆忙间他本来还打算去找找丹尼尔，但背后传来的大吼声让他完全没机会绕弯路走。他一直朝前走，直到来到了河堤。他被卡尔逼急了，硬着头皮穿过他小时候经常挨揍的那个地下通道。一列火车在头上呼啸而过。他气喘吁吁地跑到了河边上的小路。四周没有别的人，也没有小孩，没有婴儿车或者遛狗的人。他转了一圈，背着大路。左手边，码头上交错的起重机挡住了水平面；在河近肯特郡的一侧有些雅皮士的公寓，还有桥，都在雾里若隐若现。唯一在场的只有一艘河面上的拖船。正值涨潮时分，水漫过了黑色的石子河岸。他松开手，把那捆东西投入水中，希望水流能把它带到足够远的地方，最后带到海里。那卷东西随着水流漂着，渐渐松散开来。那个袋子被冲开了，露出里面一件沾满血迹的T恤，随着波浪翻滚了两下，而那把刀则迅速地直接沉入了泰晤士河里，刀口朝下，刺穿了浑浊的河水泛起的泡沫。他的双腿有些颤抖，好像刚才跑的是场马拉松，而不仅仅是一英里而已。

他怕卡尔，害怕卷进他的事情里。这是他第一次看到，卡尔在那间屋子之外的生活的痕迹，更不用说是第一次处理那些了。在家，他们只看到过他慈爱、忠实的一面，但他记得那个男人在做父亲之前曾是一名军人。保罗猜着他一共杀过几个人，也许不仅限于他服役期间。他花了好长时间重新鼓起勇气回到那栋房子。他到家的时候，卡尔正把两个穿制服的警官送出前门，一边略带讽刺又狂妄地嚷着："我告诉过你们了，你们不会找到任何东西的，不是吗？"

丹尼尔正坐着看探索频道，边啃着比萨饼，不时地还捡些上面的食料喂给狗吃。

“他们在上面放了该死的凤尾鱼，搞什么啊。”他的语气就像是什么也没发生似的。卡尔开了三罐啤酒，给每人递了一罐。保罗还没来得及喝上一口，就被卡尔拽进了怀里，动作就像是他在夜店工作时把顾客撂倒在地上的摔跤姿势。

“你是个好孩子，没错，保罗。忠诚，是最重要的……我现在有两个儿子了。你就把我当成第二个老爸好了。”要不是觉得自己脖子的力量根本敌不过卡尔的手臂，保罗一定会让卡尔为这句近似侮辱的话付出代价的。这个凶残的暴徒怎么胆敢把自己跟他那温柔、风趣的完美老爸相提并论？“只要你愿意，想在我们家待多久都没问题，是不是，丹尼尔？”

丹尼尔点了点头。一直压在保罗心头的重担这两天似乎又加重了一倍，本来是丹尼尔，现在又多了他爸。他觉得呼吸越来越困难。

Chapter 31 死讯

1989年5月

牧人丛离这儿有两个邮编区号的距离，在另一个区。路易莎从公车的窗子看出去，是一个集市，最近的一个摊位摆着肥大的女式短衬裤，三条五十便士。不熟悉的味道和嘈杂声从这些小店里冒出来。这儿的生活似乎很悠闲，而她能感到自己雪白的皮肤、另类前卫的衣服，尤其是她手里紧紧攥着的那本全能指南手册，让别人一看到她就知道她不是这儿的人。她离开欧克斯桥路转入一些迷宫似的小街，街两旁都是维多利亚式的房子，一开始是华丽的连栋房屋，但似乎每过一个街区楼就变矮一层，直到她来到了雪松街。整条街，除了街名之外没有一棵树，两旁都是些简陋的低矮门廊，大多是小石子镶嵌的、石砌的，或是粉刷的。门牌10号的门脸坑坑洼洼的，铝质门和窗在腐朽的木头框架里摇摇欲坠。她心里再度升起了之前发现他做清洁工时的那种温柔的怜悯之情：难怪他不想让她知道。她发誓不管进门之后状况会有多糟糕，她都不能让自己表露出丝毫的厌恶感。但现在她还不想进去；她继续向旁边的小巷深处走了一段，在杂草丛生的车辙间找到落脚点，设法侧身经过臭气熏天的垃圾桶，一直循着她能听见的音乐声，那是从……

好吧，是从车库里传出来的。只要他们喜欢还是可以把那个地方称做录音室，但那终究只是个丑陋的预制板搭起来的，连窗子也没一个的车库。在这个……她真的要把这个鬼地方叫做录音室吗？……里面，水泥地上仍然满是汽车留下的斑斑油迹，空气里还弥漫着汽油的味道。

他们正排着一首歌，也没人跟她打声招呼，亚当只点了点头示意他看到她进来了，安吉努努嘴示意她不必拘束。这个地方又潮湿又满是灰尘，没有地方可以坐，除了一张老式的高背扶手椅，而那把椅子的坐垫也不见踪影。那儿还很昏暗：唯一的亮光来自一盏像是工业用的少了支架的聚光灯，上面用很细的白色油漆漆着“哈姆斯密奥帝安影院”字样。他们不断调整它的位置，好让它照亮整个场地，但它总是会慢慢翻转回它的圆形灯罩里去。最后他们只好把它仰天摆着，让它射出的光线看起来像座火山，而这意味着只有天花板——是波纹铁皮和细细的木椽做的——被照亮了，而整个乐队就不得不在黑暗中排练。

亚当说得没错：她之前并没有错过太多。路易莎本来以为会是场专门为她个人准备的秀，但是他们演奏的曲子她甚至一首都没听过。相反，他们断断续续地在练习着新的曲调，每次停下来他们都会争论一些技术上的东西，而路易莎完全一窍不通。亚当和夏伦因为一个混音效果争个不停：亚当觉得夏伦几乎要把他唱

歌的声音给盖过了，而夏伦也越来越不耐烦，坚持说那正是这段歌的目的，他们的回馈意见是把主唱的声音用背景音盖过。本在一旁笑了笑，利用这段空隙把指甲涂成了黑色。安吉时不时地插个嘴，唱个反调，但很显然这场争执是一边倒的。亚当一个人的意愿大过其他所有人的意见之和，而路易莎觉得本来就应该这个样子；没有了他，其他人还算什么呢？一个写歌词的和几个替人录伴奏的。亚当不依不饶地指责着夏伦，而夏伦似乎也逐渐招架不住，态度软下来了。他整个身子都藏进了那件胸口别满了徽章的大衣里。他实际上远不像他那些徽章上的标语那么强硬，路易莎心想，而他极力的辩解是不是也为了掩饰自己的羞涩呢？他还是没有正视过她的眼睛。

“好吧！”夏伦举起双臂，“按你的意思。又是你赢。”

她好奇是不是主唱和写歌的人之间的这种不相容和矛盾是他们创作过程中所必不可少的一部分，要是他们从来不争吵的话，他们的那些歌会不会没那么出色了。

椅子底下全是些废纸屑、传单，还有门票、《爱好者》杂志以及一些照片。其中有些门票都是一年多前的特约演出的票，还有张整个乐队在一个安全出口照的照片。其他三个人当时都穿着黑色的衣服，只有亚当穿着件白色的马甲，白色的牛仔裤，本来这身装扮应该是有点令人尴尬的主流造型，但他却颠覆了这一常规。路易莎简直不敢相信，乐队早期的那些珍贵的唱片就那样随意地到处摆着；这些收藏真该好好整理一下，一一贴进剪贴簿里保存起来。如果他们自己不愿做这些，她愿意来做：那样能很好地体现她支持他们，或许还能让她更好地融入他们。市场上有个女孩儿，卖漂亮的印度笔记本，纸张是手工的，封面是黑色的丝绒织锦。她以前经常在那些小摊前面翻翻看看，很享受手指在那些略微粗糙的手工纸张上抚过的感觉，但她之前从不知道能在里面写些什么或者贴些什么。现在，她总算找到值得放进那些纸张里去的内容了。以后亚当就可以把那个本子展示给他的孩子们看：他们的孩子，她是这样想的。她把地上的一张张纸抚平，展成方形，塞进她的《巴特拉姆草药百科全书》里压平。她还找到一摞现场演唱会的录像带；她记得本说过，他们需要一台盘式录音机把所有的合录成一盘连贯的带子。她也可以帮他们办到，她家客厅里就有一套盘式家用录像系统。她的行李袋刚刚好能塞下所有的录像带。

亚当的传呼机开始哔哔作响，声音渐强渐快。

“哦，亚当，我们跟你说过多少次了，要你在排练的时候关了那玩意儿？”夏伦抗议道。亚当当做没听到，假装在调他的贝司。他的嘴角微微上扬着；他很享受把夏伦惹毛的过程。最后，是本去捡起了传呼机。他看了眼信息，然后又看向亚当，说道：“她？”

路易莎觉得胃里又是一阵翻搅，好像从来就没有停止过这种恶心的感觉。她长久以来的怀疑现在是如此接近戳穿的那一刻，搅得她心神不宁。她仔细观察着亚当，看他有没有一丝内疚，但发现他全然面无表情。

夏伦的耐心终于耗尽了。“能不能请你告诉你的那些小妞儿在

排练的时候别来打扰？”他怒气冲冲地嚷嚷道，好像根本没看见路易莎在场，又也许正是因为她在场的缘故。

亚当慢悠悠地走向窗台，那步伐明显一副故作从容的样子，窗台上放着他的传呼机。他走到离亮光更近的地方，以便能看清楚传呼机上的信息，等他终于看清楚了，他眨了眨眼睛，吞了口口水。

“今天又怎么了？”夏伦说道，“又把哪个的肚子搞大了，还是谁染上病了？”

“滚开。”亚当说道。他从夹克口袋里掏出一张鲜绿色的电话卡，在手里摆弄了一会儿，像是在考虑要不要用它。

“怎么了，亚当？”坐在暗处的路易莎问道。

他没有抬头看她，直接说了句：“我一会儿就回来。”路易莎站了起来，但他接着说道，“我自己一个人去会更快点。”

安吉和本向她投来了局促不安又同情的目光，但没说什么，也正好：要是她不得不开口回答他们，她的嗓音肯定是嘶哑的。路易莎把下巴抵在双膝间，听着其他几个人即兴地弹奏着反复的乐节，就好像什么事也没发生一样。好像过了几小时后亚当才回来。他回来时看起来就像是个幽灵，脸色很不好看。他看起来比以前更加神秘莫测了，却不似之前那种装出来的冷面孔。甚至连本都忍不住打破静寂问他到底怎么了。

“上帝啊，亚当，发生了什么？”

“没什么，”他说话时正对着话筒，然后似乎吃了一惊缩了回来，“反正没什么大事，”他不断地小声念叨着，“我爸今天早上过世了。”

路易莎立马站了起来。乐队的其他三个人都伸出手去安慰他，之后个个面面相觑，又都放下了手臂。

“亚当，要是你不想，我们不必继续……”夏伦先开了口，他的声音里充满了同情，还有点其他的什么东西——毫无疑问，是为之前他那样对他嚷嚷感到抱歉。亚当狠狠地瞪了他一眼，路易莎真的差点以为他会冲上去揍他，夏伦往后退了一步。

“我告诉过你了，没什么好担心的。”亚当说道，“我就是想唱歌而已。来。我们刚才练到哪儿了？我们今天还没练完呢。”接着他开始唱起来，他的声音没有一丝颤抖。如果你闭上双眼，根本觉察不出刚发生了什么事情；他每个音都唱得很准。只有你看着他的脸，看到他那失神的可怕表情，才会意识到有点不对劲。

他们之后没有去他的房间；他想回到路易莎家的后院去。他在如此艰难的时刻需要她让他感到很满足。“葬礼是什么时候？”她问道，“你想让我陪你一道去吗？”

“无所谓，反正我不会去的。”

“哦，亚当。”

“你干吗这么小题大做？我都四年没见过他了。我早就打算永远也不再见他了，现在不也一样吗？”

路易莎脑海里突然联想到了一个跟自己有关的画面，和米兰达还有莉娅出现在她父亲的葬礼上，一身黑色，躲在面纱后面哭泣不已。一想到这个场景她的眼泪就禁不住要往下流，她在心里默默期盼这不是真实的预兆。艾薇拉认识一个有那种能力的女人，她可以

预见死亡。也许她也有点能通灵的征兆。

“但你就不想去那儿陪陪你母亲吗？她会很需要你的。你们可以重新一起生活，不再有他的干扰。”

“她几年前就已经选择了他而不是我，”亚当说道，“对我来说，她就该下地狱。或者是上天堂吧。别那副表情，她会没事的。我肯定他给她留了位置的。”

Chapter 32 帮手

2009年7月

他要打电话的时候会跑去一些秘密的地方打，他过去也是在那儿给艾米丽打电话的，垃圾箱存放处，或者是门都快散架了的空储物间。自从上次她接到他打过去的电话已经过去很久了，而他也明白他们之间慢慢地将越来越淡。即使他能够求得和解，他们之间的感情再也无法像当初他和姬玛出事之前那么纯洁和完美了。丹尼尔一直都在观察着。没有了艾米丽唯一的好处就是他可以自由地去任何他想去的地方。他最近的秘密电话是打给中介的，他们负责将大学里剩余的空位介绍给那些分数不够进第一志愿的学生，或是像他这样到最后一刻才决定要申请的人。他们说没有他的考试成绩他们能做的不多，但他们还是给他寄了一些初期准备工作的文书，结果被他当做银行对账单给忽略了，丹尼尔看到了便问他为什么突然开始收到那么多邮件。

离大学新学期开始只有几个星期了。与此同时，他也想出去转转，但是能去哪儿呢？他是家里的独生子。他祖辈里唯一还健在

的——他的奶奶西弗斯，也跟随她的第二任丈夫去了澳大利亚，据娜塔莉说，奶奶在那边整天喝酒，晒日光浴晒到她的皮肤看上去和斯帕姆午餐肉一个颜色，明亮的粉色伴着点点晒斑。早在几年前，他和奶奶的联系就慢慢少了。他只能跟他妈妈相依为命了，但她现在的状况完全不适合资助他上大学；上一次给她打电话时，是特洛伊接的电话，她在旁边不断地喊着“一切都很好”。她最近服用的药让她变得“疯疯癫癫，很难对付，并且臃肿不堪”，特洛伊是这么说的，“总是又哭又闹，摔门发脾气的”。

保罗知道他想要的那种母亲温柔的怀抱在他妈妈那儿是找不到的。特洛伊仍然没有工作，因为娜塔莉不答应让他做任何和化学药剂和密闭空间有关的工作，而由于这些限制，他的技艺几乎无处施展。不过至少，让保罗唯一欣慰的是特洛伊一定是非常非常地爱他的妈妈，才肯为她做这些事情的。他突然冒出个念头，想要买张欧洲火车通票，去伊比沙岛[①]过暑假，但是单独去一个地方，不得不自己找伴儿不是他的风格。他告诉自己说，花自己的积蓄这样出去玩没有任何意义，因为大学将给他带来他所需要的所有新鲜的经历。他现在在建房互助协会[②]里有将近三十英镑的私房钱，这些钱足够他过一年了，而且到他真的要动身的时候，他又可以再存起五六百英镑了。

他尽力不去想，没有他的丹尼尔会怎么样。在他心底的某个几乎不可探知深度的地方，他还是对抛弃他抱有罪恶感。说再见的

① 西班牙海滨旅游景点。

② 英国一种会员互相筹款、贷款解决住房问题的金融机构。

日子几乎就在眼前了，他的愤怒开始渐渐消退。那份怒气总是在那里，只是保罗将它控制在小火慢炖的程度。毕竟，丹尼尔保护他有五个年头了，而变成他的威胁也就是几个星期的事。晚上，他们继续着他们的作业，把工业园区和街上的公共设施，沿着河口一直弄到埃塞克斯的郊区。有那么几次，丹尼尔注意到保罗压抑住失去艾米丽的痛苦而沉默，而他也只会说些陈词滥调，比如“伙计，她跟你不适合”。保罗则只专注于工作和赚钱，因为成为老师这个梦想变得离他又更近一步了。

“我们可以继续把生意做大，我们还可以卖铅。”丹尼尔说道，这让保罗想到了管子里冰冻的水。

“哦？”

“但要买卖铅的问题在于，你需要几个帮手。我们现在只限于我们两个人的力量，这实在是太低估我们的能力了。要是我们能有两个人在上面，一个在地上接应，那我们能赚到翻番的钱，简直轻而易举啊。”有人敲门。“就是他了。”

透过猫眼，保罗看到了一张消瘦的脸，还有一头竖起的头发。“他？”他低声说道，语气里充满了怀疑。“我上回看见他还是在……”那次派对上的记忆仍然很清晰。

“说实话，我都忘了还有他这个人了。上回他和我爸在准尉酒吧吃午餐时碰到的。他跟我爸一起在林荫道干门卫工作。”

林荫道是绍森德滨海区最大的夜店；卡尔最近开始在那儿干臭名昭著的星期六夜班。那儿的看门保镖都传奇般地腐败和暴力。绝对不会有哪家就业办公室找到更好的配对了。

“我觉得他毕业之后稍微收敛些了。而且我爸似乎觉得他还不错，所以……我们就当是个试验吧。如果他不把事情搞砸，我们就让他入伙。”

哈什走进房间，两条腿跟长长的金属丝似的。他离开学校后就没有长胖过，但他似乎变得更结实了，他那瘦长的身体上其实很有些肌肉，比大多数比他块头大一倍的人都壮。迪塞尔狂吠起来，保罗赞赏地拍了拍它。

“这儿看起来真不赖，”他说道，瞥了瞥藏冷饮的冰箱，“你爸不在？”

“他在工作，”丹尼尔说道，“我们也得工作了。来吧，我们出发。”

他们先绕去废品堆放场，卸下前一天晚上的货，有一扇锻铁的门，他们发现它靠在一面墙上。当时已经是晚上十一点了，但加文仍然在那里，手里捧着杯子，若无其事地跟他们打招呼，好像当时是大中午似的。保罗怀疑他是不是从来都不回家。并不难想象他会睡在一个旧浴缸里，靠火炉来取暖。

“很好，”加文说道，“我可以把这些作为建筑废料卖出去。我认识一个布伦特伍德的女人，想要些维多利亚时期的烟囱顶管，要是你们看到附近有的话，给我弄些来。”

哈什跟加文自我介绍了他的名字，尽管他们如此频繁地来这儿，丹尼尔至今还没有跟加文说过他的名字。他还特别大声地问加文，市场上还需要些什么货。他没有领会加文的意思，那就是你从来不会采取直接的方式，一切都在于细节。

“他俩会教你的。”加文说道。当哈什转过身去后，他对丹尼尔比着口型说道：“你们是从哪儿弄来的这家伙？”

“那个地方太棒了，”他们再次上路时哈什说道，“你们是怎么找到那儿的？”

“我爸叫我去的。”丹尼尔说道。

“你老爸太酷了。”哈什说道，“要是我也有爸爸，我也希望有个像你爸一样的老爸。”

即使是在格雷斯河段区的标准看来，哈什那个少了父亲的家也是名声不太好听的。除了哈什之外，他那令人生畏的妈妈有六个女儿，每个女儿都继承了她们母亲的红色头发，而她们各自的父亲的基因很显然败下阵来了。

“他有没有跟什么人在约会？因为我妈妈——”

“哈什，我正在专心集中精神开车。”

“哦，好吧。”

当丹尼尔向哈什重新叙述一遍他们偷窃的原则时，保罗的余光看到白色的线条不断闪烁着。那让保罗回忆起自己关于认路标的义务，以及根据他自己的奇怪又随意的道德标准添加的几条；例如，罗马天主教教堂就是个挺好的目标，因为教皇是个纳粹分子，而且所有的主教都是小孩子，但是英国国教教堂就动不得了。哈什全神贯注地听着。

“都是真的吗，关于天主教的那些？”他问道。保罗心里突然冒出一个疯狂的念头，让哈什接手他的工作替丹尼尔识字。在他飞去他未来的大学之前，仍然有时间训练个接班人出来。

“我向上帝发誓，”丹尼尔说道，“跟那些有关的我都读过。”保罗顿时又觉得希望渺茫。显然，丹尼尔是从电视纪录片里看来的，跟他了解其他东西的方式相同。要是哈什想要真正成为他们圈子里的一员，就必须了解丹尼尔不识字这个事实。但丹尼尔自己肯定不会主动透露这一点，而让保罗来说也根本不可能。

“你为什么不直接装个卫星导航仪呢？”哈什问道，“这样就不用那么费劲地查地图了。”

“那是保罗的事，”丹尼尔应道，“他喜欢查地图。”

他们穿过了一道狭窄的维多利亚式的拱门，这拱门横架在一条火车隧道的筑堤两端。那道门每次只能通过一辆汽车，标有红色箭头的路牌表示他们比对面来的车有交通优先权。在隧道的另一边，他们停了下来。保罗朝黑暗中仔细张望着；除了陡峭的筑堤外什么也没有。丹尼尔往上翻着眼睛，眼珠子几乎都藏进上眼睑了，两个眼白亮闪闪的，他在笑。保罗顺着他的方向抬头看去，看到头顶有条电线划过深蓝色的夜空。那儿还有一处绿灯闪着光，看起来像是交通信号灯，但那种鬼地方要红绿灯做什么——

“哦，不，”保罗叫道，“哦，伙计，不要。”

几星期之前，加文提到说，如果你有足够的胆量去拿的话，铁道上的信号箱是个找到大量铜线的好地方。保罗用谷歌搜了一下，发现有个和他们差不多年纪的男孩之前在北部做类似的事时遭到70%的电灼伤。他完全不想干这事。

“哦，是的。”丹尼尔说道。

二话没说，哈什就已经一路小跑上了斜坡，还像看足球比赛时那样大呼了一声。

“闭嘴，哈什。”其他两个人同时说道。直到看到哈什的一副业余的模样，保罗才意识到自己已经变得多么专业。他跟着他们翻过了栅栏。铁道本身就是闪着微光，微微作响的钢铁。现在是凌晨两点钟了。保罗知道最后一趟从芬丘奇街车站去舒伯里内斯的火车早已在两个多小时前就开出了，而从海岸开往伦敦的最后一趟列车比那还要早，但还是有点紧张不安。那儿有个黄色的警告牌，上面写着“致命危险”，又在旁边画了一个人被一道闪电刺穿全身的图。即使不识字也能看懂那是什么意思，但为哈什和丹尼尔着想，他还是大声地读了一遍；那个红头发的家伙到处蹦蹦跳跳的，兴奋得像个小孩。但仔细一想，如果哈什被突然电死了也不算什么太大的损失。保罗饶有趣味地想象着哈什经历一场残酷刺激但是（这很关键）不会流血的死亡，他瘦长的身体被电流冲击弹到空中的模样。

“致命危险个屁，”丹尼尔说道，“那是指铁轨。我们只是拿点信号线罢了。我们偷的又不是制动闸之类的东西。只是会有几个人上班稍微迟点罢了。他们很可能还会感激我们呢。他们也许可以直接回家或者去酒吧。”

“过来，保罗，”哈什叫道，“和我们一块儿玩儿呀。”

保罗感到了那种熟悉的，将自己的意愿屈从于丹尼尔的意愿的感觉，他希望哈什不要以为他那么做是因为他说的话。他举着手电，丹尼尔撬开了信号箱的门。即使是哈什也应该看出来丹尼尔根本不知道自己在干什么；他胡乱拉扯着箱子里各种颜色的电线。保罗感到脚底下有一阵微微震动的感觉。几秒钟之后，一部黑色的机车头拖着一列没有窗户的火车厢，像载着死尸的幽灵列车般飞快地紧贴着他们驰过，他们的头发都飞了起来，耳朵里嗡嗡作响。他们三个人都顿时不知所措，四仰八叉地滚下了筑堤，衣服都撕烂了，让保罗看起来像极了刚被铁条痛打完一顿的样子。

“我简直不能相信我们竟然要空手而归。”他们走在回去的路上时，哈什抱怨道。

“干这行最重要的一点是知道什么时候该收手了，”丹尼尔告诉他，带着教训的口吻但又略微沉重，“我爸教我的。”

“你老爸太酷了。”哈什又重复了一次。刚才那一跤丝毫没有减弱他跃跃欲试的激情。他让每个人都变得焦虑不安。回去的路上，在格雷斯河段区的郊外，他们在一个加油服务站外的路边停了车，那儿有家通宵营业的修理站，他们让哈什去买点薯片和甜点回来。

“那，我们要等他回来吗？”保罗问道。

“等个屁，”丹尼尔说道，“我正在等他进去店里，然后就把他扔这儿得了。”

但哈什并没有走去商店。他在一辆里面没人的标致车驾驶侧门前停了下来，那辆车是烟灰色的，锃光发亮，他试了试门把手。保罗目不转睛地盯着看他打开车门，从里面抓了些东西，然后转身逃回他们的沃尔沃车里，大喊道：“走，走，走。”就像电视剧里拍的那样。丹尼尔猛轰油门来了个三点转向，脚下整条路都在绕着他们转；轮胎在地上摩擦发出尖锐的响声，他飞速逃离了加油站，那速度让保罗觉得自己的肠子都还落在后面。

“我给你弄了个卫星导航仪，伙计。”哈什说道。

“我知道，但你在那地方下手？”丹尼尔质问道。保罗可以听出来他在强忍着不发飙：“那儿可是我在本地的维修点啊！你不能在自己窝里拉屎！”

“那也是你的窝。”哈什说道，但语气里已经没有那种吹牛的感觉了。他把那个带着根尾线的黑色小盒递给了保罗：“我们下次出去的时候就可以用上了。”

“下次？我告诉你。别来找我们，哈什，我们会去找你的。”

哈什终于不说话了。当他们回到格雷斯河段时，他拖着双腿穿过了院子，然后消失在两栋房子之间的小巷里。保罗心想他是否了解他今晚表现得有多糟糕，对他们俩来说都是。

躺到床上后，保罗本想看看书，但纸上的字歪歪扭扭、密密麻麻的，像是中国汉字似的。等丹尼尔也上床的时候，他还没睡着。迪塞尔从保罗的被子里跳出去，爬进了丹尼尔的被窝。

“他就是个麻烦鬼。那个什么卫星导航，那都是干吗用的？他就像个小孩子。”

“我不知道，”保罗应道，“你能不能把他训练起来呢？要是哪天晚上我不能跟你一起出去了，该怎么办？”

“为什么，你要去哪里？”保罗感觉到丹尼尔从床上坐了起来。

“哪儿也不去，哪儿也不去。但如果你想开车出去，不是为了工作，而是为了跟女孩儿约会或其他什么的。你不想到哪儿都让我

跟着吧。”

“为什么不？”丹尼尔说道。他是想让我跟他在一起呢，还是因为我跟他在一块儿，那样他就能知道我在哪儿了？保罗心里思忖着。

“你可以用那个卫星导航啊。”保罗建议道。

“我弄不来那玩意儿，你个蠢货。”丹尼尔说道，一副获胜了又带点愤怒的语气。

“我不是那个意思。对不起，丹尼尔。”

“没事。”丹尼尔说道，一只手搭在保罗的手臂上，就像一个宽恕别人罪恶的牧师那样。他迟迟没有把手移开，保罗听着那逐渐变缓的呼吸声，同时感到那只手的用力慢慢变轻，直到他确信丹尼尔已经睡着了。然后他抬起他的手腕，把它放到丹尼尔赤裸的胸口。但之后他觉得还是能感觉到：每次迷迷糊糊要睡着的时候，他都会被一记幽灵般的碰触弄醒，但每次他起身看的时候，丹尼尔的手脚都是乖乖的。

保罗又度过了一个不眠之夜。唯一支撑他继续容忍现在的状况，唯一让他没有疯掉的原因，是出头之日就在眼前了。不久他就要去上大学了，开始一段属于他自己的新生活。那晚他做了个噩梦，梦见自己被关在一个笼子里，笼子是铅做的，镀着铜和铝。

Chapter 33 病玫瑰

2009年11月

他逐渐学会容忍她在拖车里的一些小怪癖。他意识到自己其实算是她的客人，于是便试着尽些宾客之仪，帮忙干些体力活。拖车侧边三块连接插座的面板的保养工作，煤气供应，还有厕所里化学掩臭剂的罐子，都变成由他负责了。煤气罐很容易换，尤其是现在她已经换用一种无味的煤气了，化学掩臭剂也只有第一次弄的时候有点不好办，但电力供应却始终是个大问题，总闸那儿总是出毛病。每次修复总闸，都意味着要走十五分钟路回到木屋那边，而他又总是忘记先得把跳闸开关给关了；如果没有关上跳闸开关就重新连上电源，那拖车里灯和水壶的保险丝就会烧断，然后又不得不再次回到木屋去重新连上。他总因此懊恼不已，但实际上他并不是真的介意这些。这让人觉得他的确很像个大男人。这些都是他爸爸不会让他妈妈去做的事情。

路易莎从来没有停止过种东西，像是她的手指只有在泥土里才能正常活动似的。除了整天在庄园里工作之外，周末的时候他们会

在她拖车边上的小菜园里，拔点萝卜、芜菁、甘蓝和韭葱，扔进一只慢炖锅里煲汤或者做炖菜。

“说来可笑，我以前从来没想过要种什么东西，”他说道，“只是习惯于看到所有的东西都是现成的，装在包装袋里。”

“像你这个年龄的时候，我也不会想那么多。我可是个地地道道的城里姑娘。如果有可能的话，我会选择到乡下去在每根草上都浇上水泥。”

“但是你讨厌水泥地啊！你说过那些把家里前院浇平的人都应该进监狱。”

她笑道：“啊，那是现在的我。我告诉过你，我年轻的时候可不像现在这样。好吧，以前确实有一个我曾喜欢的公园……但即使是那个公园，也是浇着水泥地的。”

他心想发生了什么事让她的想法发生了如此的改变。跟路易莎待了一段时间，他发现自己看待事物的方式起了变化；似乎是第一次，他开始自下往上看待整个世界，而不再是从高处往下看了。他想知道是谁导致她之前有了同样的改变，是什么样的经历让那个十几岁的路易莎变成了他现在认识的这个女人，他还觉得，如果是跟看待事物的方式有关的话，他们之间有时像是隔了一面玻璃墙。

有一天，当他发现她在仔细察看着一些快要死去的玫瑰，一脸悲伤的时候，他跟她承认是他弄坏了她的蔓生玫瑰。现在原来那些长在边上的野花都死了，他可以清楚地看到他破坏的程度了。那株植物几乎被从根部割断了。那些裸露的茎秆，本应全年都是绿色的，现在却变成了深棕色，甚至发黑。她脆生生地折下一枝苗；已

经变得空心又干枯了。玫瑰的刺从上面脱落下来，就像一棵多年的圣诞树上掉下针叶来。

“被弄伤有一段时间了。”她说道。

“对不起，是我干的，”他说道，“是我当时爬墙的时候弄坏的，我第一次来这儿的时候。别担心，我会帮你种一棵新的。”

“你真好心，但不会有用的，”她说道，“这儿的土壤已经不能再种玫瑰了。”

“那是什么意思？”

“如果你把一株新的玫瑰种到原先种过玫瑰的地方，那新的那株玫瑰会是一株病玫瑰；它不会开花，而且有可能会死掉。没人知道究竟是为什么，但也不用再试了。我已经亲眼目睹过很多次了。”

“从某种角度来看，还是有道理的，”他说道，“你不能期望那么美丽的东西连续出现两次。”

“是啊，我想也是吧，”她应道，她的表情有了变化，似乎是突然明白了什么东西似的，“我从来没有那样想过。”

保罗没有给她买一株新的蔓生玫瑰，但他给她买了一副玫瑰木做的象棋棋具，棋盘上刻着精致的花卉图案，他想她也许会喜欢。那不是什么特别的东西，只是在一家慈善旧货店里淘到的——他查了查他在建房互助协会的账户，震惊地发现他现在新的生活方式几乎毁掉了他所有的积蓄——但在这之前，除了他母亲，他还没给哪个女人买过礼物，即便是艾米丽，而且他想到要把礼物给她心里还有点紧张。最后他挑了一个周末接近傍晚的时机。他们一起躺在床上，忽闪忽闪的电灯光和油灯光让他俩沐浴在一种电影般的闪烁光

线之中。

“我有礼物给你，”他说道，从袋子里取出一个包裹，“作为对你的玫瑰的补偿。”

她拆开了包裹，手指抚摸着雕刻的棋盘表面，就像在读盲文一样。

“很漂亮，我很喜欢，”她说道，“但我不会下象棋。”

他很惊讶：“你读的那些高档学校要是连象棋都没有教你怎么玩的话，那他们都教了些什么？你不是要告诉我你也从来没有头顶着书本走过路吧。”她朝他皱了皱鼻子。“我在逗你玩儿呢，让我反过来教你点东西换换角色也不错啊。这几年我除了跟电脑对战就没跟别人玩儿过。”

他俩裹着毯子，盘着腿面对面坐着，正好把棋盘架在膝盖上。他很仔细地给她讲解着，很享受教授她该如何走棋的这一过程，以及当她全神贯注时，嘴唇上泛起的红晕。刚开始的几局，他故意输给她几回，但当她掌握了诀窍之后，就开始动真格了。

“将军，”她突然叫道，像个小孩子一般自得其乐，“我走对了，不是吗？”

保罗仔细研究了一下，发现黑色的棋子将他的白色国王团团围住了。

“见鬼，让你赢了。”他说道。她身子向前倾斜着，裸露的手臂光滑柔嫩，她用指尖轻轻一弹，就让他的国王下台了。

“你原谅我了。是吧？”他说道。

“容易上当受骗的笨蛋。”她笑道。他的手沿着她的手腕一直抚摸到她的脖子，然后托起她的下巴。

“要是我，我什么都会原谅你。”他说道，自己都不知道这些话是从哪儿冒出来的。她的嘴唇没有动，但她的笑容却不见了。

“你不知道自己在说什么。”她说道。他觉察到她的态度起了变化。她的眼神让他感到迷惑、兴奋，又害怕。显然他刚才触到她的要害了，尽管他不知道究竟因为什么；但突然他有种感觉，有一点他可以肯定，就是她是错的。他确信无疑，那句话含有双重含意。

通过自己主动先跟她表态，他为自己即将对她进一步的坦白作了个铺垫，他还想告诉她，她对他来说有多重要。

“我是认真的。”他说道，另一只手伸去握住她臂弯内侧细嫩的肌肤。路易莎的脸红了，她抓住他的双手，放到自己的腿上。

“可爱的孩子。”她说道，用手替他捋了捋挡在眉梢的头发，然后把拇指放在他的下嘴唇上。现在告诉她，一个声音在他的脑海里浮现，看着她，她会明白的，但最后他还是没能鼓起勇气，于是他故意打趣转移开话题。

“你叫谁孩子呢？”他说道，把她的另一只手拉到棋盘底下，放在他的腿上。她笑了，明白了他的意思；他疑惑地想，他们俩真的应该做那些事吗？棋盘和所有的棋子都被甩到床底下去了。国王和王后，骑士和主教，车和卒，全都滚落在地板上，散落各处。

Chapter 34 冒险

2009年12月

挖掘机到了，海军蓝色的机器停在停车场边，像只巨大的虫子。英格拉姆把所有人都召集起来，大大表扬了一番路易莎的说服能力，以及为拿到这笔资助开了个好头。当英格拉姆提到路易莎的名字，并在大家面前称赞她时，保罗感到心里涌动起一阵暖暖的甜甜的感觉。他越过夹在他俩中间的那些石填料和泥土，朝她眨了眨眼，而她悄悄环顾了一下四周，确定没有人正看着她后，做了一个挑逗的表情，用舌头抵住腮帮子的内侧，随即又恢复到她先前那种天真无辜的表情。保罗一下没忍住，惊讶又开心地笑出了声，只好用咳嗽来掩盖住。

中间有段荒诞的时间，每个人都毕恭毕敬地站在挖掘机面前，像是爱德华时代的人们看到汽车发出的欢呼雀跃。“这难道不令人激动吗？”德美特裹着条浅褐色的毛茸茸的羊毛披肩说道。

这是好几个星期以来他第一次再看到她；自从上回卡尔打电话

过来，他一直想找机会能和她谈谈，但为了不引起怀疑，他还得尽量装得自然，所以也就没办法跟她预约时间。

“德美特，除了你之外，还有人能看到我的档案吗？”他问道。

她双眉微锁：“当然没有。你怎么会想到那个？”

“我只是在想其他人能不能找到关于我的信息，比如我为什么会在这里啊……家里人的联系方式啊，还有我现在住哪儿啊，之类的事情。”

“你在这儿的唯一目的就是让你的过去成为过去，”她说道，“这儿根本都没放你的档案，所有的文件我都存在家里了。事实上，除了我之外，没有人看过它们。”

“英格拉姆也没有？”他问道，尽管他并没有十分怀疑英格拉姆。

“绝对没有。怎么回事，保罗？你觉得有什么安全上的漏洞吗？”

“没有。我只是想问问而已。你知道的，审判就要开始了，还有其他那些事。”

“你明白的，我都记着呢。克莉丝汀正打算让你同目击者服务人员联系，他们会让你放松些的。但那也得等到明年了。我现在提前跟你打个招呼，要是你能记住的话。哦，看啊，纳撒尼尔已经开动了！”

出于年龄和责任的考虑，只有纳撒尼尔能操作那些挖掘机，尽管比起这些威力巨大的机器来说，他还是更习惯于使用

种子挖穴器和手指。但迪兰可是个几秒钟内就能对各种汽车仪表盘或其他奇奇怪怪的交通工具驾轻就熟的好手，绝对会是个更好的人选（他跟英格拉姆恳求了好久让他来驾驶，但无济于事）。纳撒尼尔指挥着那机器的铁铲飞速摆动，看起来差点把整台挖掘机弄翻到泥潭里去，在一旁的其他人不免发出了几声没有恶意的嘘声。

一小时后，这台新机器就向他们显示了威力，通常得花费他们好几个月时间的事，它在一天内就能完成。纳撒尼尔清理出一英亩满是梧桐树桩的地，直通到新林，而后又将注意力转向到门房后面那片长得有八英寸高的杂草上。那些植物被铲平后，明显可以看出这块地方一直被当地一些人当做垃圾场，有几个月甚至几年了。原来那些高高的野草遮掩住了旧床垫、垃圾袋和各种各样的垃圾。

“人们这都是怎么了？”英格拉姆抱怨道，“凯斯提斯路上有相当好的市政设施中心。把垃圾扔到我们的围墙里面来明显要更麻烦呀？”他指示保罗和卢斯把那些东西弄到垃圾填埋场去，而他们把那些腐败的垃圾装上卡车拖斗的时候他自己只是袖手旁观。接着传来一声咔嚓声，是纳撒尼尔的铲子铲到金属了。他出了驾驶舱，跳到那堆管材上。保罗就在他的后面，一眼便认出了那是铅。那块铅料并不是很旧，都还没有锈迹，肯定是最近刚被丢弃的。现在轮到保罗开始想这些人都是怎么了。他在那灌木丛中看到的不是垃圾，不是被破坏了的公物，而是足足一百英镑躺在那里。要是丹尼尔在，一定会模仿收银机发出“咔哧”一声。一个大胆又愚蠢的想法突然从他脑中闪过，所幸的是，一路上卢斯都会跟他一起，以防他做出傻事来。

“我在想是谁把这个扔这儿了？”他说道。

“这是什么，《考古小队》[①]吗？”英格拉姆嚷嚷道，“只不过是一堆废旧金属罢了，亲爱的，我可爱的砾石停车场要怎么办。搬开它，谁来，成不？”随后，就好像一开始把大家都从各自在干的活儿上叫过来的人不是他似的，他嚷道：“这里一个人干就行了。我可不想你们今天所有人都出去。还有很多事要做呢。”

保罗希望有个人自愿举手，有个人来救救他，但是没有一个人愿意站出来替他把这片废旧金属处理掉。而跟路易莎待了一个早上后，他现在莽撞又轻率，他身体里有股疯狂的力量要将他冲昏头脑。“我来做。”他听到自己说道。出发之前，他跟卢斯说：“听着，卡车上右手边的雨刷坏了。我不认为像那样把它开出去是合法的，而且要是下雨的话我就倒霉了。回来的路上我打算去趟维修站。如果我回来迟了，肯定就是因为这个原因了。跟英格拉姆说说，好吗？”

当他驶过垃圾掩埋场的时候，他感觉身体里有一种久违的活力在涌动，他沿着A45号公路驶向考文垂，然后从那儿上高速去伦敦。直到那时，他还告诉自己，没必要一定非去找加文不可，他告诉自己，英国有成百上千个那样的废金属交易商，而他只要一直开车直到遇到一家停下就行了。但高速公路上一路都是服务站，当他

① Time Team，英国第四频道于1994年开始播放的一档大众考古节目。

离开M1上到M25高速时，才意识到之前都是他自己在愚弄自己而已。之前他从来没有从这个方向开去过埃塞克斯郡，但他不需要地图。保罗又开始计算了，这次算的不是能赚多少钱，而是要花多少时间：如果路况不堵，加上在加文那儿需要的最少时间——通常不是个问题，因为你不是去那儿拉家常的——他可以在四小时后回到凯斯提斯。早饭后他就再没吃过东西了，但是他很兴奋。这种兴奋不仅仅是因为他又能赚到笔生意或者可以逃半天班，更是因为有种回家的感觉。如果你明知自己再也不可能回去那里生活，你还能把那个地方叫做家吗?

他不知道货车后面藏着的那块东西值多少钱，但每次他能感到车子因为载重超标加速很吃力，让他确信这趟冒险是值得的。他看见一家豪华酒店的几处广告牌，有自己的温泉浴场和有机餐厅，心想这次能不能小赚一笔，够带路易莎去那儿过一夜。要是能在那样一个谁也不认识他们的餐厅吃吃饭，喝喝酒，回到卧室里还有自己的套间，该是件多么惬意的事啊；那样的话，他们就可以边沐浴边品酒，或者一起在床上看部电影。

他一个人坐在货车驾驶舱里，开始自言自语，开始大声地讲述丹尼尔和肯·希亚德之间到底发生了什么。他最近经常这么干，只是为了减轻自己一直憋着秘密的压力。这让他想起了跟艾米丽在一起的时候，无数次“我爱你”这句话都到了嘴边，但就像是嘴里塞满了糖果又得强忍着不吐出来的那种痛苦。那些经历让他明白了，如果你不说出那些憋在心里的话，就算是对你自己说，那么它们很可能会在错误的时间爆发出来。他多么渴望能告诉路易莎关于那个案子的事，告诉她警察是如何误导他的，以及他自己在这件事上不可饶恕的罪过，但总是没有成熟的时机。如果他在他们做爱之前告诉她，那她肯定不会让他做了。如果在之后，可能比较好，但几乎每次，那种全然放松又绝对信任的最好感觉总是催他直接入眠了，而当他醒来后，绝佳的时机已经错过了，他只好继续等待下一次。

到了加文的前院里，他坐在驾驶座上，突然间紧张起来。他上一次来这儿是什么时候？哦，上帝啊。是在事情发生的前一天；他们当时还答应给加文弄些铜来的。加文对这类承诺并不太在意，但他会不会记得他们在那之后就再也没出现过？保罗把车掉了个头，但还没来得及开动，就听见身后传来砰砰的响声。有人在猛敲货车的车身。

“喂，喂！”加文叫道，他的脸出现在副驾驶的窗口，穿着黑色的工作服，满头大汗，一边啃着香肠三文治，“好久不见！”

保罗别无选择，只得在前院找个地方把车停了，而加文一直跟在他旁边走着，像是个马夫牵着匹马。他在心里给自己鼓劲儿；他现在所要做的，就是走进去，完成交易，然后出来。他大摇大摆地下了车，希望可以把自己和加文都糊弄过去。他一路踩着烂泥走到仓库，但里面相当热，他几乎能看到在粘在他靴子外的土很快变干、结块了。火炉轰轰地响得像列火车，炽热的红光如同地狱一般。

“那么，让我们来看看。”加文说道。就算他知道丹尼尔出的事，他也只字未提。保罗打开了货车的拖斗，开始把那块废铅

拉出来。他低估了那块铅；没有卢斯帮忙，他费了好大劲儿才把它弄下来。铅板在他的手里很滑。他脱掉了羊毛衫，挂在一把椅子的后背上。他手上都是汗，上嘴唇尝起来也咸咸的。而嘴里却口渴难耐。

加文拿起几块小片在手里掂量，凭他的手感，估计着整块铅板的价值。

“给四百镑如何？”他问道。要是丹尼尔还会讨价还价一下，并且常常能得手，但保罗则已经暗自窃喜了。

“不错。”他回答道。

加文的钱都放在一个架子上的一只罐子里。他抽了二十张二十块的给他。而那卷钱根本没见少，想必也有个几千英镑的样子吧。

“还能弄到更多这样的货吗？”加文问道。

“我会留心的。”这种说法比说“不”更容易些。

“好家伙！来杯茶吗，还是要走了？”一提到茶，保罗的嘴里就泛出了口水，口渴让他又继续待了一会儿。加文在一只杯子里加了三勺糖，杯身上印着一个比基尼女郎。本来那个杯子是会根据里面的水温变色的，开水倒进去后她的比基尼会变成透明的，但这只杯子太久了，所以那个女郎永远被尴尬地夹在裸体和几块地方包着半透明的碎块之间。尽管水面上漂着几星机油，但那杯茶还是相当美味，而且很提神。

“我上个星期看到了你的同伴。”加文说道。

保罗差点呛到。他们曾跟他保证说丹尼尔在审判之前不可能被保释出来。他们跟他保证过的。要是他真被保释了，那克莉丝汀或者沃本肯定会打电话或写信给他的。他已经连续两个晚上没回他自己的公寓了。该死。也许到现在还有封信躺在他的门缝底下呢。他怪自己真不该回埃塞克斯来。

“你确定是他吗？”保罗问道。

“向上帝发誓，”加文说道，尽管他并没有意要挑衅，“他仍然差不多一个星期来一次。你要是再待得久些说不定能碰上他。”

“你说的没错，伙计，我得出发了。”

开车的时候，保罗把车窗都摇下来了，但他还是焦虑地浑身发烫。他不打算先回庄园，而是直接开回他的公寓去查邮件。从M25转到M1的时候有点堵车，他利用那个空当给克莉丝汀打了个电话。他打电话来，她听上去似乎很高兴，好像他是她最宠爱的外甥似的，并且告诉他，没错，丹尼尔仍然被关押着。她不是向他保证过的吗？

立马，保罗的体温回到了正常水平，等他开上M1号高速的时候开始感到冷了，寒气沿着路面缓缓地爬过来。直到他伸手去副驾的座位上摸索羊毛衫的时候才想起来，他的羊毛衫还挂在加文工作间的椅背上，海军蓝的底色，绿色花纹，在炉火旁慢慢地被烤暖。当他想起来衣服上的威瑞迪塔的标志时，突然打偏了方向盘；前面的车子响了响喇叭，并开起了警示灯，后面的那辆货车愤怒地闪了好几下头灯以示警告。当他终于把车子开回到中间车道后，他拍了拍胸口，那个地方就是那些字母曾经所在的位置。直到那时，他才想起来，他已经把那个绣花的字样给拆了。他终于长吁了一口气；即使加文仍然跟卡尔有联系——虽然就他最近

的好脾气看来那样的可能性并不大——他也不可能提供什么线索让他找到凯斯提斯来。他格外小心谨慎地开车回家，中途只停了一次，买了个汉堡和一些薯条。直到从口袋里掏硬币的时候，他才意识到自己颤抖得有多厉害。离开服务站前，他用从加文那儿赚来的钱给路易莎买了瓶发泡酒和一束花，好像通过在她身上花钱可以让那些赃钱变干净似的。

Chapter 35 葬礼和剪贴簿

1989年6月

传说中，吸血鬼要是没有屋主的邀请，是踏不进门槛半步的。路易莎真真切切地体会到了那是什么意思。她站在亚当的门外，足足有五分钟了，犹豫着不知该不该敲门。已经五天过去了，他没有给她回一个电话，即使是按照他一贯的作风，这次时间也有点长了。绝望之下，她终于给哈姆斯密的奥帝安影院打了个电话，但他们的回复是他已经整整一个星期没去那儿上班了，并且告诉她，要是她看见他，就麻烦她转告他以后也不用再来了。

突然响起一阵刺耳的敲门声，路易莎也忽然感到一阵刺痛，才发现是她的指节不自觉地敲打玻璃造成的。是本开的门，他穿着件鹳毛饰边的薄绸睡袍和一条新奇的拳击短裤，黑色的底色上面印着红色的唇印花纹。他透过屋里冒出来的一团充满大麻味儿的热气朝她眨了眨眼。

“路易莎。”许久他终于开口了。

“亚当在吗？”

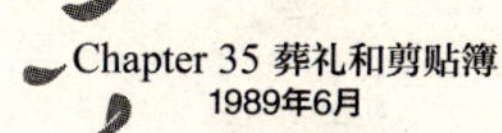

他紧了紧睡袍的腰带，“只有我一个人在，”他答道，“进来吧。”

直到进了门厅，她才醒悟过来，自己之前把亚当的家想象得太过美好了：不仅房子外面看起来不怎么样，屋子里面也不是她曾设想的那样像教堂的地穴和歌剧院的结合体之类，每面墙上都挂着镜子，布帘和枝形烛台。她真实看见的，是一整屋子的雪泥色浮雕墙纸，还有乱糟糟的棕褐色地毯。左边有扇门通往起居室，他们也用它来作卧室了——安吉的卧室吧，她猜想，因为地板上躺着个巨大的胸罩。本急忙过来把门关上了。右边有段敞开式的楼梯，只有一小段棕褐色的扶手。他之前正在一间房子后面的小房间里看《左邻右舍》[①]，房间里除了一组桃红色的丝绒三件套沙发外没有别的任何家具。墙上什么图片也没有挂，嵌在壁炉腔里的书架上也仅是寥寥无几地摆了几本书和几盘磁带。整个房子看起来跟住在里面的人，以及他们做的音乐太不相配了。本又回去看他的电视剧了，屏幕上，哈罗德·比绍普正在一家咖啡店里，一手握着咖啡杯，下颌不停摇摆着。麦琪对他翻着白眼。[②]

“要一起看吗？”本问道。路易莎摇了摇头。她已经够抓狂的了。

“自己随便坐。沙发在这儿，厨房在那边外头。他们很快就回来。”他说道。

“他们？”

① 一部澳大利亚的电视剧。

② 哈罗德·比绍普和麦琪都是《左邻右舍》里的人物。

“他和安吉。他们去参加葬礼了。”

路易莎扑哧一笑。“哦，对呀！嗨，我差点都忘了。他和我说过的。”

“哦，是吗。我还以为他们是临时决定去的呢。别客气，请自便。”

正当一集播完开始放演员表，那首可怕的片尾曲响起的时候，门上传来了钥匙的声响，接着亚当和安吉走了进来。本笑了笑，把手指按得咯咯响，就好像是又有一集新的肥皂剧可以看了似的。亚当给路易莎丢过来的那个眼神让她心里一寒。如果我真是个吸血鬼的话，她心想，那个眼神足够撤回我进这屋的许可，然后某种力量会把我从这儿吸出去，因为显而易见，我在这儿并不受他的欢迎。

“我们可以聊聊吗？”她提议道。安吉向本撇了撇头，他撅了撅嘴，但随后便跟着她进了一扇结满霜的门，那儿可能就是厨房了。亚当蜷起身子，双臂环抱住自己的腿：“我们没什么好聊的。我们上床去吧。那样会更好些。”他把自己抱得更紧了。

“其实，路易莎，我只是想一个人待着。”

遭到拒绝刺痛了她，让她对他的同情顿时减少了许多。

“为什么每次有重要的事情你都那么排斥我？”

“就是因为这个原因。因为你太强迫我了，行不？因为你就是想一路探究我和我父亲的关系，然后最后去见我妈妈。”

“那样又有什么不对呢？本来应该是我陪你去参加葬礼的。我本应该在你身边陪着你的！”

“真让人惊奇啊，我父亲去世了，而你就是这样的反应。”

那又是什么话？到目前为止，他从来就没对他父亲有过一丝在乎。而现在他又把他的伤心事作为攻击路易莎的武器了。

“那不公平，”她说道，“我只是想好好照顾你。”

“上帝啊，路易莎，你就跟我妈一样可怕，你们都企图控制我，时时刻刻监视我，”亚当说道，“我已经告诉过你，如果你想掌控一切的话会是什么后果。”

路易莎让自己陷进沙发里。“你在说什么啊？”她说道。心里的恐惧慢慢地代替了激动，但在她心里某个阴暗的小角落，闪动着一丝意料之外的小火苗——是轻松？是解脱？那朵微弱的火焰跳动了几下，熄灭了。离开亚当的自由将是她最不想看到的结局，那将会是她的世界末日。

“你自己考虑考虑吧。”亚当说道。随后他转过身子，匆匆离开了，在那堆地毯中间开出一条道。前门被重重地甩上了。几秒钟后，安吉的脑袋从厨房的门缝里探了出来。

“我不是故意的，但还是听到了。”她说道，“我很抱歉顶了你的位置。他直到今天早上才决定要去，而且我想他可能只是想找个比较中性的人陪他去吧，你明白我的意思吗？”

可怜的安吉，又要做他俩之间无关性别的调解者，中性这个词真是用得太贴切了。

“她是个什么样的人，他妈妈？”

安吉耸了耸肩膀：“我没跟她说话。我们没有进教堂里面；他让我们躲在墓地的一棵树后面，像是那些蹩脚电影里的镜头。我们只在那儿看了看安葬的环节，然后就回来了。我想应该没人注意到我们。送葬的有好多好多人，都是上帝的好子民啊。你知道，狗狗总是比赛狗会的数量多吧。不过，我跟你说，她真的年龄挺大了。她生下他的时候估计有七十来岁了吧。”

“你觉得他刚才那是去哪儿了？”路易莎问道，“他还会去找谁呢？”

夏伦其实之前一直都待在楼上，现在也下来走到厨房里，操了把锈迹斑斑的剪刀，剪开了一盒橙汁，直接对着嘴喝了起来。

“啊，路易莎，三角恋中的那个钝角。”他说道。

“你说什么？”路易莎问道。

“他就是个蠢货，”安吉说道，脸红红的，“只是一句我们在练的歌词。闭嘴，夏伦，人家已经够难过的了。”

他咧开嘴笑了笑，露出牙缝里残留的橙汁。她希望那些橙汁让他的牙齿都烂掉。

“你是什么意思？”路易莎继续问道，“三角恋？她是谁？”夏伦拿着他的橙汁离开了厨房，而安吉则低头看着自己的脚丫。

“我告诉你了，只是句歌词而已。别听他瞎说。”

“我不能忍受大家都嘲笑我，我受不了！”她一把抓起安吉的手，“听着，安吉，告诉我是怎么回事。帮帮我。看在你也是女人的分上。”路易莎心里很清楚，当她第一次和亚当上床的时候，她就已经心甘情愿地背叛了所谓的姐妹之谊，而她现在这般央求她着实有些讽刺意味，但她也顾不得那么多了。“他在跟别的女人约会吗？是那个红头发的女孩儿吗？他现在是不是去找她了？他肯定是去找她了，对不对？她住在哪儿？”

“谁？丽贝卡？”终于，她的妒火有了个具体的名字，“天啊，不可能，我都好久没看见过她了。听着，我了解他以前确实有过不良记录，但是现在，除了你我真不知道他还跟别的女人在一起。”

“我可以在这儿等他回来吗？”

安吉此刻看着她的眼神里只有同情了。

“要是换作其他的任何一天，我都会答应你，但是今天，我想他只是需要一点点属于自己的空间吧。我会让他打电话给你的。我保证。”路易莎已经不太相信保证之类的话了，但她还是把自己仅剩的一点点信任给了安吉。她别无选择。

她所有的衣服都已经被叠好收起来了，床单和枕套也都是刚换的。路易莎把脸埋在枕头里，试图寻找亚当留下的痕迹，但她整张床上找不到一根他的发丝，枕头上也没有了他的气息。她终于停止哭泣，虽然时不时还会一下一下地抽泣，她一把将埋在墙上的电话延长线拔了出来。她只想让他给她来个电话，但如果他还是不给她打的话，她接受不了那个现实。

第二天早上，她头脑稍微清醒了些，想想昨天的事让她难受起来。他是在哀悼他的父亲，尽管他不愿挑明或承认这一事实，而她却以自己小心眼的嫉妒玷污了他的那份哀思。她给他的寻呼机留了几个字“原谅我”，然后重新把电话线接上了。他相当迅速地给她回了电话，他一定是一路跑去电话亭的。

“我还是你的夏娃吗？”她问道，她现在是多么渴望能拥有那个她当初那么讨厌的名字啊。

“你当然是。”他叹了口气，“我觉得我们应该找时间在一起，就我们两个人。不要再跟乐队的人混在一块儿了。在你还没开始跟踪我之前，我们要比现在开心得多，不是吗？”

他说得没错，而她也承认了。从某种角度来看，投降也是件好事。起码要让事情变得更简单些。

“那么，这件事给我们的教训是什么呢？”他问她。

“我不知道。”

“那就是要是一直按我说的去做的话，就不会有那么多麻烦事。听着，今晚我会跟乐队一起忙排练，但我明天会去见你，后天也会，大后天也会。我们会重新回复到像刚认识的时候那样。明天午餐时间，我会去屋顶花园找你。”

“我迫不及待想见你。”

她跟自己发誓说，这第二次机会她一定要好好把握，从现在起，她的任务是让他的生活更轻松些，而不是不断给他施加压力。要是想继续跟他在一起，就必须有所牺牲，而牺牲的东西不可能是亚当的音乐，但要是她真让乐队其他成员分心的话，他的音乐也肯定搞不好。那虽有违她的天性，但不可否认，每段恋情都必须有些妥协。

第二天早上有人陪她一起吃早餐。妈妈莉娅往葡萄柚上撒了些红糖，她的碗边放着把带锯齿的勺子。

“你好，陌生人！”她轻快地说道，“另一半给你怎么样？”

她举起了金黄色的半个柚子。

路易莎做了个鬼脸。“谢谢，但我还是情愿吃些实实在在的食物。”她说道，一边往冰箱里张望着。

“我们有好几个世纪没好好说过话了，”莉娅说道，“我们明天晚饭一起出去吃吧，就我们四个。只是就近找个地方吃，不是什么大餐。”

“我很想去，”路易莎说道，并且确实是这么想的，“但我明晚有事。”

“把他也带来吧。”莉娅说道，极力装出一副漫不经心的口气。路易莎摇了摇头，尽管有一刻真希望自己能说好呀。之前那么久了，都是她尽量不让她妈妈看到她跟男孩子约会，而现在，却成了要避免那个男生见到她妈妈。简直难以置信，她的幻想现在已经上升到做梦有一天亚当融入她的家庭中来，跟他们融洽相处，不再是个脾气暴躁的外人，而变成餐桌上多了一张面孔，就像戴文那样。

“其实，你要是想带男孩子回来过夜完全没有问题。我和你爸爸在这些问题上还是相当开明的。”

“谢谢，”路易莎说道，“要是真有那需要我会跟你说的。”

她本想早早上床睡觉的，却还是没能办到。时下正是六月二十一，夏至日。太阳到晚上九点还没落山，她的生物钟稳稳当当地被设在了午夜或者一点，所以她一点儿也不觉得困。她搜寻着书架上有没有什么小说或者休闲的书可看，而目光却一直徘徊于那本从市场上买回来的黑色丝绒剪贴簿，还有夹在旁边那本《巴特拉姆草药百科全书》里的纸片上。

她已经用她爸爸的盘式录像机翻录了一盘录像带了，但她完全把那本剪贴簿的事给忘得一干二净了。虽然之前剪贴簿被忽略了，但要是她现在赶紧做的话，明天，她就可以在屋顶花园把两件东西一起送给他了。她翻开那个本子，仔细观察着针脚密密的链形缝纫银线，上面穿着小小的琥珀色星形珠子，是廉价的金属和塑料材质，但绣花的手法如此精细，让它看起来很有点复古风又很显档次。她吹掉面上的灰尘，然后摆开各式家伙，裁剪用的剪刀、一管胶水，还有一支有一回亚当来她房间的时候落下的钢笔。他一直坚信重要的话都得用笔和墨记录下来。他讨厌所有一次性的东西。

本子扉页的纸张比其余的要厚一些，像是极度渴望有人在上面题几个字似的。手里捧着那个本子，她飞快地翻了翻所有的纸页，不知道该从何下笔：她甚至还没有决定好到底要把这做成一本可以公开的还是私人的收藏本。最后，她留着第一页没有写，翻到了第二页，用她最好的书法写下了“格拉斯雷克”几个字。钢笔尖已经被亚当用得有点磨损了，他是个左撇子，但磨损的角度却是相反的。钢笔一直打滑，所以那字看起来不像是她写的，但随后，纸张像海绵一般被墨水浸透，字的边缘渐渐洇开，看起来颇有些怀旧的复古韵味，跟那本子还挺协调的。

她盘起腿坐着，把所有的纸片都摊开摆在自己面前。最上面一张是那回在屋顶花园时，那两个日本女孩子替他俩照的宝丽来相片。她还没下决心要不要把这张照片也加上；严格地来说，那张照

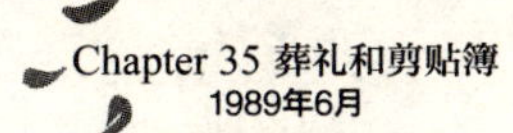

片跟乐队没什么太大关系。又考虑了一会儿，她决定还是不放进去了，她很为自己的选择感到骄傲：她正在慢慢学会不要总是做过头了，不能太强势，搞得所有的时候都得以她为中心。她把那张照片靠墙倚放着，让它在旁边陪着她。

她首先的任务是要把剩下的那堆纸片按照时间排序整理出来，尽管大部分是靠猜的，因为没有一张照片标有日期，而大多数的门票和传单上标着日期，但是没有写年份。她依稀感觉到后背开始发疼，左腿开始发麻，但她只是稍微挪了挪，一心只专注于她手头的工作。

当整理到她认识乐队之后的那些专场演唱会的门票和照片时，剪贴任务开始变得更有趣了；满满的回忆在那短短的时间里堆积起来。她还贡献出自己的一些收藏：一个啤酒杯垫，一株她从屋顶花园偷来并压平了的薰衣草，一份他们乐队在卢顿技术学院演出的曲目表，潦草地涂写在一个信封的背面，自然还有那份红黑两色的将他们俩牵到一起的传单。终于，她展开了最后一份资料，是张A4大小的海报，上面很糟糕地印着乐队的照片，是当时他们去沃克斯霍尔[①]的一次演出；她对那次演出有着特别美好的回忆。所有人都坐在同一辆面包车里，演出结束后，他们五个人一起去了一场派对。

那只是两周左右之前的事，但那张海报已经感觉破旧不堪，且被时间打磨光滑。她把它翻了个面，在背面涂上胶水。

① 伦敦南部一个区的名字。

用来写字的那支笔也许是个便宜货，但写出来的字却是优雅的。

致我亲爱的亚当：

能与你共度良宵我备感骄傲。

爱无止境。

你的夏娃

那不是她的笔迹。

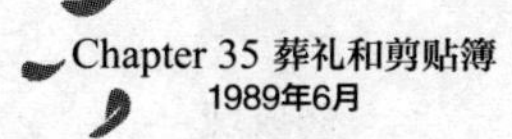

Chapter 36 秘密

2009年12月

广播里放的园艺节目已经发出了二〇〇九年大寒潮的警报。西伯利亚冰冷的狂风向南边袭来，正将整个大陆染上雪白色。他们遇到的是破历史纪录的大寒潮。每过一天，天气预报里报的都是更加糟糕的天气：路易莎越听越焦虑，担心着她好不容易培养出来的做种的幼苗会不会冻坏。唯一让她感到欣慰的是，除了园林遗产信托和他们的摄像机过几天的来访之外，她终于有点别的东西可担心了；如果她还在乎着她的工作，那意味着她现在还没有完全向她过去的罪恶投降。她顾不得控制预算了，把暖房里的暖气调高了一度，决定让它整晚都开着。她甚至考虑取消她的圣诞假期。英格拉姆和德美特跟她保证过，如果她去伦敦的话，他们一定会过来替她照料庄园的；他们一直期待着能找机会向他们的双胞胎展示庄园的修复工作。但这点也让她感到担忧，不是因为担心他们可能会发现她的住处——她离开之前可以把电线断开并卷起来——而是因为英格拉姆，尽管他对研究和设计很在行，但绝对称不上是个园艺能手；像霜冻或者火焰一般，只要他们碰过的东西都会被搞砸。他肯定会忘了关门，或者忘了关掉暖气，或出点其他什么岔子；她决定把德美特和双胞胎叫到一旁，跟他们好好叮嘱几句。

庄园里大多数工作人员所依赖的大学校车在十二月十六日停运了，要到一月的第二个星期之后才会重新开始运营。因此在凯斯提斯庄园的圣诞假期沾了学校的光会放得很久。人们一个接着一个回去过节了。纳撒尼尔和伊恩跟他们的朋友一起待在一栋葡萄牙式的别墅里，给他们表面上平淡的生活添了几分色彩。卢斯要回苏格兰去（“麦家的浪荡子[①]回来了”，英格拉姆的语气颇有些意味），朱蒂没法再回她父母家了，打算和迪兰一道回他家，至少他的家里人还能容忍他。

没有过多的讨论，保罗会继续留下来待着。一天下午，英格拉姆发现，保罗盘腿坐在办公室的地板上，正给路易莎的牛膝草幼苗罩上报纸做的保暖罩，而当时路易莎不在。英格拉姆差点要爆发，大声宣布他讨厌德美特关于在庄园接受劳改的观念，说他忍受这些年轻人只是因为他们是廉价的劳动力，那样就能证实路易莎的怀疑了。实际上，他拽着她的手臂，一直把她拉到别墅的影子下面。

“你这是在干吗？”他大声吼道。

“你是什么意思？”她说道，“只不过是让他也帮把手而已。我们现在做的准备工作越多，到假期里你需要做的工作就越少呀。”

① 原文为“McProdigal”，而Mc-常被冠于苏格兰裔人的姓名之前。

“等那笔该死的资助拨下来，我会很高兴我们终于可以雇用正式的工人了。我知道德美特已经检查过他们每一个人了，但我担心的是你和他们这帮人单独待在一起。我的意思是，这个保罗，对你来说，他跟亚当没什么差别[①]，我说得没错吧？”

有那么一两秒钟，她后脊背都凉了，心想他是怎么知道的，但当她看到他困惑地眨着眼睛，便大笑起来，长大后她从来都没笑得那么欢过，尽管也不再是小时候那种无忧无虑的咯咯笑了。这是一种狂暴的歇斯底里的笑声，笑到后来会变成其他的东西：眼泪、惊恐，或者动脉瘤。

“你最近是怎么了？”英格拉姆问道。

她觉得那句话好笑是因为她的确能把保罗和亚当区分开，或者说她渐渐开始能区分开他们两人了。她不再需要每次喊他之前先顿一顿，防止叫错名字了。在跟他一起度过一个月之后，他就是保罗，一个漂亮的男孩，只是有时候会看起来长得像亚当罢了。经过了刚开始的磨合期之后，她觉得跟他在一起相处很轻松很愉快。她一直小心地引导着他们之间的谈话，尽量把话题保持在工作和他们都认识的人身上，以免他或是她掉进自己内心的旋涡里去。他们从来不去讨论各自的过往，或者即使他们谈到了，也只是聊些轻松的话题，让他俩之间年龄的距离又缩短一点。

她以前一直不习惯有人在她家里，一开始总担心自己会讨厌这种有人介入的感觉，担心自己要费神迎合他，那样会让她很累的。

① 原文为“You don’t know him from Adam”，是英文的习语，意思是“都不知道他是谁”，但其中Adam跟路易莎的亚当是同一个名字。

而实际上，保罗并不要求她时时都关注自己，他也很享受自己一个人安安静静蜷在角落里读书。他每过几天就读完一本小说，都是关于魔幻世界的，书里的那些巫师似乎能完全占据他，在他们之间建立起另一个空间，即使是在他和路易莎住在一起的时候也是如此。要是米兰达，在餐馆里或是旅行的时候，总是很希望她的孩子们手里能有本书或者玩具什么的，那样她会感到轻松很多；路易莎现在终于体会到她的感受了。他还激发出了她的另一天性；她惊奇地发现自己照顾别人的时候感觉很快乐。她已经换掉了原来的丁烷气瓶，改用无味的丙烷了，因为他闻到丁烷会头疼。她也又开始吃肉了，因为虽然他说他喜欢她做的咖喱炖蔬菜，但他说那只能算是开胃菜，不能算作主菜，而一个男人是不能没有主食吃的。当他把自己说成一个男人的时候有点害羞。

她感到自己似乎进入了冬眠期，现实都中止了。年轻男孩的性耐力都是很强的，但她差点忘了年轻人也很能睡，于是她也就没再多想，随着他的作息节奏，先是马拉松式的睡眠，接着是马拉松式的性爱。在他们那糟透了的第一次之后，她仍抱着想要重新找回亚当的渴望，这意味着她并没有放弃保罗。他们尝试了很多次，通过她自己都不知道自己会的那种不用言语的交流技巧——特意地把手放在这里，或是在适当的时候喘息——他才慢慢领会她的意思，最后的效果让那位做老师的对她的学生感到很骄傲。即使不做爱，由欲望慢慢平息，她也很开心，就像人们说的，如果你和同一个人在一起睡足够长的时间就可能会这样。即使她现在已经三十九岁了，之前也没有过这种感觉。她和亚当在一起的三个月已经算是她一生

中最长的一段恋情了。

她意识到，当他们身体之间的欲望冷却下来，当体内激素的作用不可避免地屈服于边际效用递减的规则时，他们会进入一种奇异的，甚至是怪诞的状态。他时不时地会做些奇怪的事，比如午饭的时候只吃些糖果，或者把《今日》节目换成一个音乐频道，这些都会使她禁不住想她到底在做什么，但他自有可爱的在不经意间流露出来的浪漫的一面，那是在她这个年龄段的男人身上找不到的。每件事对他来说都是新鲜的。

“要换在从前，我们是不可能那么侥幸逃脱的，”有天当他们走在庄园的中心的时候，他突然冒出一句，“你能想象这里从前是什么样的吗？在我们现在站着的这个地方，什么事都有可能发生过。在以前，那些真正离现在很久远的日子里，我说的不是八十年代，”——他一毛腰躲过了她挥过来的拳头——“他们当时就是在这些房间里生活的。整个大家族都生活在一起。他们在这儿聚会，在这儿吃饭，买东西，争执，做爱，生孩子，还有死去。在一年的这个时候，他们会生起很旺的火炉，如果是有钱人的话，他们就会盖着毛皮睡，如果是贫穷人家，盖的就是干草和麻袋布。”他停顿了一下，眼睛半闭着。他的眼神看上去像他在回记这些东西，而不是在想象。接着他笑了：“你能想象有什么能比英格拉姆裹着熊皮褥躺在你旁边打着呼噜放着屁更令人扫兴的事吗？”

当他逗她笑的时候，她忘记了他的年纪。

他俩之间像是有两种关系在交替着闪现，就像一张全息图中两幅不同的图片。其中一种比较容易看出来，因为欲望、嬉戏和慰藉都是显而易见的表面的诱惑。但又有一些更深层的东西会不时闪现，在乎他是不是开心，在乎他明天还会在她身边，那是与当初她跟亚当在一起的时候每天那种提心吊胆的占有欲截然不同的感受。两幅图每天都在不停地变换，有时候每个小时都不一样。路易莎真的不知道最后会否定格在其中的一幅上，而如果真的会，那又是哪一幅呢？

她没打算告诉他。这一切发生得太快了，就像那些往往能改变生命轨迹的蠢事一样。他们在暖房里，在灯光下工作，尽管那时还是下午三点钟。那天是十二月二十一日，去年的这时候她觉得这是一年之中白天最短的一天，但是今年，和保罗一起在床上，她换了个角度，把这一天想做夜晚最长的一天。在她年轻的时候她不可避免地同异教徒幽过会，她永远也不会忘记这天是冬至日，是异教历法中非常神圣的一天。尽管她一度想把那些孩子玩的塔罗牌给收起来，但十二月二十一日绝不会丢失它的特殊意义，不仅仅是因为它那可怕的另一半——夏至日。

保罗这一整天都怪怪的，好几次叫她的名字，就像是他打算告诉她什么事，但等她转过头来他却又咕哝着：“哦，没什么。”他一连几小时都没说话，很不自然地专心用有机消毒液刷洗着空工作台和架子。路易莎正用报纸把较小的植物包裹起来，用大的园艺布把果树包起来。她一边弄一边轻声对她的植物们温柔地说着圣诞快乐，心里一边犹豫着要不要在圣诞期间把第四电台的广播都开着。她脑子里突然蹦出一个想法。他是不是一直想问她，他们可不可以一起过圣诞？他今天一整天都想问她的是这个问题吗？

“你圣诞回去，对吗？”在这儿享受他的陪伴和他的身体是一回事，而要把他带去伦敦跟米兰达和她的家人一起过圣诞又是另一回事了。

“是呀，我打算去看看我妈妈。我上个星期在网上订了车票，明天就出发。”她松了一口气，“我先从利明顿坐火车到梅利本，然后坐地铁到维多利亚，再然后坐另一班火车去苏塞克斯。”

“我跟你一起去。我圣诞会跟我的妹妹一起在伦敦过。”

“太好了。”他对着木板条应道。他已经在同一个地方刷了大概有十分钟了；如果他继续这样刷下去的话，上面的蜡就会脱落，里面的木头会烂掉的。

“保罗，你还好吧？”

他耸了耸肩。

“是不是和我们俩有关？因为，你知道，我很开心我们能发展到这一步，”她顿了顿，“我们之间的关系。”

他猛烈地摇了摇头。

“好吧，如果你确定……”

她把那些牛膝草幼苗塞进它们过冬的外套里。“我认为你是埃塞克斯人。”她说道，但立马想到那是否是他以前告诉过她的，还是她从卢斯和德美特那里搜集到的信息。要是这个时候让他知道她最初对他感兴趣的原因那就糟了。她一想到要是被他发现了她的藏宝箱，那些记录着跟他长相如此相似的一个人的录像带和照片，禁不住颤抖了一下。太罪恶了，太邪恶了，太蠢笨了——

“我不能回那里去！”他大声叫了出来，“永远也不能！”

他的反应很强烈，像是蒸汽把锅盖突然间弹出六英尺高一般。“那比我的生命还重要。我之前有没有跟你说过丹尼尔这个名字？”路易莎假装在回忆，尽管她清楚地知道保罗以前从来没提到过他过去的什么人的名字。“丹尼尔是——他曾是我的——我想你可以说他更像我的兄弟而不是朋友。不管怎样，至少他当时肯定是那么认为的。我们彼此照顾对方；他罩着我不让我受欺负，我帮助他读书写字。不，不是那样的，是我替他做那些。他不识字，除了他自己的名字和很少的几个词。上帝啊，跟你说这些感觉太荒谬了。他从来都不想让任何人知道这件事。他要是知道了非杀了我不可，我从来都不敢说的。”

“你说‘曾是’、‘当时’，是什么意思？丹尼尔是不是死了？”

保罗深呼了一口气，空气中腾起一团水汽。“我常常希望他死了，但是没有。他在监狱里。实际上，是我把他送进去的。过去的几年，我们一直，啊，你不会喜欢听的，我们通过偷盗和贩卖废金属来赚钱。不是明抢，我们之前从来都没有那样做过，直到……有一天，那是八月的一天，我们当时正忙活着，接着发生了一件糟糕透顶的事。如果我当时多考虑一秒钟……我们并不想那样做……我们不是故意的……”在继续讲下去之前，他按了按指关节，又向四周张望了一会儿。他的嗓音降低了八度，声音也变得很轻，她只有贴得很近才能听清楚他在说什么。“有人——我们——有个男人死了，路易莎，因为我们。我是唯一一个目击者——当然，除了他之外。这就是我为什么会在这里的原因。警

察让我在审判前一直待在这里，这样我就不会被他爸爸找上门了。我的证词将让丹尼尔被定谋杀罪。我是他们的明星目击证人。”他张开五指，做出星星的样子，扮了个鬼脸，“为了阻止我出庭作证，他会杀了我，他会做出任何事情。”路易莎放下她手中的赤陶罐，在一个架子上坐了下来。她感觉似乎她内心的某种东西爆发开来了。“审判将在三个月后举行。你不能想象，知道有那样一个日子渐渐逼近是种什么样的感觉，你明明知道那将会是十分可怕的一天，但你却什么也做不了。”

“我可以想象得出来。”她心想。还有三个月时间，她就要同乔安娜·鲍娃，其他受托人，还有他们的电影摄影师见面了，那个日子对她来说就跟任何一场法庭审判的盘问一样可怕。

“我曾是他唯一的朋友，而我背叛了他，你明白我的意思吗？丹尼尔永远都不可能那样对我，他可不是个告密者。他到现在都没出卖我。”他现在的声音很轻，似乎是要掩盖自己嘶哑的声音。“负罪感是这个世界上最糟糕的感受。你知道更糟糕的是什么吗？那就是，如果再给我一次机会，我还是会选择那么做的。”

他可怕的秘密让她感到不再那么孤独了。但她被他刚才所说的完全怔住了，担心漏听了哪句细节。他的意思是不是说并不是丹尼尔杀的那个人，还是说是他杀的？她必须仔细斟酌用哪个词。保罗此时很激动，但也很脆弱。如果她作出了错误的反应，那他就会闭嘴不说了。他站在她面前，穿着脏兮兮的T恤，看上去极度恐惧，似乎他是那个听故事的人而不是讲述故事的人。他现在看上去像个十二岁的孩子。

“没关系的，”她说道，“过来，到我这儿来。”这一刻，她以为他想坐到她腿上，但最后他钻进了她的怀里。

“你不生我的气吗？”他问道，又往她的毛衣褶皱里钻了钻，“你怎么能对我这么好？”

“因为我明白。”

遗憾和感激同时出现在他脸上。

“你试着理解我，我很感激，”他说道，“但你不可能真正了解的。唯一能让你理解负罪感的方法是自己经历一次，我不是说笑，但有很多像你一样的人……都很聪明，都是好人，我的意思是那就是为什么我喜欢和你待在一起，但请不要觉得你能理解我。”

此时，他的这番话像是特意为了逼她说出自己的秘密一样。那些话从她心底慢慢爬上来，在把它们大声说出来之前，她先对自己最后默默念了一次。这些话一旦说出口，要么会让他们俩变得更紧密，要么会永远割裂他们俩之间的关系。她感到一阵奇怪的镇定，让自己的声音平静下来。

“保罗，听我说。我明白，我什么都明白。我十八岁那年，亲手杀死了我爱的人。他的名字叫亚当。”

Chapter 37 真相

1989年6月

她在格罗斯特路上招了辆计程车。车子慢悠悠地走走停停，跟她脑子里飞速转动的思绪完全不协调。她的第一直觉一直是对的，她手里拿着的那张纸证实了她一直说服自己是假象的实情。他们一起去沃克斯霍尔演出的那天晚上，只有一个女人跟他们一起，那个女人一直在那儿，是他所信赖的人，她也许不漂亮，但她毫无疑问能够进入亚当内心的深处，而路易莎从来都没有那个本事。她不知道她在生谁的气：她自己吗？因为之前忽略了亚当给出的所有信号和警告。他吗？因为他对她撒了那些谎，更糟糕的是他让她爱上了他。还是安吉？她假装倾听她诉苦，表面装出一副平静的和事老的样子，其实背着她偷偷地跟亚当偷欢呢。不只是安吉。他们全都有份，他们四个，肯定是那么回事。每次他们暗暗发笑，每次含沙射影地讽刺她，现在重新回想起那一切，全都跟亚当的背叛联系到了一块儿。她不在的时候他们一定在她背后笑傻了。没有什么比成为别人的笑柄更让路易莎伤心的了。为什么他们选择了她来玩他们残

酷的游戏?

暮色降临，牧人丛的草地渐渐地安静下来；流浪汉在商店门口和公园偏僻的角落里安营扎寨。只剩下几家烤肉铺子和卖酒的店还开着。车开到厄克斯布里治路之后，计价器显示的金额已经超出她口袋里的现金了：她得在提前半英里的地方下车。下了车后，她跑向那儿。她的双腿虚弱无力但她的双手捏成了火热、坚硬的拳头。她觉得她可以徒手把他们家的门给砸碎；她觉得她可以把他们家的房子给掀翻。

楼上的一个窗户里传出电子音乐的声音，但整栋房子唯一亮着的灯光来自楼下的一间屋子，那是安吉的卧室，略带粉色的光从窗帘的缝隙里透出来。路易莎从房子前花圃里齐膝高的草丛蹑手蹑脚地爬过去，准备从窗帘的缝隙里偷偷观察一下，她知道她肯定会把他们逮个正着，一想到那些她浑身打了个哆嗦。安吉一个人躺在羽绒被上，枕头上支着一本平装书。她戴着眼镜，穿着件淡蓝色的睡袍。用相貌平平形容她再合适不过。路易莎走到前门，以出奇克制的方式敲了敲门，像是在为即将而来的爆发积蓄能量。安吉过来开了条门缝，一线蓝色映入了眼帘。她一脸惊讶，随后她好不容易让自己镇定下来，几乎大喊着说道：

“路易莎！这么晚了，我正要上床呢，”接着，她换回到正常的语气，“你来我真是太意外了。”

还有更意外的事呢，路易莎一把抓住她的双肩，把她推搡进了屋里。安吉失去了重心，仰天摔倒了，睡袍掀了起来，露出里面一件大号的灰色T恤（是亚当的吗？）和粗壮的长着腿毛的双腿。

“跟谁呢？”路易莎大吼道。

安吉把睡袍拉好，收起腿。“路易莎，你疯了吗？”她问道。

“你要跟谁一起上床呢？我男朋友？”

“不可能啊。”安吉站了起来。

“别再狡辩了！”路易莎说道。她展开了那张海报。上面的图像有些糊了，但海报背面用圆珠笔写的字却还完好地保留着。当安吉看到上面写的字时脸色大变，但不是路易莎设想的那种被揭穿时悔恨的表情，而是另外一种更类似于同情的神情。

“听着，不是你想象的那样……”路易莎抬起手一掌挥过去，等她放下手臂时才注意到刚才她的玫瑰花银戒指转了个圈，花朵朝向了手掌。那一巴掌打下去的时候，那花正好掴在安吉的颧骨上，她趺趺撞撞地后退了两步。她肯定被吓到了，但她的声音一如她平时调解乐队内部分歧时的镇静：“住手，路易莎。冷静点。”

“别跟我说让我冷静，你这个自以为是……你这个虚伪的婊子。在我面前一直装得那么友善……那算是什么，自己找不到男朋友就要偷别人的吗？”

安吉还是什么也没说。每过一秒她脸上的伤痕都在变。她的脸颊上有个红红的手掌印，鲜红的那道裂口四周皮肤惨白。“你这令人悲哀的死肥婆，”路易莎说道，“你知道他在背后如何嘲笑你吗？他觉得你长得太丑了，他亲口跟我说的。”

“你知道吗，”安吉挥了挥双臂，开口道，“这些跟我一点关系都没有。你自己去跟他说吧。我跟你直说好了。一楼的楼梯口，那儿是唯一的门。”

楼梯踩上去像是海绵一般。她站在那扇门前稍稍犹豫了一下，门是关着的，随后想到自己都已经来到这里了，于是不管三七二十一一脚踹开了门。

后来，当她回想起当时的场景时，她记得两幅独立但连续的画面，但在她脑海里，她始终把那两个场景分开对待。第二幅画面是卧室。一盏万向台灯照亮了卧室里米黄色的墙，乱糟糟的威尼斯百叶窗，一堆笔记本，还有一整衣橱的黑色衣服，衣橱少了橱门。但那些都是好几天之后她才想起来的。

首先吸引她注意力的是房间最显眼的地方。亚当跪在床上，离她只有一步之遥。他没有穿衣服，一串她从来没见过的黑玉珠子一直快挂到他肚脐眼，牛仔裤脱了一半，压在大腿下面。他闭着眼睛，但他脸上的表情是她所熟悉的；她看着他的脸慢慢扭曲。她都用不着数秒——一，二，三，四——她熟悉他的眼睛会在什么时候再次睁开。而这一次，他瞪大了双眼，眼中满是惊恐，他的脸因为恐惧而变了形。看着我，她在心里默念，你至少看着我的眼睛——但他却垂下了双眼。另一个人跪在地板上，像是在做祷告，双手放在亚当的腿上，浑然不觉她的存在，那个人就是夏伦。

Chapter 38 夺命瞬间

她跌跌撞撞地在那些分不清东南西北的后街小巷里摸索着，想找到厄克斯布里治路。已经是后半夜了，路上几乎看不见车。她唯一碰到的路人，是穿着牛仔裤和皇家园林巡游者球队T恤的几个男人。他们满身酒味儿，个个都很兴奋，但她回敬他们的眼神也毫不示弱。她现在满腹的怒火，即使是一车的球迷也不一定是她的对手。

她听出了他的脚步声。他的脚步听起来还挺从容不迫的，但他的呼吸听上去却上气不接下气，好像在跑步似的。他伸手搭住了她的肩，就像警察逮捕罪犯那样。她甩开了他的手。

“路易莎，停下，”他说道，“你听我解释。”她转过身来看着他。“哦，路易莎，求你别哭呀。”他看上去更多的是震惊而不是愧疚，好像是别人把她给惹哭了似的。在她来得及阻止他之前，他伸过手来替她抹去了一滴泪。

“你要怎么……”她想开口，但因为哭得太厉害了，哽咽着说不出话来，“你要怎么解释，你还能……”她调整好呼吸，“我猜你是要告诉我，事情不是我看到的那样对吧？”

“本来就不是。”

“因为我刚才看到的是你让另一个男人替你吹箫。”

“听我说，只有这一次而已。”

“我不相信。”她再也不会相信任何人说的任何话了。

“我们只是玩玩而已。往好的方面想想，我们可以同时享受到两个世界最美妙的东西，三人游戏嘛。”他露出了那两个镰刀形的酒窝，然后他咧开嘴，开始嘲笑起她来。她冲上去想给他一巴掌，但他反应比较快，一把捉住了她的手腕。他抓得并不紧，但她的直觉告诉她不要挣扎。“哦，拜托，路易莎，那只是个玩笑。”

“我看起来像是在笑吗？夏伦写下这些的时候他笑了吗？”她用另一只手抽出那张充满爱意的字条。一个疯狂的念头在她胸中涌动着，尽管她还不是很确定她希望的到底是什么。她究竟是希望那是夏伦写的呢，还是希望它不是？

他松开了手。“啊。”他没法再继续否认了。

“但你们甚至都不喜欢对方，你们总是在相互较劲儿。”她胃里一阵痉挛。她忽然回忆起每次夏伦看她时嫉妒又饥渴的目光。以一种全新的眼光回看过去，所有的一切都变得不一样了。她之前看出了他压抑着的欲望，但她没猜中他的目标是哪一个。

“这很复杂。”

“确实相当复杂呀。我的意思是，你这算什么意思？你叫他夏娃？那本应该是我的名字。是不是每个人都能叫夏娃？一共有多少人被你这么叫呢？这叫什么混账事情。你真是个神经病的浑蛋。”

“只有你们两个。”

“哦，我可真荣幸啊。”

“听着，那也没什么大不了的呀。是他来找我的。”

“我当时在那儿，我都看到了。他根本就没有强迫你的意思。”

“如果你在往那方面考虑，我并不是同性恋。”他像吐出毒药一般吐出那个词。要是换在其他任何状况下，她都会对这种同性恋感到恶心，都会开始滔滔不绝地大发一番充满厌恶和正义感的感慨。但现在，她惊讶地发现，自己听到那个词后很冷静。

“我当场看到你和你……你……你的……而你却说你不是……哦上帝啊，亚当，我们一直没有保险措施。我有可能会染上艾滋病。”

“你不可能染上的，我保证，我从来没有让他……听着，夏伦只是个……我自己惹上的麻烦。我希望我能摆脱出来，又不至于让乐队解散。对我来说这并不是那么容易，又不能让你发现，又要确保你们两人都不受伤害。我都快被折磨疯了。”

“你是在博取我的同情吗？”

“我只是想让你站在我的角度考虑考虑，”他答道，“我并不习惯对别人说不，那对我来说很困难。我爱的人是你。不然我大可以同我认识你之前的那个女孩儿继续做炮友，但我没有那么做。”

“你是想跟我说，你背着我只有夏伦一个，我应该感到庆幸

是吗？”她说道。

“是的！不是。我的意思是，从一般意义上来说，我对你是很专一的。”

他看起来真的很相信他自己说的那些话。路易莎不能再忍受听下去了。她又开始继续往前走，一直走到厄克斯布里治路，经过牧人丛市场，那儿空空的货摊架被风吹得咯咯作响。她早该筋疲力尽了，但她完全不感到累，她能一直走到海边上去。他一路都踩着她的影子跟在她后面。

“你在干什么？”她问道。

“送你回家。”当她穿过牧人丛的环形交叉路口后，他追上来跟她并排走着。那是个温暖的、吹着微风的夜晚；路边的排水沟里，风打着小旋涡，裹挟着垃圾团团转。他一直跟着她走到荷兰公园路的尽头。她向左转了弯，打算从沃里克花园中间穿过去，那儿没有那些带廊柱的房子，取而代之的是乔治王朝时代风格的排屋。这儿的空气格外纯净。被风卷着打转的不再是塑料袋和薯片包装袋，而是树叶和花瓣儿。她知道她再也不会踏上这段人行道了；到如今，有那么多条街，都承载了她和亚当在一起满满的回忆。以后，伦敦就会变成一个处处密布着不能去的街道的城市，她得尽量绕开他留下的地标走。因为他们必须结束了；之前再美好也不值得现在这样的妥协。无论他再说什么都已经不能挽回他曾做过的事。

“我告诉他我跟他结束了，”他说得很小声，几乎轻得听不见，“跟他，跟乐队，所有的一切都结束了。”

她收回之前的想法，为了他刚说的那句。她像是被他拉了缰绳

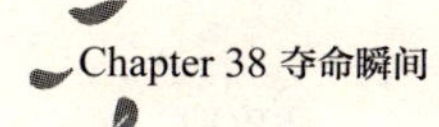

似的停了下来。他绝对找不到更好的话来让她停下了……而她又发现，其实他很清楚这一点。他只是说说而已。只是个游戏。她又继续走她的路。

“你听见我刚才说什么了吗？”他的声音还是很低，并想来抓她的手，“别离开我，路易莎！”

在路的另一端，传来一声门被重重关上的声音，接着是汽车钥匙掉在人行道上的声音；街上静得出奇，以至于真的像俗语里说的那样，钥匙撞到地上的石头发出的响声跟掉在地上的针一样能清清楚楚地听到。他抬起她的下巴。尽管发生了那一切，但她还是想再次沉醉于他的吻之中。那就是她和亚当在一起的全部理由。他的吻感觉是如此的美妙。她真的作好就此放手的准备了吗？但在她心底，有种东西冥冥之中不让她就这样结束。

“我只是不再相信你了。”她的声音几乎被车钥匙发动车子的声音给淹没了。之前抚摸着她的肌肤的手指尖突然掐住了她的脸，直要把她的双颊都掐扁了，她的舌头也往外吐着。现在的她一点儿也谈不上漂亮；开车的那个人停了下来，可能会听到他们的谈话，可能会来救她。亚当的手臂像铁条一般死死抱住她。

“你这个不知感激的贱货。”他骂道。

他以前跟她在床上的时候也把她紧紧勒住过，但这次不一样。这是他们两人第一次真正的力气上的较量。恐惧让她使劲儿从他的怀抱中挣脱出来，他的双手抱住她的手，而她努力把他的手往外推。她感觉到过去几个月里遗失的力量现在都重新回到她身体里了，从她的掌心涌出来。她往他胸口下狠劲儿推了一把，那是她有

过的最棒的感觉。

亚当向后趔趄了几步，在路牙上失去了平衡。

就在那个时候，神奇的事发生了。那辆车开得很快，非常快，但时间似乎突然变慢了。路易莎看到了那辆车冲他们开过来，也看到了亚当即将摔倒下去的方向，她很清楚没有她的帮忙亚当不可能站稳。他也看见了，伸手想抓她。她伸出手臂，伸到他刚刚能触碰到她指尖的地方，但他抓不到她；他的指节弯曲着，拼命想做成一个钩子的形状，想要抓住她把自己拉回来。他继续向后倾斜倒下去，正对着那辆车开过来的地方。路易莎向前冲了一步，但就在那被放慢了的一秒钟里，她看到他脸上的表情又回复了惯有的傲慢，就好像知道路易莎肯定会救他。

她原本伸出去的手突然向上一挥，推了他一把。

他撞上了那辆车的引擎盖。那一刻，路易莎感觉有种异常的冷漠抓住了她的心，像是正在看一出屏幕上播放的故事情节。他看起来像是只巨大的黑色蜘蛛，被那辆急刹的车绊了一跤。她注意到那是辆敞篷车，于是心想，不错，敞篷车不会撞得太严重；他会没事的，她边看着他翻滚过软顶篷边想；但接着，当他的头重重地撞在了沥青马路上，她才意识到，哦，不，也许他会死。

他左侧的脸颊贴着路面，他的整张脸都被头发给挡住了。他的整个身体都扭曲了：他的腿看起来像是被反扭了过来。他的右手大拇指向上跷着，像是正在做一个搭便车的手势。他一动不动。开车的人一个急刹车，车子发出刺耳的尖锐声响，在十五码外停了下来，然后又倒了回来，停在离亚当一车身距离的地方。开车的男人一半身子跨出了驾驶座，看上去还算年轻，领带松松地挂着，眼睛红红的。他离得很近，路易莎都能闻到他呼出来的酒气，眼睛周围看上去是刚嗑完药的样子。她那时候已经开始把他称做“第三个人”了，她无名的犯罪同伙。

“见鬼，见鬼，见鬼，见鬼，见鬼！”那个人叫道。然后他看见了路易莎。他的表情混杂着惊慌、恐惧，还有自卫的本能，或者其实她脸上也是一样的表情？在他们目光相交的几秒钟里，似乎有一刻完完全全是共谋的感觉。下一秒他就消失了，速度飞快，声音也很大，一如他过来的时候，于是现在就只留下她一个人和亚当。她本来想过去看看他，但街对面，有扇窗子里有盏灯亮了起来。有人打开了窗子，接着是一个男人的声音，发出一声惊呼。路易莎条件反射地往后跳进了黑暗之中，又有辆车子从附近转弯过来，她躲在两辆停在路边的车子中间。那是辆破旧的海蓝色福特塞拉，它在亚当扭曲的身体前停了下来。那辆车的司机，是个瘦瘦的挺英俊的黑人，跟亚当差不多年纪，他走下车，接着开始用一种听不明白的语言说了好多话。车上放着的那本全能指南手册和风挡玻璃上贴着的标志显示了他的职业。

“我马上过来，”窗子里的那个男人喊道，随后转过头去又喊道，“马莲娜，打999[①]。快打999！”

那辆私人计程车的司机不停地来回踱着，往街道两端不断张望着。那个窗户里的男人出了门，跑下他家门口的台阶，蹲在亚当身

① 在英国，999是急救报警电话。

边弯腰看着他。路易莎躲在一旁昏暗的角落里动也不敢动。

“不是我干的。”计程车司机对那个男人解释道。

“我知道不是你干的，你这个傻子。别挡着，让我看一看。”

“你是医生？”

“不是，我是……我学过紧急急救课程。”那个男人答道，“你可以挪一挪位置吗，拜托，你挡着光了。救护车怎么还没来？”他一会儿对着亚当的嘴吹气，一会儿又按压着他的胸口。那个男人呼吸声很重，很吃力，好像他这样表演着一呼一吸的哑剧，亚当就能照着他做似的。他抬起亚当的手腕。他摇了摇头。他的手指沿着亚当美丽的脖子探摸着，在三四个地方按了按。

整条街上有好几户人家都开了灯，橙黄色的小方块排列在马路两边。有人跑出门来看。那个叫马莲娜的女人穿着件红色的丝绒睡袍走出了她家的前门台阶，手里拿着块毛巾，还有一瓶矿泉水。“他们两分钟内到。”她说道。

“我觉得他撑不到两分钟了，”那个男人说道，“哦，该死，马莲娜，我根本感觉不到一丝脉搏。他死了。”但他还是继续着刚才的急救动作。

路易莎心烦意乱，心想本该是她来给他最后一吻的。一小群人聚集在亚当的周围，那个她永远也不会忘记的宣布亚当死亡的男人，计程车司机，还有马莲娜。人们担心的议论声，那辆塞拉的发动机发出的嗡嗡声，掩盖了路易莎逃离的脚步，没有人看着她走的那个方向。她悄悄地溜进了夜的更深处，她把暗夜披在肩上，做她的斗篷。她没有跑。她以一种镇定，甚至从容的步伐走在克伦威尔路上。一辆救护车和一辆警车从她身边呼啸而过，亮着灯，但没有响警报。那两辆车相互追逐着，就像是两个爱玩飙车的年轻小伙子。他们赶得再快也无济于事了；那个醉酒驾车的男人早就逃之夭夭了，她也走了，而亚当，从医学的角度上来说，也走了。他们想开多快都行；他们已经太迟了。

Chapter 39 圣诞小别

2009年12月

当路易莎在售票窗口排队买票时，保罗却躲在后面踌躇着。她时不时担心地看他一眼，但他希望他回复给她的笑容可以让她安心点。这是他第一次在凯斯提斯之外的地方跟她在一起。她今天穿得比平日里的线衫仔裤更正式些；她身上包着条裙子，让她看起来像是一件礼物，裙子外面，是一件价格不菲、做工考究的深蓝色羊毛外套，搭配一双黑色的绒面软皮靴子，靴子的高跟细得像针，她走起路来咯噔咯噔地响；她精心打扮了一番后，他都看呆了，还坚持把她从拖车房里背到她的车上，这样她的靴子就不会沾上烂泥了，那段路上他俩有说有笑的。在利明顿车站的灯光下，这身衣服让她看上去更老气、更陌生。她还化了妆，眼影衬出了她眼角的皱纹，他以前从来都没有注意到过。她告诉他，跟他分享了她的秘密之后让她感觉像回到了十八岁一样，但她今天看上去像有三十六岁。他再次意识到他们之间年龄的差异，感觉很不舒服。

一朵六角形的雪花从站台上吹进来，落在了她的肩头，像是深

蓝的夜空中挂着一颗启明星。

“很可能可以过个白色圣诞节啦。”售票窗口里的男人说道。

当他们通过检票口的时候，他得向保安出示他的青年铁路卡。卡上的照片是他十六岁的时候拍的，那时候他刚开始留头发，看上去像个蘑菇。路易莎看到后说道：“哦，上帝啊。”然后开始咯咯地笑起来，只有碰到真正有趣的事情时她才会像那样笑。

“我不应该告诉你的，”当火车轰隆轰隆地穿过一片烟雾缭绕的光秃秃的树林时，她说道，“我搞砸了。”

“没事的。”保罗说道。从某种角度看，他说得没错。他和斯加洛克一家一起待了那么久，还是能区分一个偶尔犯错的好人和一个坏到骨子里的人的。她在暖房里跟他坦白的秘密确实令他震惊，但也只是当时的一两分钟而已。他的反应先是不相信，然后是愤愤不平，以及对那个死去的人的愤怒。这是他人生中第四可怕的事情，在他父亲、艾米丽和肯·希亚德之后，而每经历一件，他都会发现影响不像前一件那么糟糕了。按照这个规律下去，到他二十一岁生日的时候，他就能练就一副铁石心肠了。

她伸手过来想抓他的手。他牵过她的手，但用围巾盖在上面，这样就不会被别人看到了。他其实很清楚他们俩在别人看起来是什么样的。要是有人把她误认为是他的妈妈，倒似乎非常有可能，他很担心那会永远毁了他们俩之间的关系。

梅利本车站有支铜管乐队在演奏，那儿还有一棵巨大的真的圣诞树，冬青和常春藤，还有彩灯。一个头发上插着各种俗气花饰的年轻女人正对着一只空塑料袋呕吐。大厅里挤满了人，那让保罗很紧张。似乎梅利本是一个关口，连接着他最近在凯斯提斯的生活和他过去同丹尼尔和卡尔还有警察和审判一起的生活。这让在凯斯提斯的一切都显得像做梦一般。他在跟谁开玩笑呢？这才是真实的世界。

“我真希望你有部手机。”他说道，同时乐队奏起了《祝愿你们幸福，绅士们》的曲子。突然间，她没有手机这个事实又成了他们之间有代沟的另一证据。

“我们还可以通话，”她说道，“我会给你打电话的。如果是你打去米兰达那儿找我可能会显得有点奇怪。”

他点了点头。在凯斯提斯，没有人知道他们俩之间的秘密，而他俩似乎都已经很习惯于此了，所以他们也会对他们的家人保密。“要是我没接，那是因为我不能接，而不会是因为我不想接。”

保罗去戈林的票里含了一张去伦敦的交通卡。他转向地铁入口处，进了地铁站。

“亲爱的，我不坐地铁。”她用一种他以前从没听过的语气说道；里面带着一丝诡诈、怀疑和不耐烦。“在伦敦只有一种生存方式，那就是花钱。”她向出租车停靠点那边走去。他差点没认出这个城市里长大的、带着自信的锋芒的女人就是路易莎了。在他看来，她的衣服和她的妆容突然间产生一种冷酷感。她说的那个秘密似乎跟他熟知的那个她的性格完全不符，但还是很容易能让人相信，这个新的路易莎——或者说原先的那个也是？——有能力做任何事情。

顶着白雪盖儿的黑色出租车排起长长的队，但队伍也移动得

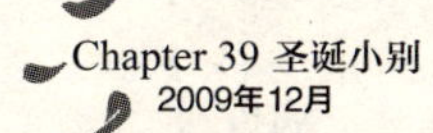

很快。

“我一直在想。”保罗说道，尽管他本来并没有真的想过，但那句话还是一不留神就从嘴里蹦了出来。

“哦？”那听起来像是一个警告。

“为什么我不去查一查后来发生了什么呢？”

“什么后来？”

“你觉得怎么样？在他……在你把他丢在那儿了之后？”她向后退了一步，但什么也没说。“你自己说的，你从来都没去调查过。要是我找出来后来那‘第三个人’身上都发生了些什么，会怎么样呢？”

“哦，是吗，”她倒吸了一口气说道，“我杀死了自己的男友，然后我现在要你去找找看是不是有别的什么人替我坐了牢。我要是想知道，可以随时找个私家侦探问问。”

保罗咂了咂嘴。难道她没看出来他是想帮她吗？“不是那样的。是从网上找。”

“你真的会那样做？”

“我也没什么事可做，不是吗？”

“如果我不喜欢你发现的结果怎么办？”

“目前你不知道那个结果，而你非常渴望知道。”

“不知道也许并不是什么坏事，”她说道，“我就是知道得太多了，才引来那么多麻烦的。”

一个长着张红脸的出租车司机打断了他们的对话：“你们到底要不要打车？”

保罗透过车窗跟她吻别，然后惊讶地发现自己的眼里噙着泪水。这不算是什么大的分离，但这次离别引起他的伤感让他自己很惊讶。她确实走得仓促，伦敦让她紧张，但她不是已经向他敞开心扉了吗，她不是已经把她的生命和自由都交给他了吗？当出租车开走的时候，他听到她对司机说，千万不能往肯辛顿开，要绕行威斯敏斯特大桥然后走旺兹沃思。他希望没有他在身边她一切都好。

当他进入地铁车厢后，他感到一阵迷失和空虚。隧道在肯辛顿主街站附近来到了地面上，地铁经过那儿时，在冬天微弱的日光下开了一两分钟，他的思绪也随之更清晰了一些。他们的年龄只是几个数字而已。在她把所有的事都告诉了他之后，尽管他还抱着几分怀疑，但他也不再害怕她了。他心想着，这到底算是信任还是愚蠢呢，而这两者，要是仔细想想，就是爱情的两块基石呀。

Chapter 40 两地相思

2010年1月

他们怎么可能在这么小的房子里养一对双胞胎？换作是他，知道有一对双胞胎要出生了，自己可以说无家可归而两个人都没有工作，他一定会很慌的。但他的妈妈和特洛伊，却整天乐呵呵的，脸上挂着傻傻的笑容，每次经过对方身边都要彼此亲昵地接触一番，既是由于空间局限难以避免，也是表达爱意的一种方式。房子里已经没有空余的地方了。要是你正要上楼而有人正好从楼梯上下来，那你就得向后退两倍的距离，一直退到客厅里，才好让他们过去。

在上一个秋天之前，保罗一共只搬过三次家，假期除外——他们的第一套房子，就是格雷斯河段的那套，然后是丹尼尔家——而现在，他每个月都得搬一次，而且每搬一次，住房条件都会变得更糟糕一点，先是45B号公寓，然后是路易莎的旅行拖车房，再到现在这儿。他得睡沙发——如果那算得上叫睡觉，或者那还能被称做沙发。那可不像原来他们家的那套柔软的长沙发，或者像斯加洛克家的那套皮沙发，而是一条铺了些垫子的长椅，细细的木头扶手上盖着蕾丝花边的垫布。而且那长椅对他来说短了一截，如果他伸直双腿就躺不下，所以他基本每天早上四点左右就会因为腿抽筋而惊醒。他很想念路易莎的折叠床，她的两床羽绒被，还有她像火炉般温热的身体。

特洛伊的妈妈——她让他称呼她鲍尔太太——每天早上都会六点起床，然后把电视开得超级响，鱼缸里的水都会因此而震动。她是个病恹恹的有点神经兮兮的小老太太，总爱戴一副暗金色的耳圈，那耳圈把她的耳垂拉得很长，你可以从中间那个孔看到另一头。她激起了保罗心中跟欲望完全相反的一种东西：如果说路易莎的身体对他来说总是尝不够，那他也总觉得离鲍尔太太不够远。她只在两个台间来回切换，放的都是些灵异事件、猎鬼，还有巫术占卜一类的东西。她总是不厌其烦地想劝娜塔莉跟她一起去灵媒教会；每次她去完那儿回来，总会带回些关于某人又“起死回生”了之类的故事，通常是特洛伊的父亲或是她已故的哪个朋友。尽管保罗对这类通灵能力的态度早已经跟他对圣诞老人的想法差不多了，但每次她看他的眼神总有点让他紧张不安，像是她能读懂他的心思似的。丹尼尔也有同样的特殊能力；如果他们盯着你看的时间久了，你会不自觉地把心底的秘密全倒出来。

他每天都逼迫自己别待在家里，尽管屋外海滨的冷风像刀子一般割着他的皮肤。第一天，他本打算沿着海岸走走，但那冰冷的海风刮在他脸上，把他的双颊吹得绯红，眼皮像晒伤了似的；眨眼睛都会疼。就连沙滩都很无聊，除了一模一样的石子和一眼望不到边的防波堤之外，什么都没有。走半小时可以走到沃辛，但那儿比这

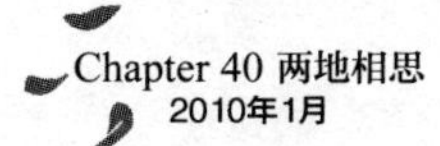

儿好不到哪里去：镇中心有一半的商铺是空着的，剩下的店都是卖老年人穿的鞋和老太太的衣服的。这儿老太太的数量远比老先生要多，大概有二十比一，而英格兰这个地区的所有东西都是根据需要来规划的。保罗从来没见过那么多走轮椅的斜坡通道。你可能一连走上好几里路都看不到一处有台阶的楼梯。他开始喜欢一个人下午待在小酒馆里，喝着便宜的小酒，还有六镑两份的意大利千层面，经常光顾那种酒吧的都是些，是的，老太太。他甚至有次傍晚想让特洛伊来陪他喝一杯。

“什么，以你妈现在的状态，你要把她一个人留在家里？”特洛伊是这么回答他的，他的语气听起来好像她是超过预产期一周未生的产妇，而不是刚怀上九个星期。

下了雪之后，那栋房子更把他憋得喘不过气来。那是新年夜过后的几天（多么悲惨啊；他当时只是在看格拉汉姆·诺顿的节目，然后去倒了杯热水，就错过了路易莎半夜打来的电话）。到现在，天气预报里播的严寒天气已经成家常便饭了，以至于都失去了警示的作用，但当有天一觉醒来发现窗台上积着厚厚的雪，还是令人很惊奇的。

离开格雷斯河段的时候，他妈妈把他的旧笔记本电脑也一起带来了。它不如卡尔的那台新机子快，但借用一下邻居没设密码的无线网还是很容易的。他每隔一小时就查看一下路况的最新状况，观察着模拟的英国地图，看下雪的地方变成一块一块的蓝色。全国的火车都停运了，最后就他能搜到的信息看来，沃里克郡的所有乡村道路都不通车，因为地方理事会还没能弄到足够的撒盐车，许多村镇都被隔断了。他和路易莎说好等火车一恢复运行，一月四日他们就一起回庄园，但她那天打电话来跟他说要推迟两天再回去。

“我会在温布尔顿多待几天，亲爱的，”她夜里很晚从米兰达家打电话来，对着话筒小声地告诉他，“我在这儿简直被惯坏了。我都快忘了在大冷天泡个热水浴是件多么美好的事情。”

“我想你。”保罗说道。

“我也想你。我想你想得好心痛。我等不及了要回去见你。”她的声音就像她的指尖一样诱人。他多希望自己能跟她说几句雅致又带几分挑逗的话，但不管怎么样，他的嘴不如她的那么巧，那样的事一般都是她比较厉害。于是，他只好关上了起居室的门，从餐厅搬了把椅子放在听筒下面，在网上搜索起跟她长相类似的情感陪护的热线，那是他不敢叫她做的事，即使他真的问了她，他也不知道自己是不是真的想听到她答应他的要求。

Chapter 41 搜索

积在地上的雪被压实成整片的冰之后，路面变得更危险了。西苏塞克斯郡的老太太们都躲在家里不出门了。保罗打算给政府写封信，建议把灵异频道列入对付嫌疑恐怖分子的非暴力行刑办法中。电视上是一个娘娘腔的中年男人，顶着一头荧光黄的头发，闭着双眼，手指抚过一块墓碑，和亡灵产生强烈的神交，鲍尔太太盯着他，看得可来劲了。他想起他父亲的墓碑，一块淡粉色的石碑，立在一排看起来都很相似的碑中间。他强忍住不要让自己想起肯·希亚德的墓碑，想想亚当·格拉斯雷克会被葬在哪儿倒没什么大碍。

他说过他不会去窥探路易莎的过往，但也许见一见坟墓对她会有帮助。他回想起父亲去世后，学校给他安排的丧亲心理辅导。那个辅导员对墓碑、长凳、石板，还有树特别有兴趣。她说，要是没有一样能代表你所爱的人的实质性的东西的话，是不可能真正完成整个哀悼过程的——有些人甚至都从未开始过哀思。要是保罗能找到亚当·格拉斯雷克的墓碑呢？他会陪她一起去看看，他不会介意的。很显然，他们至今都没有抓到她，那他们现在也不会。她需要的是能直面已经失去他了这一事实，然后继续生活。

他打开了他的笔记本电脑。要是亚当在今天死了，那他的死将会有一千种方法被记录下来，从最直接的法院报告，到小报的花边报道，再到脸谱的页面。他不是很清楚路易莎十八岁的时候到底是哪年，但从她总不大情愿接受网络这件事看来，他很确定当时因特网还只是刚刚出现。也许那时候大家还都需要拨号上网，用网络也只是发发邮件而已。鲍尔太太朝他这边看了两眼，保罗把屏幕挪了挪不让她看见，尽管到目前为止，他只搜到几个美国亚利桑那州服装进口商的列表。他把关键词换了个排列，重新搜索了一遍。翻过三页乱七八糟的女装打折信息，他越来越觉得这只是在浪费时间，但突然一条音乐网站的信息跳入眼帘，上面写着“词亚当·格拉斯雷克”。点击进入那个网站之后，他又得从头再搜一遍。那是一个叫“泉源”的乐队的网站，页面设计得很糟，深色的照片上配着黑色的文字。那些照片故意弄得不伦不类的，又很模糊，上面的两张脸都看不出性别和年龄。他们的音乐也差不多：空洞、抽象的电子乐。保罗对那样的音乐并不怎么感冒，他也想象不出路易莎会喜欢这些。保罗一张张照片搜过去，但都没什么有用的信息，直到他看到有个链接叫“存档”。那张照片的说明文字写着：忆往昔！我们的第一支乐队，格拉斯雷克。词亚当·格拉斯雷克，曲夏伦·理查德。

那个页面又链接到另一张照片上，这次是张舞台照。这张照片的画质非常糟，显然是影印扫描出来的。那个影子肯定就是亚当了；根本看不清他的脸；画面上深色的头发和眼睛原来可能是其他任何颜色。正在播放的背景音乐叫“凿凿章句”。这段音乐跟先前听到的完全不一样，复杂的摇滚风格，尽管录音效果很差，但还是掩盖不住嗓音的清澈。那声音比任何照片都更能引起共鸣。这是第一次，保罗突然意识到了他在做的这件事的可怕之处：他正在听一个已经亡故的人的歌声。他忽然间感到一阵怒火，对丢下路易莎不管不顾的那个男人感到愤慨，还有，其他的一些什么，他还感到他必须搜出更多关于亚当的一生和死亡的信息。电脑里播了四小节音乐，他的好奇心却像坐了过山车一路飙升。他要知道一切。

“我再说一次，你能把那音乐关了吗？”鲍尔太太说道，尽管他之前从没在他的笔记本电脑上放过音乐，而且这也是她第一次让他关掉音乐。保罗拔了电源，把笔记本电脑拿到楼上，在他妈妈和特洛伊睡的床上找了个舒服的姿势靠着。

在“联系”页面上有个留言板。保罗发了一条留言，说他想找认识亚当·格拉斯雷克的人。他还没来得及想会收到什么样的回答，就看到屏幕上蹦出一条回复。

我很感兴趣，网络那一头的那个人写道，给我打电话。他附上了一个手机号码。要是当时他有一丝犹豫，他都不可能打出那个电话。他要保证自己的号码不被泄露出去——自从接了卡尔·斯加洛克的电话之后，他再也不敢冒险了——他拨通了那个号码。

“我是本。”话筒那头说道。

“哦，你好。我是保罗，我从……网上找到你们的。”保罗应道，但立马就后悔刚才说了自己的名字，而且不知道接下来该说什么。他本该隔几分钟再打的，写几句草稿，设计一下谈话什么的。他有点不知所措，忽然瞥见特洛伊那张顶着个西瓜头，系着细领带，还在学校读书时拍的照片。“我是亚当以前的同学，我只是想问问他后来怎么样了。”

“你说的是哪个学校？他去过的大多数学校最后都开除他了。”本问道，但还没等保罗想出个答案，电话里突然传来一阵闷闷的嘈杂声，本嚷道：“把那东西放下，葛瑞丝。葛瑞丝！葛瑞丝！”接着传来一个小孩开始哭的声音。电话被搁在了一边，保罗隐约听见那头有个声音喊道：“安吉，你不能管管她吗？”又一阵吵闹声，然后出现了一个女人的声音，柔声教训着孩子。

“抱歉。我现在可以专心跟你说话了。那个名字我大概有，几年来着，二十年没听到过了吧？我都以为他已经死了。”本笑了起来；所以他并不知道。“我们当时大吵了一架，然后就再也没见过他。你找他做什么？”

保罗强忍住没有把事情的真相像竹筒倒豆子般全告诉本。你不可能这样随随便便地给人打电话，然后突然告诉别人他们的老朋友已经死了，尤其是你的女朋友就是那个在逃的凶手，就更不能这样做了。幸亏他急中生智。

“我打算搞个同学会，我——”

“等一下，你怎么可能是来找亚当·格拉斯雷克的？”

“什么？”

“亚当·格拉斯雷克并不是他的真名啊，不是吗？那只是

他的艺名而已，来伦敦后他才用的。是他从他老爸的教堂墓地里的某块墓碑上挑来的。他上学的时候应该用的是真名吧，叫亚伦·莫雷。”

“我，呃……”保罗开始结结巴巴不知道说什么好。

“你到底想做什么？”本问道，突然间怀疑起来。

“多谢帮忙，真是太好了，要是我找到他的话会告诉你的。”保罗说完挂了电话，心怦怦直跳。

输入亚伦·莫雷，跳出来成千上万的搜索结果。他调整着搜索关键词，在名字前加上“死亡”、“葬礼”、“讣告”、“被杀”等词，终于，在他的手指在键盘上方犹豫了好久之后，敲下了“谋杀”。叫亚伦·莫雷的人已经多得够让他吃惊了，而已经去世的亚伦·莫雷的数量则让他更为惊叹。他足足花了半天的时间阅读那些叫亚伦·莫雷的人的讣告，有中年的、青年的，还有几个孩子，有好人、坏人，还有不好不坏的人，有中风死的、心脏病突发的，最后，有两个死于谋杀——但一个死于二〇〇一年，另一个是二〇〇六年，没有一个跟路易莎的时间对得上号的，而且两个案子都不是在伦敦。

他找到几个网站，上面有吊人胃口的报告预览，但只有订阅读者可以看到全文。继续搜索了一会儿，他找到一个网站，可以用信用卡支付，购买一定的时间，阅读英国所有存档的报纸。他从钱包里抽出那张建房互助协会的信用卡，那卡到现在还没有用过一次，于是他用它买了两小时的阅读时间。全英国三十年间的所有报纸即刻呈现在他面前，只要轻轻一点鼠标就可以看到想看的。保罗很兴奋，他之前从来不知道还有这样的东西。他原本以为会是报纸原件的扫描本，但发现只是一堆报纸上的内容，以普通字体密密麻麻地排列着，像是没有任何装饰的电子邮件。那排版让报纸内容看起来很吃力，很快他就看得满头大汗、眼花缭乱了。他觉得自己像是个私家侦探，获得许可正潜入某个秘密的情报世界中。屏幕一角的时钟在一秒一秒地倒计时，而他还没有找到任何关于亚伦·莫雷的记录，原先的兴奋此刻已变成压力。有一刻他又想，路易莎跟他说的到底是不是真的，或许只是她随意编造的一个笑话，或者是对他的忠诚的一次小考验。

他的眼睛干涩难耐，嘴巴也是。他尽可能快地下楼给自己弄了杯茶喝。他环顾着那个小小的厨房，心想至少这儿还算是个有晕血症的人的天堂；那儿唯一的刀是一把很旧的切面包刀，还被黄油蚀得很钝了。水壶在炉子上烧着，他努力回忆着当天跟路易莎的对话。她有没有告诉过他事故发生的那条街的名字？他想起来了，似乎跟凯斯提斯……利明顿、考文垂、沃里克郡……沃里克花园，就是它。回到楼上之后，他输入了那个地址，还有亚伦·莫雷的名字，终于有一篇相关的结果跳了出来。突然间保罗感觉透不过气来，好像刚才他是在街上一路狂奔追着那个男人似的。

那篇报道的日期是一九八九年十月十九日。那么，路易莎一九八九年时是十八岁，那就意味着她今年……老天啊……他赶走那个念头，开始全神贯注地读起那篇报道来。尽管报道只有几行字，却改变了一切。

神秘昏迷男子系神甫之子

六月发生在沃里克花园的汽车撞人逃逸事件中的男子，在圣玛丽医院昏迷了三个月之久，现已查明身份。该男子名叫亚伦·莫雷，二十一岁，东苏塞克斯郡海沃兹希思人，系此前颇有争议的英国国教教士拉德克利夫·莫雷神甫之独子，其父已于今年春去世。莫雷先生已于上月恢复知觉，但对事故已丧失记忆。

莫雷先生遭受了严重的头部创伤，目前仍在康复阶段，之后将赴其母特蕾莎·莫雷家中休养。

此前二十年将自己当成一个谋杀犯看待的路易莎，其实并没有杀死亚当。她对自己的想法完全是没有根据的。一想到要把这样一个好消息告诉她，他的心中也充满了喜悦。要是他之前还觉得自己像是个私家侦探的话，那现在他觉得自己就像是神，拥有让死人复活，帮罪人洗清罪名的能力。他打算等他们再见面时亲口告诉她；他迫不及待地想要看到她脸上开心的表情。他得小心地组织一下语言。他以前从来没有当过如此爆炸性新闻的传递者。要是路易莎信教的话，那他等于将宣布她的灵魂会被救赎，而不是被诅咒，那也将同样是件不得了的事。

搜索时间还剩二十分钟，保罗试着想找到他现在在哪里。亚伦·莫雷也许是个太过大众化的名字，但就保罗看来，全世界也许只有一个拉德克利夫·莫雷神甫，而且这名字听上去就不像是个什么好角色；他一生中最后的几年时间都在力争将同性恋教士逐出教会。他最终于一九八九年五月死于心脏病，就在亚当被车撞的前几周。他脑海中闪过一个画面，是他父亲去世后路易莎正在安慰他；那个想法甚至比想到他们俩曾同床共枕的场面更让他不爽。虽然拉德克利夫生前言论颇具争议，但也没能阻止超过六百名教区居民参加他在奇切斯特大教堂举行的追悼仪式，仪式由主教亲自主持。讣告上写着他还留有遗孀，特蕾莎·莫雷，当年已六十四岁，以及他们的独生子，亚伦，当年二十一岁。保罗喝了口茶，发现茶已经凉了，于是把茶又吐回杯子里去。他又把注意力转向了特蕾莎·莫雷太太，把她和她儿子的名字一起输入搜索栏。搜索结果是按时间顺序排列的。一九八九年后到九十年代初都没什么记录，但有一则一九九四年的报道，刊登在布莱顿[1]的《阿耳戈斯晚报》上。

神甫遗孀寻子

身前备受争议的神甫拉德克利夫·莫雷（卒于一九八九年）的遗孀在几次轻度中风后，日前被送往伊斯特本[2]的玫莓疗养院。特蕾莎·莫雷，六十九岁，最近其独生子亚伦出走后过度悲伤。亚伦，二十六岁，在神甫逝世后不久的一次汽车撞人逃逸事件中，留下永久脑损伤。如知亚伦下落者，请速与失踪人员办事处联系。

在报道结尾处，有一个方括号，里面写着“图片”两个字，应该是张亚当的照片。他长得什么样呢，这个让路易莎爱得痴狂到要杀了他的男人？保罗想象着他的模样，好像只要他足够努力地想，

① 英国东南部东苏塞克斯郡的一个城市，为滨海度假胜地。
② 英格兰东南部一海港城市。

那张他在本的网页上看到过的模糊不清的照片上的人影就会突然拉近，变得清晰似的。他还是不要知道为好。路易莎已经告诉过他，在事故发生之后，她就没有再保留任何一张他的照片了，不然她看到了会非常难受。

他的权限即将到期了：他把相关的文件通过电子邮件发给了自己。终于，他有时间来好好整理一下所有的事情了。二十分钟前，亚当死而复生了；而最新的消息表示，他现在还活着，但下落不明。但有一点毫无疑问：路易莎没有杀人。

他随意地用谷歌搜了搜伊斯特本的玫莓疗养院，点进了一个看起来不比本的网页专业多少的主页，节俭的页面边上嵌着蹩脚的镂花效果的玫瑰图案，他拨通了主页上显示的电话号码。他猜想，到今天，亚当的母亲一定已经去世很久了，所以他打那通电话并不抱很大希望。灵光一闪，他给自己取了个假名叫丹·史密斯；叫出那个曾经不准叫的名字简称时，他感到一阵不安的悸动，像是在教堂里骂脏话似的。接电话的主管告诉他，特蕾莎·莫雷太太是他们的常住病人，尽管很虚弱但仍然活着。欢迎来访。

戈林在西苏塞克斯郡，而伊斯特本在东苏塞克斯郡。这两个郡都很大，但两个镇之间却是直接相连通的，弯弯曲曲地沿着英吉利海峡走。保罗向窗外看去，天色渐暗。要是不下雪，他明天的这个时候就能到那儿了。

Chapter 42 我曾爱过他

1989年6月

第二天早上，周五，她床边的电话铃响了又响，但她一直没有接。后来米兰达来敲门，最后连门也不敲就进来了。

“是艾薇拉打来的，”她说道，“她想知道你为什么没去上班。”

“告诉她我去不了了，”路易莎把自己埋在被子底下应道，“告诉她我得了流感。”

“你自己去跟她说。我可不想帮你擦屁股。”路易莎转过头来看着米兰达，那张脸看起来一定很可怕，因为米兰达立马往后一缩，当即改口道，“那好吧，就这一次。你醉得可不轻啊。”

周一的时候艾薇拉来了一趟，坐在床沿上跟她说道：“这不是什么流感。”还告诉她亚当不值得她这样，语气一反常态的温柔，温柔得快让人受不了了。路易莎什么也没说。两天后艾薇拉又来了，说如果路易莎还想要那份工作的话最好中午就去上班，不然她就把它让给洛贝塔一个刚从意大利来的朋友做了。

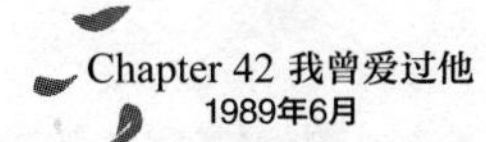

路易莎忍不住老是去看自己的手掌。她希望那只是些水泡，她触碰过他的皮肤都灼烧得厉害。感觉刺痛。收音机里没有报相关的新闻；她不停地翻着各种报纸，仔细搜查着《首都报》和《伽利略资讯报》上的每条新闻，但也没有人提到这件事。她不敢看电视，即使只有她自己一个人。她开始产生一种奥威尔式[①]的想法，觉得一直有人监视着她。她爸妈没有订《富勒姆记事报》，甚至都没有《伦敦标准晚报》[②]（简直不可思议，她居然敢走到两百码外的报刊亭去买报纸），《卫报》上也什么都没有。如果是谋杀案，他们一定会报道的，枪支或打架斗殴等事件也有可能，但不一定会报道汽车肇事后逃逸的事件。在伦敦，每年都有好多起行人被车撞死的事故；唯一让媒体感兴趣的汽车是被爱尔兰共和军炸弹袭击的那几辆。

记者也许不关心，但警察会关心的。要是他们抓住那个司机的话，他们就会抓住她，她很确定这一点，她在等着他们找上门来。那个“第三个人”是唯一的目击者；他要是提到她，那他自己也免不了受牵连，但如果他们真的抓住了他，那再自然不过，他肯定会向警察揭露那个穿黑色长裙染蓝色头发的女孩儿的。毕竟，多个人一起承担，那责任也就少了一半。

米兰达的表现很让人惊讶：对心碎的人儿的同情显而易见，对事情严重性的无知也掩饰得正好，而当需要应付爸妈的时候她又倍加谨慎。当路易莎抓起自己的头发，剪下足足五英寸蓝色的

① 指英国作家乔治·奥威尔(1903—1950)的著作《1984》中有关于人民被监视的部分。
② 伦敦当地一份免费报纸。

发丝时，是米兰达陪她躲在杂物间里，耐心地帮她尽量剪个好看些的发型，可以维持到路易莎能去发型师那儿。那天的晚些时候，路易莎抱着她所有的衣服，包括当天晚上她穿着的那件，去了诺丁山门的社区旧货店。肯辛顿教堂路上熙熙攘攘的人群和车辆让她着实吓了一跳。那么多的车，每一辆都是杀人机器。那么多的人，每一个也都是杀人机器，尽管要是跟他们这么说，人们是不会相信的。

两周后，有人来敲门了。门口站着的不是她原本期待的两个制服警察，而是全身黑色，一个唱红脸一个唱白脸的一对人儿。米兰达一脸疑惑又关切的表情，把安吉和本带到了路易莎的房间里，并问道："需要我留下陪你吗？"路易莎摇了摇头，关上了门，并死死握住门把手，似乎她抓得越紧门就越隔音一样。

其他所有人都在楼上，她连茶都没给他们泡一杯，尽管她自己其实也很想来一杯。他们坐在床上。床底下就是他们的录像带、他们的传单，还有她为他们整理的那本册子。她很害怕他们会觉察跟自己的照片离得那么近，害怕他们会钻到床下面，翻出她的大事记录本，然后看出来她做了些什么。安吉的颧骨上有道划痕，但看起来还不至于会留下疤。路易莎满心愧疚，后悔自己不该那么对她，随后又奇怪，自己为什么对刚犯下的更加严重的罪过都没有这般的负罪感。令人吃惊和感到惭愧的是，居然是安吉道的歉。

"对不起，那天不该那么做的，我不该让你过去的。我真是太恶劣了。"

“你这样说让我太惭愧了，”路易莎应道，那句话是发自肺腑的，“我只是太心烦意乱了。我以为是你。”

“你肯定很心烦。”安吉说道。她的品格让人敬佩，也让路易莎更加懊悔了。“我觉得我们两个做得都不怎么光彩，对吧？

“我想是的。”

“你的头发看起来挺漂亮的。”

“谢谢。”

路易莎拨弄着裤子上的绳子，等待着他们尽快结束这些寒暄之辞，然后告诉她亚当死了，已经通知他的母亲了，告诉她有人半夜的时候拿着他的钱包去找他们了。

“那么，他没有在这儿？”安吉问道。

“什么？他怎么会？……”

本和安吉交换了一下眼神。

“他一直没回来，我们以为他来你这儿了。他跑出去追你的时候是这么跟我们说的。他跟我们说他非常高兴夏伦的事终于被捅破了，他说他要走了，要和你在一起。就像是，你可以看到夏伦在你眼前心碎的样子。”

他跟她说的都是实话；他选择的是她，然而她的回答又是什么呢？“我只是不再相信你了。”随后就是那个终结的致命的她和他的身体之间的一触。他最后选择了她，这似乎可以清除他以前所有的罪行，并说服她自己收回她本来就不坚定的离开他的理由。路易莎用尽所有力气来掩饰听到这个事实给她带来的影响，试图把注意力集中在耳朵边的嗞嗞声上，就像唱片或者磁带放完音乐后的那段

杂音一样，但安吉还在继续说着。

“……于是他去追亚当，我怎么也不敢相信，要换作是你肯定不会追上去，但亚当直接走掉了。我本来以为他肯定来这里了，但是当夏伦出去找他后，我对本说，我们最好还是来确认一下吧。”

路易莎已经不敢再开口说话了，她抬起了眼睛。像举重一般费力。

“夏伦去汉堡了，”本说道，“他坚信他会在那里。要是他没有在这里的话，我觉得他可能说的没错。”

“你真的从那晚上后就再也没有见过他？”安吉问道，“抱歉我们就这样一股脑儿全说了，你一定很不好受。”

路易莎摇了摇头。她的心里又升起一阵罪恶感，但没能穿透她用来包裹自己的强韧的茧，那是一个不信任的茧子；考虑到她做过的事，她的这一反应很奇怪。她感到内疚，是因为她向安吉撒了谎，而不是因为她对亚当做了什么。

“那么就这样吧，”本说道，“我们要么会在流行音乐排行榜上看到他，要么他最后会变成一个可怜的老头儿，在绳索街[①]的某家酒吧，告诉人们说他本该是一个歌星。我的钱都白投了。音乐变了。人们不再喜欢装腔作势的穿皮裤的漂亮男孩了。他们喜欢牛仔裤和T恤，汗水和节奏。老实说，没了他我还挺高兴的。在音乐上，他只会拖我们后腿。”

“那你们接下来打算怎么办？”

① 汉堡的一条街，全德著名的红灯区。

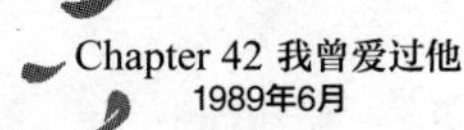

“我想，继续弄个两人组合吧。夏伦的乐器都没带走，他说我们可以用。我是说，他把亚当的东西都给烧了。差点把排练厅都给烧了”。

“天啊，简直一团糟。”安吉说道。她十指交叉，向前伸展着双臂。“你知道他们怎么说的：‘凡事都得他说了算？’亚当却恰恰相反。他总是说让你来决定。但其实那样更有力，因为这样一来，他就知道，你会等他的最终答复。”

“上帝啊，你说得太对了。”路易莎说道，“我觉得你曾比任何人都更了解他。”她突然感到脸上火辣辣的，因为她意识到她刚才用了过去时，但安吉并没有纠结于此，只是尴尬地耸了耸肩。

“我都数不清有多少次他想告诉你关于夏伦的事了，”本对他的同伴点了点头说道，“他一心想要消除那份误会，但是他对你们两边都不忍心那么做。”

“真的？”路易莎问道。

“是啊，”安吉答道，“你是个好姑娘。他跟你在一起的时候比以前好多了。”

“那又是为什么？”她问道，“那他为什么还那么做？”

“亚当只是不能抵抗有人爱上他，不管是男是女，不管是谁。那对他来说已经上瘾了，就和上舞台一样。他是个被宠坏的小鬼，因为长得好看嗓音也不错，所以大家才让着他。夏伦迷恋他，夏伦崇拜他。我知道你看到他们在一起的时候肯定不会这么想，但那只是夏伦装出来的。我的意思是，看看他都忍受了什么。不仅仅是你，还有几年来那么多的女孩子。他了解亚当是个什么样的人，但他选择忍受，因为另一个选择就是失去他。”

“我也曾爱过他，你知道的。”路易莎说道。

“我喜欢你说到他时已经开始用过去时态了，”本说道，“这表示你可以继续新的生活。”

格拉斯雷克乐队仅剩的两个人也站起来要走了。

“保持联系。”本说道。

“我觉得那是个好主意，你觉得呢？”她应道，“祝你们好运，我们今天就在这儿说再见吧。我是认真的。别再来这儿了。”

“很好！”安吉说道。

“不是针对你们个人的。把我们联系到一起的，是亚当，而如果他已经不在了……我觉得我应该就此放手，你说呢？”

安吉看起来稍稍平静些了。

“什么，即使他死在沟里也要那样吗？”本开着玩笑说道。

“即便如此。”路易莎尽量克制自己不要呕吐出来。

她目送他俩出门。楼上，她爸爸正在用他的那套B&O播着《战争安魂曲》，无意中让她的悲怆雪上加霜。

“听着，安吉，我必须知道这件事。凭良心说。你没和他睡过，对吧？要是他已经不在了，那也没什么可担心的了，告诉我吧。你我应该不会再见面了。”她举起双手，然后把手放进口袋，表示她不会再打她了。安吉自嘲般地回撤了一步，然后变得严肃起来。

“只有一次。就一次。那是很多年前了，那时我们刚认识不

久。我们都喝醉了。我觉得他那样做是为了宣泄一下吧，你知道的，不可能还有后续发展。亚当需要完完全全的绝对的奉献、热情和爱慕，所有一切真心的、疯狂的、深刻的东西。那并不是我的风格。”

路易莎看着他们消失在院门口，安吉最后说的话在她脑海中反复出现。她不明白。难道还有别的表达爱的方式吗？

Chapter 43 玫莓疗养院

2010年1月

玫莓疗养院实际上并不像网站上登的照片那样。网上，聪明的拍摄角度和柔焦的视觉效果让人们以为那是一片长得不高的建筑群，坐落在公园般的绿地间。事实上，那儿只是六幢战后建造的带隔间门廊的一片建筑，像一堆烂尾楼，后来用窄窄的走廊相连起来，再刷上了脏兮兮的红色而已。前院里的雪已经被扫清了，好露出停车位，而那些停车位离房子实在太近了，以至于汽车的保险杠都要擦到墙壁了。也许这就是为什么他们在窗前装了那些土褐色的纱帘，好不让人看见屋里吧。他从路易莎那儿学会了鄙视那些被浇平的门前花园和车道，他通过她的视角观察着这个地方，心里琢磨着要是换成沙砾铺地会好很多。在塑料盆里种丝兰，他们在做什么呢？被雪压着，它们已经变得很脆弱了，颜色也开始发黄了。要是还想让它们熬过一晚的话，得给它们罩上厚厚的园艺布。

在单斜面的门廊下，保罗费了些工夫才把鞋子上的雪都踢掉，在门口的垫子上擦了擦鞋底，这才按响了门铃。来开门的那个护士

长着红色头发，而皮肤则是棕褐色的，看起来似乎不很协调，但他也说不上来哪个是假的。别在制服上的名牌写着她叫莲卡，那身制服很紧，以至于她的名牌好似从她胸部穿过的烤肉扦。

“我是来看望莫雷太太的。”保罗说道。莲卡让他在访客记录本上签字。这个本子可不是用来写高兴的评语或者你在这儿玩了些什么好玩的那种，而是一个用来记录谁进去了然后谁又出来了的东西。现在他得找个假名，于是在上面签下了丹·史密斯，还故意改变了笔迹，曾经那是帮丹尼尔作弊用的。

“跟我来吧。”

保罗跟在莲卡后面，她的屁股不错，事实上很不错，走过了好几道迷宫般的走廊，墙壁上挂着毫无生气的水彩画，地毯下垫着塑料的长条保护垫，齐腰高的地方装着扶手。这个地方散发着一股清洁剂和鱼腥味混杂的味道。在走廊的另一头，有一个老头儿，穿着件别满类似奖章的东西的上衣，双手抓着栏杆支撑着自己拖着脚慢慢走着。他们像是正走向这幢楼里唯一发出点声音的地方，那是一个很大的房间，里面摆满了高背椅，还有台电视机，音量开得很大，以至于发出的声音都嗡嗡得变了样。

保罗走进去的时候没人抬头看他一眼。其中一个被收容的病人——你还能叫他们什么？——朝着他的方向直勾勾地看着，但眼神空洞根本没有在看他，舌头耷拉在没有一颗牙的嘴里。保罗原来觉得鲍尔太太已经很老了，但和这些人相比还不是一个等级的，这些人真的是已经老态龙钟了，他在心里暗想，在他变得那么老之前一定要先把自己给了结了。就像鲍尔太太总说，所有的黑人在她眼里看起来都一样，所有的老太太在保罗眼里也都一个样。特蕾莎·莫雷可能是其中的任何一个。

“嗯，我们好久没有看见她了。”他说道，被带到一张暗玫瑰色的椅子旁边，椅子上坐着他见过的最老的人。她的皮肤像干涸的河床一样。即便如此，他还是能立马感觉到特蕾莎·莫雷和鲍尔太太以及他自己的祖母都不是一个阶层的。她也戴珠宝首饰，但那是一串四方形的琥珀珠子项链，她唯一戴的金链子是用来挂眼镜的。她的头发短而直，一条很大的佩斯利涡纹旋花呢围巾对折后整齐地披在她肩上，对称的边正好搁在两边手肘处。一本小小的红色《圣经·新约》摆在她的腿上。她看起来十分机敏。保罗感到有些害怕。他心想，这一位他是没辙说些花言巧语哄骗了。接着她开口了。

“亚伦！”她叫道，身子向前倾过来。这时候保罗才发现她坐的是把轮椅。

“他不是亚伦，”莲卡说道，“是丹。”

“我认得出自己的孩子。你都没有见过他。他出生的时候你们这些人都还不知道在哪儿呢，所以不要跟我说这是不是我的孩子。”莲卡苦笑着叹了口气。“亚伦，我的乖孩子，”莫雷太太继续说着，“你都没有告诉我你要来看我啊！真是个惊喜呀。快到我跟前来。”她拍了拍她那看上去非常脆弱的膝盖，似乎想让他坐上去。保罗搬了把椅子坐在她旁边，她紧紧握住他的手。她的手摸起来就好像是套在旧的皮手套里的树枝一般，他心里还突然冒出个可笑又恶心的念头，他觉得要是把她的手砍断，那里面流出来的不会是血，而是灰尘。他一开始并不相信自己真被误认成亚伦了，尽管他现在想想，要是老人很久没有人来看望，而她也思念着自己的孩子，认错人实在太正常不过了。他明白自己要抓住机遇，趁老人还没发现他并不是真正的儿子。

“你看上去气色比几年前好些了。你现在有没有把酒给戒了呢？”保罗点点头，“你真的戒掉了？宝贝儿，那太好了。你是我的骄傲。我一直都担心死你了。他们找不到你的时候，你知道吗，他们都说你流浪街头了。”

“谁，什么时候去找我了？”保罗试探性地问道。

“哦，亚伦，这个我们都说过无数次了。我以为你的记忆好点了呢？你还在一直吃药吗？”

保罗点了点头：“嗯，只是今天有点糊涂。再跟我说一遍发生了什么。”

“没有人知道，我的孩子，”她的语气安详又放松，是那种母亲给她的孩子讲一个很熟悉的睡前故事的口吻。“你失踪了，不是吗，在你被惠灵顿学院开除之后。你不愿回家不愿来找我，但我们一直说着话，你父亲去世那天我跟你说过话，后来葬礼你也没有来，我就真的没办法了。我知道有些问题是没解决，但不管你和你父亲之间有什么分歧，我总知道你不会连葬礼都不来的。做母亲的其实都知道，亚伦，当孩子遇到麻烦时妈妈总会知道的，不管孩子已经多大了，不管他自己觉得自己多么独立了。你出生的那个晚上，你还记得不？你爸爸回家去了，医院里只剩下你和我两个人？你躺在我的臂弯里，我一直一直在祷告主的恩赐。”她说话的时候嘴里泛起一口吐沫。保罗觉得很恶心，他开始觉得老年人会不会成为他的另一种恐惧症，就像血一样。“我没有放弃。你的名字在失踪人员登记簿上，有一天他们告诉我说，有个男孩昏迷了，那就是你。”他很费劲儿地尽力跟着她混乱的讲述，真后悔没带些纸和笔来。“十六岁生日之后的事你都想不起来了，你就是那时候离开家的。我不得不把所有的事再重新跟你说一遍。你老是忘记你父亲已经过世了。那是最糟糕，最糟糕的……我不得不一而再再而三地跟你说叨这事情……而每讲一遍对我来说都是种煎熬。亚伦，我的乖孩子，你为什么在揉眼睛呀？你还会头痛吗？你知道你得定期去做检查的。要是你不吃药，就算戒酒了也没什么用啊。这里有个大夫，你可以去找他看看，我保证他不会介意的。莲卡！莲卡！我的孩子现在需要见维纳布斯大夫。”

“我没事，妈——”他太入戏了，以至于差点叫她妈妈了。

莲卡一个劲地解释说大夫现在不在，而且不管怎么说，他是被聘来为这里的病人看病的，而不是为了照顾他们的家属的，同时，保罗也觉得他已经从莫雷太太那里得到不少的信息了。

“你现在住在哪里啊？你从不跟我说你在哪里住着。求你了，亚伦。给我留个你的地址吧。要是我出了点事，那他们要怎么联系你啊？我只能指望你了。”她开始干呕起来，后来他才知道她是在哭，“你以前是个多么可爱的孩子啊。我们都很爱你。我们都为你祈祷。”

莲卡回到他们旁边，叉着手臂站着。“差不多了。”她说道。保罗站起来，有点鄙视自己让这样一个可怜的老妇人把他误认为是

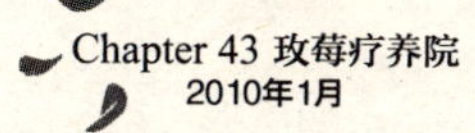

自己的孩子，尽管是她自己认错的。

“看到你真开心，”保罗说道，“但我现在得走了，天又开始下雪了。”

让他吃了一惊的是，她竟然试图从轮椅上下来。“亚伦，亲爱的，快点回来好吗？一定要再回来看我啊。你明天会再来吗？”

她那本来很干枯的眼睛里此刻盈满了泪水，眼泪顺着她脸颊上的皱纹流下来。她伸出双臂，保罗让她抓了一会儿，觉得这是他能做的最简单的事了。他以为她身上的味道会很难闻，但实际上她身上有股花朵和香粉的气味。他毫不费力地就从她虚弱的拥抱中解脱了出来，真是令人心疼。

“我会很快回来的。”他说道，虽然他知道自己不可能再回来了。

在出去的路上，他问莲卡：“你在这儿工作多久了？”她眯起了眼睛，“我只是想问这里有没有认识她比较久的人，”保罗说道，“我有几个问题想问。”莲卡只是耸了耸肩。

“布朗太太？她也许知道些。”

原来，布朗夫人是这里的主管，她的办公室就在访客登记处的后面。她坐在办公桌后面抬头看了一眼，然后突然恍然大悟地惊叫起来。

“我的天啊，确实像极了。”她说道。

“哦，真的。”保罗应道，怀疑她是不是跟她的病人一样疯疯癫癫的。

“莲卡说她还认为你就是他。我希望你没有让她难过吧。”

“我也不是故意的。她对每个人都那样吗？”

“不会呀，”主管说道，“根本不会。但确实，几乎没什么人来看她，更不用说亚伦了。”

保罗感觉到有些冒充别人的罪恶感。“你多久没见到过他了？”

“好多年了。九年？十年？或许更久。他是个有点怪怪的年轻人。呃，我想也许你并不会觉得他年轻，但如果你在这里工作，你关于年轻的看法就会改变。任何没到六十岁的人在我看来都算年轻的。”她自己看起来离那个年龄也不远了。“我只见过他一两次。当然，每次都是醉醺醺的。”她的声音突然降低了八度，像是跟他说悄悄话似的，“他有点被毁容了，但他肯定不超过三十岁。显然，那是在事故发生之后，但据我所知，他确实脾气有些怪，而且在那之前，在他背弃教会之后，他们有段时间彼此疏远。哎，你应该了解得比我清楚吧，不是吗？”

保罗突然感觉很不自在。布朗太太跟他说这些，可能已经违反了好几条病人保密规定了，而让他备感威胁的是，他已经看出来这些人八卦的特点了，她们渴望得到更多的信息，而且他很清楚，他今天的来访会成为未来几天这里的工作人员闲聊的主题。在还没有透露什么信息之前，他必须马上离开。他看了看灰色的天。他说下雪本来只是为了找个借口，但现在真的下雪了。要是他不当心，可真难说他能过得了这一关。

“你要找的人其实是亚伦，而不是她，不是吗？你不介意告诉我你和莫雷一家到底是什么关系吧？”她是把他当做亚当的儿子了吗？这个想法真让人恶心，简直可笑。

“远房亲戚，”保罗敷衍着应了一句，他看到她的脸色起了变化，“嗯，我得走了。我能问个很奇怪的问题吗？”

“可以，但我不一定要回答。”她现在又摆起专业人士的架子了，就像他不告诉她她想知道的东西一样。

“你觉得他还活着吗？”

她的脸抽搐了一下，最终八卦的冲动还是占了上风。

“我真的不知道。我想，在她去世之前，我们也没办法弄清楚他到底是死是活。每每有人突然不知道从哪里冒出来的时候总会很让人惊讶。这些老人在这儿的时候，他们的亲属都死了，但一旦发现有遗产可分的时候，他们又会突然现身，个个活得好好的。这个情况不一样——他们家的房子已经被卖了，用来支付她的护理费——所以我觉得我们找他也是白费力。她上次中风的时候我们本想试着找到他，我们都以为她要不行了，但最后还是挺过来了。事实就是这样，有些人就是不希望被别人找到；也可能他们真的死了。”

Chapter 44 好消息

雪白的雪花从黑漆漆的天空飘落下来。疾风吹得别墅废墟的塔尖摇摇晃晃的。路易莎一个人坐在小餐厅里，只有四号电台陪着她，她身上套了两件外套，还盖了条她在衣帽间里找到的园艺毯，把自己裹得严严实实的。天气预报还在报着寒流，尽管现在说法变成了二〇一〇年的大寒潮，因为已经是新年后的一周了。十二月的时候他们本以为最糟糕的日子都已经过去了，但是现在他们说还将迎来第二波更加严重的寒流；新下的雪盖在原本已经积了一个星期的冰面上。双脚只能在身体下面机械地摆动；全国各地都发生了汽车打滑撞墙的事故。在凯斯提斯呢，那个池塘冻得结结实实的，面上成了一个奶绿色的大盘子。

四点钟天就黑了。现在已经快八点了，而保罗本来三点钟就应该到的。他平常都很准时的，甚至经常会提前到。她时不时哆哆嗦嗦地去办公室给他的手机打电话；但每次都直接进了语音信箱。无人应答的手机比无人应答的寻呼机更让人抓狂。身上依旧裹着毯子，她向骑径方向张望着。昨天夜里下的雪已经把那些露出来的棕色冻土块都给遮住了，地上又被白雪的斗篷给盖得严严实实的。他去哪儿了？四周一个人也没有，只有一只暗褐色的小鸟朝她这边跳动着。小鸟的爪子在雪地上留下一串像囚犯衣服上的箭头一般的脚印。她跑回小餐厅去给它找片面包屑，但等她回来的时候它已经飞走了。

在伦敦的时候，白天她并没有多少时间想念保罗；所有的时间都被各式各样的活动给排满了，从交换礼物到看哑剧表演，有无尽的DVD可以看，还有平底雪橇速滑。她的侄女十岁了，侄子七岁了；那是他们第一次看到真正的数日不化的雪，他们的那股兴奋劲儿很具有感染力。但到了晚上，在米兰达的客房里，躺在记忆泡沫胶床垫上，盖着凯思·金德斯顿[①]羽绒被，她就一刻不停地想他。跟面对面的轻松交谈相比，他们在电话里说话很不自然。他跟她说他大多数时间都待在家里跟家人在一起，对此她很怀疑——当年她十八岁的时候，除非用笼子锁住她，否则休想让她待在家里片刻——而且他也错过了她在新年夜给他打的电话，当时她确实很惊讶。她想象着他在一家布莱顿的酒吧里，跟一个与他年纪相仿的姑娘打情骂俏。心里的妒火噌地一跃而起，尽管已经熄灭多年了，此刻却越烧越旺。

他们还故意在她面前翩翩起舞。此刻，她已经把那当做保罗成

① 凯思·金德斯顿（Cath Kidston）是英国一位以花朵图案设计纺织产品而著名的设计师，她的公司售卖其设计的包括家居用品在内的商品。她的名字在英国已经变成一个家喻户晓的名字。

熟且敏感的一种迹象了。现在离他们相约的时刻已经过了好几小时了，别墅废墟的阴影笼罩着她，突然她灵光一闪蹦出个念头：很显然，他不会再回来了。

她的想法没错，只是时间没选对。她本该在他们还在一起的时候，在他们还有好多天，好几个星期在一起的时候跟他提出这个问题；她本该在他有疑惑的时候在他身边，跟他解释清楚，而不是像这样任由他自己一个人跑出去，他并没有完全了解所有的事情，而就她所认识的他来看，他的想象力会把事情添油加醋，抹上黑色和红色的阴影，然后事情就整个走样了。她一边缩在自己围的茧里，一边骂着自己太蠢。也许他的确去查找有关亚当谋杀案的事了，发现了什么可怕的新消息，是她想也想不到的，然后让他直接上法庭去了。路易莎缩到墙角，像是被警察包围了似的。保罗真的会那么做吗？她觉得自己实在太不了解他了，她从来都没有十分了解过她的爱人。过去，她完完全全不懂得如何判断一个人，而似乎过了那么多年，她一点长进也没有。她信任亚当，所以把心交给了他，而现在她也信任保罗，所以把自己的秘密交给了他。可他俩都不值得她信任。她渴望能来点酒喝，但方圆几里之内唯一的一瓶酒在她的拖车里，所以她开始练习一种古老瑜伽的深呼吸，用鼻子吸气，从嘴巴里吐气，想象着压力渐渐离开她的身体。没有用。她在屋子里坐立不安，于是跟随着她自己呼出来的团团水汽走了出去。

在骑径的那一头，她看到他的身影出现了，修长的双腿，头重脚轻地背着个大大的背包，在暴风雪中时隐时现。他用手遮住眼睛，就像是顶着大太阳似的，然后看见她正跟他招手。他开始跑起来，而她的多疑则来得快去得也快，立马消失了。他大大的拥抱险些把她撂倒，他湿答答的衣服也浸湿了她的，雪在他俩的脚底下嘎吱嘎吱地响。当他把她抱起来，雪地上便只有一个人的影子了，像是冰和水组成的警匪片里尸体的轮廓。

“你不会相信我一路是怎么来的，”他终于开口了，“我们回家吧。”

她锁上了所有小屋的门，然后他俩一起走回她的拖车去。雪将他们的荒凉之地变成了童话世界。一轮弦月将奇异的银色的光洒在他们脸上。他们不需要手电，但是在雪地里，很难找准前进的方向。他们没有像路易莎往常那样穿过灌木丛走，而是按照保罗的方式，沿着墙走。树枝碰在一起，上面的积雪簌簌地落到她的头发上，结成了冰柱，四周唯一的声响就是他们踏着雪的咯吱咯吱声。

“要是现在是在小说里，那怪兽一定能找到我们的。”他说道。

她回头看看他们一路走来留下的鞋印：“明天早上这些脚印就会不见的。”

到了拖车里之后，他们冰凉的手指和嘴唇都找到了对方身体上最温暖的部分。之后，他们开始相互诉说着圣诞节各自发生的故事，说着说着，她开始默默地注意到他俩的家庭是多么的不和谐，而他也渐渐安静下来，那是他的习惯，每当他在酝酿说一件重要的事之前都会有这么一段沉默。

“你想听到的最好的消息是什么？”他问道。那个问题听上去像是有不祥的预兆，尽管他满面自信的笑容，语气也像开玩笑似的。难道他还不明白，任何那种消息对路易莎来说都是一种诅咒吗？“被雪困在戈林的那几天，我做了一点小小的侦探工作。”

“我跟你说不要的。”她说道，一边把被子拉得更严实了。

“听我说，是个好消息，”他开始兴奋起来了，甚至有点自以为是地飘飘然起来，“听好了，我要宣布了。亚当当时并没有被那辆车撞死。”

路易莎觉得她过去的所有一切都瞬间扭曲了，然后又重新在她周围塑造起来。

“你听见了吗？”他的激动突然变成了疑惑。她干渴的嘴唇竭力想说出话来，但她却顿时语塞了。

“但、但、但、但是……”她好不容易能开口了，但心里还不确定自己到底是想听他继续说下去，还是想用手捂住他的嘴。

“我找到一个可以查看往年所有报纸的网站，然后我就搜索了一下。亚当被车撞了之后，受了严重的脑部创伤，所以就昏迷过去了。他一直昏迷了好几个月，清醒过来之后，他还是留下了永久脑损伤。不是像，植物人那一类的，只是记性不太好什么的。”

“但那个人，那个住在附近房子里的那个男人……他当时说亚当死了。我听见他说的。他摸了亚当的脉搏，然后他说：‘他死了。’”

“哎，那是他弄错了。”保罗耸了耸肩，好像这只是个无关紧要的小细节似的，“他又不是医生，我说得没错吧？他只是个路人而已。路易莎，亚当在那场事故中并没有死。你没有杀死他。你到底有没有听明白我在说什么啊？我以为你听了会很开心呢。”

“我的确开心呀。”她说谎了。

“你看起来并不开心。真该死，要是我原来以为我是个谋杀犯，然后有个人告诉我我不是，那肯定会是我听过的最好的消息。你明白这意味着什么吗，路易莎？你自由了，不仅仅是肉体上的自由，而是彻彻底底的……”他环顾着屋子四周，像是在她的书脊上寻找着某个合适的词，“……精神上的自由。”他先前的故作老成现在全不见了，他又变回了一个孩子，需要立马给予肯定，一旦没有实现，他就会耍小脾气。“我为了你费了好大周折呢。你不想听听细节吗？”

细节是她最不想听到的东西，光是知道个事情的大概就已经够让她痛苦和混乱的了。“要是他还活着，那他现在在哪儿？”她终于问出一句话。

“我没说他现在一定还活着，我说你当时并没有杀死他。”这种新的可能性像个弹球一样在她脑海里来回弹射着。

“保罗，别闹了。”

“我查到大概十年前关于他的记录。他当时还活着。然后我本想继续查下去，但他似乎就那样从地球上消失了。他是个登记在册的失踪人员。那是我们接下来要查的任务，但我想我们可以一起查。我以为你会很高兴的。”保罗又重复了一遍，有点闷闷不乐，“早知道就不跟你说了。”

“我不知道我想要什么，我不知道我是怎么想的。”她轻声说道。

“你怎么会连这都不知道？……有什么好考虑的？你决定了就

告诉我，好吗？”保罗边说边气鼓鼓地转过身去。她真想把他赶出门去，真想扯过毯子，然后把他赤条条地扔进雪地里去。像是不经意间算计好了似的，他没过几分钟就睡着了。然后，她就一直纠结于是把他叫醒来问个究竟呢，还是让他睡着，这样她就能慢慢让自己接受她刚才听到的事了。

他原以为他可以帮她解除罪恶感的枷锁；但他原来是如此地不了解她。她至今仍能感觉到亚当的胸口抵着她的手掌的感觉，还有将他推开的那种韧度。在那分开的一刹那，她觉得自己就像个职业杀手一样，铁了心想置他于死地。而那，她明白，才是问题的关键。那是保罗不知道的部分。她希望能把他那句说来轻巧却愚蠢至极的“精神上的自由”砸回到他脸上，好让他明白，就算亚当活了一百岁然后安详地离开人世，她也始终是个杀人凶手。不管怎么说，她就是杀了他。邪念与恶行同样罪恶，《圣经》上不是这么说的吗？亚当肯定知道这句。

一个念头充斥着她的脑袋；那不是个什么好点子，她能够感觉到，因为每当她想把它扑灭时它都东躲西藏地不让她逮到。正当她快要入睡的时候，那个想法突然变得清晰了，让她一个激灵醒了过来。虽然他让亚当起死回生了，但保罗还是无意之中将希望扼杀了。要是亚当还活着，她想，那他为什么不来找她呢？不论是爱是恨，他为什么没有来找她？

Chapter 45 园艺

1989年7月

她的世界忽然缩小了，她几乎足不出户。除了吃饭和洗澡外，她从不踏出自己房门半步，而有些日子，她甚至连饭也不吃，澡也不洗了。晚上她也不拉上窗帘，就那么看着窗外的景色，尽管也没什么新鲜的东西可看。艾薇拉已经不再来找她了。安吉和本很遵守诺言，也躲得远远的。他们现在一定已经得知亚当的死讯了，但他们也没来告诉她。也许，警察发现他之后，没有去他现在的住址，而是直接去找他的母亲了，毕竟那还算是亲属。要是他们知道了，她在想他们是不是会去参加他的葬礼，又想他是不是会和他的父亲葬在一起。她能在脑子里，把所有她想象出来的事，和所有事实发生的事给清清楚楚地分开，心里想知道这种暂时的麻木感可以持续多久。

随着时间的过去，越来越明显他们是不会来找她了，而她所做的事也将被淡忘。渐渐地，她的关注点从怎样度过接下来的几小时，转移到将怎样生活接下来的五十年上。她觉得她一生的故事已经随着亚当的死而终结了。现在只需要把最后的末页填完就好了。

她始终没有去理发师那儿弄头发。她也任由右边的耳洞渐渐闭合了。她也完全没有化妆的想法。剩下没有送到慈善旧货店的衣服都被她用剪刀剪碎了，蕾丝和皮衣都成了条条破布。直到那时，米兰达才终于告诉了爸妈她对她姐姐的担心。他们立即诊断她是抑郁症；毕竟，没有什么外界的因素可以解释他们女儿在打扮、精神和性格方面的突然改变。要是他们了解亚当的事，那他们一定能明白这些改变有多么深刻；事实上，只有她自己心里清楚，自己的灵魂深处发生了某种深刻的、可怕的转变，那是永远无法用镜子照出来的。他们想让她来吃中饭——就在家里，没有任何压力——还有一个她熟悉的家里的常客，默文舅舅，尽管显然，他是作为临床心理医师被叫来的，而他们的见面也跟舅舅侄女之类的没有任何关系。尼克提到说也许锻炼会有助于她改善情绪，而莉娅则更来劲儿，她说不排除用药物治疗的可能，她说新的治疗方法已经非常成熟了，并且他们会保证给她用最好的药物。“只是一种膏药，它能给你提供一些精神上的空间，使你更好地恢复。”她说道。一想到要吃任何药就让路易莎很害怕。她甚至在吃晚饭时都已经不再配葡萄酒了。她一直能感觉到那种想说出真相的冲动，虽然很细微但持续不断，时时刻刻都在变动，像是她血管里的某个突变了的细胞。如果这些抗抑郁的药物将那种感觉放大了怎么办?

“我没得抑郁症。”她说道。

于是，她重新从自己内心的角落里找回了藏了很久的勇敢的面具，只要有旁人在场就戴上。她同意每天出门呼吸一小时的新鲜空

气。她唯一能呼吸的地方就是屋顶花园；在她认识亚当之前，那儿就是她的神圣领地了，所以她和那个地方的关系足够牢固，还可以像从前那样给她带来些许安慰。大多数的日子里，她都会去那儿，带着那本她不再真正感兴趣的草药学方面的书，只为能感觉书放在膝头的重量。有天早晨她去得很早，园丁们还在清扫着头天晚上的派对留下的残局，她在西班牙花园里看到了一只火烈鸟，它正想把掉在两块石头裂缝间的香烟蒂给吃了，于是她及时阻止了它。她把烟蒂捡起来，交给一个园丁，那人正在清理水池里的香烟屁股。

“你听听，我辛辛苦苦专门培训了三年，就是来给这帮小年轻捡香烟屁股的。”他说道。他这不经意的一句话却引得路易莎开始思考这个问题。她以前从来没想过园艺一类的事也有专门的培训；他们大多原来都只是把园艺当做一个自学的爱好，只是不断地练习，直到有天突然发现可以靠自己的技术赚钱了。

“你在哪儿受的培训？”她问道。他说了在哈特福郡一家私立园艺学校的名字。

“那是我经历过的最好的时光。就像是有人向我展示了另一个世外桃源。”

那正是我所需要的，路易莎心想。那天迟些时候，她打电话去电话号码问询台，问到了那所学校的联系方式。因为那是所私立学校，所以他们唯一的两项要求就是一要预付学费，二要热爱园艺。在电话里，她保证说她两项要求都能符合。对于第一条要求她非常有把握，她知道爸妈一定会支持她的；而关于第二条，如果他们所谓的热爱的意思是，她可以一心专注于园艺而不用再整天想着那件让她担惊受怕的事，那么她的回答是肯定的，她想她会对那些课程感兴趣的。申请表格都用尼克的传真机发送出去了，支票也填好并寄出了，到第二天中午她就收到了确认函。除了学费之外，尼克和莉娅还替她付了那儿一套小房子一年的租金，那房子就在学校附近一里路远的地方。

她剩下的衣服还不够装满一只箱子：在衣橱的底部，她翻出了那件揉得皱巴巴的蓝色丝绒裙子。她把它提起来，举在面前看了一会儿，然后把它和她的那些衬衫、牛仔裤一起塞进了箱子。她把她的那些基础精油都装进了一个木头的旧针线盒，还把她的书都打包好了准备邮寄。她也带了那本剪贴簿，并把那张她和亚当在屋顶花园照的照片夹进了扉页。她还带上了格拉斯雷克的录音带，还有她自己拼凑翻录的那盘录像带（原来的那些现场录像带已经被她扔到克伦威尔路上的垃圾箱里去了）。她明白她本该把所有的一切都扔掉的——毕竟，它们会让她想到那个已经死去的人，而且她也不相信她可能会重新去听去看那些东西——但要是把它们都丢下了，那会像是又一次杀了他的感觉。

她的第一次仪式是在他死后一周年纪念日当天。夏至日飞快地逼近她，就像是一列疾驰的火车，而她正被钉在轨道上。在六月二十日那天，她都已经走到当地警察局的门口了，但最终还是没有走进去。警察局对面就是家小酒馆。她心想，都已经过了一年了，现在喝点酒应该没问题了吧。第一杯酒下肚后，她觉得看看他的照片应该也不会有太大关系，于是便买了瓶带回家。接下来她记得的事就是她穿着那件旧衣服，对着录像带里的他哭着说对不起。那天

之后，她有一个星期没离开过她的屋子。

她是无意中进入古迹园艺这一行的，她拿到的第一份实习工作，是国家名胜古迹信托在苏塞克斯郡的分部，他们在那儿有个项目，是修复一个伊丽莎白时代的迷宫。她觉得修复那些已经被人们忽略了的古老花园很有意思。而那也正合她意，可以消除她自己关于过去的伤疤。她逐渐变得小有名气，因为她能让久已衰败的园子重现旧貌，她有能耐让那些稀有的快绝种的古老的种子成活，小心培育它们长出叶子。她惊奇地发现她总接连不断地有活儿可做；作为一个伦敦长大的姑娘，她总会惊讶于英国乡村那些私人庄园的数量。她在每个项目待的时间不会超过三年。有时候她也会遇到很谈得来的朋友，但离开一个工程后，她基本上从不和他们保持太密切的联系。就像栽培有丰收的年份也有受灾的年份一样，她的工作也有大小年。光阴荏苒，花开花落，她觉得她似乎慢慢地找到了一种平和的生活。而她的家人也渐渐地肯定了她工作上的成绩。她一直没有回过伦敦，直到米兰达和戴文搬进了他们在温布尔顿的大房子，那之后，她的大部分假期都是在那儿度过的。只要活着，她就会一直像这样继续下去，种种花草，看看书，做做研究，她明白，只有等到她自己的身体也重新回归大地，她才可能获得真正的平静。

Chapter 46 旧伤疤

2010年1月

冒着黑烟的火焰的影子映在别墅废墟的墙上，像一群鬼怪在跳舞。他端了只火盆到大厅的中央，然后铺上锡箔，在上面烤土豆，调香料热葡萄酒；讲笑话和发脾气对她都已经不奏效了，于是他只好孤注一掷地试试看来点浪漫的。情况并不那么顺利：葡萄酒热得太过了，差点烫伤嘴巴，而土豆从下午就开始放在锡箔上烤了，虽然外皮已经烤焦了，里面却还是生的。火堆里有什么东西噼啪作响，爆裂的声音在整个厅里回荡。这让人产生一种错觉，似乎周围正有一群怪物在暗中监视着他们，那些咔啦声是它们踩断树枝时发出的细碎声响。

他打心眼儿里希望自己从没告诉过她亚当可能还活着。他永远也不会忘记当时她脸上表情的变化；短短几秒钟内，她看上去突然老了好几岁，虽然已经过去一天了，她的脸色也已恢复正常了，但她的心里还是起了变化，那是个他无法接近的地方。他感觉她离他很遥远；她身体的姿态一直在提醒他说“别过来”。她今晚穿了那

Chapter 46 旧伤疤
2010年1月

件打了蜡的夹克，就像是一个壳，拉链拉得紧紧的，衣领竖着，把风挡在外面，同时也挡住了他。不应该是这样的。你甚至会觉得，她更乐意做个杀人犯，而没有哪个正常人会那么想。她为了一个二十年都没见的男孩相思断肠，那是个她曾想杀死的男孩，而似乎他已经不存在了。

他无论怎么努力，都没法明白她的想法，他觉得她的表现简直是忘恩负义。他不止一次地告诉她，他用了他自己的信用卡花了他自己的钱，他不图任何回报，他在冰天雪地里专门跑去伊斯特本——时隔越久，他越觉得那像是一次有致命危险的登山探险——她应该好好想想这些呀。关于这些，她只是说了句：“你居然见到了他的妈妈，真不可思议。我从来都没见过她。”他跟她描述他见到特蕾莎·莫雷的时候是什么状况，描述她是个多么让人苦烦的人，但路易莎只会说：“再跟我说说，关于亚当她都说了些什么。”

她大口大口地喝着葡萄酒，酒不浓，因为加热后大部分酒精都已经挥发了（他不知道只要微微加热就可以了；她对着他狂喊，问他到底懂不懂什么叫“香料温酒”）。然后她盯着沉在底下的残渣，就像有些人用茶叶渣算卜似的。他知道她还会继续问的，果然，她又用那种奇怪的、梦幻般的声音问道：

“我简直不敢相信他连名字都是假的。所有关于他的事情都是，一层一层太多太多的谎言，我以为我终于了解全部真相了，但我甚至都还不知道他的真名。我已经花了二十年时间来弄清楚这些，而现在我觉得自己又回到了起点。”

他有一种孩子气的冲动想把火盆直接扣到她脸上，好让她从她那关于一个男人的梦幻中清醒过来，但他没真那样做，而是对她大喊了起来，那是他第一次对她这样。“难道你不觉得你有点搞错了吗，你对他用假名这件事的反应甚至比我告诉你他有可能还活着时的反应还强烈。”一粒火星从火盆里溅出来，落在他的外套上。他用力地拍打着，虽然根本没必要下手那么重，他恼羞成怒，把自己的手臂都打青了。

“知道我当时没有杀死他跟知道他还活着是两码事。”路易莎说道。

“为什么你还会纠结他用的是不是个艺名呢？事到如今，他是不是还活着又有什么关系呢？所有的这些事都有什么关系呢？他又不在这儿，不是吗？”

她抬眼望着粉色的云，垂得低低的，酝酿着雪花，看起来像是被废墟那突出的尖顶给撑着似的。

“要是你再长大些，要是你自己和女人交往的经历再多一些……”他听着这些词，似万箭穿心，“哦，保罗，我不是那个意思。我们不要因为这个拌嘴了。”她拍了拍她身旁的位置。她觉得他是什么，她的小宠物？“我不否认有一部分是因为你揭开了我的旧伤疤。但这让我陷入了一种……两者之间差别很大……听着。”她突然放慢了语速，就像是和一个白痴在说话，“假设他的脑子并没有真的受伤，他一直在找我，只是还没有找到而已。或者假设他已经告诉过别人这件事了？我知道你说过他母亲已经有点神志不清了，但谁知道他都跟谁说过呢？他也许和其他人联系过，他也许去找夏伦了，我觉得他完全有可能跟夏伦住在一起，而他或许很高兴能有这样的机会照顾亚当……也许还有别的什么人知道了这件事，并且正在找我，为了敲诈勒索或别的什么。我有钱，我是个不错的目标，我确实很难找但也不是不可能找到。就算他什么都不记得了，但也许哪天他又想起来了；这些事确实……或许他已经报警了而警察正在调查我……”

“为了二十年前发生的一次事故？”

“我不知道，他们可以告我谋杀未遂，或肇事潜逃。我不知道，保罗。我不知道他们要等多久，我不了解关于警察啊、犯法啊之类的事，我不知道这种事要怎么弄——”路易莎猛地抬起头来，她的声音戛然而止，好像刚才那个动作撕断了她的声带似的。保罗也听到了动静：他俩同时转过头去看到了他们的客人，尽管他们中只有一个认识他。他看上去就像是个雪人。炭火盆里跃动的橘色火焰映在他腰间挂着的那把刀上。刀柄是凝结了的血红色。

“你运气不错，那些东西我都了解。”卡尔·斯加洛克说道。

Chapter 47 离别序曲
2009年8月

之前他们在扫荡整个埃塞克斯郡位于兰登和科尔切斯特之间的道路设施时，他就已经发现那所学校了。他们穿过了一个小村子，那儿的房子外墙都贴着护墙板，路上零星散布着的仿维多利亚式或者爱德华式的灯柱顶端亮着一团团朦朦胧胧的光晕，灯柱都是优雅的天鹅颈造型，看起来像是锻铁，但其实都是化学镀了层的钢。“看来这是个挺有钱的镇子，肯定是的，”丹尼尔说道，“任何一个装了仿古路灯的街区都意味着这儿的房价高得吓人。”房子门前车道上停着的都是些崭新又昂贵的豪华车，正好印证了他的说法。

那所学校大概在镇子边上几百码的地方，是那种外面围着矮石墙的乡村学校，只是这所学校房子用的面砖不一般；屋顶是亮闪闪的蓝绿色。经过学校旁边时，丹尼尔开得很慢，说道：“肯定能大赚一笔。”这所学校没有任何防备设施，上方只有隔壁田里的高压电线架，附近有一个仿古灯柱，灯泡还不见了。操场环绕着教学楼；塑胶场地上有架孩子们玩的蛇梯，还有漆成红黄蓝三色的攀爬

架，底下垫着软木屑。屋顶上立着一支风向标，是那种传统的公鸡形状设计，但是用一种淡灰色的，极富现代感的材料做的。

“我感觉很不爽，这是个幼儿园啊。感觉像是在欺负小孩子。”

“上帝啊，要我说多少次？这些地方都是买了保险的。他们巴不得你去搞点破坏呢：他们会去找保险公司索赔，然后就有更多的钱买更多的东西了。拜托。再说，现在是暑假啊。在孩子们返校之前他们肯定会修好的。他们只会怪罪到几个高年级的学生头上，稍微教训几句而已。”

他本可以说不的。没有他，丹尼尔一个人干不了这事。他们想要招新人入伙的尝试还是失败了——本来还指望哈什的，但看来他只够格跟卡尔一起做做保安的活儿——但那只让丹尼尔更加认定，什么事都还是他们两个一起做，一起报复社会，报复格雷斯河段区，报复整个世界，不管是什么。此外，保罗也变得更贪心了。他现在在建屋互助协会的账户上有两千九百一十镑的存款了；而那个屋顶上有足够的铜，卖掉少说能赚九十镑，这样他的账面上就能凑成漂亮的三十整了。但如果他当时拒绝了，他就能救一条人命。

那次，他们只是去学校探察了一番。经历过铁路上的那出闹剧之后，丹尼尔变得更小心谨慎了，坚持先侦察，隔几天再下手。在他们打算第二次去学校的前个夜晚，保罗环视了一遍他们这几个月来一起住的房间，试着回忆起在这里发生过的开心事，那也许能解释一直萦绕在他内心的负疚感。他能想起来的却只有可怕的夜晚，要么是丹尼尔的呼噜声，要么是楼下女孩们的笑声和娇喘声，像蛇一般沿着楼梯爬上来。他十分清楚地记得他背叛艾米丽的那个晚

上，他把头埋在硬枕头里失声痛哭，那愈加坚定了他的决心。就像是被别人操控了一般，他从衣柜上面拿下了手提旅行包，接着开始机械地把衣服装进袋子里。他把手机充电器、驾照，还有建屋互助协会手册放进里面的内袋里。当他拉开内袋拉链的时候，他发现了里面那张幸运卡，那是他去考驾照的那个早上艾米丽送给他的。她没在上面写很多话，但她在最后的签名上加了“爱你的”几个字，并画了好多唇吻印、爱心和实习车上挂的那种L牌照。他盯着那张卡片出了会儿神，随即又继续为他的出走收拾着行李。现在唯一缺的就是那份关键的文件了。它没在房间里的书桌上，尽管他十分确定之前自己确实把它放在那儿了。他一直等到丹尼尔去洗澡时，才抓住空隙去楼下找了找，最后终于在厨房的台板上找到了，上面压着片白面包。他又重新把那订在一起的三页纸读了一遍；印刷体的白纸黑字总能让人更确定一件事的真实性。那是用新罗马体打印的，布莱顿大学教师培训课程的录取确认函，上面还写了他的宿舍编号。他还是很难相信他居然有如此的好运气。布莱顿离戈林很近，他妈妈和特洛伊就住在戈林。这真是两全其美的好地方：一来离丹尼尔足够远，这样他就不用担心会撞见丹尼尔；二来离他妈妈又近，但也不至于要整天跟她生活在一起，受完全没自由又得小心翼翼的日子的煎熬。但他还是后悔自己不该把信放在那么显眼的地方。对丹尼尔来说也许没有什么，可是卡尔——这个星期他似乎都不在家，但那也不一定，他总是来去无踪——很有可能他也已经看到那封信了。

他并不介意让他们知道他要离开，但他要去的那个地方必须保密，但又得说得圆滑些，不能让他们觉得他很无礼。他希望自己能在最后一刻来点灵感。

在楼上，刚才丹尼尔洗澡时散发出来团团的水蒸气现在变成了团团的止汗剂；他只有几分钟属于自己的时间了。为了不让丹尼尔察觉出来，保罗故意留下了几件他不怎么喜欢的T恤——都是些丹尼尔买给他的名牌货——挂在椅子靠背上，又把丹尼尔的衣服扒拉了一些到本来放他的衣服的这半边来，这样衣柜看起来就不会那么空荡荡的了。他又把布莱顿大学的录取通知书塞进了提包的那个内袋里。他已经把所有他需要的东西都打包了，但提包也只装满了一半。他很容易就把它放回衣柜顶上了，再把它压皱些，好让它看起来像里面什么也没有。很容易。他想象着自己拿下提包，蹑手蹑脚地绕过熟睡着的丹尼尔，然后一个人走去车站。直到那时，他才真正意识到，他从来就没有打算过要跟他道个别。

Chapter 48 迷宫

2010年1月

卡尔若无其事地将弹簧刀抽进抽出的，就像人们随手按着弹簧圆珠笔一样。保罗试着回想起之前的一分钟里他们在谈论些什么，但他怎么也想不起来。卡尔在那儿有多久了？他听到了些什么，他又知道些什么？他可以听到火盆里噼里啪啦的响声，以及路易莎粗重的呼吸声。

“求你不要伤害我们！”她大叫道，从口袋里摸出小屋的钥匙，颤颤悠悠地向他递过去，“你可以拿走电脑……那儿还有很多很值钱的园艺设备，还有些工具你可以卖了换钱，都在储藏间里呢，只是求你不要伤害我们！”

“保罗，让她闭嘴。”斯加洛克说道。

“你认识这个人？”保罗在一瞬间仿佛又看到了那个伦敦女孩的影子，根深蒂固的势利充斥着她的声音。路易莎也许并不是百分百的纯真，但她经历过的暴力场面并不多。对她来说，像卡尔这样的人只是偶尔会在黑巷子里遇到的，而绝不可能是熟人。

“他是卡尔·斯加洛克，”保罗说道，“丹尼尔的爸爸。”路易莎瞪大了双眼：“你是怎么找到我的？”

“我弄到了你的号码。”卡尔说道。

“怎么弄到的——”

“现在应该是我来提问吧。”卡尔边说边摆弄着他的刀。刀片忽闪忽闪地，像盏指示灯，间歇向他们发出威胁的信号。他是有备而来的，保罗心想。他感到之前那种头晕目眩的感觉又开始让他站不稳了。之前，他的问题还是那么曲折又复杂，而现在变得越来越简单明了了，最后只剩下一点，那就是不能让他看到血。

“因为你，丹尼尔将被判十五年，而你却在和一个……”卡尔转向了路易莎。他突然话锋一转，回忆起刚才他听到的话：“我怎么能那么失礼呢？别让我打断了你们的谈话，亲爱的。你们刚才在说什么呢？”

路易莎摇了摇头。卡尔朝她走了过去。

保罗等待着他熟知的那个路易莎从他眼前这个小小的、受了惊吓的女人身上复活过来，说该说的话，做些什么好阻止事态进一步变糟，但让他绝望的是，她却转向他，一脸不知所措。他犹豫着是逃跑还是救她，一时呆住了。他以前有过两次这样的感觉，一次是他父亲，还有一次是肯·希亚德。卡尔绕着路易莎转了几圈，最后在她面前停了下来，他的身体隔在他俩中间。刀片还露在外面，他把手搭到了她的肩膀上，而让保罗更惊讶的是，他开始解开她的衣服。打了蜡的棉布和尼龙刺粘褡裢解开时嚓嚓作响，接着是拉链拉开的声音，显得异常的大声，伴随着渐渐减弱的炭火发出的声响。

卡尔故意不慌不忙地脱下她的衣服，在别的情况下你可能可以理解为温柔，但在这儿，却显得比暴力更令人胆战心惊。他粗糙的手在她身上乱摸着，让保罗觉得恶心，但他知道他要是说错一句话或者做错一个动作，都会暴露他强装出来的平静和克制，而他离路易莎那么近，他绝对不会去冒这个险。卡尔用力一拽她的袖子，把她的外套脱了下来，丢到了一边；她的手臂垂在身体两边，像是假的一般。他把她的毛衣和里面的衬衫的袖子都卷了起来。他翻过她的手臂，露出棉花般雪白的肌肤，然后把刀刃压在她的手腕上。虽然保罗觉得自己像瘫痪了般木在原地，但他肯定还是动了一下，因为路易莎看了他一眼，并大叫“别动”，声音像是快窒息了，就好像刀是架在她脖子上而不是手腕上。卡尔把刀片贴着手臂向上拖动，动作像是在抹匀泥浆，一直移到她的肘内侧。

“人们总是喜欢在手腕下手，”卡尔若有所思地说道，“而我想要的则是肱动脉，要粗得多。如果你割了肱动脉，那等死的时间只要原来的一半。”他更加用力地把刀片压了下去，那道细细的血管被压成了紫色。“我再问一遍。你们刚才在说什么？”

保罗只知道看到路易莎的血等于让他死。他接下来说的话完全是出于自卫的本能，像是从一栋正着火的大楼上往漆黑一片又不明状况的楼下跳。

“他叫亚伦·莫雷。他于一九八九年在肯辛顿发生的一次意外事故中受了伤，我们不知道他现在在哪儿。”

“关于意外我有些看法，”卡尔说道，“我觉得世界上就没有意外这种事。我很了解，这种事我以前做得多了。到底是怎么

回事？”

“我把他推到一辆车上去了。”路易莎用一种平淡的语气说道。她皱了皱鼻子，垂下了眼睛。

“你不想让人知道，对吗？”卡尔的脸上掠过一丝笑意。要是眼睛里的笑意再浓些，那他看起来就跟丹尼尔一模一样了。你是不是还提到了存款？有多少？”

“四万。”她答道，尽管保罗知道真实的数字肯定远不止那些。卡尔转向保罗，仍然攥着路易莎的手臂不放。

“你，”他说道，“去联系警察，给你的陈述弄个宣誓书，然后我的儿子就自由了，我们也不会再追究你。你……”他把刀刃又往路易莎的皮肤上压得更紧了；她缩了下手，好像刀片划伤了她似的，保罗感到嘴里一阵泛酸，他快要吐了。“你去把你所有的存款都取出来，不只是你刚才说的那四万镑，外加一份结算清单，那样我就能知道你有没有把账户都取干净了，那样你跟亚伦·莫雷的那起车祸我就不会告诉任何人了。”

保罗屏住呼吸，等着路易莎同意。

“所有的事。”她低声说道。

“你要怪就怪他，”卡尔说道，朝保罗点了下头，“都是因为他的错我才需要这笔钱的。你们知道一份像样点的案情陈述要花多少钱吗？光是开庭前的准备我就还差两万呢。”

“要提前三天通知他们才能取款，”路易莎说道，“这个周六之前我一分钱也拿不出来给你。”

“那我到时候再来，”卡尔说道，“下周六早上八点。我再来的时候，我要你已经换好你的口供书了。听明白了吗？”保罗注意到他和路易莎点头的姿势都一样，频率很快而且持续的时间也很长。

显然卡尔又想到了些什么，晃了晃那把刀，割下了路易莎的一绺头发，刀口离她的耳朵相当近，那不是凑巧，而完全是靠技术，他并没有削到她的肉。他把发丝扔进了火盆。有几缕头发被点燃了，像灯丝一样发着亮光，在黑暗里稍纵即逝。其他的头发似乎更像是熔化了，空气里一时间弥漫着一股烧焦的人体蛋白的臭味。

直到卡尔的引擎声已经远去，又过了好久，他们才敢动。路易莎像尊雕像，伸手去触碰耳边的头发，定格在那里。保罗把吃剩了一半的马铃薯和其他垃圾扔进火盆里，就像在紧急情况下打包逃难似的。“我们把那辆拖车开走，今晚就动身。”他说道。

她摇了摇头；一绺头发戳了出来，和脑袋形成一个角度。“你知道我把那辆拖车弄到那儿花了多长时间吗？你知道那辆车有多久没有开动过了吗？我甚至都不知道里面还有没有油，车胎是不是已经瘪了。要想开出来，就得轧过那片田，我们会把地里的土都翻起来的，前提还得是我们能把车从雪堆里弄出来，也许你要用手推，现在这么黑漆漆的……”

“那就是我们需要做的！那辆拖车还可以凑合，我可以推。我会搞定的。我先去加油站，你先收拾一下。我们可以去凯斯提斯路上那家大的加油站给轮胎充气。也许明天他又会来，谁知道他会做什么。”

“保罗——”

“明天我们就可以把拖车扔下，然后换辆别的车，这两天避避风头。我们俩都有存款，不是吗？”几乎是下意识的，他开始用脚在地上来回摩擦着想弄掉卡尔留下的脚印。“把你的车钥匙给我。我现在就回利明顿去取我的提包。我只要十秒钟就可以搞定行李，来回一小时足够。”

“保罗——”

“不，你是对的。拖车太显眼了。我们只要拿些你需要的东西，然后立马就上车。路上往利明顿绕一下。我不会把你一个人留在这儿的。”

“保罗，”她现在几乎是朝他大喊起来，“我们不能离开。”

他以为他明白她的意思了，于是开始责怪自己怎么那么迟钝。

“哦，路易莎，我知道，但还有别的花园啊，一定有的。我知道这儿对你来说很重要，但现在还是保命要紧。你也看到他是什么样的人了。他会拿刀对着你。他才不管你是个女人呢。他下次再回来的时候就会动真格了。”

“我说的不仅仅是凯斯提斯。你不能就这样凭空消失。还有两个月你就要上法庭了。他们知道你会出庭的。如果你逃走了，他们会去找你。你已经不再是一个普通的人了，不是吗？你现在是一宗谋杀案里的目击证人。你一旦不见了，他们会去找你的，天知道他们会挖出关于我的什么信息。你不能把事情闹大。如果我们今晚逃走了，那我们就得永远这样逃下去。”

保罗跌坐到冰冷的地上，苦恼地意识到她说的一点儿也没错。他们的生活就像一个没有出路的迷宫，每个问题都是一处岔路，而

卡尔·斯加洛克咧嘴狞笑的脸则是死胡同里的又一处弯路。他透过指缝看着她，却看到了自己的恐慌也反映在她脸上。她声音颤抖着，把他想说的都说了出来。

“我还是不能相信这一切。”她说道。她一边疯狂地揉搓着手臂上的皮肤，像是想擦去卡尔留下的痕迹。他的刀并没有在她的皮肤上留下痕迹，倒是她自己把手臂上弄得满是抓痕，指甲画过，留下了道道彗星般的痕迹。“我完全没料到会发生这种事。我们当时是那么的……那个人，他……我们说的所有的……我的意思是，有什么办法可以阻止他再三纠缠呢，保罗？”

他没办法回答她。他从地上拾起了她的外套；只是外面沾了点泥，衬里还是干净的，也没弄湿，甚至还残留着一点她的体温。他帮她重新穿好衣服；她始终慌乱不安，无法控制地不停比画着，他心想，给婴儿穿衣服大概也差不多吧。她突然迈开腿来回踱起步来。

“有什么办法可以阻止他再来这儿呢？不能让他拿走我所有的钱，我所有的一切，然后不管怎样还是会报警？”

“我不知道，不会报警的，他不会的。”

“我看，自从他刚才威胁了我之后，他什么都可能做了。你相信他，不是吗，你相信一个像他那样的人说的话？”

曾几何时，卡尔的可靠是保罗生活中为数不多的让他可以确信的东西，但现在已经不再是了。他摇了摇头。

“什么可以制止他拿走我的钱，然后把我们杀了呢？上帝啊，保罗，我应付不来这个，我简直不敢相信我又回到这种情况了——”

她突然停下，走了开去，嘴唇快速地翻动着，无声地自言自语。她的那句“又回到这种情况了”是什么意思？他讨厌她大声嚷嚷，但沉默比那更糟。他经历过所有的不好的事都和沉默有关，就好像是恶魔跑出来为了填补声音留下的空缺一般。

她猛地停住了脚步，就和她开始的时候一样突然。她的表情又起了变化，现在她看起来几乎是平静的，像是内心的斗争已经被平息了。她的面容相当镇静，两只眼睛里闪着光。她没有笑，但她看起来从没有这么美过。

“是什么？”他问道，“你想到了什么？”

她点了点头，用手掌按着眼睛，深深地吸了口气。

“是什么，路易莎？我们该怎么做？”

她放下手，慢慢地迎上他的目光：“我们能做的唯一的事情，是我们将维持和卡尔的约定，然后等他再来的时候，我们只好杀了他。”她吐了一口气，像是不敢相信那些话居然真的出自她的口，一只手飞快地封住了她的嘴巴。

“你不是说真的吧。”

“我想我是认真的。不对，我知道我是认真的。你看，我想不出别的办法。谁知道结局会如何？他又不像我们是有廉耻的人。”保罗期待着听到她嘲讽的笑声，但他没有听到。上帝啊，她是动真格的。“我们知道他什么时候会来。我们也清楚这儿只有我们俩，看，我们还有一储藏间的杀人工具和二十英亩的墓地。我来做……这事。”她柔和地说道，“但我需要你的帮助。”

恐惧沿着他的脊柱蔓延下去，像是直往下淌的冷汗。逃避并不总是意味着从某个地方逃跑。有时候，那意味着下点工夫，把你想逃避的那样东西给解决掉。

“好吧。”他说道。他感到他的腹部突然一抽，好像突然滑了一跤快要跌倒的感觉。火盆里的火焰在作最后的挣扎。最后的一抹余烬熄灭了，一缕青烟袅袅地飘上了天空，像是某个灵魂最后的旅途。

Chapter 49 凶杀

2009年8月

丹尼尔似乎有点不对劲。他不断地发出粗重的呼吸声，好像正要开口说话，但随即又咔的一声闭上了嘴巴。如果这样是故意想让保罗紧张的，那他的目的达到了。再过四十八小时后，他就要在布莱顿开始他的新生活了。他已经忍了丹尼尔五年了；那又是为什么，他觉得今天晚上是如此难熬呢？

哈什给他们弄来的那台卫星导航仪可不是便宜货。他们试着到家悦产品目录[①]里找了找；发现那玩意儿实在太贵了，家悦根本就没有的卖。它不仅能记录他们最近要去的地方，还能记下他们走的路线，时间和日期。只需要让它回溯几天前走过的路线就可以了。下了A13号高速，通往他们目的地的是条弯弯曲曲的路，一路上，全归他们的“功劳”，只剩下一块路标了，白色圆月形加上黑色斜腰带，那是国家规定限速的标志。保罗瞥了一眼仪表板上的小屏

① Argos 是英国最大的零售商之一，免费提供产品目录。

幕，但立刻后悔宁可没去看；上面显示丹尼尔已经快飙到一百三十码的时速了。他抓紧了仪表板，觉得自己像是被困在游乐园里的飞车上好几个世纪了，而当初他也是被逼上车的。

“今晚应该收成不错，”丹尼尔眼睛依旧看着路，继续说道，“我想在布莱顿你会需要钱的。”他的声音不带一丝感情，但他猛踩油门，看也没看就冲过了一个路况复杂的十字路口。“那天晚上米歇拉在，她读了你的信。真他妈的尴尬，我得装做好像早就知道的样子。你打算什么时候告诉我呢？”

“今天晚上，”保罗扯谎道，“我本来打算今晚就告诉你的，等我们干完活之后。我也是一周之前才收到通知的。所有的事都拖到了九分九。”他又检查了下安全带是不是扣好了，因为他觉得丹尼尔一定会突然急刹车，让他从风挡玻璃栽出去，但相反，丹尼尔只是慢慢把速度减到正常的六十多码，动作像个老练的私家车司机般平稳。他的这种自我克制比大发雷霆还要可怕。

“我开车送你去。可能多待些日子。你自己已经有地方住了，是吗？”

“我住学生宿舍。丹尼尔，我也不太确定。”

“那对我们都好，”丹尼尔决然地说道，“我们都可以换换环境。我们已经不大适合继续在埃塞克斯待下去了，我们需要找个新地方。”

“但你讨厌大学、学校，一切这一类的……”

“你又不会一天二十四小时待在学校里，不是吗？我们还是可以晚上出来。”

他无话可说。保罗感觉到有什么东西瞬间枯萎了，他想那是他的梦想破灭了吧。有个声音对他说，事实就是这样，丹尼尔会永远跟着他，不会有同学派对，不会有女朋友，不会有正常的生活，只有丹尼尔和那档子偷鸡摸狗的事，永远同住一间房，永远只有那像塑料袋一样罩在他头上的友谊。那就是他们今后一辈子的生活。他真够蠢的，居然还做梦有什么自由。

下了车，他熟练地开始干活，拉上风帽，套上一次性手套，引导着丹尼尔把车停下，旁边就是那所有着铜质屋顶和铝质风向标的学校。他们一起检查了一下附近有没有安全防盗装置。丹尼尔的确不识字，但他能认出标有CCTV标志的闭路监控摄像头，他甚至能认出上面的缩写字母。他看到了一架白色的四方摄像机正对着大门，而另一架就悬在门上方。他也表现得像完全没事一样，好像保罗完全不会离开他。保罗甚至都怀疑他们刚才在车里有没有真的说过那些话。

“他们只管正门，但忽略了所有的后门。他们只担心孩子们不要被拐走或者其他什么的。”——他转过头来吐了口痰——“他们忽略了教学楼的安全。不管怎么样，那儿不可能有摄像头。这几个摄像头，都是些老古董了。”

保罗坐在引擎盖上，而丹尼尔则估算着摄像头盲区，然后他操起腰间挂着的铁丝剪，在那面十英尺高的菱形铁丝网中间剪出了个洞。从这儿，你可以看到校园里的树上挂着CD唱片作装饰；孩子们用记号笔在上面画了各种图案。他内心的良知开始躁动起来。“我的一辈子怎么他妈的能沦落到这步田地呢？”他心想，一边把风帽

拉得更紧了些。“照这种情形下去，我以后会白天在学校教课，夜里却来破坏学校的公物。”

丹尼尔背上背着工具袋，顺着一根管道爬上去，开始干活了。他滚下一卷防水油布，保罗把它拉紧，做成一条滑道，这样铜片滑下来的时候就不会弄出那么大的声响了。

他沿着学校的后围墙巡视了一道，找到了后门，但突然觉得有人和他们竟想法一致，而且在他们之前就到这儿了，也就是说，出于某种不可思议的巧合，那天夜里也有另一班他们的同行打算掀学校的屋顶。那儿有个黄色的工具袋，里面装着干他们这一行用的工具，铁丝剪、断线钳，还有锯子，但当他顺着围墙看过去，发现还有很多重型机械，一排看不出是什么的工具，还有一台混凝土搅拌车，他注意到所有的东西上都薄薄地蒙了一层灰色尘土。为了保险起见，他拉开了那只袋子，看到最上面是一套新的监控系统的安装说明，一份随手丢在一起的担保书，还有看起来像是工程合同之类的东西。这是他父亲以前干的那类工作。安装手册封面上的工程图看起来很熟悉；当他终于反应过来时，心扑通一沉，像是往湖里扔了块石头。保罗匍匐着爬到了楼的侧边，抬头看到了一架摄像头的底座，那可不是老古董，而是最新的设备。之前他们还以为那是根坏掉的灯柱，但现在很明显，这个崭新的，罩着像太空人头盔般的黑色圆弧外壳的东西绝不是路灯。而是一种外面有保护壳的超先进的摄像头，它们的灵敏度很高，一旦捕捉到了哪怕最小的动静，就会立马用高清电子眼跟踪。按他的判断，他所在的位置是安全的，但是丹尼尔，他正在屋顶上，像剥巧克力棒外面的箔纸一般轻松地掀起上面的铜板，他肯定会被镜头抓到然后拉近了特写的。他翻着那本说明书，想找找他们是不是极有远见地加入了一些说明，好告诉擅自闯进来的人怎么样才能把监控系统关掉，然后抹去图像记录。一块亮闪闪的金属片掉了下来，差点砸到他的脑袋。保罗惊叫了一声，丹尼尔的头从檐槽探了出来。

“你他妈在干——看什么呢？”保罗在抬头之前就下意识地把那本册子藏进了夹克衫里。丹尼尔很热，他把风帽脱下来了。保罗正想告诉他新装了个摄像头，但话到嘴边又咽下了。只要等回家之后打个电话报警就搞定了，他想，那样你就不可能跟着我去苏塞克斯了。你哪儿都去不了了。他浑身发抖，不知道自己是不是真能那么做。

“继续，”他说道，惊讶于自己的背叛，但同时激动起来，“我估计再来一块我们的车就要装满了。”

“我想先弄这个。”丹尼尔站在屋顶的边缘，像是站在一艘船的船头上，手指敲着那个风向标。那个银色的小公鸡立在杆子顶上，吱吱嘎嘎地转了一圈，鸡嘴巴告诉他们风向从东风变成了东北风。

“那只是块铝，不值钱的。”

“我不是想卖了它，我只是想要这个。”丹尼尔说道，“就像个战利品。”

“随便你。”保罗说道。

“它好像是用水泥还是石头还是什么鬼东西安上去的。”丹尼尔说道。他把螺丝刀当凿子，凿着埋在石头里的基座。最后轰的一声巨响，终于弄下来了。他俩都吃了一惊，下意识地转身看向他们身后的镇子，想象着看到人群跑过来的场景。但实际亮起的灯光比镇子要近多了。

在黑咕隆咚的操场上隐隐约约有间藏在阴影里的小屋，之前他们还以为那只是教学楼延伸出来的一部分，但现在，那儿的方形矮窗里亮起了灯，很显然里面住着人。一道低矮的栅栏把它和操场隔开了，后面还可以看见一个疏于料理的小花园。一扇红色的小门被打开了，出现了一个矮胖的中年人，或者说是老年人的身影。保罗的第一反应是，奇幻般地，那是个刚钻出洞来的霍比特人。那人手里拿着个手电筒。手电筒的光束慢慢地沿着大楼的墙向上移动，一块砖一块砖地扫过去，直到光束照在了丹尼尔身上，手里还拿着风向标。那个小个子男人向他们走了过来，偶尔会踩到地上画着的“跳房子”的图案。他在那些巨大的彩色蛇形滑梯和梯子面前停住了脚步。

“把它放下，小鬼。”他喊道。他操着一口温软的北方口音：“我已经报警了。”

“快滚开，死老头，”丹尼尔叫道。保罗仍然藏在大楼的后面，透过墙和一根水管间的空隙观察着这一切。他走近了几步，同时向两边都发出了警告；他让丹尼尔在警察来之前快跑，对那个老头儿，他警告他不要和丹尼尔杠上。

“别叫我老头，”那人说道，“我的名字叫肯·希亚德，我是这儿的看门人，而你才是非法闯进来的贼。我不怕你，你懂吗？”

“你会的。”丹尼尔叫道。手里仍然紧握着那个风向标，他笨

手笨脚地荡下楼，站在彩色蛇梯的另一端。他比那个希亚德足足高出一个半头，而且年轻得多，但那个看门人看起来并不害怕。相反的，他看起来像是被逗得直乐。

“笑一笑，小伙子。”他对丹尼尔说道，丹尼尔顺着他的目光一直看过去，直到碰上了上面装的那台监视器。他的目光又移到了那个白色方形摄像头上，接着又看了看黄黑相间的标志牌。

“标志牌在那儿呢，小伙子，”那看门人说道，“还是你根本不识字啊？”

就是因为那句话，每个老师都忽视了丹尼尔，每次卡尔都骂他没前途，每个孩子都笑他蠢。他又向看门人走近了一步。保罗看到那只拿着风向标的胳膊痉挛着，同时感到他自己的腿也跟着抽搐起来，像是要在一场恶斗开始之前跑过去制止它。但要是他那样做了，就意味着他自己的脸也会被摄像头拍到。他待着没动，希望丹尼尔的自卫本能可以战胜骄傲和冲动。

“你刚才说什么？”他的声音异常的紧绷，就像根拉得太紧的线，眼看就要断了似的。

“我说，标志牌就在那儿，难道你不识字？”看门人又重复了一遍。

保罗知道接下来会发生什么，因为他太了解丹尼尔了。后来，他告诉自己，他即使冲过去也来不及阻止事情的发生，但在当时，他感觉像是花了好几分钟时间犹豫到底要不要冒被暴露的风险去救那个人。他的内心激烈地斗争着：“要是我早点过去，也许可以避免流血事件。要是我去得太迟了，那可能已经出血了，而我不知道我会有什么反应。不管怎样，我都会被录下来，那样我的未来也就彻底完了。”丹尼尔像个击剑运动员一般猛冲过去，他的长腿毫不费力地跨过了那段蛇形滑梯。他面无表情，但那看门人的五官却因恐惧而变了形，他本想大喊，但如同野兽在尚未来得及嘶叫之前就已经被咬断了喉咙一般，那支指向北的箭头一把刺入了他的眼睛，一直刺穿到了手柄。丹尼尔的冲力如此猛烈，以至于他又向前摇晃着冲了两步，才一个趔趄刹住了脚，然后看着那个人倒下。

当肯·希亚德的后背触碰到地面的时候，他就已经死了，死亡的降临甚至比保罗父亲的那次还快。这次没有血，只从他的眼睛里渗出一些清澈的液体。另一只，没有被捅破的眼珠子也瞎了，一眨不眨。

保罗的心狂跳不已，好不容易才能说出话来。

“丹尼尔，你他妈都干了什么啊？”

他终于扔掉了风向标，转向保罗，一脸震惊。要是你亲眼目睹了一场凶杀案，要是你是个无辜的旁观者，根本没料到事情会发生，你脸上就会是那种表情。

他俩虽然谁也没说，但一致决定逃跑。他们丢下了那些铜，工具袋也还落在屋顶上。他们很快打开了车锁，但丹尼尔的手在方向盘上直打滑，试了两次才发动起来。他们开到了那个有很多岔路的路口，是他们把那儿的路标都给弄掉了，当时他们还因为想到其他车子开到这里会不知所措而大笑呢。每条路看起来都一样，每个出口看起来好像对又好像不对。保罗完全没了方向感，像是有人蒙住了他的眼睛，然后把他原地转了好几圈。那个卫星导航仪像是要花一个世纪才能启动起来。

“哪条路？”

“我不知道！”

“用导航啊！”

“我在弄呢！”尽管保罗已经按下了“主页”按钮，但那个小屏幕上只显示着深蓝色的夜间导航图，只有一条弯曲的路和一个花体的数字，表示GPS信号已经中断多久了。三十秒。现在四十秒了。现在五十了。保罗死命地摇晃着它。

“该死。”丹尼尔骂道，然后向左拐去，尽管保罗完全不知道往哪里走，但他很肯定不是左拐。在远处他们可以看见A13号高速路发亮的出口，但他们的车现在所行驶的那条路似乎渐渐地往另一个方向拐去，旁边也没有别的辅路通向正确的方向。相反，这条路越来越颠簸，越来越窄，当导航仪终于恢复正常时，上面显示他们就快接近一道拦着栅栏门的死胡同了，导航仪说得轻松，像是什么也没有发生似的，像是全世界的时间都是他们的，像是他们此刻一点也不用担心会下地狱，屏幕上显示着“前方掉头”。

当丹尼尔在那条窄路上掉头时，他俩都突然看到了一道蓝光。越来越近了，在夏末季节却闪着冬日的寒光。丹尼尔掉头掉了一半停下了，车子就斜停在凹凸不平的路的中央。丹尼尔抬起保罗的脸，让他看着他，说道：“无论发生什么，你什么也别说。什么都别说。”

“但是丹尼尔——”

“一个字也别说，”丹尼尔说道，“永远也别说。你想要说什么？”

“没什么。”保罗说道。

“分开往相反的方向跑，”丹尼尔说道，“那样至少我们中有一个能逃走。”他把两边的车门都打开了。保罗发现路边灌木树篱有个缺口，于是他便开始深一脚浅一脚地在那高低不平的坡地上跑起来。他看到丹尼尔的最后一眼是他的背影，正跳过那道栅栏门，他慌乱的动作在蓝色警灯的闪烁下变成了不紧不慢的优雅姿态。

Chapter 49 凶杀

2009年8月

Chapter 50 释然

2010年1月

提出那个建议后，她就睡过去了。第二天早上，似乎觉得这事更有，或者更没有必要了。她一下子感受到了这件事有多可怕，整个早上她都一个人待在办公室里，盯着那幅织锦画，好像画里的那对恋人会想出什么更好的办法似的，但是挂在墙上的那幅画，只是更加提醒她，如果卡尔·斯加洛克没有被尽快阻止的话，她将蒙受多大的损失。从这一刻起，她下决心要把这件事办得更专业些，把这次谋杀当成一个必须完成的项目来对待，要按时完成，不允许失败。这样的想法使得她说起这事来的时候语气干脆，不容打断，无论是面对保罗还是她自己内心的良知。

是他的主意，建议在旅馆里度过那一周剩下的日子。当他坚持房费由他来付，并称之为迟到的圣诞礼物，额外说明想和她一起来个鸳鸯浴时，很是让她感动。雪融化得出奇的慢，每天只多露出一星点褐色的地面，而如果非要进那辆拖车去，就不可避免地会在雪地里留下清晰的脚印，等于明明白白地告诉卡尔·斯加洛克他可以到哪儿找到他们。他们俩都不相信他真会等到讲好的第四天，而要是提前暴露了计划，那是非常愚蠢的，甚至是自杀性的。

他们最后找了家汽车旅店，位于利明顿和沃里克之间一块人气不旺的商业园区，正合适。那儿离凯斯提斯有一定距离，而且那儿没几个客人，还多是些来出差的临时住户，这样他们就不必担心生死攸关的匿名问题了。他们都告诉对方这儿是个很好的避难所，但路易莎也知道，这个短暂的假期也算是最后的快乐了吧。他们计划要做的事情会改变他们之间的一切。他们的关系还没有经历过最基本的考验，那就是双双在公共场合亮相；谁说得清在他们共谋杀死了一个人之后，他们还能怎样在一起呢？而且还得假设事情进展顺利。如果出了差错……哦，那是他们俩谁也不愿去想的。根本就没有方案B。

他们在那家汽车旅店商务式设计的吧台那儿酝酿着方案A，他们坐在一张靠墙的长椅上，椅垫跟房间的窗帘和被单是同样花案的布料做的。都是她在设计这事；她不得不这样做，不仅仅因为是她想出来的主意，或者她年纪大些，还因为她担心一旦她不控制整个局面，他会迷茫得不知所措。他说他和她一样确信这事是不可避免的，但当他们讨论该如何设计细节的时候，他的沉默暴露了他其实并不是那么想的。他们喝了几杯淡啤酒，板着脸小声地说着话，吧台的女招待一直用好奇的目光打量着他俩，在这家小旅店，那个女招待既是帮他们登记入住的接待员，也是为他们

送早餐的服务员。

他们先从要怎么处理斯加洛克的尸体着手，然后从后往前说。路易莎知道土质够松可以挖的唯一地方就在那个停车场。那是因为那个位置从不会被别墅的影子遮挡住，所以整天都能照得到阳光；那儿的雪差不多都融化了，而且那儿的地面上还铺着半渗透的薄膜隔热，那是为了让雨水能渗入地下但同时可以防止杂草生长的。砾石就堆在边上，等纳撒尼尔回来后的第一天就会被铺上去。要滚动裹尸体的床单并不难，把尸体裹好也容易。至关重要的是，那台挖掘机已经停在小坡的顶上了。

“我们得设法把他引到上面去。”她说道。她说话的语调很干脆，根本不留给他怀疑的余地，这也同时有助于她更进入角色。“要是我们在别的地方下手，我们还得把他的尸体滚过去或者拖到停车场。那得要好几小时时间，而且在雪地上还会留下明显的拖痕。”保罗吸了口凉气。“我们能打败他的唯一方法就是偷袭。我会从后面上来，用铁锹什么的打他。第一下我只需要把他打倒在地就行了。”

她看着他，等着他的反应，但他只是缓缓地点了下头。当她把每个想法都说出来给他听的时候，他似乎在心里默默地跟自己说着什么，她只能胡乱猜测。那也是最初他吸引她的地方之一，就是这种沉寂，但现在她希望他能更坦率直白些。他们已经经不起再相互揣摩彼此的思绪了。她尽量不让声音里透露出郁闷的感觉。“我真的很担心会留下痕迹，”她继续说道，“我们只有这个周末的时间，得处理得像什么也没有发生过一样。周一早上大家就都回来

了。最理想的是，要么我们去弄很多雪来，要么雪完全融化，那样他们就看不出我们都到过哪儿了。”

保罗闭上眼睛，陷入了沉默。有那么几秒钟，路易莎以为他泄气了，她的内心在恐惧中翻腾着，但当他再睁开眼睛，她才看出他刚才只是在思考。

“我觉得我们没必要担心这些，”他终于有点反应了，“人们只会注意他们想注意的东西。如果是你看到一些被翻过的土，就会想，我敢打赌这下面埋了具尸体吗？他们只会想可能是有辆车停过那儿或者别的什么。”

“我想也是。再说，只是纳撒尼尔而已。他恰好好奇心没那么强。”

“可怜的老纳撒尼尔。”保罗说道，一口把他杯底还剩的那点啤酒泡沫都喝了，示意女招待再来两杯。“他做错过什么了，要被搅进这浑水？”

“纳撒尼尔一点也不会受牵连。他会把砾石铺满整个停车场，没有人会想到的。我们别无选择，保罗。”

“我知道。”

周四的时候，他们去凯斯提斯演练了一遍。车子在脏兮兮的冰面上吱吱咯咯缓慢地挪动着。有几次车子差点就失控了；保罗没戴手套，但手还是一直出汗。当他们开上骑径时，路易莎也是一身冷汗，但当他们不在的时候，似乎没有斯加洛克来过的痕迹；唯一的车胎痕迹是他们自己的，还有就是他们出来的时候留下的。他的三点式转弯在雪泥堆里留下了道道弧形。

Chapter 50 释然

2010年1月

工具房是个没有窗子的房间，里里外外都是刷成暗绿色的波纹铁皮，里面只有一盏荧光灯，那灯要跳好几分钟才能亮起来。在那刺眼的灯光下，他们把那排整整齐齐摆在面前的工具给仔仔细细考虑了个遍，墙上倒挂着耙子和锄头。路易莎叫保罗一起看一把闪闪发光的铁锹。他们肩并肩站着，手指相扣，像对普通的情侣，正在某个下午，去郊区的DIY商店置办一些整理花园的装备。她用另外的那只手抚摸着那些她每天都用的工具的手柄，相当专业地考虑该把哪件工具变成武器。她的手在一卷绿色的粗线索上犹豫着，如果把这线两股并成一股，就成了能勒死人的绞绳了。那把耙子可以把他弄瞎。她的目光掠过一把鹤嘴锄，那把锄头的形状和大小快跟一艘大客轮的锚差不多了：那对她来说太笨重了，不容易精确地掌控好，而所有的一切都取决于她这一击的准确性。她挑了一把小的剪枝刀。

“别选刀，”他态度很坚持，“选什么都可以，就是别选刀。”

她伸手去拿一把大而钝的铁铲，铲头很重，但柄是用轻质的空心钢管做的。宽大而钝的铲面可以减少她失误的概率。她看了保罗一眼。他看起来像要吐了似的，但他还是点了点头。在他的指点下，她一遍又一遍地练习着挥铲，就像高尔夫球手在练挥杆动作。最困难的部分不在于聚集起足够的力量——紧张足够刺激她产生够强的能量——而在于要把铲子举得够高，这样才能击中斯加洛克的后脑勺。他们去了树林，那儿有无数可供练习的木头靶子。几小时后，她就能做到瞄上一眼就可以用铲背准确地击打到目标上了。她只专注于练习这项技巧，暂时让她不去想这件事有多么可怕。她的首要目标就是要让他丧失攻击能力；第二或者第三下才是致命的那一击。潜意识里，她已经知道第二次举起那件武器会很困难；她的挑战不是能不能让那个人倒地，而是真的要结果了他。

他们练到下午四点钟，饥饿、疲劳，还有逐渐暗下来的天色都迫使他们回到了旅店。保罗开着车，而她在一边按摩着自己的脖子和肩膀。她的上半身酸软无力，似乎有人在她的衣领里插进了一根木头衣架，让她动弹不得。让她感到宽慰的是，她知道那个人将死在她的手上。保罗只是她的帮凶，仅此而已。无论他是怎么想的，她十八岁那年就已经越过界限了。她尽可能不让保罗插手。她知道他明白非得杀了斯加洛克不可——没有别的办法可以保证她对亚当所做的事不传出去，而这也是可以让保罗出庭指证丹尼尔的唯一办法——但他的不情愿表现得如此明显，让她不得不把自己的不情愿藏在心里。保罗告诉她亚当还活着，这条消息本该让她感到释怀，但她没有时间去适应或者享受这份解脱感，现在作为一名谋杀者的重担又重新压上了她的双肩。

“我并不介意我一个人来做。”当他跟着她走进汽车旅店的旋转门时她说道，虽然她有点虚张声势；她知道没有保罗的支持或认可她是不可能完成那个计划的。“你不用插手。我不会怪你的，我能理解。”

“即使你能自己一个人做我也不会让你一个人去做的，”他说道，“不管怎么说，是因为我的原因才把他引到这里来的，我才是

他真正想要的人。你只是……旁边的点缀而已。”

即将临近的可怕任务让她不太有胃口——吃饭、睡觉——而别的东西却加倍了——喝酒、做爱。她惊讶地发现，对死亡的期待是她目前所知道的最强力的催情药。保罗也感觉到了这点；他异常的沉默寡言，除了在床上，那是唯一能让这一周的紧张感得到发泄的地方。要是不用付出生命的代价就能找到这种感觉该多好。在利明顿商业园区的那家汽车旅店里的四天，像是命中注定般的完美。劣质的酒、廉价的床上用品，还有一台毛病百出的电视，衬托出香槟酒、丝绸床单，还有阳台底下技艺精湛的小提琴手们演奏着曲子，简直是天壤之别。

星期六早上，他们六点就起了床，草草吃了顿紧张的、一句话也没有的早餐，吃的是盒装的谷物麦片和昨天剩下的牛角面包；旅店的厨房要七点才开。昨天夜里保罗的紧张情绪就像病毒一样传染给了她。杀死卡尔·斯加洛克似乎仍然是必需的，却不再那么吸引人，也不是那么容易了。前几天的密谋和操练感觉就像是场游戏。他们不是邦妮和克莱德①。他们一个是接近中年的园丁，另一个是刚刚从学校毕业的小年轻，却要和一个有着深仇大怨的退伍军人较量。

他们默默地退了房。她不禁觉得这次离开应该有个仪式；而实际上是，保罗很快付完了账单，用的是那张订房时一定要求提供的信用卡。他们简单的行李已经放到车上了。她回头看

① 美国历史上有名的鸳鸯大盗，20世纪30年代大萧条期间在美国中部犯下多起案件。

了看那幢建筑的外墙，心里很清楚等他们离开后几分钟内她就会忘记它是什么样子。空旷的停车场里只有他们俩。天色仍然很暗，但这种雪天的昏暗经过过去的几周她已经变得很习惯了。在橙红色的街灯照耀下，景物都改变了模样。甚至连影子和光线都不再可信了。

她一直挂着二挡开，很高兴在雪地里开车需要她集中全部的注意力。她花了足足五分钟才开出那个商业区，开上了相连的辅道。路上还只有一辆超市的运货车，装货的拖斗疯狂地在车头后面摆来摆去，于是她故意放慢速度，跟那辆车拉开了距离。

“你在想什么？”他们开上凯斯提斯路后保罗问道。

事实上，路易莎刚一直在想一个很可怕的问题，要是斯加洛克不是一个人来怎么办。她奇怪，为什么他们费尽心机小心策划着他要走的每一步，他该把车停在哪儿，却没有把这点考虑进去。难道是因为他看起来就像是个独来独往的人，但他可能也会有亲密的伙伴，当然会。她只能希望她的直觉是对的，一个如此傲慢自大的人——而且，是的，如此贪婪——他会一个人来的。她知道要是她把这种隐隐的疑惑说出来，他会一下子慌了手脚的，所以她尽量让气氛轻松些。

“我只是一直在想，把他埋在停车场真是浪费肥料啊。就把他埋在一堆黏土和砾石下面真是太可惜了，那儿什么也不种。本来那还可能是他这辈子唯一能做的善事。”

很有效，保罗开始轻声笑道：“现在知道我为什么说他是个狗杂种了吧？”他说道，“他即使被人谋杀也挨不到春天，那时候土地松软多了，我们也会开始播种了。”

他们的轻松一刻很短暂；当他们转过凯斯提斯桥的弯道时，笑声就僵住了。好几辆车子从路口一直排下来。这么多车本身就很引人注目了；凯斯提斯路上只有在高峰期才偶然会有点堵，但周六大清早，即使是身边经过另一辆车也是少有的。但那还不是让她紧张的主要原因。真正的原因是，左边车道中间立着一块牌子，蓝底白字，上面写着“警设路障禁止通行”。

她尽量保持把车开稳，但手指还是止不住地在方向盘上一直发抖，直到保罗把一只手放在她的手上，让她平静下来。她能从他的拇指感觉到他的脉搏，快而炙热。

他轻声说了句：“他不会的。”

一个穿着荧光黄夹克的警官，看上去也没几岁，但肯定比保罗稍大一些，正很不熟练地指挥着桥另一边的那排车倒退回去，好让一辆公交车勉强能擦着山坡转弯。那个公交车司机正等着其他车给他让道，一边哆哆嗦嗦地抽着烟，在车队旁来回地踱步。路易莎摇下了车窗。

“出什么事了？”她问道。

司机跟保罗打了个招呼，当时保罗正在副驾位置上缩成一团，略微地点了下头算是回应。

“有个可怜的傻蛋撞到桥上去了。”

“哦天啊，但愿没人受伤吧。”路易莎下意识地说道。

“我得说他有多处划伤和擦伤，是啊，”司机吸了吸鼻涕，“不，他死了，亲爱的。撞成那样了不可能活下来的。整个车都撞扁了。我现在得绕道走了。真是活见鬼啊，请原谅我说这个词。”

路易莎尽量想显出同情的表情，但他已经走了，继续把坏消息传递给他们后面的那个司机。

他们蹦出几句简短的，连不成句子的话。

“天啊，我还以为……”

“我也是。”

“警察这样做我真是……”

“是的，我明白。”

“但至少这不是……”

“是啊。”

“我们还要继续……”

“当然。”

像是等了一个世纪之久，他们的车子才能转弯。那期间，一轮银红的太阳升了起来，凯斯提斯的一个庄园主，虽然不是出租给她那块地的那个农夫，走过来告诉警察说，他愿意让小型车辆从他田里的一条泥巴路绕行。路易莎的小车沿着满是车轮印的乡间小路在雪地上滑行着，当车子还要经过凯斯提斯溪上的另一座石桥时她几乎要放弃了。走路都要比这快得多。单脚跳都比这样快。开了半小时，却只开出一小段路，只是开到了凯斯提斯桥的另一边而已。同样是他们之前看到过的沃里克郡警区的警车，那个青年警官现在正含糊不清地对着别在胸前的无线对讲机大喊着什么。她缓慢地向前挪动着，不仅是因为路很危险，她还想看看到底发生了什么事；有车祸发生时，亚当那件事的经历并没有让她完全丢掉看热闹的本性。从这个角度，可以看到那场车祸令人毛骨悚然的惨状。那座古桥仍然完整无缺——桥身上没有掉下一块石头——当你看到那辆车的时候就会觉得这真是个奇迹。路上摆了许多锥形路标，围绕在警察标出的事故现场四周：它的区域划得很大，从大桥延伸到村里的绿地。轮胎的痕迹交错混乱，都辨不出那些车子究竟是往哪个方向开的。路易莎可以看到一条黑色的金属，已经弯曲变形了——那是汽车保险杠吗？护轮板，还是车窗框？——躺在路的中间。风挡玻璃的碎粒在阳光下闪着彩虹般的光。保罗也是，尽管声称讨厌这类可怕的事，但还是探出身子想要看个究竟。他看到了什么东西，让他猛吸了一口气。

“停车。”他叫道。

他的语气不允许她问为什么。她在一条精心清扫过的人行道旁停了下来。她甚至还没拉起手刹，他就已经跳下了车，不是朝着警察拉的警戒线而是朝着凯斯提斯军火酒吧的那个小山坡跑去。他滑了一跤，在白色的雪地里踢出了一块绿色，接着，等他跑上了坡顶后，他突然仰面倒在雪地上，像是一个刚学滑雪的人摔倒的样子。等他爬起来之后，透过手指缝像小孩子看恐怖电影似的向外偷看。他一直保持着那个姿势，直到看到她也快爬到坡顶，便伸手去牵过她的手，把她拉到自己站的地方。

那个公交车司机说的没错；出事的那辆车真的像揉皱了的纸片似的，车的前部说不清楚是压扁了还是整个断掉了。雪地上洒满了汽油，还有别的什么，所以黑色里夹杂着条条勃艮第红酒的颜色。

在花园小路的底部，一个男人的纯黑色鞋子从车里被抛了出来，袜子还塞在里面冻硬了。路易莎一想到能够让一个人脚上的鞋袜都飞出去的那种碰撞力，禁不住往后缩了一步，她看到一只灰色的猫咪溜达过去，开始东闻闻西嗅嗅，才让路易莎突然恐惧地意识到那是因为鞋子里还留着脚和踝关节。那只猫把鞋子拱到了一边，溅出的血在白色的雪地上洇出了一朵鲜红的罂粟花。她克制着没把早饭吐出来。一旁，保罗也在努力深呼吸，抓着她的手肘，但当她把脸转向他时，发现他并没有在看那只断脚，也没在看雪地上的血迹，甚至也没有在看那辆车，而是别的某样东西，看得他面无血色，说不出话来。他的眼睛盯着某个裂成两半的东西看，那是黄色塑料或者树胶板上的黑字，乍一看，路易莎还以为是像米兰达的家用车后面挂的那种“车内有婴孩”的牌子。太可怕了，太吓人了。

“哦，不，”她叫道，“哦，千万别是。”

“我认识那块牌照，”保罗说道，他声音沙哑，“我开过那辆车。”

她根据他的话再次审度了现场一番，这次认出那破碎的塑料牌原来是块车牌照。即使那样，她也还是花了几秒钟才反应过来他说那句话意味着什么。

“那个愚蠢的家伙开车总像个疯子。”他语调平淡地说道。他按了按手指关节：“我们走吧，我们回庄园去。”他头也不

回地就往车子的方向跑了回去，但她忍不住又看了一眼那只脚。

“路易莎，快来。”

直到他们又开了半里路回到凯斯提斯庄园，直到他们开上了骑径，看见停车场边上放着的夺命工具，他们才打破了那可怕的沉默。保罗发出了一声长长的、响亮的呼声，一半是欢呼一半是呜咽。她没法和他一样。她虽然感到释然，但还是因为想到他们本来要做的事而觉得恶心。

Chapter 51 逃跑

2009年8月

保罗选对了逃跑的方向（那是不是就意味着丹尼尔逃的路是错的呢？）他穿过一片满是麦茬的田野，直接就到了另一条更宽的路上，他一眼便认出来这才是他们本该走的可以逃生的那条路。他记得那两幢房子——奇怪地若即若离，尽管它们周围再没有别的邻居了——坐落在离路有一点儿距离的地方。右手边的房子的前院里有辆儿童自行车侧倒放着。保罗跳过低矮的栅栏，偷走了那辆自行车，觉得自己仅剩的那点清白也已经被玷污了。确定方向没错后，他开始在黑夜里蹬起自行车来。自行车的车座太低，车轮又太小；骑了几里路之后，他就感到膝盖开始痛了，但他很感谢这点疼痛的感觉。那让他不再去想刚才他们做的事情。每当他听到有汽车的声音临近，他就赶紧下车躲起来，有一回甚至直接跳进了臭气冲天的水沟里，还把自行车压在了自己身上。当车子呼啸着开过去后，他突然在想这辆自行车是不是按照邮政编码编了号。他父亲就总是在新买的自行车上写下邮编，甚至在

离开商店前就写上，这样要是车子被偷就能有据可查了——所以他才会想，这辆车上会不会有些什么东西有可能把他和那所学校里发生的事联系起来。

A13号公路在某个地方突然降低钻入一个高架桥下，让他着实吃了一惊。头顶上方，灯火通明的干线主道几乎没有什么车流。很快，他就快到本郡的本伏利特镇中心了，但他对那个镇子也不是很熟悉，他决定在这儿把车扔下。他看起来太显眼了，一个长得像大男人般的身子却骑着一辆童车，虽然他其实感觉自己不像个大男人。他从未感觉自己如此不像个大男人过。他把车推到小巷里的一栋简陋的房子边上；从窗子上挂着的《歌舞青春》的窗帘判断，是一户人家的住宅，但从杂乱地堆在前院的一堆被单毛巾什么的看来，这不像是一家捡到东西还会去交给警察的人。

步行穿过小镇，他重新戴上了风帽，尽量装得若无其事。车站的指示牌很显眼，当他走到那儿，发现车站里还有长椅。他在那冰冷的金属凳子上躺下，希望自己看起来能像个错过了末班车的醉鬼。不可思议的是，他居然打起了瞌睡。他把风帽在下巴上打了死结，以防在他睡着时帽子会掉下来。它也隔绝了一些街上的声音，这让他感到很不安心，这种不安又让他紧张得一小时没睡着。每次他从瞌睡中惊醒，他都会四下里张望看看有没有丹尼尔的影子，也许有可能他俩选择的逃跑路线碰巧一样呢。即使他伸长脖子扫视整个站台，他也知道丹尼尔这次不会再有彻底的自由了，也许永远也不会有了。丹尼尔说他不会供出保罗的，他相信丹尼尔，但这并不意味着他们不会抓到他。当他们还只是在偷铜片的时候，保罗完全自信他躲过了摄像头。现在因为凶杀增大了事情的严重性，他开始对那一点不再百分百自信了，他甚至觉得自己记得摄像机在拍到他的影子后发出的咝咝声，还有咔嚓声。即使摄像机只拍到丹尼尔一个人，但任谁也会知道这种勾当不可能是一个人干得了的，不用费很多工夫，他们就能查出另一个是谁了。毕竟，他们住在一起。任何一个格雷斯河段区的居民都会告诉警察，无论什么时候，他俩都如影随形。见鬼，他揉揉眼睛，赶跑了睡意。

头趟去伦敦的火车早上六点钟到。他半梦半醒地上了火车，蜷缩在车厢的角落里，等着火车开过两站，到蒂尔伯里镇。让他稍微舒心点的是，车站是无人检票制的。在这种状态下，任何和官方人物打交道的事都是不可想象的；要是他被抓到逃票的话，他也许会对着检票员跪地求饶。

他可以从那条迎接他的狗判断出来，没有人在家，而且从前天起就已经没有人在家了，它猛摆着尾巴，眼神充满了谴责，但他还是叫了声丹尼尔的名字。

这仅仅是他一个人在斯加洛克家的房子里的第二或第三次。尽管他已经在那儿住了几个月了，他还是有种他们出去作案时的那种不安的感觉。迪塞尔显然是饿坏了，给了他惯常的热烈欢迎，用头顶了顶他的大腿根。保罗从碗橱里拿出一小袋带汤的包装食物。胶质的肉片从包装袋里滑了出来，那气味更让他觉得反胃。当迪塞尔在狼吞虎咽时，保罗打开了洗衣机，他把所有身上

的衣服，包括他的跑鞋，除了内裤外，都扔进了洗衣机里。出于习惯，他翻了遍衣袋，发现了那份丹尼尔看到他在研究的CCTV说明书。册子封面上画的那个装置的电子眼似乎盯着他，像是在谴责他。这只假眼清清楚楚地记录下了保罗在犯罪现场，就像他故意在摄像头前跳了段舞似的。他打开了煤气炉，准备把它烧了。火焰已经把纸边熏黑了，他突然看见册子背面潦草地写着几个字。他迅速看了一眼，没看明白，就在橘红色的火焰蹿上天花板的那一刻，他抓起那本册子拼命地甩动，想把火给弄灭，但反而让火越烧越旺。他把它丢到厨房的水龙头下面。水浇灭火焰时发出嗞嗞的声音。保罗把烧掉一半的手册在面前平摊开。它看起来就像是一张旧羊皮卷。卷子上不时有些碎片往下掉，煤灰沾污了他的双手。保罗辨认着没被烧掉的那部分，所能看清的只有“FAO尼克”几个字，下面还有一行“CCTV新监控系统九月一日启用”。

保罗不用去查手机也知道九月一日还没到。那个日子将铭刻在他心中，还有他的逃跑，虽然现在，记住这两件事的原因会大不相同。他惊讶地发现，在经历了过去那半天里发生的事情之后，居然还有更让他恶心和感到罪恶的事。也许的确是丹尼尔杀死了那个看门人，但却是保罗怂恿他待在屋顶，而他没有跟他说有摄像头的事。

但摄像头并没有工作。保罗原本还打着卑劣的小盘算想报复丹尼尔，到头来却什么都没有。不，比那更糟。什么都没有表示你又回到了原点，表示你不赚不亏，表示你和以前相比没有变好也没有变坏。有人死了。这就不能说什么也没变了。他给卡尔打电话，但他没有接。卡尔也许知道该怎么办。保罗的妈妈不会知道该怎么办，但这并不意味着他不需要她。他想给她打电话，但他该说什么呢?

他冲上楼去，那动作似乎是想要把那些事甩在身后，他冲进卧室。他的黑色牛仔裤和一件红色上衣正搭在椅背上。前一天的那个下午，当他把它们挂在那儿的时候，他还有一个未来，也还没有谁杀了谁，回想起来，那时的生活是那样的简单和无忧无虑。他从衣柜顶上拿下了他的提包，直到他下了楼梯，才意识到这一切都变得毫无意义。他不用再想要在布莱顿开始他的新生活。他必定会受牵连，毫无疑问。车子里有他的指纹，他和丹尼尔住在一起；他不可能脱掉所有的干系。丹尼尔知道他会去哪儿。即使他侥幸逃脱了此事，丹尼尔也会来找他的。他的完美新生活像个虚幻的泡泡，就那样破灭了，就像，就像……就像一颗眼珠那样被捅破了，他觉得恶心极了。

迪塞尔已经吃完了它的早饭，用爪子刨着前门，那个动作的意思是它极度渴望出去散散步了。它可怜巴巴地低声咕噜着，听起来更像只猫而不是狗。保罗知道，不带它出去遛遛，这家伙是不会善罢甘休的。带着它沿着河边的堤岸跑跑步不会有什么关系吧？他心想。河边的空气也许能让他把事情看得更清楚些。有时候，站在河口边，一切看起来都似乎更美好了，看着那座大桥，那些码头边巨大的起重机，还有轮船，你会觉得自己的问题是那么微不足道。

Chapter 51 逃跑

2009年8月

尽管保罗这么告诉自己，但他知道，这个世界上没有哪栋建筑哪艘船可以帮他减轻他目前的这个难题。他甚至冒出个念头，觉得他宁可再经历一遍他父亲的死，也不愿处在目前的处境。他走过一面镜子，却不敢看自己的脸。他从墙上的钩子上抓过狗链子，套到狗的项圈上。他打开门，一头撞上了他很快就要打交道的那个人，他就是埃塞克斯郡警察局的沃本探长。

Chapter 52 转机

2010年1月

卡尔·斯加洛克死的那天早上，雪开始融化了。到现在，已经过去近一周的时间了，空气仍然冷得能把积了浅水的水坑冻起来，路易莎踩上去，脚底下就会发出咔啦啦的碎裂声，但是天空看起来已经不一样了，清澈了许多，而且看起来也不再有不祥之感，似乎天意已经由凶兆转向了希望。

自从出了亚当的事以来，路易莎第一次感到了心底的清净。卡尔的死跟他们没有任何瓜葛，这就去掉一项威胁他们自由、幸福和未来的因素。保罗也不用愁里外不是人；她一想到自己曾想把他也卷入她自己的罪孽就觉得恶心。事情正相反。保罗的清白——尽管他自己还是不断地自责，她依然相信他的清白——几乎有着强大的感染力。假如说一个人可以帮另一个人洗清罪名，那么这就是他为她做的。

事情已经有了转机，说明他们要时来运转了。第一件事是他们的关系公开了，其实并不像他们预料的那么可怕，反而更像是种释

然；他们俩都开始厌倦了刻意的隐瞒，觉得快因此筋疲力尽了。英格拉姆在利明顿乐购超市卖酒的通道见到他俩在一块儿，在其他地方也是。经过刚开始的几句尖酸的评论（“亲爱的，你应该关爱这些小年轻，而不是带坏他们呀”）之后，他逐渐相信了要是真把他们的关系公之于众，那凯斯提斯内部本来就很脆弱的平衡很快会被搅得一团混乱，于是他同意了保持沉默。不用质疑，他已经告诉了德美特，但路易莎并没有被叫去谈话，所以她也就认为他们俩的事应该就算过去了。

第二件事更加令人惊奇，和园林遗产信托会面的问题自然而然地解决了。乔安娜·鲍娃打来了电话，告诉她他们最后跟那个年轻的制片人没能谈拢，所以就不再拍摄凯斯提斯的竞标了。乔安娜还说，信托的理事仍然很热心，要亲自去沃里克郡考察他们的项目，看看他们都种了哪些稀有植物，还有为这个项目工作的那些年轻人。路易莎差点叫出声来，于是定好了日期，又在凯斯提斯军火酒吧预约了一间专门的包厢，她现在可以理直气壮地说，而不用撒谎，这都是园林遗产信托自己提的要求。她甚至非常期待他们的到来。保罗帮她在电脑上用一个叫做PowerPoint的东西整合了一份幻灯片报告，她学会如何操作之后，那东西可以一页一页地展示她的设计图、关于参观者人数的图表，甚至还有那幅织锦画的复制本。她迫不及待地想看看，当她向英格拉姆展示她新学的技术时，他脸上会是什么表情，而她也必须很熟练：那天保罗不能在现场帮她操作。他会在两百里外的地方，穿着正装，站在埃塞克斯郡法庭的证人席上。

今天目击证人服务组织的人已经带着他熟悉了一遍开庭流程，为的是让紧张的目击证人放松下来。警察在他出庭之前给了他一份他的证词的复印件。当然，她也看过了。话是保罗自己说的，但是句子总有些不太流畅，像是从某种别的语言翻译过来的。得读个两三遍才能明白，那份陈述已经去掉了所有的细节和情感因素；只留下干巴巴的人物、事件、地点、时间，没有原因。她很想知道，要是自己曾经也要作这样一份陈述，写在纸上会是什么样子。

女警官克莉丝汀，德美特的朋友，也就是把保罗送来凯斯提斯的那一位，同时也给保罗联系了一位控方律师，律师给他举了几个例子，告诉他辩方会怎样故意诱导他说错话，并且跟他说明了该怎样提防这种情况。之后保罗说道："他告诉我的那些我全都早已经听卡尔说过一万遍了。很讽刺，不是吗？是卡尔教我在法庭上要怎么表现，而我唯一出庭的一次却是去给他儿子定罪。"然后他苦笑了一下，"不过，我想他也教过丹尼尔该怎么做，所以对两边来说都公平。"

只是在最近的这几个星期，她才认识到那两个男孩之间的关系有多么深厚，而那段友谊对保罗来说又意味着什么。除了他的父母和路易莎之外，那是他一生中唯一亲密的人了。她多么想让他也相信，未来是有希望的。自从她遇到亚当以后，她还是头一回再次体会到这种积极正面的感觉——即使是遇到亚当之前她也不敢肯定那时她也有过这种感觉。她忍不住还是觉得卡尔的死是因为天上有个人不想让她来杀死他。她觉得彻底得到了解脱，这种感觉如此强烈，以至于连她之前的罪行也一道赦免了。于是，她对亚当那件事

的怨念也渐渐淡了；这可不是件可以精确衡量或很容易的事，就像松手放飞一只气球那样，而是像她扛了很久的重担一点一点地卸下来，那份重量或已成为她身体的一部分了。她每次想到他还是会怀着罪恶感，但让她惊讶的是，她现在已经不再那么渴望他了。有时候，她甚至会怀念一下她曾经的样子。

当然，她仍然想知道他在哪儿，后来怎么样了，但不再伴着迫切感或真正的恐惧。保罗是对的；要是亚当真的要来报复她，那到现在她也该有所察觉了。无论保罗花多少时间上网搜查，到九十年代中期之后就再也没有任何线索了。各种迹象都表明他要么消失了，要么一直在外流浪，要么就是死了。而保罗一再重复那家疗养院的主管说过，亚当已经毁容了，令她更加彻底地摆脱了他鬼魂的纠缠。也许她在街上的某个地方和他擦肩而过，也许他就是在晚上睡在路边睡袋里或者公园长凳上的一个酒鬼，胡子拉碴，臃肿不堪，模样丑陋。像那样的一个人现在怎么可能成为她的威胁呢?

她想为这件事直正画上句号，不仅是因为她现在仍然依赖她的仪式，更是因为她想要划清她过去的生活和新生活之间的界限。她现在拥有的——她的园子、她的男人——这些才是真真切切的，她没有那么多时间，也不再有那么多的心思，去花在一个并不实在的鬼魂身上。

这次真的是最后一次了，因为之后，她将烧掉那本独一无二的剪贴簿，毁掉那些录像带，把里面的磁带芯抽出来缠到树上，全部清除干净，然后重新开始。她手里拿着的不过是一堆塑料和磁带芯而已。它们现在唯一的威力就是有可能被保罗发现。如果被他看出最先把她吸引到他身边的竟然是因为和亚当相似的容貌，那就糟糕了。他也许能理解——他总能给她这种惊讶——但不值得去冒这个险。她很惊奇，之前保罗居然从来没发现过这些盒带或者那本剪贴簿。他只知道，她头顶上方的那个柜子里是些装衣服的包，而那台带录像机的电视，他总把它当成一张小桌子，上面放着他的水杯。

她的手表显示离保罗回来还有三小时；完成最后一遍她的秘密纪念仪式时间足够了。她打开那本剪贴簿。粘贴照片的胶水已经干了。照片和海报传单从纸上浮了起来，一张张剥落下来。她把它们一一摆开在面前的床罩上，就像她在某个仲夏夜所做的那样，而那像是上辈子的事了。这儿放了一张他演出时的照片，另一张是乐队的合照，那边还有一张在屋顶花园的拍立得相片。照片上的画面几乎都退色了，只留下淡淡的一些阴影，相片的外缘渐渐变回了它原本的黑色。她举起了那张他唯一请专业摄影师照的照片，是黑白的特写，有简装本的书那么大小。她看着照片，而让她惊讶的是，她发现他已经不再能让她魂牵梦萦。脸还是那张脸，但实质不一样了。就像是一种幻象，就像是一颗已陨的星发出的光。

磁带滑进了机器的槽口。这次她既没有喝威士忌，也没要伏特加。她想要清醒着，去铭记这一切。她也没有像往常那样梳妆打扮。她想要作为她现在的自己来完成这件事。看着那些熟悉的开场画面，她放松下来，第一首曲子刚开始播放旋律，在他还没开口唱之前，电断了，留她一个人和荧荧的屏幕对坐着。她套上靴子和夹克，检查了拖车外面的插头，发现电缆连接得好好的，那就是说，又是该死的总线路出问题了。一想到要穿过那片窸窸窣窣的树林就

让她胆战心惊的，但最后，因为她迫切地需要得到真正的安宁，需要完成她的道别仪式，她战胜了害怕。她不紧不慢地甚至是从从容容地想用水壶烧水。她对着自己笑了笑；谁会想到，她生活中的最大满足就是和一个年轻的男孩儿一起裸身在床上喝茶？她仔细地拉上电闸，这样她把总供电开关插回去时就不会引起强烈的电流了，之后她便踏上了那条十五分钟的路。本来完全可以让保罗在回来的路上重新接回电源，但她没办法告诉他。要是我有部手机，她心想，那我就可以给他打个电话，让他替我去弄好了。星期一我就去买部手机，充足电，这样我们就可以随时随地联系到对方了。

这是她那天第一次走出旅行拖车，但保罗那天起得很早，她发现他把门大开着。她把门在身后关上了，心里默默地又念了一遍要让他记得不能让别人发现她的住处。现在斯加洛克也不会再来找他们了，英格拉姆也已经跟他们打过照面了，他们俩便都有些松懈，尤其是他，因为即将到来的审判的压力显得心不在焉，但还是不能故意自我暴露啊。

半路上，她已经能看到别墅废墟了——她已经习惯看到它积满雪的样子，而现在它光秃秃的砖墙看起来像是赤裸着——她突然停住了，猛地灵光一闪，要是保罗在她之前回到拖车里就坏了，要是他看到了她留在床上的那些照片，或者更糟糕，要是他把电重新接上了，那台录像机又开始工作了，他会看到一个跟他长得如此相似的人正在为他一个人唱着歌。但她的手表告诉她，他的火车还得有一小时才离开伦敦呢，于是她又继续向前迈步。

电缆只是松了不到一毫米，但那也足够让整个电路都断了。她用手掌根用力把它按了回去。电流重新接通后发出嗡嗡的声音。既然已经来了这边，她索性开了小餐厅的门，进去给自己沏了杯茶，坐在台阶上喝了起来，眼睛望着骑径的方向。她琢磨着在周一早上英格拉姆和其他人都回来之前，把办公室整理整理。有一瞬间，她觉得她看到一个人影走过了门房，她心里一惊。她把茶倒翻在了地上，本想跑回小屋，在被保罗发现之前藏好所有的证据。但是那个人影，虽然是个男人，但还牵着条狗，并且也没有拐到骑径这边来。过了好一会儿，她的心跳才恢复了正常。

我已经过了做这种事的年纪了，她心想，我已经疲倦了。她受够了突然断电，受够了煤气罐，还有用化学药剂的马桶。是保罗唤醒了她内心里多年来一直逃避的那份安慰。她发现自己想跟他一起住在一栋房子里，墙上挂着照片，地上铺着波斯地毯，有一间厨房，还有浴室，还要有套希尔家居城的沙发，他俩坐在沙发上，为了要看什么电视节目相互斗嘴，还有种种的种种。她又看了看手表，接着又给自己沏了杯茶。她和亚当的告别仪式不用那么着急。

Chapter 52 转机

2010年1月

Chapter 53 告别仪式

2010年1月

审判并不在伦敦的老贝利中央刑事法院，而是在切姆斯福德[1]的刑事法庭进行，那个地方并不像保罗晚上做的噩梦里的那么可怕吓人，而是栋普普通通的红砖房子，就在市中心，看起来跟别的办公楼没什么区别。只有门口的武警穿的制服显露出一点不同。之前那个目击证人服务部门的工作人员——又是一个不切实际的社会改良家，就像德美特一样——告诉他先去大楼里熟悉一下环境会对他有帮助的时候，他还不屑一顾，但是他很快就不得不承认她说得没错。法庭的审判室比他想象得要小一些，而且它那简单的现代风格装修让人安心了些。他当然不想见到丹尼尔，但得知自己面前会有面玻璃挡着，让他增加了几分安全感。唯一的遗憾是路易莎不能在听众席上给他鼓劲，但他妈妈和特洛伊答应会来，但也许，他初次上法庭，对他们来说并不是个理想的团聚的地方。

① 英国英格兰东南部一座城市，属埃塞克斯郡。

现在他几乎盼着它早点开始：当然不是指审判本身，而是想清理掉最后一点障碍，好让他走下一步。他们跟他说，他愿意在法庭上待多长时间都可以，但他只想待十分钟就足够了。现在趁他还坚强的时候，他得赶快离开埃塞克斯；待的时间太长，加上对家乡的眷恋也许会动摇他刚找回来的自信。他乘的那趟火车比他原先计划的提前了许多，车上只有稀稀拉拉的几个出来购物的乘客，而不是挤满了上下班的人。坐在车厢里，他有足够的地方放松一下，他把脚搁在对面的座位上（当餐车推过的时候他又乖乖地把腿放下来）。回到沃里克郡比来埃塞克斯郡更像是回家。他先回了趟他的公寓，拿了要换的衣服，在街角的小店买了个乳酪洋葱肉馅饼和一瓶可乐，站在汽车站里吃起来。那家恶作剧玩具商店已经换下了圣诞节的橱窗，变回了它平常的化装道具服装还有羽毛装饰了。再过不到一个月就是情人节了，毫无疑问，到那个时候他们会换上更多富有创造性的橱窗展示。保罗很想知道那个节日他们会有怎样精巧的布置；牧师，还有跟人一样高的情人节水果馅饼吗?

公交车把他带到了村子的那一站。他看了下时间：提前了两小时。他犹豫着是回拖车给她个惊喜还是在凯斯提斯军火酒吧先偷偷喝上一小杯。还没等他决定好到底选择哪种方式迎接自己回来之前，他的肚子突然被重重地撞了一记，不知从哪儿冒出来的妖魔把他撞翻在公交车候车站里。如果不是正好被墙挡住了，他肯定会摔到地上。他挣扎着爬起来，感觉到他的膝盖周围有个体形硕大而且热乎乎的球在动，手上像是沾了血似的湿漉漉的，但

也肯定不是血。

他低头一看。透过指缝，他看到了一边流着哈喇子，一边活蹦乱跳的迪塞尔。在这条阿尔萨斯牧羊犬后面，站着个瑟瑟发抖的人，黑色的风帽里露出一撮红色的头发，那是哈什。那条狗被链条拴在候车亭外面的灯柱上，在两人之间兴奋地跳来跳去。它呼哧呼哧的喘息声是四下能听到的唯一的声响。保罗曾一度相信，除了斯加洛克家的人，迪塞尔是不会听任何人的话的，但根据它现在和哈什在一起的某种情况可以看出来，他俩最近一直待在一起。

怎么会这样？保罗知道如果他仔细想想，他就会明白哈什是怎么找到了这儿的，也能明白他来做什么。他能感觉到，事实就是那样的，像个小妖精在黑影里跳舞，而且在某种程度上，他知道即使他听到了真相他也不愿相信。肾上腺素能激起一个人动手的冲动，而不是回忆，况且保罗没有那么多时间去思考；哈什怒发冲冠，跃跃欲试。他猛地反应过来要是真的需要干这一架，在大街上会比在这个黑漆漆的绿色候车亭里更好些。不管哈什会怎么对付他，只要他没死，在人行道上至少有可能有人会看到他救救他，一辆过路车或者从酒吧出来的人，或者要是他倒在血泊里实在很久，那么路易莎也会来救他的。来的第一下并不是预料中的往肚子上下狠劲儿的一拳，而是几乎像女孩似的双手一推，同时，哈什发出的声音也不是凶猛的格斗时的喊杀声，而是某种更接近于呜咽的声音。这种楚楚可怜的样子简直比暴力更有杀伤力。

“你把丹尼尔弄进监狱了还不算，你还杀了卡尔。”

保罗开始慢慢地向人行道那边挪动，渐渐地靠近街道。

“卡尔？他是出车祸死的，和我一点关系都没有。这些事跟你又有什么关系？”

“我之前跟他住在一块儿。”所有之前难以解释的事情都豁然开朗了，像一扇厚重的门上一排门闩一个个扣上。保罗感到一阵恶心，好像是他亲手砍下了卡尔的头，然后把哈什的头接上了原来的身体，只是更年轻，更壮实，甚至更愤怒了。迪塞尔嗅到了敌对的气息，开始狂吠起来；保罗看不出那条狗到底是在保护哪一边，又在攻击哪一边。“他上次来这儿就该杀了你。”

“你是怎么知道这儿的？”

“加文让我把你的羊毛衫还给你，衣服的口袋里有张发票。我们就直接找到这儿来了。发票上还有你的签名呢。”

两股记忆涌进了保罗的脑子，现在都充满了新的可怕的意味。他想起来那是一批树苗的快递签收单，他当时把那单子揉成一团塞在了口袋里，还有他去加文那里，加文当时那么肯定地说他的同伴一直有去他那儿。而对保罗来说，“同伴”只指一个人，那就是丹尼尔。

“你也弄到了我妈妈的电话号码？”

“那个傻娘们儿把面包车的门大开着呢。”他肯定了保罗的疑问。

可恶的特洛伊还有他那辆愚蠢的橘色面包车，让他妈妈成了个活靶子。他还来不及细想哈什的臭手翻过她的手提包，碰过那张照片该是多么恶心的画面，很快另一个更要紧的问题占据了他的心。

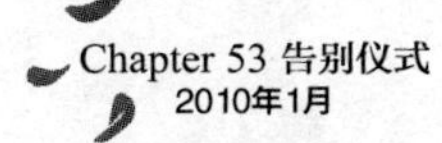

卡尔也许已经把哈什当成自己的心腹了。他很可能已经把路易莎的事和他说了，那么他们等于又回到了原点。他绞尽脑汁想旁敲侧击试探他，但最后却只冒出一句笨拙直白的话：

“他第一次来这儿后跟你说了些什么？”

“什么也没说。”哈什说道，但这不能说明任何问题；他天生就是个骗子，而且一点也不假，他已经没有什么可失去的了。“他不想把我搅进来。他很袒护我。他待我像亲儿子一样，而你却杀了他。”

“我——没有——杀——他。”

“胡说。要不是因为你，他会来这儿吗？”

“是你把他带到这里来的！”

哈什想冲上来给他两拳，但他的拳法也不好，相比之下，保罗躲避他的拳头更有经验些。小时候无数次闪身躲开拳头的那些身体记忆帮了他大忙；他及时一蹲，听到哈什的拳头从他耳根呼啸而过。那一记空拳挥得有点用力过猛，惯性使得哈什失去了平衡，一下子栽倒在水泥地上。口袋里的硬币和钥匙、钱夹和手机，还有一把弹簧刀全都掉了出来，散落了一地。他爬起来去捡回他散落各处的东西。保罗先抢到了那把刀，收起了刀片，攥在拳头里。哈什弯腰蹲伏着，样子很窘迫；那条狗被拴得太紧，假如它果真把哈什认作主人的话，也没办法来帮他。保罗心想，要是他还算是个男人，他现在就应该把哈什打倒，杀了他，彻底铲除这又复活了的威胁，然后把尸体拖回去交给路易莎，她知道该怎么处理。但他是个逃兵，不是个战士，他们彼此都清楚这点。

他得马上躲回拖车里藏起来，不能让哈什看见。他正准备跑，忽然脚底下踩到了一个小的塑料钥匙，很显然是从哈什的口袋里掉出来的。他本想把它一脚踢进路边的水沟里，以便让哈什分心或者拖延一点时间，但那个钥匙看起来很眼熟。他弯腰捡起那把钥匙；哈什因痛不由自主地大叫了一声，向保罗发出了警报。他仔细看了看那把钥匙，很熟悉，但又说不清楚是为什么。那不是把普通的门钥匙，更像是特洛伊的工具箱里的什么钥匙，或者是用来启动什么机器或是开电暖气之类的，要么是用来打开他妈妈的煤气罐——

煤气罐。这正是打开旅行拖车外面装煤气罐箱盖子的钥匙。哈什已经去过拖车了。

“但你是怎么？……”

回应他的是街灯柱下拴着的那条狗的挣扎声和狂吠声。很显然，迪塞尔能把他直接带到那儿去。这该死的笨狗，一直睡在他的床上，它的记性和嗅觉可比所有人都强，它会循着他的气味一路追踪过来。保罗在手掌里掂量着那把钥匙。他感觉手里拿着的像是个拔了拴的手榴弹。

“哈什，你做了什么？”

保罗回忆起了哈什在学校的时候恶作剧得逞时的坏笑。

“给你个教训。”

他一下子集中起了浑身的力量和速度，那是在他父亲将死时，在丹尼尔杀了肯·希亚德时，在卡尔出现时，都没有爆发过的气力。保罗跳起来，一把抓住哈什的衣领拼命摇晃起来，他用劲很大，都听得见他的牙齿在打战的声音。那条狗看起来很困惑，不知道该帮哪个主人。“你把煤气怎样了？路易莎在拖车里面呀！”他松手把他扔回到地上。

“路易莎是谁？”哈什问道。他的脸瞬间僵住了，脸色惨白，他咬了咬全无血色的嘴唇。

“是我女朋友！那是她的家。”

之后是一阵沉寂，接着哈什打破了静默，低声骂道：“见鬼。”

保罗飞奔上了骑径。他第一次惊奇地发现自己的腿也很长；直到此刻他才知道它们原来可以跨得这么远，跑得这么快。他的脚尖轻点地面；与其说他是在跑不如说是在飞。他本以为经历了一次灾难，下一次就不至于那么糟了，但是他错了。他眼下体会到的那种清晰的十足的恐惧是他之前所有恐惧的总和。她现在肯定在那儿，等着他，煤气慢慢地泄露出来，让她睡着或者更糟。一星点儿火花就会引发一场大火，而路易莎的拖车里更是堆满了火柴和蜡烛，灯和油以及书。要是哈什很早就去过那儿了，那轻轻地一碰开关就完蛋了，即使是用水壶烧开水都会直接引发一场大火。他跌跌撞撞地两度要摔倒，第二次跌得更严重了些。他的脚踝关节里有什么东西碎了，但因为恐惧他感觉不到疼，他一刻不停地继续跑，甚至越跑越快。他飞快地跑过别墅废墟，小木屋在眼前飕飕地掠过，就像火车窗外模糊的景色一般。他觉得自己就像一条狗，能嗅到空气里的味道，觉得可怕的事情已经发生了。

大门上了两圈锁。他优秀的运动天赋暂时发挥不了了；他的

手指胡乱地抓着那个熟悉的把手，好像那是个复杂的机关，就像她戴的那枚戒指一样。没时间再去对付一把锁了；他往后退了一步，使尽浑身力气踹向了门，只是在脚触碰到门的一刹那才想起来自己的脚踝受伤了。那截腐朽开裂的木头断了，门像座吊桥般倒了下来，只剩下摇摇晃晃的铰链挂在破碎的门框砖上，上面还嵌着些木头碎片。

她在那儿，还活着，还是那么可爱，她的背影出现在狭窄的门廊里，拖车里没有点灯；她穿着外套，看起来像是刚从外面回来。他大大地松了口气就要瘫倒在地，他想要让他受伤的脚踝好好休整一会儿，但他还是先快速地瞥了一眼那个煤气罐的盖子，是开着的。他先得让她离开那辆拖车。他叫了声她的名字，她猛地一回头。有一瞬间，她看着他的眼神好像他完全是个陌生人似的；随后，等她认出他来，她眼里不是充满爱意而是惊慌失措。

“路易莎！别进去！有危险！”他把嗓音提高了八度喊道。她没有理会他高音调的警报，消失在门廊里。“快离开拖车！路易莎！”

但她仍然在里面。他的眼睛逐渐习惯了黑暗，他看到她的影子在里面晃动；他不可思议地看着她迅速而不安地来回跑动，弯下腰又立起身，像是在藏某件东西，好像在那样小的空间里真的能藏住什么东西似的。他一直在喊她的名字。她在做什么事如此紧急让她都没听见他喊她？他又喊了一声，觉得他的喉咙跟脚踝都要报废了，但她还是在里面忙她的，他没别的办法了。因为疼痛他倒吸着

凉气，勉强支撑着以奥林匹克式的舞步走完了剩下的那段距离。等他走到了门廊那儿时，她已经像平常那样站在了床尾，油灯放在面前，一手拿着火柴盒，一手拿着根火柴，正要划火柴。当她把火柴头划下去的那一瞬间，他最后低声说了句“不要”。

一团乌黑的橘红色火焰吞噬了金属和肉体，纸张和油罐。爆炸发出的巨响，还有大火的声音几里之外也能听见，但灰烬却似寂静的雪花，片片落下。

尾声

2012年7月

伊莲很老练地开车沿着那条坑坑洼洼的小路行驶着。那场大冰冻距现在已经两年了，但至今仍然在这些乡村B级公路上留下许多洞坑。像今天的这种日子，没有和他商量，像是设想好的，有计划再实施的，他感到她故意在针对他，用她的长处来戳他的短处。他眼睛一直盯着前面的路，不是因为他要指路——伊莲自己认路，她脑子里记得怎么开——而是因为一旦他的眼睛离开了地平线就会犯晕车。他已经不想再在孩子们面前吐了。

“我们到了。”她说道。

破败不堪的门房被整修过了，但不是用砖块砌的；上面加了个玻璃和木料搭建的圆顶，这个大而具有超现代风格的玻璃钟罩保护着这栋古迹。这门房旧时的作用又重新被恢复了；在那扇打开的窗子里有个女人冲他们微笑着，收了他们的钱，递出几张票，有了这张凭证，他们才可以在场地内自由活动。

“门票要二十镑？”当车子爬上一处低矮的小坡，开进一块平

坦的长方形沙砾停车场时他问道，“而我的还是优惠票呢。对我们这种人就该免票。”

“好了，孩子们是免费的，行了吧。我想他们也得赚点钱吧。”伊莲说道，她的理性就像她开车的技能一样恼人。她还没把车停稳，后排的男孩子们就已经打开了后车门下了车，他们把手臂伸过头顶伸展着身体，用脚后跟踢着地上的砾石。“今天请忍耐一下好吗，”她小声地说道，“我只是想我们能至少一起做一件有意义的事。而历史是乔纳这一年来唯一表现出有点兴趣的东西。”

“对不起，”他憋出一声道歉，“我今天感觉不太舒服。”总有那么几天，他会觉得头疼一阵接一阵地袭来，脑袋的不同部位都疼得厉害，像是彼此在较劲看哪边能先撕裂他的脑壳。

“我知道，亲爱的，但拜托了，就算是为了孩子们。为我？”她把手掌按到眼窝上，他看出来她也很疲惫；不是他的那种疲惫，他是一夜未眠焦躁的后遗症，而她是因为经年累月要照顾一个丈夫和两个孩子。

“我当然会尽力。没事的。”他伸手到汽车杂物盒里摸出两粒药丸。他把它们一口吞了下去，因为长期服药，他都习惯没有水也能吞下药片了。

这是学校放暑期的第一天，这个地方聚集了一大堆有着同样想法的爸妈和孩子。乔纳沿着两旁种着小树苗的骑径一路蹦蹦跳跳的，来到主入口时自豪地把门票举起来给检票员看。当妈妈递给他一张活页练习题和几支彩色铅笔时，他转过脸来朝向爸妈，露出一脸天真无邪的笑容，真是让人看了又苦又甜。用不了多久，这个可

爱的小男孩就会变成一个整天闷闷不乐的少年，就像他的哥哥一样。乔纳今年八岁。伊利亚十三岁，而三年前起他就变得闷声不响了。他现在站在他们身后，不慌不忙地闲逛着，把手机里的音乐声开得很响。

“伊利亚，在这儿别这样，”伊莲小声训斥道，因为窘迫脸变得通红，“我和你说过的。”

他像平常一样，用一种夹杂着疑惑和妒忌的眼神看着他的大儿子，还是想不明白为什么有人会声称他们因为有了孩子才找到了生活的乐趣。看着伊利亚长大，长壮实，长得越来越漂亮，并没有唤起他丝毫的自豪感，却只有苦涩而恶毒的妒忌。更糟糕的是，五年后，乔纳也将长成一名少年，到那时，就会有两个小伙子跟他住在同一个屋檐下，整天出去认识女孩儿，夜不归宿，吸毒，所有那些来劲儿的事，而在他年轻时他都做得有些过火了。

伊利亚明不明白他的一举一动直接牵扯着他老爸脑袋里的疼痛呢？围绕着太阳穴紧铁箍般的疼痛胜出了，因为它比头和脖子交接处的撕痛更厉害。他把手伸进口袋，摸摸看速效止痛药在不在里面。单是摸到它们在那儿就让他感觉好多了。那个男孩老不情愿地又插上了耳机。

“这儿太无聊了，”他说道，“我就在那边的角落里待着了。”但是他父母的手搭在他的肩膀上，他们有他们的想法。

“我们是一个家，要在一起。”他的父亲咆哮道，声音大到让旁边金发碧眼的一家人都朝他们盯着看。

“随你便。”伊利亚说道，但他显然还是被怔住了。伊莲扫了

他一眼，眼神一半是觉得丢脸，一半是责备。

这个花园刚开放了两年，很明显还很不成熟，这儿最初的设计是想唤起一种历史感，而各方面的不成熟对那个目标来说是很大的障碍。园子肯定是经过详细规划的，但许多精心栽种的植物却都还很矮小又稀稀拉拉的。它感觉更像是个郊区的园艺中心，而不像宣传册上说的有进入历史旅行的感觉。这儿的味道比景色吸引人。各种气味一团一团的；当你转过一个弯就能嗅到一种新的味道，如此地富有变化又不相重叠，就好像你不断地走入贴着不同颜色墙纸的房间一般。有些味道对他来说是陌生的，也有许多是他所熟悉的，比如他们在后花园里种的黄杨木和紫罗兰的味道，而有种味道很不好闻：那一簇簇紫色的薰衣草的花穗散发出甜得发腻的香味，那味道总让他感到不安，但其中的原因他又说不清。

乔纳不知从哪儿弄来了一把木头剑，就丢下活页练习题，沿着一条沙子铺的小路冲锋，沙子像金子般在苗坛间闪着光。他追逐着伊利亚，而伊利亚还假装这一点也不有趣。伊莲牵着他的手：他们跟着儿子们跑上了台阶，走进了凯斯提斯花园别墅的骨架里。这栋砖石结构的建筑每一面都直立高耸，黑压压潮漉漉的，使人镇静宽心。他把太阳穴贴在冰凉的石块上；疼痛立马减轻了，他原来紧抓着口袋里那板药的手也放松了下来。他们一起爬上了观景廊，又是一处精细的木头玻璃结构，巧妙地搭在残破的砖结构上，正好能从没有玻璃的窗口向游人展现一方景色。从高处看下去，整个花园的构思就十分清晰了。红色、黄色，还有白色的花朵一簇一簇地开放着，让它们各自拼成的几何图案尖锐的角也是柔和的。虽是人工，

胜乎天成。

乔纳这位舞剑的小武士又把他们引回到了花园的正中心，那儿是一个大理石和花岗岩造的喷泉。喷泉的设计即使在当时也算是古典派的：大理石雕的男人和女人半披着宽长袍，将手里巨大的石球举过头顶。创新全在于水的部分，正中心交叉涌起成拱形水流，形成奇妙的未来主义风格效果。

“想想那样的设计，考虑得如此精妙，尽力让整个园子更完美，”伊莲说道，“这是真正的精密工程。你得考虑水的压力以及这些喷泉的位置，要精确到毫米来计算。”为了证实她的理论，伊利亚把手放到一个喷水口前，瞬间整个水流模式被改变了。乔纳把水注劈成了小水滴。伊莲在这水帘中蹲下来，看见在喷泉基座上有块铭牌。跟那些介绍凯斯提斯历史的彩色标牌不同，这不是叙述历史的一部分，而是专门留给那些熟悉这儿的，或者是那些停下来关注细节的人们的。

“哦，太悲惨了，”伊莲说道，“看，他们都死了。”

他费了好大的劲儿才在他妻子的旁边跪下来；她下意识地伸出手扶稳他。碑文是金色的字体，刻在黑色的石板上。

谨以此喷泉纪念路易莎·特里维廉和保罗·西弗斯

他们帮助建造了这座庄园

于2010年1月15日的一次悲惨的意外事故

卒于此地

路易莎·特里维廉，路易莎·特里维廉……那名字就像一首美妙的短诗，或是一句祈祷词。他一生中感到过最严重的头痛让他

倒在了地上。他一边吐出嘴里的沙子，同时尝到了血的味道，他蜷缩起身子，紧闭双眼不想看见，她的脸，她戴着小银戒指的手，伸过来推搡着他的胸口。许多早已遗忘的歌曲突然在他脑海里开始回响，刺耳的声音杂乱地交织在一起。

“亚伦，你怎么啦？”伊莲叫道。她蹲下身子，替他挡住太阳：“亚伦？”

他张开嘴巴想要尖叫。

译后记

过去的从未真正过去。甚至，那些从未曾是过去。

——威廉·福克纳

读艾琳·凯莉的《病玫瑰》，是什么让你如此停不下手?

是嵌在一起的命运。

2009年9月，你在序幕里就看到了那个日期；你在第一章也看到了那个日期。可是讲述的是完全不相关的两个人，两个地方，两件事。路易莎在凯斯提斯庄园旁自己的秘密拖车里，为了她二十年前的情人再一次将自己灌醉，而相隔好几个城市之外的保罗，正经历着他这十来年的生命中第一次在警局的身心折磨。

之后时间又跳到了1989年4月，二十年前的路易莎青春叛逆。

又短暂地跳回2009年9月，保罗正在逃亡的路上。

立马又转到了2002年6月，刚刚在生理课上听到“性交”这个词的保罗，却看见父亲倒在血泊里，从此对那抹红色产生了眩晕的恐惧。

……

故事就这样在时间和空间的回旋跳跃里层叠交错。

但凯莉是个揉捏时间的好手，是她两只手一边拿着一只沙漏，变戏法似的赋予两个故事各自的时间，跌宕跳跃的转换，她却得心应手，从容不迫地娓娓道来。最后，路易莎的故事和保罗的故事慢慢地交会到了一点，在凯斯提斯别墅的转角处。

路易莎看到保罗第一眼的惊愕，是否也让你想起，初遇那个似曾相识的陌生人?

世上无数条生命的轨迹，却总是神奇地碰撞在一起，擦出火花。

它们是塔伦蒂诺《低俗小说》里的拳击手、打手、黑帮老大以及鸳鸯大盗；它们是伊纳里多《巴别塔》里的美国夫妻、日本聋女、墨西哥保姆、摩洛哥少年，还有那发子弹；它们是《爱情是狗娘》里三个与狗有关的故事；它们是《21克》里改变三个人命运的那起交通事故；它们是加斯帕·诺《不可撤销》里倒转的时钟；它们是德奥瑞《时时刻刻》里的达洛卫夫人；它们是……

你是否也曾想过，2009年的9月，你在做什么？又和什么样的人因为什么样的事从此被联系在了一起?

品这朵病玫瑰，为什么让你欲罢不能?

因为爱。

玫瑰是爱的象征，它刺目的嫣红是因为爱的浸染。

“如果你把一株新的玫瑰种到原先种过玫瑰的地方，那新的那株玫瑰会是一株病玫瑰；它不会开花，而且有可能会死掉。”

路易莎原以为爱也是这样的。“你不能期望那么美丽的东西连续出现两次。”爱也许会再来，而生命一旦被烙下致命的印记，就再也不能倒带。

虽然整本书是个悬疑推理故事，围绕着青少年犯罪、青春期叛逆等关键词，但也是个充满爱的故事。

米兰达和路易莎的姐妹情；亚伦终究还是拉德克利夫·莫雷牧师的儿子；保罗对艾米丽单纯的痴恋；利亚姆·西弗斯和保罗的父子情；特洛伊对保罗妈妈娜塔莉百般迁就的爱；保罗对妈妈始终深切的母子情意；哈什对卡尔的感恩；甚至是肯辛顿市场里的马迪和洛贝塔；尼克和莉娅对他们的女儿路易莎的爱护也许只是表现得不那么明显罢了；伊莲显然为了她和亚伦还有他们的两个儿子付出了很多；卡尔虽可以算做保罗所说的坏到骨子里的那一类，但他对儿子丹尼尔的心没有人会怀疑；本对亚当那种只能躲在地下室里的狂恋……

更有很多种爱，并不那么简单。

路易莎对亚当的爱让她甚至由爱生恨，是怎样的一种爱，只有杀死它才能成全？保罗替丹尼尔保守他的秘密，丹尼尔也知道保罗的秘密，两人似乎是一个灵魂属于两个身体，而当那么多的爱相互矛盾的时候，要如何抉择才能让更少的爱受到伤害，让更多的玫瑰继续盛开？

爱的代价是什么？如同蔓生玫瑰长满刺的枝条，紧紧将你缠绕，深深刺入肌肤，那样的玫瑰分外美艳芬芳，却是用热腾腾的鲜血灌溉的。

病玫瑰

——威廉·布莱克

哦玫瑰，你病了！
那看不见的飞虫
在狂啸的暴风雨中
乘着夜飞了进来

觅得你绛红的
欢欣之蕊
他黑暗而又神秘的爱恋
将你的生命毁灭

毁灭似乎是必需的，是命中注定的。

如果凯莉将故事的结尾停在第五十二章，停在保罗正从审判庭出来，路易莎还在庄园的小屋里喝着茶，等着保罗回来，那该是多么童话般的结局。卡尔自己出车祸死了，丹尼尔也不再是心头之患，路易莎也不是杀人凶手了，她和保罗也都重新找到了自己的爱。

你是不是也觉得，这样的结局虽好，却少了生活的真实感和生命的厚重感？于是，一切终究还是逃不掉的。哈什的再次出现打破了王子与公主从此幸福地生活在一起的幻境；亚伦也终于倒在凯斯提斯庄园的喷泉边，再一次听见“路易莎·特里维廉”这个似短诗、似祈祷文的名字在耳边回荡。生活的真实映在那团乌黑的橘红色火焰里；生命的厚重感寄托于那片片如寂静的雪花般的灰烬。

翻译这本书的过程，本也是个充满波折、充满爱的过程。

一本书从英国来到北京，又从北京跟着我回了浙江，再从浙江飞到了地球的另一端，纽约。校对的过程中又随我从美国的东海岸去了西海岸，回了趟中国，再次飞回纽约。翻译的工作像是二度创作，也是个孤独的过程，但好在有你们，才让我在爱的陪伴下译完了全书。在此特别感谢，亲爱的爸爸妈妈，出版社的尹学姐、朱老师、黄老师、Colin McPhilamy，夏青，还有支持《病玫瑰》翻译工作的大家。

译者　毛斯祺

2012年1月于纽约

图书在版编目（CIP）数据

病玫瑰 /（英）凯莉（Kelly，E.）著；毛斯祺译 .
—长沙：湖南文艺出版社，2012.4
书名原文：The Sick Rose
ISBN 978-7-5404-5385-5

Ⅰ. ①病… Ⅱ. ①凯…②毛… Ⅲ. ①长篇小说 – 英国 – 现代
Ⅳ. ① I561.45

中国版本图书馆 CIP 数据核字（2012）第 029248 号

著作权合同登记号：图字 18–2012–86
上架建议：外国文学

病玫瑰
作　　者：［英］艾琳 · 凯莉
译　　者：毛斯祺
出 版 人：刘清华
责任编辑：丁丽丹　刘诗哲
监　　制：张应娜
特约编辑：尹艳霞
版权支持：李彩萍
版式设计：崔振江
封面设计：荆棘设计
出版发行：湖南文艺出版社
（长沙市雨花区东二环一段 508 号　邮编：410014）
网　　址：www.hnwy.net
印　　刷：三河市鑫金马印装有限公司
经　　销：新华书店
开　　本：880mm × 1230mm　1/32
字　　数：300 千字
印　　张：13
版　　次：2012 年 4 月第 1 版
印　　次：2012 年 4 月第 1 次印刷
书　　号：ISBN 978-7-5404-5385-5
定　　价：29.80 元
（若有质量问题，请致电质量监督电话：010-84409925）